J. K. BLOOM

# AUTUMN & LEAF

Fantasy

STERNENSAND

www.sternensand-verlag.ch | info@sternensand-verlag.ch

1. Auflage, Januar 2020

Umschlaggestaltung: Alexander Kopainski
Lektorat / Korrektorat: Sternensand Verlag GmbH | Natalie Röllig
Korrektorat 2: Sternensand Verlag GmbH | Jennifer Papendick
Illustration S. 441: Laura Battisti | The Artsy Fox
Satz: Sternensand Verlag GmbH
Druck und Bindung: Smilkov Print Ltd.



ISBN-13: 978-3-03896-109-3
ISBN-10: 3-03896-109-3

Für Kurt,

weil Liebe die stärkste Macht der Welt ist

# Der erste Part

*Wie alles begann …*

# LEAF

Ein warmer Sonnenstrahl kitzelt meine Nase, als sich dieser einen Weg durch die Schlitze der zugezogenen Vorhänge bahnt. Ich blinzle und drehe dem Licht den Rücken zu, als ich dabei auf einen weiteren Körper stoße, dessen Arme sich geborgen um mich legen.

Mir entfährt ein zufriedener Seufzer und ich schließe wieder die Augen. »Guten Morgen.«

Nackte Haut schmiegt sich an meine und ich genieße die intensive Berührung, bevor der Moment bald wieder vorbei sein wird.

»Morgen«, raunt die melodisch schöne Stimme in mein Ohr. »Heute ist ein freier Tag.«

Für einen Augenblick halte ich die Luft an und lasse mir nicht anmerken, dass mir bei seinen Worten das Herz unruhig in der Brust schlägt.

*Womöglich mein letzter*, denke ich. »Ja, richtig.«

Seine Lippen streifen meine Schläfe und hinterlassen an der Stelle ein sanftes Kribbeln. Von seiner Zärtlichkeit eingenommen, schlinge ich die Arme um seinen Hals und presse meinen Oberkörper an seine Brust.

*So viel Wärme … Ich werde sie vermissen.*

Sehnsüchtig vergrabe ich meinen Kopf an seiner Schulter und gebe einen glücklichen Laut von mir. Dabei atme ich seinen Lavendel-Honig-Duft ein, fahre mit den Fingern durch seine stufigen schwarzen Haare und gleite anschließend von seinem Nacken bis zu seinen Schulterblättern hinunter.

»Leaf?«, flüstert er meinen Spitznamen, den nur er und ich kennen.

Wunschkinder besitzen keine Namen, nur eine Zahl, damit sie dem großen Register zugeordnet werden können. Wie die Produkte einer Firma.

Ich öffne die Lider und blicke in seine kastanienbraunen Augen, die mich an die herabfallenden Blätter im Herbst erinnern. Genau aus dem Grund ist er für mich ›Autumn‹ und keine Zahl. »Ja?«

Seine Hand wandert zu meiner Wange, auf der sie zum Erliegen kommt. »Du verschweigst mir etwas und das macht mir Sorgen.«

Ich halte inne und versuche mir meine Unsicherheit, die mich überkommt, nicht anmerken zu lassen.

Woher weiß er, dass ich vor ihm etwas verberge? In den letzten Tagen habe ich mein Wissen mit niemandem geteilt – niemandem erzählt, dass heute unser letzter gemeinsamer Morgen sein könnte.

Auch wenn ich weiß, dass es längst zu spät ist, um ihm etwas vorzuspielen, darf ich mein Geheimnis niemals preisgeben. Also lächle ich unbesorgt und schüttle den Kopf. »Ich verschweige dir nichts.«

Autumns Kummer vergeht nicht. »Wieso lügst du mich an?«

Ich rücke näher zu ihm und fahre mit dem Daumen über seine glatt rasierte Wange. »Ich verheimliche dir nichts. Wirklich.«

Sein Blick wandert unruhig über meine Gesichtszüge, als könnte er dadurch die Wahrheit herausfinden. Doch meine Maske bleibt eisern, undurchdringbar.

Nach einer langen Pause werden seine Lippen zu einer schmalen Linie, er löst sich von mir und bringt einen geringen Abstand zwischen uns. Die Wärme, nach der ich mich so verzehre, verschwindet im nächsten Moment und weicht einer Kälte, die mich frösteln lässt. »Du hast im Schlaf geweint und gesagt, dass es dir leidtut.«

Ich reiße erschrocken die Augen auf und beiße mir auf die Unterlippe. »Du weißt doch, dass ich immer seltsame Dinge träume.«

Er nickt. »Nur wenn dich etwas quält.«

Ich kann es ihm nicht sagen. Er würde sich in Gefahr bringen und alles Erdenkliche tun, damit ich morgen nicht zur ›Auswertung‹ gehe. Es ist der gefürchtetste Ort im ganzen Institut – zumindest für diejenigen, die sich nach Freiheit sehnen.

Mit eisernem Willen kämpfe ich gegen den Drang an, zu meiner Hose zu blicken, die über dem Stuhl neben uns hängt und in der sich der Brief befindet, den ich vom Institut erhalten habe. Eine Einladung als Kandidatin für die Auswertung.

Wenn Autumn ihn entdeckt, wird er wissen, was mir bevorsteht.

»Du musst mir glauben, es ist nichts«, beruhige ich ihn.

Wir sehen uns eine Weile lang an. Seine Augen suchen zwar noch immer nach Antworten, doch je länger er mich betrachtet, desto weicher wird sein Blick.

Als er endlich die Distanz zwischen uns überbrückt, indem er seine Hand in meine legt, entweicht mir ein kaum merklicher Seufzer.

Er zieht mich zu sich, streicht durch mein honigfarbenes Haar und legt seine Lippen sehnsuchtsvoll auf meine. Ich schmecke Minze, da er wohl heute Morgen schon im Badezimmer war, um sich die Zähne zu putzen, und atme dabei sein süßliches Aftershave ein. Unsere Küsse werden verlangender, wilder. Mit seinen

Händen streicht er über meine Haut, fährt dabei mit den Fingern von meiner Wange über meine Brüste bis zu meinem Becken.

Ich gebe einen genussvollen Laut von mir und lasse mich erneut von seiner Leidenschaft fesseln.

Wir haben nur diese Momente miteinander, in denen wir uns lieben können, während wir außerhalb dieses Zimmers zwei Fremde sein müssen. Produkte dürfen sich nicht lieben, sie sind nicht einmal Menschen. Zumindest reden sie uns das seit Jahren ein.

Doch Autumn und ich teilen etwas Besonderes. Wir haben uns nicht umsonst heimlich Namen gegeben, um unserer Liebe eine stärkere Bedeutung zu verleihen.

Vor einem Jahr drückte er heimlich tröstend meine Hand, als wir nebeneinanderstanden, während unser Mentor verkündete, wer in seinem Wert als Wunschkind gestiegen war. Vier Tage danach wechselten wir zum ersten Mal Worte miteinander, obwohl das Reden zwischen einem Mädchen und einem Jungen streng verboten ist. Nach weiteren zwei Wochen stand er vor meiner Tür und übernachtete trotz des Risikos in meinem Zimmer. In dieser Nacht küsste er mich zum ersten Mal und gab mir den Namen ›Leaf‹.

*›Leaf, deren Augen so grün leuchten wie die Ahornblätter im Sommer, angestrahlt von der warmen Sonne an einem hellblauen Himmel.‹*

Seitdem wünsche ich mir nichts sehnlicher, als dass wir beide unser achtzehntes Lebensjahr vollenden, um gemeinsam in Freiheit zu leben. Denn Wunschkinder, die bis zu diesem Alter bei keiner Auswertung gekauft werden, dürfen ihr Leben selbst in die Hand nehmen. Ihnen steht es frei, das Institut zu verlassen. Viele Käufer möchten junge Produkte, von denen sie noch lange etwas haben, bevor sie sterben. Deshalb hat das Institut eine Grenze gesetzt und beschlossen, nur Minderjährige zu verkaufen.

Doch seit dem Brief schwindet diese Hoffnung und damit auch die Vorstellung, mit Autumn ein gemeinsames Leben aufzubauen.

In meiner Brust spüre ich einen heftigen Stich, den ich jedoch versuche zu ignorieren, während Autumn und ich uns ein weiteres Mal lieben.

Als wir erneut Arm in Arm im Bett liegen, hört sich mein ruhiger Herzschlag wie das unerträgliche Ticken einer Uhr an. Die Zeit läuft und mir bleiben weniger als ein Tag und zwei Stunden, bis ich mich bei der Auswertung vorstellen muss.

Vielleicht ist es wirklich unser letzter gemeinsamer Morgen. Ein letztes Mal, dass ich Leaf und nicht 556 sein darf.

Autumn löst sich sanft von mir, drückt seine Lippen auf meine, bevor er das Bett verlässt und im Badezimmer verschwindet.

Unsere Zimmer sind alle gleich. Möbel, Wände und sogar Kleidung sind in einem sterilen Weiß gehalten, als würden Farben unsere perfekt kreierten Körper beeinträchtigen. Wir wurden in einem Reagenzglas hergestellt, mit einer Menge Chemie ergänzt und anschließend in einer Maschine, die einer Gebärmutter gleichkommt, entwickelt. Wir haben keine Eltern, keine Familie, keine Freunde. Unser Leben besteht darin, ein Produkt zu sein, das auf dem Markt verkauft wird.

Autumn und ich gehören zu einer ›Special Edition‹. Unsere Augen leuchten im Dunkeln wie schillernde Edelsteine im Sonnenlicht. Außerdem bewegen sich über tausend unterschiedliche Nuancen in unseren Strähnen, die beeindruckende Farbreflexe wiedergeben wie die Wellen auf dem Meer. Dadurch wirkt das Haar, als würde es leben. Unser Körper ist gegen die meisten Krankheiten resistent und der durchschnittlich gewünschten Größennorm angepasst. Die Haut ist sehr weich und weist keinerlei Makel oder

Unreinheiten auf. Haare besitzen wir nur auf dem Kopf und an den Brauen – die Männer zusätzlich noch einen Bart, außer sie rasieren sich wie Autumn.

Unsere Modellreihe ist sehr hochwertig, besonders jedoch die Special Edition, von der nur eine begrenzte Anzahl hergestellt wurde. Steigt man noch zusätzlich durch sein individuelles Äußeres im Wert, ist das Produkt gefragter und auch teurer, sodass man das Glück hat, von jemand Reichem gekauft zu werden. Doch damit schwindet auch die Hoffnung auf Freiheit.

Ich steige langsam aus dem Bett und ziehe mir wieder mein weißes Baumwollshirt, die passende lange Hose und Turnschuhe an. Anschließend trete ich vorsichtig zum Fenster und spähe durch den kleinen Spalt des zugezogenen Vorhanges. Niemand darf mich dabei erwischen, wie ich jeden Morgen Autumns Zimmer verlasse und es tief in der Nacht wieder aufsuche.

Doch heute haben wir beide frei. Zumindest scheint Autumn sich so zu fühlen, doch ich habe das Gefühl, in einem Käfig erdrückt zu werden. Morgen schon könnte ich nicht mehr hier sein, nie wieder einen Blick auf den riesigen Park des Instituts werfen und den kleinen Kindern dabei zusehen, wie sie sich gemeinsam auf der Wiese austoben.

Obwohl wir Produkte sind, werden wir menschlich erzogen, erhalten eine Schulbildung, da wir auch später von einer Familie adoptiert werden könnten – was leider recht selten vorkommt. Meistens sind wir nur Objekte oder Sklaven – Produkte eben, mit denen man anstellen kann, was man will.

Durch unsere chemische Entstehung sieht die Regierung uns nicht als Mensch an, sondern als Sache. Wir haben keine Rechte und können auch auf den Straßen von Menschen aufgegriffen und benutzt werden. Doch alles ist besser, als verkauft zu werden.

Denn dann kann man noch nicht einmal selbst Entscheidungen treffen.

Nur durch einen Menschentest ist es uns möglich, als dieser auch anerkannt zu werden. Doch dafür braucht man Geld und einen Menschen, der für einen bürgt.

Als sich die Badezimmertür wieder öffnet, schaue ich über meine Schulter zu Autumn. Er hat sich weiße Boxershorts angezogen und offensichtlich in Windeseile geduscht. Mein Blick gleitet über seinen muskulösen gebräunten Oberkörper.

Mit einem einnehmenden Lächeln kommt er auf mich zu und legt seine Hände an meine Wangen. »Du musst gehen, Leaf. Unser Mentor wird uns gleich besuchen kommen.«

Ich schließe für einen Moment die Augen und verdränge den Gedanken an morgen. »Ist gut.«

Er drückt mir einen sehnsuchtsvollen Kuss auf die Lippen und streicht mir anschließend eine Strähne hinters Ohr. »Bis wir in Freiheit sind.«

Unser Satz, mit dem wir uns jedes Mal daran erinnern, was wir uns vor einem Jahr geschworen haben. Wir würden gemeinsam dieses Institut verlassen, unserer Herkunft den Rücken kehren, Hand in Hand einen Schritt nach dem anderen tun, bis wir uns sicher sind, dass wir nie wieder zurückkommen müssen.

Und obwohl ich diesen Satz, ohne zu zögern, erwidern sollte, stecken mir die Worte nun im Hals. Ich bin mir nicht mehr sicher, ob ich das Versprechen halten kann. Das letzte Mal habe ich vor über zwei Jahren an einer Auswertung teilgenommen und war bereits in die engere Auswahl gekommen. Doch letztendlich hat sich der Käufer für ein anderes Produkt entschieden.

In Autumns Augen spiegelt sich eine Mischung aus Enttäuschung und Angst wider. Seine Arme fallen neben seinem Körper herab und er blickt zur Seite. »Wusste ich es doch.«

Der Schmerz in meiner Brust wird größer. »Was ist, wenn ich unser Versprechen eines Tages nicht halten kann?«

Autumn wendet sich mir abrupt wieder zu und sieht mich entsetzt an. »Wir schaffen das. Ehe du dichs versiehst, haben wir die zwei Jahre hinter uns gebracht.«

Tränen treten in meine Augen, und Wut staut sich in mir. Wie kann er so blind sein? Unsere Produktreihe wird gerne gekauft, wir beide sind keine qualitativ schlechten Objekte, sondern werden bei einer ›Besichtigung‹ des Öfteren ins Auge gefasst. Ich spüre jedes Mal die neugierigen Blicke, die auf mir liegen, wenn wir zur Schau gestellt werden.

Das Einzige, was uns rettet, ist der hohe Preis. Selbst die Reichen überlegen es sich zweimal, ob wir es auch wert sind. Deshalb haben wir das Glück, noch nicht gekauft worden zu sein.

Doch wir können uns nicht zwei Jahre lang verstecken.

Ich gehe auf die Tür zu, weil ich den Drang verspüre, das Zimmer zu verlassen. Der Gedanke, Autumn für immer zu verlieren, macht mich krank, bringt mich beinahe um den Verstand. Bevor er in Erfahrung bringen kann, was mir wirklich auf der Seele lastet, verschwinde ich durch die Tür und höre noch, wie er nach mir ruft.

Doch ich drehe mich nicht zu ihm, bringe schnellen Schrittes sein Zimmer hinter mich und laufe eilend in meines, das nur zwei Korridore weiter liegt.

Als ich in meinen sicheren vier Wänden ankomme, sind meine Wangen feucht und warm. Ich gleite mit dem Rücken an der Tür hinab, drücke mir die Handinnenflächen auf die Lider und weine leise.

Ich kann das nicht.

Ich kann ihn nicht allein zurücklassen.

Warum tut es so verdammt weh?

Ich rede mir ein, dass in der Auswertung mindestens neun weitere Mädchen sind, die auserwählt werden könnten, doch das hilft mir nicht. Der Gedanke, dass sich morgen mein komplettes Leben ändern könnte, beängstigt mich so sehr, dass mir schlecht wird.

Ich laufe auf die Toilette und übergebe mich.

Ich bin in diesem Institut entstanden, aufgewachsen und habe Autumn kennengelernt. Der erste echte *Mensch,* den ich nicht als Produkt ansehe, sondern als ein Teil meines Lebens.

Mir wäre nicht so furchtbar angst und bange, wenn ich nicht ahnte, zu welcher Auswertung ich eingeladen wurde. Denn ich habe eine leise Vermutung, wer dieser Käufer sein könnte, da ich ihm einmal in die Augen gesehen habe, während er mich auf der Besichtigung ausgiebig beobachtete. Selbst als ich ihm den Rücken zukehrte, konnte ich die gierigen Blicke auf mir spüren.

Wenn es sich bei der Auswertung tatsächlich um diesen einen älteren Mann handelt, dessen Anblick mir eine Gänsehaut verpasst, bin ich verloren.

Ich werde Autumn nie wiedersehen. Nie wieder seine Wärme fühlen. Ihn nie wieder küssen können.

Eine unsichtbare Schnur zieht mir den Hals zu. Ich lasse mich keuchend neben die Toilette sinken, krümme mich auf dem Boden und zittere am ganzen Körper.

Ich darf Autumn heute Abend nicht besuchen.

Es würde ihm viel mehr das Herz brechen, wenn er von der Auswertung wüsste und davon, dass ich gekauft werden könnte. Besser, ich bin diejenige, die es ihm bricht und nicht der unerträgliche Gedanke, mich vielleicht heute ein letztes Mal gesehen zu haben.

# AUTUMN

Als ich schweren Herzens auf die Tür starre, durch die Leaf verschwunden ist, bricht in mir Stück für Stück etwas zusammen. Warum ist sie so distanziert gewesen? Was hat sie in den letzten Tagen erfahren? Weshalb verschweigt sie mir etwas?

Ich gehe auf die Tür zu und umklammere den weißen Griff. Jede Faser in mir will zu ihr und sie in den Arm nehmen, um sie zur Rede zu stellen.

Doch ich zögere.

Haben sich ihre Gefühle mir gegenüber geändert? Wie konnte es nur dazu kommen, dass sich unsere Liebe von einer Sekunde auf die andere in Zweifel verwandelte? Wir haben uns bisher immer alles gesagt.

Meine Gedanken werden von Schritten auf dem Flur unterbrochen und bevor ich glaube, dass es Leaf sein könnte, die zu mir zurückkehrt, erkenne ich das schwere Stampfen meines stämmigen Mentors.

Ich lasse den Griff los und stelle mich an das Bett, warte darauf, dass mein Mentor eintritt. Als die Tür aufgerissen wird, stellt sich der glatzköpfige Riese in mein Zimmer und mustert mich mit hochgezogener Augenbraue. »551, wieso bist du halb nackt? Zieh dir gefälligst etwas an!«, keift er und ich schnappe mir das T-Shirt vom Boden, das ich von mir gestreift habe, während Leafs Lippen über meinen Hals glitten.

Ein warmes Gefühl umfängt mich für einen kurzen Moment. Ich muss heute Abend unbedingt mit ihr reden.

»Es gibt trotz deines freien Tages eine Besichtigung. Mach dich also fertig«, murrt er, macht auf dem Absatz kehrt und verschwindet mit einer laut zuschlagenden Tür aus dem Zimmer.

Ich stoße erleichtert die Luft aus. Wenn man merkt, dass ein Produkt gewisse Regeln nicht befolgt, wird es eliminiert – anders gesagt, getötet. Sie glauben, dass das Produkt nach dem Kauf nicht mehr funktionieren würde, und schlechte Bewertungen kann sich das Institut nicht leisten.

Aber denken sie allen Ernstes, dass menschliche Gefühle keine Rolle spielen würden? Wenn sich ein Produkt misshandelt fühlt, wird es sich wehren oder sogar davonlaufen. Wir sind immer noch irgendwo Menschen, auch wenn wir nicht durch diese auf die Welt kamen. Doch viele Produkte sehen sich nicht als solche. Sie gehorchen lieber und tun das, was man ihnen sagt.

Natürlich gibt es Käufer, die gerne Produkte erwerben, um ihren sadistischen, kranken Fantasien freien Lauf zu lassen. Meistens sind das reiche Personen, die sich einen solchen Massenkauf leisten können. Viele der Produkte sterben dabei, müssen die unvorstellbarsten Qualen und Ängste durchstehen, bis der Tod sie erlöst. Jedenfalls besagen das unsere Gerüchte, denn gekaufte Produkte kehren nie wieder ins Institut zurück. Wenn wir von Käufern näher betrachtet werden, kommt uns die ein oder andere grauenvolle Geschichte zu Ohren, da die Menschen unglaublich gerne reden.

Ich hoffe inständig, dass Leaf einem solchen Grauen niemals zum Opfer fallen wird. Allein der Gedanke, sie in den Händen eines solchen Käufers zu sehen … es würde mir den Verstand rauben.

Nachdem ich mich vollständig für die Besichtigung eingekleidet habe, warte ich, bis ein Aufseher an meinem Zimmer vorbeischaut, um mich mitzunehmen.

Der schlaksige Kerl namens Liam, der mich meistens von einem Raum zum anderen begleitet, führt mich zu einem der mir bekannten Besichtigungsräume.

Allerdings lässt mich das Thema zusammenzucken. Es hat wieder viele Anfragen gegeben für Escort-Produkte. Männer und Frauen, die die Menschen zu Partys oder Veranstaltungen begleiten sollen. Neben dem Kaufen ist es natürlich auch möglich, ein Produkt zu leasen, doch das passiert nur in den allerwenigsten Fällen.

»Los, alle da rein«, scheucht Liam unsere Gruppe, bestehend aus fünfzehn Produkten, in den aus Glas kreierten Raum hinein.

Grelle Lampen erhellen den Kasten und ich kann einige Hände erkennen, die von außerhalb die Scheibe berühren. Uns ist es durch eine Verspiegelung nur beim näheren Herangehen möglich, die Gesichter unserer Käufer anzuschauen.

Doch ich bleibe, im Gegensatz zu den anderen Produkten, desinteressiert am Rande des Raumes stehen. Die anderen wollen sogar gekauft werden, da der Escort Spaß zu machen scheint und es eine Chance ist, vor dem achtzehnten Lebensjahr das Institut zu verlassen.

Einige der Produkte akzeptieren ihr Schicksal und versuchen das Beste daraus zu machen. Sie hegen nicht die Hoffnung, in Freiheit leben zu können, da sie der Meinung sind, dass man diese auch nicht nach dem achtzehnten Lebensjahr erhält.

Mein Blick gleitet unauffällig zu 359, ein männliches, durchschnittliches Produkt, das einen sehr muskulösen, braun gebrannten Körper besitzt. Es ist einfacher, den Körper eines Produktes zu verkaufen als den eines Menschen, da man damit schnelles Geld machen kann, ohne sich groß um die Bedürfnisse der Wunschkinder kümmern zu müssen. Den Käufern ist nur wichtig, dass die Produkte ihren Zweck erfüllen.

Die weiblichen Produkte präsentieren ihre Kurven, von denen sie allesamt reichlich haben. Obwohl sie dieselbe Kleidung wie ich tragen, krempeln sie das Shirt hoch oder ziehen es sogar ganz aus, um mehr von ihrer Haut zu zeigen. Für sie ist das Ziel erreicht, wenn sie gekauft werden.

Weshalb mein Mentor mich immer wieder in das Escort-Thema hineinzieht, weiß ich nicht.

Das Wissen, dass uns dort draußen Käufer mit bohrenden Blicken betrachten, lässt mich jedes Mal meinen Körper anspannen. Die Angst ist einfach zu groß, einen Interessenten auf mich aufmerksam zu machen, sodass man beim nächsten Mal in einer Auswertung landet.

Wie viele dieser Prozesse Leaf wohl schon hinter sich hat? Seit wir uns nähergekommen sind, hat sie nur an Besichtigungen teilnehmen müssen, wurde jedoch zu keiner Auswertung zugelassen – was mich jedes Mal erfreute, wenn ich davon hörte.

Während die anderen den Käufern anzügliche Worte zusprechen und sich mit ihrem schönsten Lächeln verkaufen, höre ich, wie jemand in meiner Nähe gegen die Scheibe klopft. Das Geräusch zieht unwillkürlich meine Aufmerksamkeit auf sich, sodass ich den dummen Fehler begehe und zu der klopfenden Hand hinstarre.

*Wie naiv von mir.*

Ich richte den Blick wieder gen Boden und ignoriere das penetrante Klopfzeichen.

Allerdings lässt mein Interessent nur schwer von mir los. Irgendwann verstummt das Geräusch und ich glaube voller Hoffnung, den nervigen Kauflustigen losgeworden zu sein.

*Wenn ich mich da mal nicht irre …*

Die Tür springt auf und mein Mentor steht im Glaskasten. »551, komm zu mir.«

Das Herz schlägt mir angstvoll gegen den Brustkorb. Ungläubig starre ich ihn an, doch seine stechend blauen Augen sind ungeduldig auf mich gerichtet.

Die Produkte um mich herum werfen mir neugierige Blicke zu.

Ich seufze und gehe mit zitternden Beinen zu meinem Mentor. Als er die Tür hinter mir schließt, deutet er mit der Hand auf eine kleine zierliche Frau, die nicht viel älter als ich sein kann.

»Fünf Minuten, Miss Deel«, informiert mein Mentor die Dame freundlich. Wenn er seine Mundwinkel in die Höhe streckt, wirkt er wie ein breit grinsender Grizzly. Es passt nicht zu ihm.

Ich richte meine Augen wieder auf die Frau und präge mir ihr Aussehen ein. An Interessenten sollte man sich besser immer erinnern, um sie beim nächsten Mal noch besser ignorieren zu können.

Die schmale Dame hat Sommersprossen auf ihrer Nase und den Wangen. Ihre Haare sind pink, die Fingernägel lang und künstlich. Sie trägt eine bunt gestreifte Leggins und schwarze Springerstiefel, die ihre Beine lang wirken lassen. Ein rotes Korsett betont ihre Hüfte und die Brüste.

*Eine seltsame Gestalt*, denke ich mir.

»Hallo, 551«, begrüßt sie mich freudestrahlend. Ich ringe mich zu einem Lächeln durch. »Wie geht es dir?«

Welcher Interessent fragt ein Produkt, wie es ihm geht? Soll ich antworten ›Technisch gesehen einwandfrei‹? »Gut.«

Sie grinst über beide Ohren. »Mein Name ist Majha Deel. Ich bin Fotografin und suche das perfekte Model für meine Modeagentur. Hättest du Lust, mir zu helfen?«

Ich schlucke und spüre dabei einen Tritt in die Magengrube. Sie will mich kaufen? Jetzt schon? Im Glaskasten sind noch so viele andere Produkte, die dafür viel geeigneter wären.

Außerdem würde ich Leaf verlassen, wenn ich gekauft würde. Das muss ich um jeden Preis verhindern. »Ich bin eine Special Edition.«

Ihr Lächeln vergeht und sie legt den Kopf schief. »Und?«

»Nun, damit bin ich um ein Vierfaches teurer als die anderen Produkte im Glaskasten. Ich finde, darüber sollten Sie unbedingt nachdenken«, gebe ich mit monotoner Stimme von mir.

Sie soll glauben, dass ich ein gefühlloses, dummes Objekt bin, mit dem sie vielleicht sogar einige Schwierigkeiten bekäme, wenn ich auf ihren Fotografien keine Emotionen zeige. Vielleicht überdenkt sie dann ihr Vorhaben noch einmal.

Jedenfalls scheint sie über meine Worte zu grübeln. »Sogar um ein Vierfaches? Das wusste ich gar nicht. Die Preise sind ja leider nie an den Tafeln angebracht.« Sie geht einmal um mich herum wie ein Löwe um seine Beute. »Aber du hast eine so tolle Figur und diese beeindruckend leuchtenden Augen. Einfach fantastisch!«

*Nein! Such dir ein anderes Produkt,* hätte ich am liebsten geschrien, doch das würde mir nur Probleme einhandeln. Mein Mentor behält mich ganz genau im Auge und das weiß ich, ohne ihn anzusehen. Ich muss bleiben. Für Leaf. Für unsere gemeinsame Freiheit.

Als sie wieder vor mir stehen bleibt, schaue ich sie nicht an, sondern starre konzentriert in die Ferne. »Aber du hast recht. Ich werde noch darüber nachdenken müssen, ob du das Geld auch wert bist.«

Beinahe wäre mir ein erleichterter Seufzer entglitten.

*Kein Kauf.* Aber vielleicht eine Auswertung und das beunruhigt mich.

Wie soll ich das nur Leaf beibringen?

Mein Mentor kommt auf uns zu und meine Interessentin sieht ihn unsicher an. »Ich kann mich noch nicht entscheiden. Könnten Sie ihn bitte auf die Liste der Auswertung schreiben?« *Mist!* »Ich würde dann nächste Woche wiederkommen, um mir die paar Produkte erneut anzusehen.«

Mein Mentor setzt wieder sein Grizzly-Grinsen auf. »Aber sehr gerne doch, verehrte Miss Deel. Ich schreibe 551 gleich auf Ihre Liste.«

Sie nickt dankbar. »Dann bis nächste Woche!«

Mein Mentor wirkt sehr zufrieden und schaut mich stolz an. »Vielleicht hast du endlich Glück, 551.«

*Glück?*

Am liebsten hätte ich ihm ins Gesicht geschlagen, doch ich muss mich beherrschen. Wenn mein Mentor merkt, dass ich nicht verkauft werden will, wird er mich auf noch mehr Besichtigungen mitbringen.

Er schickt mich zurück in den Glaskasten, in dem ich regungslos am Rande stehen bleibe und auf den Boden starre.

Als die Besichtigung nach einer halben Stunde vorbei ist, scheint Miss Deel die einzige Interessentin zu sein, die mich auf ihre Liste schreiben ließ. Das Ergebnis beruhigt mich nur bedingt.

In meinem Zimmer setze ich mich nachdenklich aufs Bett und versuche, meine Gedanken zu sortieren. Leafs abweisende Reaktion von heute Morgen bereitet mir noch immer Sorgen, während ich mir passende Sätze ausdenke, um ihr zu erklären, dass ich an einer Auswertung teilnehmen muss. Seit über eineinhalb Jahren habe ich es geschafft, für Käufer uninteressant zu sein, doch nun scheine ich eine wahre Verehrerin gefunden zu haben.

Als ich es in meinem Zimmer nicht mehr aushalte, bitte ich Liam durch meine Sprechanlage, mich zum Gemeinschaftsraum zu bringen, in dem Produkte unter Aufsicht zusammen sein dürfen. Allerdings wird man äußerst streng überwacht und Emotionen sind ungern gesehen. Man befürchtet, dass man eine Sympathie füreinander empfindet, so wie ich eine Liebe für Leaf entwickelt habe.

Dabei hoffe ich inständig, sie dort anzutreffen. Doch im weißen, sterilen Raum angekommen, kann ich Leaf nirgends ausfindig machen. Sie scheint auf ihrem Zimmer geblieben zu sein.

Wenn ich nur wüsste, was in ihrem Kopf vorgeht.

In der Mitte spielen fünf Produkte wortlos Karten. Ab und an geben sie ein Grunzen oder einen undefinierbaren Laut von sich, ansonsten bleibt es zwischen ihnen still. Im hinteren Teil des riesigen Saales stehen sechs Bücherregale, in deren Nähe sich Leaf ebenfalls gerne aufhält. Doch auf dem Sessel oder dem langen Sofa kann ich sie nicht entdecken.

Es sind nicht besonders viele hier, doch der Raum ist in Schweigen gehüllt. Manchmal höre ich, wie die Dartpfeile die batteriebetriebene Zielscheibe an der Wand treffen und eine Roboterstimme ein ›Treffer‹ von sich gibt. In der Gymnastik-Abteilung befindet sich ein Fitness-Produkt, das sogar dazu gezwungen wird, seinen Körper fit zu halten, damit sein Wert nicht verloren geht.

Zwei Frauen sitzen vor einem Kosmetiktisch, tuschen sich die Wimpern, färben sich die Lippen mit knalligen Farben und lackieren sich gegenseitig die Nägel.

Ich blicke zu einer weiteren Tür, hinter der sich das Kino befindet. Sieben Tage die Woche laufen dort einige Dokumentationen ab, doch von der Politik oder der Wirtschaft bekommen wir kaum etwas mit. Sie zeigen uns nur das, was wir wissen dürfen. Vom Rest schotten sie uns ab.

Ich flüchte zur Buchabteilung und schnappe mir einen dünnen Einband. Es handelt sich dabei um die berühmte Geschichte von ›Moby Dick‹. Ich kenne das Buch bereits in- und auswendig, doch ich lese es immer wieder gerne.

Ein Lächeln stiehlt sich auf meine Lippen, als das Buch Erinnerungen in mir wachruft. Ich verbinde mit ihm ein ganz besonderes Erlebnis, das ich nie wieder in meinem Leben vergessen werde.

Nach wenigen Seiten höre ich ein »Psst« in unmittelbarer Nähe und blicke in die hellblauen Augen eines Produktes. Die Frau scheint aus unserer Modellreihe zu stammen, da sie dieselben auffälligen Besonderheiten besitzt wie Leaf und ich. Ihr Gesicht ist mir bekannt, doch wir haben noch nie heimlich miteinander gesprochen.

»Wusstest du, dass wir morgen Besuch von einem besonderen Käufer bekommen?« Statt Freude schwingt in ihrer Stimme Furcht mit.

Wer das wohl sein könnte?

Mein Blick wandert unauffällig zu den Aufsehern, von denen noch keiner bemerkt hat, dass wir uns unterhalten. Ich fixiere wieder mein Buch und tue so, als würde ich lesen. »Von wem denn?«

»Ein ziemlich reicher, alter Sack. Sagt dir der Name Adam Malone etwas?«, flüstert sie und tut dabei ebenfalls so, als wäre sie weiter in ihr Buch vertieft.

»Nein, der Name sagt mir nichts.«

Sie seufzt und klingt frustriert. »Den Gerüchten zufolge kommt er einmal im Jahr, um sich ein paar hübsche Produkte auszusuchen, die er bei sich zu Hause so lange misshandelt, bis sie sterben.«

Eine eiskalte Gänsehaut legt sich über meinen Körper. »Er will Frauen?«

Sie atmet lange aus und ihre Lippen beben dabei hörbar. »Ja. Ausschließlich. Man sagt, bisher habe noch kein Produkt überlebt.«

Angst überkommt mich, denn ich denke dabei an Leaf. »Ist morgen die Besichtigung?«

Sie lacht freudlos. »Schön wäre es. Nein, eine Auswertung.«

Im ersten Moment überkommt mich Erleichterung, doch dann beginne ich langsam zu zweifeln. Ob Leaf mir eine Auswertung verschweigen würde? Vor ein paar Tagen ist sie noch bei einer Besichtigung gewesen, doch daraufhin meinte sie, niemand habe sich für sie interessiert.

*Oh bitte, lass mich recht haben. Ich ertrage es nicht, wenn dieses Schwein sie kaufen würde.*

Ich atme nervös aus. »Glaubst du den Gerüchten?«, hake ich nach.

Das Mädchen wirkt betroffen und ihre Lippen werden zu einer schmalen Linie. »Ja. Ich bin bei der Auswertung dabei. 452, 322 und 105 auch. Wie viele letztendlich ausgewählt wurden, weiß ich leider nicht. Sie alle sind blondhaarig und zwischen vierzehn und siebzehn Jahre. Er scheint eine bestimmte Vorliebe zu haben.«

Mir wird schlecht. Leaf ist genau sein Typ.

Doch vielleicht haben sie sie übersehen und sie war noch nicht einmal bei der Besichtigung dabei. Aber was ist, wenn ich mich irre?

Ohne vorher die Wahrheit zu kennen, kann ich keinen klaren Gedanken fassen.

Panik wallt in mir auf und mich überkommt das Bedürfnis, sie sofort aufzusuchen. Ich muss wissen, ob sie morgen an einer Auswertung teilnimmt.

Da ich nicht mehr ruhig sitzen kann, stehe ich auf, verabschiede mich von dem Produkt und bitte Liam mich zurückzubringen.

Als wir am Flur vorbeigehen, in dem sich die Mädchenabteilung und damit auch Leafs Zimmer befindet, werfe ich einen kurzen Blick in diese Richtung.

Liam scheint das zu bemerken und lacht. »Ich verstehe das, Kumpel. Auch ihr Produkte seid irgendwo Männer und euer Trieb muss ab und zu gestillt werden.«

Ich ziehe eine Augenbraue in die Höhe. »Wir brauchen das nicht«, erwidere ich und klinge dabei nur zur Hälfte überzeugt.

Wir fühlen, wir empfinden, wir haben dieselben Eigenschaften wie ein Mensch. Was sollte diese überflüssige Feststellung?

Aber manchmal verhält sich Liam eben so, als wären wir Tiere oder Maschinen.

Er lacht. »Jaja. Das sagen sie alle.«

Ich gehe einfach nicht mehr auf das Thema ein und warte, bis ich in meinem Zimmer allein bin.

Die Worte des Mädchens gehen mir nicht mehr aus dem Kopf. *»Sie alle sind blondhaarig und zwischen vierzehn und siebzehn Jahre. Er scheint eine bestimmte Vorliebe zu haben«*, höre ich sie in meinem Kopf sagen.

Mit zitternden Händen reibe ich mir über die Augen und versuche die quälenden Gedanken zu vertreiben. Ich muss heute Abend unbedingt mit ihr sprechen.

*»Den Gerüchten zufolge kommt er einmal im Jahr, um sich ein paar hübsche Produkte auszusuchen, die er bei sich zu Hause so lange misshandelt, bis sie sterben.«*

Mir bleibt die Luft weg und ich wage es nicht einmal, daran zu denken, wie der sadistische Käufer Leaf quälen könnte.

*»Man sagt, bisher habe noch kein Produkt überlebt.«*

Vielleicht hat das Mädchen auch übertrieben oder die Gerüchte sind falsch. Möglicherweise ist es nur ein ruppiger Käufer, der etwas temperamentvoller gegenüber seinen Produkten ist.

Und wie oft habe ich schon von Produkten gehört, die ermordet, verstümmelt oder über etliche Monate oder Jahre gequält wurden, bevor man sie erlöste?

Ich schüttle heftig den Kopf und lege die Hände an meine Schläfen. Ich muss aufhören, mir solche naiven Gedanken einzubläuen. Leaf ist möglicherweise dabei, an einen Käufer zu geraten, der ihr das Leben zur Hölle machen wird.

Allein die Vorstellung, wie er ihr wehtun könnte, sie an Stellen berührt, an denen sie nicht angefasst werden will, oder sie sogar vergewalt…

Mit geballten Händen schlage ich auf die Matratze ein und gebe einen zornigen Schrei von mir. Ich mache mich selbst wahnsinnig und bevor ich wirklich meinen Verstand verliere, muss ich mit ihr sprechen.

Heute Abend.

Ich muss sie sehen, wissen, dass es stimmt, dass sie morgen an keiner Auswertung teilnimmt.

Doch was tue ich, wenn doch?

# LEAF

Bis zum Abend habe ich mich in meinem Badezimmer verkrochen und leise vor mich hin geweint. Kurz nachdem ich Autumn verlassen hatte, suchte ich eine Ablenkung im Gemeinschaftsraum. Ein Mädchen hat mir anschließend erzählt, dass es ebenfalls bei der morgigen Auswertung dabei ist. Es kannte diesen Mann sogar, er ist als Adam Malone bekannt, der sich jedes Jahr ein teures Produkt gönnt, das er auf eine grauenvolle Art misshandeln soll.

Da mich die Angst beinahe erdrückt hat, ging ich zurück auf mein Zimmer und blieb seither im Badezimmer sitzen. Deshalb erzählen uns die Mentoren nie etwas über die Käufer, aus Furcht, das Produkt könnte kalte Füße bekommen.

Ich weine, weil ich weiß, dass ich morgen gewählt werde. Meine Gedanken haben bereits um einen Ausbruch gekreist, doch dieses Institut ist eine unüberwindbare Festung. An jedem Eingang stehen Security-Leute, die mich im Handumdrehen einfangen können. Ein Entkommen ist also unmöglich.

Abgesehen von meiner Angst vor diesem Sadisten bringe ich es nicht übers Herz, in diesem Zustand zu Autumn zu gehen, der bereits auf mich wartet. Er würde wissen wollen, was mich so aus der Fassung gebracht hat und was mein Verhalten von heute Morgen zu bedeuten hatte. Ich könnte ihm nicht in die Augen sehen, ohne dabei zu schluchzen oder Tränen der Enttäuschung zu vergießen.

Wieso musste ich diesen alten Mann auch ansehen? Lag es an seinen gierigen Blicken? Diesem süffisanten Grinsen auf seinen Lippen, als er meinen Körper von oben bis unten betrachtete …

Ich zittere so sehr, dass sich bereits all meine Muskeln verkrampfen. Schmerz zieht sich von meinen Schulterblättern bis zur Hüfte, und meine Wangen brennen, da ich den ganzen Tag nur geweint habe.

Vielleicht verliere ich nicht nur mein Leben, sondern auch meine Freiheit, meine Träume, meine Wünsche und meinen Verstand. Womöglich auch mich selbst, bevor dieser Mr. Malone mir Erlösung schenken wird.

Ich schluchze gegen meine Knie, die ich nah an mich herangezogen habe. Wie kann man einem Produkt nur so etwas antun? Warum werden wir so menschlich erzogen, wenn ihnen unsere Gefühle letztendlich egal sind? Interessiert es sie nicht, wie die Kunden mit ihrer Ware umgehen?

Plötzlich reißt mich ein unerwartetes Klopfen aus meinen Gedanken. Zuerst glaube ich, es mir nur eingebildet zu haben, doch als es erneut ertönt, erhebe ich mich und gehe auf die Tür zu.

»Wer ist da?«, rufe ich und lege die Hand an den Griff.

»Autumn«, kommt es dumpf zurück und für einen kurzen Wimpernschlag zieht sich mein Herz zusammen. »Du bist nicht aufgetaucht, da wollte ich nach dir sehen.«

Ich wische mir die Tränen von den Wangen, laufe ins Badezimmer und werfe einen Blick in den Spiegel. »Einen Moment!«

Mein Gesicht ist so rot und wund gerieben, dass ich meine Emotionen nicht verbergen kann. Allerdings kann ich ihn nicht abwimmeln, wie ich es vorgehabt habe. Mir fehlt dazu einfach die Kraft.

Ich schnappe mir aus dem kleinen Kosmetikbeutel das Make-up, das gerne in unserem Gesicht gesehen ist, wenn wir Besichtigungen oder Auswertungen haben. Allerdings wird dies den Produkten selbst überlassen.

Mit einem kleinen Schwamm reibe ich mir so viel auf die Haut, dass man die dicke Schicht mit Leichtigkeit erkennt. Doch dafür habe ich die rot geriebenen Wangen abgedeckt.

»Leaf?«, ertönt Autumns Stimme unsicher und ich laufe erneut an die Tür. »Die Aufseher sind gleich wieder da.«

Ich setze mein schönstes Lächeln auf, bevor ich die Tür öffne und ihn hereinlasse. »Tut mir leid, ich … äh … war nackt«, lüge ich.

Er zieht verwirrt eine Augenbraue in die Höhe und kommt auf leisen Sohlen hereingeschlichen. »Seit wann macht dir das etwas aus?«, scherzt er und schließt hinter sich die Tür. Meine Lippen beben, als ich zu reden ansetze, belasse es jedoch bei einem Schweigen, denn Autumns Miene wird ernst. »Leaf, wieso bist du heute nicht gekommen?«

Ich kann ihm schlecht erzählen, dass es wegen der Aufseher nicht möglich gewesen ist, zu ihm zu gelangen, da er es ja ungesehen zu mir geschafft hat. Ich muss mir eine andere Ausrede einfallen lassen. »Ich fühlte mich nicht so gut.«

Autumn sieht mich abschätzend an, geht dann zu meinem Fenster hinüber und blickt zum rotorangenen Himmel, an dessen Horizont gerade die Sonne hinter den Baumkronen verschwindet. Sein ernster Ausdruck verpasst mir einen eisigen Schauer. »Leaf, ich will die Wahrheit wissen. Bitte lüg mich nicht an.« Seine Gesichtszüge sind weicher, als er über seine Schulter zu mir blickt. »Nimmst du morgen an einer Auswertung teil?«

Ein Zucken durchfährt mich und ich bleibe regungslos im Raum stehen. Wie hat er das herausgefunden? Wie kann er davon wissen? Ich habe ihm nichts verraten.

Mir schnürt sich die Kehle zu. »Also, ich …« Ihm eine weitere Lüge aufzutischen, würde nichts bringen, da er ganz genau weiß, dass es eine wäre. Allerdings stauen sich Tränen in meinen Augen und die Trauer überschäumt mich erneut.

In Autumns Gesicht erkenne ich nackte Angst. »Leaf?«

Ich schließe die Lider und schlinge die Arme um meine Mitte. Tränen rinnen mir über die Wangen hinab und laufen an meinem Kinn zusammen. »Ich hatte keine Wahl.«

Ich höre, wie er auf mich zukommt. Als ich die Augen wieder öffne, liege ich in seinen Armen und lasse den Kopf gegen seine Schulter fallen.

»Es tut mir leid«, schluchze ich. »Ich konnte es dir nicht sagen, weil ich den Gedanken nicht ertrug, dich vielleicht nie wiederzusehen.«

Seine Hand streicht sanft über mein Haar, und sein ganzer Körper zittert. »Das lasse ich nicht zu. Du wirst morgen nicht zu dieser Auswertung gehen«, flüstert er und küsst eine Träne von meiner Wange. »Wir werden fliehen.«

Ich reiße mich von ihm los und blicke ihn voller Entsetzen an. »Was? Wie willst du das anstellen? Das ist unmöglich!«

Er schüttelt den Kopf. »Wir werden es versuchen.«

»Dann würden sie uns beide eliminieren«, hauche ich.

Er legt wieder die Arme um mich. »Aber dieses Monster … ich kann das nicht zulassen.«

Ich umklammere seinen Körper fester, als wäre er mein letzter Anker, meine letzte Hoffnung. Tatsächlich erwäge ich den Gedanken, den Tod zu bevorzugen. Was ist, wenn die Gerüchte stimmen und dieser Mann das Grauen in Person ist? Vermutlich würde er mich einsperren, mir noch nicht einmal die Möglichkeit geben, den Tod zu wählen.

»Bisher ist noch niemand dem Institut entkommen, Autumn. Wie sollen wir da überhaupt eine Chance haben?« Ich wische die Tränen von meiner Wange. »Wir werden getötet.«

Ich spüre, wie sich sein Kopf bewegt. »Nicht, wenn wir in der Nacht verschwinden. Sie kontrollieren abends ja noch nicht einmal die Flure richtig.«

»Ich kann nicht zulassen, dass du die Chance auf Freiheit damit aufs Spiel setzt«, schluchze ich und schaue zu ihm auf. »Vielleicht kann wenigstens einer von uns das achtzehnte Lebensjahr vollenden, ohne gekauft zu werden.«

Autumn schüttelt heftig den Kopf. »Heute hatte ich trotz meines freien Tages eine Besichtigung. Ein Käufer ließ mich auf seine Auswertungsliste schreiben. Nächste Woche könnte ich ebenfalls gekauft werden.«

Was? Ich sehe ihn mit großen Augen an. »War er wenigstens … nett?«, entfährt es mir schwach, während vor meinem geistigen Auge das süffisante Grinsen von Adam Malone erscheint.

Autumn umfasst meine Schultern. »Das spielt keine Rolle. Ich werde heute Nacht fliehen.«

Ich weiß nicht, was ich sagen soll. Entweder wir riskieren alles oder wir müssen unserem Schicksal entgegentreten. »Du würdest mit mir fliehen?«, kommt es kaum hörbar über meine Lippen.

Die Gerüchte bereiten mir eine solche Furcht, dass ich mich freiwillig für eine Eliminierung entscheiden würde. Ich weiß, was es bedeutet, Schmerzen zu empfinden, die der Körper nicht auszuhalten vermag. Mit dem zwölften Lebensjahr muss man als Produkt einen Resistenztest bestehen, um die Qualität der Ware zu gewährleisten. An diesem Tag wurden uns auch unsere Registernummern auf die Schulterblätter tätowiert wie bei einem Stück Vieh. Das waren die schlimmsten Stunden meines Lebens. Noch einmal werde ich das nicht überleben.

Autumns Hände gleiten von meinen Schultern zu meinen Wangen. »Wenn es verhindert, dass du gekauft wirst, dann ja.«

»Und du glaubst, wir könnten es schaffen?«, hake ich nach und schaue dabei hilflos in seine Kastanienaugen.

Er nickt. »Wenn wir im Park sind, müssen wir nur noch eine einzelne Mauer überwinden, um in Freiheit zu leben.«

Seine Worte geben mir Hoffnung. Irgendetwas regt sich in meinem Unterbewusstsein und schürt den Glauben, gemeinsam mit Autumn für immer fliehen zu können. Vielleicht schaffen wir es wirklich.

Mir wird klar, dass diese Nacht vielleicht unsere einzige Chance ist, aus dem Institut zu flüchten. Der Gedanke daran, alles hinter mir zu lassen und dabei mein Leben zu riskieren, bringt mein Herz laut zum Schlagen. Ich verspüre dabei Angst und Unbehagen, doch mit Autumn an meiner Seite weiß ich, dass es das Risiko wert ist. *Er* ist es wert.

Ich schlinge meine Finger um seine Hand und hauche einen Kuss auf seine weiche Haut. »Dann lass es uns wagen.«

Ein hoffnungsvolles Lächeln legt sich auf seine Lippen und er wendet sich anschließend meinem Zimmer zu. »Nimm alles mit, was dir wichtig ist. Schließlich werden wir hierhin nie wieder zurückkehren.«

Ich nicke und suche ein paar Sachen zusammen. Da wir keine Taschen besitzen, nehme ich das Laken meiner Decke und knote es zu einer Art Sack, in den ich alle Kleidungsstücke stopfe, die ich besitze.

Aus meinem Badezimmer entnehme ich eine Zahnbürste und meinen Kamm. Als ich so weit alles gepackt habe, läuft Autumn zur Zimmertür, bereit, den Raum zu verlassen. Er wirft mir einen ermutigenden Blick zu. »Warte auf mich. Ich werde dich um Mitternacht abholen kommen.«

Doch bevor er aus dem Zimmer verschwinden will, laufe ich auf ihn zu, umschlinge mit den Armen seinen Nacken und presse meine Lippen auf seine. »Ich werde warten.«

Mit einem weiteren flüchtigen Kuss verschwindet er aus der Tür und ich höre, wie seine Schritte leise auf dem Korridor verstummen.

# AUTUMN

Breit grinsend laufe ich auf leisen Sohlen über den Linoleumboden. Dabei achte ich darauf, keinem Aufseher über den Weg zu laufen, die in einem regelmäßigen Zyklus durch die Gänge streifen. Mittlerweile kenne ich ihre Routen, die Sekunden und Minuten, wann und wo sie auftauchen.

Als ich in meinem schmalen Flur lande, dessen Deckenleuchten am Abend gedämmtes Licht von sich geben, öffne ich geräuschlos meine Zimmertür. Doch während des Eintretens nehme ich einen vertrauten Parfümduft wahr, den ich bereits mein ganzes Leben kenne. Mein Blick fällt zu meinem Fenster, dort steht mein glatzköpfiger Mentor.

Für den Moment setzt mein Herzschlag in der Brust aus. »Sir?«

Er hat die Hände hinter dem Rücken verschränkt und blickt aus dem Fenster, dessen Vorhänge er zur Seite gezogen hat. Ich gehe mit schlotternden Knien auf ihn zu. Hoffentlich hat er nicht bemerkt, bei wem ich gewesen bin. Jede andere Strafe würde ich akzeptieren, wenn er dafür Leaf aus dem Spiel ließe.

»Ich habe euch immer auf eine gewisse Weise bewundert und eure Modellreihe sogar beneidet. Ihr seid bisher nicht nur das hochwertigste Produkt unserer Firma, sondern auch das erfolgreichste Projekt der letzten fünfzig Jahre. Es macht mich stolz, euer Mentor sein zu dürfen«, beginnt er und ich schlucke.

Er weiß etwas. Aber was, das ist mir noch nicht klar.

Der Glatzkopf dreht sich zu mir um und beäugt mich mit einem finsteren Blick. Ein Schauer läuft mir den Rücken hinunter und die Angst droht mich zu übermannen. Er ist aus einem bestimmten Grund hier.

Ausdruckslos kommt er auf mich zu und legt seinen Finger auf einen beigen Fleck an meiner Schulter, der von Leafs Make-up stammen muss. Als sie sich an mich geschmiegt hat, muss sie ihn dabei hinterlassen haben.

Er rümpft die Nase und lässt wieder von mir ab. »Eigentlich dachte ich auch, dass euch Produkten bereits klar geworden ist, wer ihr seid, wem ihr euer Leben zu verdanken habt und dass ihr sogar die Chance bekommt, nach eurer Volljährigkeit das Institut in Freiheit zu verlassen. Wir geben euch ein Zuhause, Essen, Kleidung und die Möglichkeit, euch weiterzubilden.« Ein freudloses Lächeln breitet sich in seinem Gesicht aus. »Doch dann werde ich Zeuge, wie meine Produkte 551 und 556 miteinander verkehren wie wilde Tiere in einem Stall.«

Ich ziehe die Augenbrauen zusammen und balle eine Hand zur Faust. Wie kann er es wagen, von Leaf so herablassend zu reden, als wären wir auf einer Schweinezucht. Sie ist so viel mehr für mich. Mehr als ein Produkt, mehr als mein eigenes Leben. »Ich liebe sie«, entfährt es mir zwischen zusammengebissenen Zähnen.

Mein Mentor beginnt spottend zu lachen. »Lieben? Du bist kein Mensch, 551. Nur ein aus reiner Chemie erzeugtes Lebewesen, geschaffen, um *Menschen* glücklich zu machen und keine *Produkte*.«

Wut keimt in mir auf. »Wir empfinden genau dasselbe wie Menschen. Nur weil wir anders hergestellt werden, heißt es noch lange nicht, dass man uns als eine Sache bezeichnen kann.«

Sein Lächeln wird finster. »Aber wir sind eure Schöpfer. Ihr habt nicht das Recht, solche unverschämten Behauptungen aufzustellen.« Er seufzt. »Dich erwartet die kommenden Tage noch eine Strafe, 551. Genau wie 556.«

Ich mache einen Schritt auf ihn zu. »Sir, 556 ist unschuldig. Ich habe ihr diese Liebe aufgezwungen. Ich bin der Grund. Bitte bestraft sie nicht.«

Mein Mentor sieht mich mit solcher Gehässigkeit an, dass mir das Blut in den Adern gefriert. »Glaube mir, morgen erwartet sie sowieso eine Strafe, die sie niemals wieder vergessen wird.«

Adam Malone. Die Auswertung. Ihr Käufer. Bedeutet das etwa, er hat sich längst für ein Produkt entschieden? Oder mehrere?

Ich darf das nicht zulassen.

Herausfordernd stelle ich mich meinem Mentor in den Weg, sodass er mein Zimmer nicht verlassen kann. Er lacht erneut. »Dummes Produkt. Ich dachte wirklich, für euch könnten wir eine Menge Geld bekommen. Möglicherweise für dich nicht mehr, aber für 556.«

»Sie werden ihr nichts tun!«, knurre ich drohend und hebe die Fäuste, um mich auf einen Kampf vorzubereiten, wenn es sein muss.

Bereits jetzt könnte mein Mentor einen Grund haben, mich zu eliminieren, da ich Regeln verletzte und meine Befehle verweigerte.

Für Leaf werde ich es weiterhin tun.

Mein Mentor bleibt vor mir stehen und ich blicke verächtlich in seine blauen Augen, die keinerlei Mitgefühl aufweisen. Es ist ihm vollkommen gleichgültig, was mit Leaf geschieht. Das Institut würde sich einfach nur über das viele Geld freuen, das es von Mr. Malone erhielte, sobald der Kauf abgeschlossen wäre. »Wirklich beeindruckend, wie wichtig dir dieses Produkt ist. Ungewöhnlich, aber interessant.«

Mein Blick wird flehentlich. »Er soll *mich* kaufen und Leaf in Ruhe lassen.«

Mein Mentor wirft den Kopf zurück und lacht schallend. »Leaf? Ist das ihr Name?« Ich beiße mir verärgert auf die Unterlippe. »Ihr habt euch wirklich Namen gegeben? Glaubt ihr allen Ernstes, ihr wärt Menschen?«

»Ja, das sind wir«, gebe ich mit einem stolzen Gefühl in der Brust zu.

»Und du bist bereit, eine Eliminierung zu riskieren? Für sie?«

Ich nicke entschlossen. »Wenn es sie vor einem Kauf bewahrt, dann ja.«

Mein Mentor grinst und fixiert die Tür in meinem Rücken. »Liam, Georg!«, ruft er.

Plötzlich stößt der Griff kräftig in meine Seite, sodass ich nach vorne taumle und beinahe gestürzt wäre. Die Aufseher betreten den Raum, bewaffnet mit einer Spritze, die mich offensichtlich betäuben soll.

Doch ich werde nicht aufgeben, mich ihnen nicht kampflos ergeben. Mit einem lauten Schrei stürze ich mich auf meinen Mentor und lasse der Wut in mir freien Lauf. Dabei schlage ich meine Fäuste in sein Gesicht, kratze seine Haut blutig und lege anschließend die Hände an seinen Hals. Mein Mentor schreit vor Schmerz. Mit dem Daumen drücke ich ihm die Luft ab, jedoch nicht lang genug, denn zwei Arme packen mich und reißen mich von ihm weg. Wild schlage ich mit den Armen um mich, versuche mich aus ihrem Griff zu befreien, wobei etwas schmerzhaft in meinen Hals gleitet.

»Bereitet morgen die Eliminierung vor und schafft mir 551 aus den Augen«, knurrt mein Mentor und tritt mir den Fuß hart in die Seite, als er den Raum verlässt. Ich krümme mich. »Verdammte Monster.«

Liam und der andere Aufseher halten mich so lange fest, bis sie merken, dass mein Körper langsam taub wird. Kälte umfängt mich, meine Muskeln erschlaffen und eine ungewollte Müdigkeit überkommt mich. Mein Blick gleitet zur offenen Tür und mir rinnt dabei eine Träne über die Wange.

»Leaf …«, ächze ich, bevor auch meine Stimme versagt.

Liam sieht mich an und in seinen Augen erkenne ich Mitleid. Meine Welt verschwimmt, das Sichtfeld schrumpft zu einem immer kleiner werdenden Tunnel und nimmt mir die letzten Farben, bevor sich meine Lider endgültig schließen.

Als ich erwache, ist der Platz neben mir leer und kalt. Meine Hand sucht nach der Wärme eines mir vertrauten Körpers, kann diesen jedoch nicht finden. Nur einen Augenblick später strömen die letzten Bilder in meinen Kopf und ich erinnere mich daran, wie ich auf meinen Mentor losgegangen bin und die Aufseher mir ein Betäubungsmittel injiziert haben.

Danach weiß ich nichts mehr.

Wie aus einem Albtraum schrecke ich im Bett hoch und erkenne weiße Zellenstäbe, die mich in einem kleinen Raum gefangen halten. Die grellen Deckenleuchten blenden mich und tauchen den Raum in eine grelle Farbe. Der Linoleumboden ist himmelblau, die Wände sind steril und fremd. In der Luft liegt der Geruch von Desinfektionsmitteln und Waschpulver.

Als ich aus dem Bett steige und in die anderen Zellen blicke, sehen dunkelbraune Augen zu mir, die mich neugierig mustern. Das Mädchen hat den Arm seltsam auf dem Rücken verdreht, als ob ihn jemand gebrochen hätte. »Hey«, sage ich vorsichtig, doch sie schaut mich nur weiterhin ausdruckslos an.

Gerade als ich weitersprechen will, legt sie sich auf das Bett, mit dem Rücken zur Decke. Der Arm, den ich für gebrochen hielt, ist einfach nur eine Verkrüpplung, denn sie hat keinen Unterarm und auch keine Hand. Anscheinend werden die missgebildeten Produkte hierher verfrachtet, wo sie niemand mehr zu Gesicht bekommt. Diese benutzen sie weiter für Experimente oder Resistenztests.

Schritte ertönen auf dem Gang und mir unbekannte Pflegekräfte kommen mit einem Metallkarren hergefahren. Sie geben den eingesperrten Produkten ein Tablett durch eine Klappe, auf dem sich ihre Mahlzeit befindet.

Was ist das für ein grauenvoller Ort? Keine Fenster, blasse Farben, Stille.

Hier können sie doch niemals im Leben über längere Zeit wohnen. Oder doch?

Als die Pflegekräfte auf mich zugefahren kommen, stelle ich mich an die Stäbe. »Wie viel Uhr ist es?«

Einer von ihnen rümpft die Nase und schaut auf seine digitale Armbanduhr. »Kurz nach zwölf.«

Was? Das bedeutet, Leaf ist bereits … Mein Herz pocht ängstlich gegen meinen Brustkorb und mir wird abwechselnd heiß und kalt. »Mittags?«

Er hebt eine Augenbraue. »Ja, was sonst? Denkst du etwa, du bekommst noch einen Mitternachtssnack?« Er lacht und deutet auf die Klappe vor mir. »Tritt zurück, sonst kriegst du nichts zu essen.«

Ich denke gar nicht daran. »Wartet, ich muss hier raus. Ich gehöre hier nicht hin. Ich muss jemanden davor bewahren, dass er gekauft wird.«

Der Pfleger mit dem struppigen Haar beginnt zu lachen. »Na toll. Noch so ein Irrer.«

»Ich bin nicht verrückt. Bitte. Ich muss hier raus!« Auch wenn es ausweglos ist, kann ich dennoch nicht tatenlos herumsitzen, bis sie alles für meine Eliminierung vorbereitet haben. Leaf braucht mich.

Der Pfleger seufzt und schiebt den Wagen zum nächsten Produkt, das Mädchen mit dem verkrüppelten Arm. »Dann gibt's für dich heute kein Essen«, murrt er.

Ich rüttle an den Stäben und spüre die aufkommende Verzweiflung. Tausend Bilder schießen mir durch den Kopf und alle handeln von Leaf.

Sie muss enttäuscht darüber sein, dass ich um Mitternacht nicht da gewesen bin und sie im Stich gelassen habe. Sie wollte mit mir zusammen weglaufen … das Weite suchen, Freiheit finden.

Ich lege die Stirn an die kalten Eisenstäbe und blicke auf den Boden. Wieso bin ich nicht stark genug gewesen? Dieses Monster wird sie kaufen, sie wie Dreck behandeln und ihren toten Körper auf dem Müllplatz entsorgen, wo es niemanden kümmert, dass die Produkte dort verwesen.

Ein Schluchzen entfährt meiner Kehle. Ich will schreien, toben und um mich schlagen. Wütend stoße ich mich von den Stäben ab und gehe in meiner Zelle hin und her.

Als das verkrüppelte Mädchen ihr Essen entgegennimmt und die Klappe zufällt, trete ich auf die beiden Pfleger zu. »Ihr seid verdammte Monster!«

Die Augen des Struppigen verengen sich und er richtet sich auf. »Hüte deine Zunge, Produkt! Wenn du weiter so einen Aufstand machst, werde ich die Security rufen.«

Seine Drohung gibt mir nur noch mehr das Gefühl, etwas tun zu müssen. Zornig trete ich gegen die Klappe vor mir und mache damit einen ohrenbetäubenden Krach.

Die Pfleger sind genervt und aufgebracht. Der Struppige gibt etwas Unverständliches durch ein Funkgerät weiter, bevor er auf meine Tür zukommt. Er holt einen Schlüssel hervor und will meine Zelle aufsperren – vermutlich um mich zum Schweigen zu bringen.

Ich mache einen Schritt zurück, allerdings nicht, um ihm aus dem Weg zu gehen, sondern um Anlauf zu nehmen. Kaum ist die Tür einen Spalt weit offen, springe ich darauf zu und klemme die Hand des Pflegers ein, wobei dieser schmerzerfüllt aufschreit. Sein Freund versucht ihm zu helfen, doch ich öffne die Tür und verpasse ihm einen so heftigen Kinnhaken, dass dieser zurücktaumelt.

Der Struppige hält seine eingequetschte Hand umklammert und schreit noch immer. Ich verpasse ihm einen Faustschlag mitten ins Gesicht und stoße ihn auf seinen Freund, sodass beide zu Boden gehen. Anschließend sprinte ich, so schnell ich kann, los.

In mir brennt nur noch ein Gedanke: Ich muss zu Leaf.

# LEAF

Mit gesenktem Blick, zitternden Händen, die ich vor meinem Körper verschränkt habe, und einer Träne, die meine Wange hinunterkullert, stehe ich regungslos auf einem Podest. Der gesamte Raum ist wie ein Schaufenster gehalten und jedes Produkt, das in die Auswertung gewählt wurde, bekommt seinen eigenen kleinen Platz auf einer runden, höher stehenden Plattform.

Ich fürchte mich davor, nach vorne zu sehen, in die Augen dieses alten, hässlichen Mannes zu blicken, der bereits so viele Produkte misshandelt und getötet haben soll. Ohne aufzuschauen, weiß ich, dass er uns mit seinen gierigen Augen beobachtet, noch unschlüssig, wie viele er mitnehmen wird.

Doch statt meinen Kauf zu fürchten, klafft ein ganz anderer Schmerz in meiner Brust.

Autumn ist um Mitternacht nicht aufgetaucht.

Ich habe bis drei Uhr gewartet, dann bis fünf und schließlich bis sieben, als die Sonne bereits am Horizont aufging. Ich habe in mein Kissen geweint, mich gefragt, weshalb er nicht kam, und bin am Morgen heimlich zu seinem Zimmer gegangen.

Mein Mentor erwischte mich dabei, war mir allerdings nicht allzu böse. Was er mir erzählte, zerbrach mein Herz jedoch in tausend Scherben. Er sagte, sie hätten heute Morgen gesehen, wie Autumn in den Park lief und über die Mauer verschwand. Zurzeit seien sie noch auf der Suche nach ihm, doch dies erweise sich als schwierig.

In diesem Moment setzte mein Herz für eine Sekunde aus. Ich fühlte mich verloren. Alleingelassen. Verraten. Wieso hat Autumn mich nicht mitgenommen? Wir wollten zusammen weglaufen, gemeinsam das Institut hinter uns lassen.

Ich schließe die Augen und erinnere mich an den Moment zurück.

*Ich spüre die Hand meines Mentors auf meiner Schulter und seinen mitfühlenden Blick, als er zu mir heruntersieht. »Du mochtest ihn, oder? Schließlich war er aus derselben Modellreihe.« Er seufzt. »Wenn ich etwas über Produkte weiß, dann, dass ihnen ihr eigenes Überleben immer am wichtigsten ist.«*

*Jedes seiner Worte rammt sich tiefer in meine Brust. Ich versuche meine Tränen zurückzuhalten, doch der Gedanke, dass Autumn mich im Stich gelassen hat, zerbricht mich zu sehr. Er hat mich verlassen. Für sein eigenes Überleben gesorgt. Vielleicht bin ich ihm ein Hindernis gewesen, dem er nur Hoffnung zu machen brauchte, damit es ihm nicht in die Quere kam. »Aber …«*

*In meinen Gedanken bricht das Chaos aus und ich spüre, wie mich mein Mentor den Flur entlangführt. »Komm, ich begleite dich auf dein Zimmer. Zieh dir etwas an, deine Auswertung beginnt bald.«*

*Als wir im Raum ankommen, stelle ich mich ans Fenster und blicke auf den Park hinaus. Er hat mich angelogen, obwohl wir uns immer wieder versprachen: »Bis wir in Freiheit sind.« Vielleicht galt dieser Spruch nur ihm und nie mir. Möglicherweise hat er alles geplant, um die Gelegenheit allein zu nutzen.*

*Vielleicht brauchte er nur eine Person, die ihn unterhielt. Doch seine Berührungen, Worte und Zärtlichkeit haben sich so verdammt echt angefühlt. Kann man jemandem so etwas überhaupt vorspielen? Oder bin ich zu naiv?*

*Ich dachte, er würde mich lieben. Mit mir zusammen sein wollen, um eines Tages gemeinsam ein neues Leben zu beginnen.*

*Ich lege das Gesicht in meine Hände und weine, bis meine Augen rot sind und brennen. Obwohl ich wütend auf ihn sein sollte, kann ich es nicht. Mein Herz hängt zu sehr an ihm. An seinen Berührungen, seiner melodischen Stimme, seinem Lächeln … seiner Liebe.*

*Die Verzweiflung ist so groß, dass ich mir so sehr wünsche, es wäre vorbei. Adam Malone soll seine Wahl treffen, mich schänden und mich anschließend von dieser furchtbaren Welt befreien.*

Ich werde aus meiner Erinnerung gerissen, als die Tür der Auswertung geöffnet wird. Mein Mentor steht mit einem freundlichen Lächeln im verglasten Raum und sieht einmal jedem Produkt in die Augen.

Alle Frauen haben den Atem angehalten und ihren Körper angespannt. Sie wirken wie Statuen, die sich davor fürchten, bei einer Bewegung angesehen zu werden. In ihren Gesichtern kann ich die blanke Angst lesen, die Panik vor einem Kauf.

»536 und 556, meinen Glückwunsch! Ihr habt einen Besitzer gefunden!«

*Nein …*

Magensäure schießt meinen Hals hinauf und zwingt mich schwer zu schlucken. Die Knie schlottern und mein Herz hämmert spürbar in der Brust. Zuerst ist es unheimlich still im Raum, doch 536 macht den ersten Schritt nach vorne. Ich tue es ihr gleich, merke jedoch, wie unsicher sich meine Beine anfühlen.

Wir treten aus dem Raum hinaus und stellen uns mit gebeugter Haltung vor unseren neuen Besitzer.

Adam Malone.

Er scheint zwischen fünfzig und sechzig Jahre alt zu sein. Sein Blick ist streng, wenn er keine Miene verzieht, und er wirkt unheimlich, wenn er grinst. Sein Körper ist dürr, doch ich habe trotzdem das Gefühl, dass er fest zupacken kann.

Er macht einen Schritt auf mich zu und nimmt meine Hand. Seine Haut ist eiskalt und ich zucke zusammen. »Sieh mich an.«

Da ich nun *sein* Produkt bin, darf ich keine seiner Entscheidungen mehr infrage stellen und muss unweigerlich alles tun, was er verlangt. Nur zögerlich hebe ich den Blick und schaue in die graublauen Iriden, die mir eine Gänsehaut verpassen. Er besitzt einige Falten unter seinen Augen und seine Nase erinnert mich an einen Raben. Seine Lippen sind dünn. Eine Gänsehaut legt sich über meinen Körper.

Seine Hand wandert von meinen zitternden Fingern zu meinem Arm hinauf, bis sie an meiner Wange zum Erliegen kommt. »Sie ist perfekt.«

Am liebsten hätte ich aufgeschrien, doch aus meiner Kehle dringt nur ein kaum merkliches Fiepen.

Was wird er mit mir anstellen? Wie viel Schmerz werde ich ertragen müssen, bis ich genauso dahinraffe wie all die Produkte vor mir?

»Ich danke Ihnen vielmals für den Einkauf, Mr. Malone! Sie sind uns immer ein willkommener Kunde«, verabschiedet sich mein Mentor, macht auf dem Absatz kehrt und sorgt dafür, dass die restlichen Produkte aus der Auswertung geführt werden.

*Wie gerne ich ihnen folgen würde …*

Mr. Malone holt aus der Innentasche seines maßgeschneiderten Smokings zwei Bänder, die er einmal mir und einmal 536 um den Hals bindet. Ihre Machart und die Details erinnern mich an BDSM, welches wir ebenfalls als Unterrichtsthema durchgenommen haben, da es Produkte gibt, die dafür angefertigt werden.

536 schluchzt, als er sie dabei berührt. Sie weiß womöglich ebenfalls um die Gerüchte über diesen grauenvollen Mann.

Die Bänder bestehen aus hartem Leder und sind nichts anderes als Schnallen, die er mit einem Schlüssel zusperrt, damit wir uns aus unserer Gefangennahme nicht befreien können. Er macht eine Leine daran fest und befiehlt uns, ihm anschließend hinterherzulaufen.

Meine Knie schlottern so sehr, dass ich mich schwertue, einen Fuß vor den anderen zu setzen. 536 weint leise neben mir und wischt sich ständig die Tränen von der Wange. Meine Augen sind zu trocken, als dass ich welche vergießen könnte. Ich habe sie alle für Autumn in meinem Zimmer aufgebraucht.

Wir schreiten durch einige weiße Gänge und verlassen das Institut durch den Hinterausgang. Eine goldene Limousine wartet bereits auf dem großen, leeren Asphaltplatz. Der Fahrer steigt aus und öffnet Mr. Malone höflich die Tür. Dieser lächelt nur und bedeutet mir einzusteigen, doch 536 wird vom Fahrer zum hinteren Teil des Autos geführt.

Mir schnürt sich die Kehle zu.

*Ich will nicht mit ihm allein sein! Nein! Nein! Nein!*

Der Innenraum wirkt wie ein kleines, luxuriöses Wohnzimmer. Die Möbel sind in einem Schwarz-Violett gehalten, die Bezüge bestehen aus weichem Leder. Schwarzlicht erhellt nur dürftig den Raum und ich setze mich gegenüber am Tisch zu Mr. Malone.

Als die Tür geschlossen wird, rauscht das Blut in meinen Ohren.

Ich kann so viel schreien, wie ich will. Niemanden würde es interessieren. Die Fenster der Limousine sind schwarz getönt, sodass uns von außen keiner zuschauen kann. Die Angst wird so groß, dass ich sogar kurz davorstehe, mir in die Hosen zu machen. Mein Zittern ist nicht mehr zu kontrollieren.

»Du bist das Geld wert, meine Schöne«, beginnt er und ich spüre, wie das Auto anfährt.

Mr. Malone lehnt sich lässig auf dem Sofa zurück. Sein Grinsen lässt mich schließen, dass er etwas Sadistisches im Sinn hat. Er zieht an der Leine und ich bin dadurch gezwungen, mich über den Tisch zu ihm nach vorne zu beugen. Seine Finger fahren über mein Gesicht und bleiben an meinen Lippen hängen.

»Ich möchte, dass du dich auf meinen Schoß setzt. Komm.«

Als er die Leine lockert, rutsche ich zögerlich auf dem u-förmigen Sofa zu ihm und verharre dort erst einmal reglos. Er klatscht mit seiner freien Hand auf den Oberschenkel und bedeutet mir, mich aufzusetzen. Ich lege zuerst das eine Bein darauf, dann das andere. Er zieht zwischendurch an der Leine, um mich anzutreiben.

Eine seiner widerlichen Hände platziert er in meinen Schoß und zieht mich mit der anderen an sich. Ich gleite dadurch an seine Brust und atme den Duft eines viel zu starken Männerparfüms ein. Mir wird speiübel.

»Bitte …«, wimmere ich.

»Du willst mehr?«, raunt er nah an meinem Kopf und beißt sanft in mein Ohrläppchen. Dabei zucke ich zusammen und schluchze. »Wir beide werden so viel Spaß haben.«

Ich lege die Arme um meine Mitte und unterdrücke den Drang zu weinen. Ich halte es für das Beste, so lange wie möglich zu schweigen. Meine Stimme wird ihn nur noch mehr dazu anstacheln, seine Gelüste an mir auszulassen.

»Du wirst von mir einen Namen bekommen. Ab sofort bist du Blossom und jedes Mal, wenn ich nach dir rufe, wirst du kommen und mir Gesellschaft leisten, ja?« Seine Stimme ist so unheimlich, dass sie mir mehrere Schauer über den Rücken jagt und mich immer kleiner werden lässt.

Ich nicke, da ich zu nichts anderem fähig bin.

Er streicht mir eine Strähne von der Wange und umfasst mit der Hand mein Kinn. Anschließend zieht er meinen Kopf zu sich herunter und legt seine trockenen, schmalen Lippen auf meine. Ein Würgereiz überkommt mich, doch ich gebe mir Mühe, mir nichts anmerken zu lassen, aus Angst, dafür bestraft zu werden.

Er widert mich so an. Es ist abstoßend. Ekelerregend. Krank.

Einfach *krank*.

Als ich meine Lippen nicht bewege, sondern sie nur auf seine drücke, lässt er von mir ab und verpasst mir eine so harte Schelle, dass mein Kopf zur Seite fliegt. In meinen Ohren klingelt es laut und für den Moment sehe ich Sterne vor meinen Augen.

Ich keuche, als sich donnernder Schmerz von meiner Nase bis zu meinem Kiefer zieht. »Küss mich gefälligst, wenn ich es verlange«, knurrt er.

Ein leises Winseln entflieht meiner Kehle und ich halte mir die Hand an die pochende Stelle.

*Ich will sterben.*

*Ich will meine Augen schließen und nie wieder aufwachen.*

Im selben Moment reißt mich ein Ruck von Mr. Malones Schoß und lässt meinen Körper über den Tisch fliegen. Auch mein Besitzer prallt mit dem Oberkörper auf die Tischplatte und gibt einen schmerzerfüllten Laut von sich. »Was zum …?«

Irgendetwas hat den Wagen gestreift oder ihn zum Stehen gebracht. Jedenfalls habe ich während meines Fluges ein donnerndes Poltern gehört, als ob das Auto etwas oder jemanden angefahren hätte.

# AUTUMN

*Einige Minuten zuvor …*

Meine Lunge brennt, meine Beine schmerzen und mein unregelmäßiges Keuchen hallt in den Fluren wider, durch die ich sprinte.

Zwei Aufsehern bin ich bereits aufgefallen, die mir nun hinterherrennen und mich einzufangen versuchen. Durch ihre Rufe machen sie noch mehr Securitys und andere Hilfskräfte auf sich aufmerksam.

Als ich in den Raum hineinplatze, in dem die meisten Auswertungen stattfinden, finde ich diesen leer vor. Nur bei einem weiteren Durchgang entdecke ich Liam, der gerade ein weibliches Produkt in den nächsten Flur lotst, bevor er die Tür hinter ihr schließt. Mit riesigen Augen sieht er zu mir.

»Wo ist sie?«, knurre ich und gehe mit geballten Fäusten auf ihn zu. »Wo ist Leaf?« Er scheint noch immer nicht zu verstehen. »Produkt 556.« Bei ihrer Registernummer zieht sich etwas in meiner Brust zusammen.

Er hebt unschuldig die Arme. »Du kommst zu spät. Mr. Malone hat sie mitgenommen.«

Ich packe ihn hart am Kragen und drücke ihn schmerzhaft gegen die Wand. Für einen Moment fühle ich mich unglaublich stark und tue Liam durch meine barbarische Art weh, was ich an einem schmerzvollen Laut erkenne.

Er keucht zwischen seinen Lippen hervor: »Hinterausgang.«

Ich weiß, wo sich dieser befindet, und lasse von Liam ab. Kurz darauf platzen drei Aufseher und sechs Security-Männer durch die Tür, durch die ich zuvor gekommen bin.

Einer von ihnen zeigt mit dem Finger auf mich. »Dort!«

Ich sprinte los, renne in die Flure, die zum Hinterausgang führen, und werfe mich am Ende des langen Ganges gegen die Tür. Mir schlägt das Herz bis zum Hals, da ich nicht glauben will, dass dieses Monster wirklich Leaf in seinem Besitz hat.

Er darf ihr nicht wehtun. Nicht Leaf. Das hat sie nicht verdient.

Gerade als ich einen Blick auf den großen, leeren Asphaltplatz werfe, sehe ich, wie eine Limousine um die Ecke des Gebäudes fährt. Aus Angst, zu spät gekommen zu sein, laufe ich auf den Wagen zu, von dem ich mir ganz sicher bin, dass er Adam Malone gehört.

Das Fahrzeug ist schneller als ich und trotz meiner brennenden Lunge und den schmerzenden Beinen lege ich einen Zahn zu. Ich darf sie nicht verlieren.

»Leaf!«, schreie ich und merke, wie heiser meine Stimme klingt. »Leaf!«

In der Ferne erkenne ich, dass der Wagen gezwungen ist, an einer Schranke zu halten, und der Fahrer eine Karte durch den Automaten ziehen muss. Als ich das Auto fast erreicht habe, fährt es weiter.

Ich überblicke die Gegend und sehe, dass das Fahrzeug einer u-förmigen Straße folgen muss, um das Gelände zu verlassen. Also nutze ich die einzige Chance, die mir jetzt noch bleibt. Ich laufe über die glitschige Wiese, die vor wenigen Minuten durch die Sprinkleranlage bewässert wurde. Meine Schuhe schmatzen, während ich meine letzte Kraft zusammennehme, um dem Wagen zuvorzukommen. Brennende Tränen treten mir in die Augen, als ich so schnell werde, dass ich glaube, jeden Moment zusammenzubrechen. Ich kriege keine Luft mehr, meine Lunge füllt sich nicht genug mit Sauerstoff und meine Muskeln erschlaffen langsam.

Ich schreie Leafs Namen in meinen Gedanken, verfluche mich dafür, nicht ausdauernd genug zu sein, um bis zum Ende der Wiese durchzuhalten.

Im Augenwinkel erkenne ich, dass die Limousine sich mir nähert und ich sie verpassen könnte, wenn ich nicht noch schneller werde. Doch woher soll ich die Kraft nehmen?

Schweißperlen laufen an meinen Schläfen hinab und rinnen mir in die Augen. Ich blinzele die brennende Flüssigkeit weg und laufe weiter.

Aber ich werde es nicht schaffen. Bereits jetzt hat die Limousine das Ende der Straße erreicht und droht mir davonzufahren.

Ich kneife die Augen zusammen und versuche mich, trotz der Angst, Leaf endgültig zu verlieren, an sie zu erinnern. Vor meinem geistigen Auge sehe ich ihre schmale Gestalt, als sie mir das erste Mal im Gemeinschaftsraum wirklich aufgefallen ist. Sie hat ›Moby Dick‹ gelesen, eines meiner liebsten Bücher. Kein anderes Produkt habe ich zuvor diese Geschichte lesen sehen. Nachdem sie ein weiteres Buch durchhatte, las sie es noch mal. Und noch mal. Von da an wusste ich, dass 556 mehr als nur eine Zahl war.

Eine Woche später erwischte ich sie dabei, wie sie im Park versucht hat auf einen Baum zu klettern. Als sie auf den Ästen des Ahornbaumes saß und die Sonne durch seine Krone schien, verschmolzen ihre Augen mit dem leuchtenden Grün der Blätter um sie herum. Von diesem Tag an nannte ich sie Leaf.

Wenige Wochen später war ich der festen Überzeugung, dass ich sie kennenlernen musste und in ihrer Nähe sein wollte. Nachdem ich das erste Mal mit ihr einen schüchternen Augenkontakt austauschte und mir sicher war, dass sie diesen nicht als unangenehm empfand, suchte ich beinahe bei jeder Gelegenheit ihre Aufmerksamkeit.

Ich berührte sie.

Ich sprach sie an.

Ich küsste sie in jener Nacht vor einem Jahr.

Nein, wenn es etwas gibt, für das es sich zu sterben lohnt, dann ist es Leaf.

*Leaf, deren Augen so grün leuchten wie die Ahornblätter im Sommer, angestrahlt von der warmen Sonne an einem hellblauen Himmel.*

Plötzlich durchströmt mich eine eigenartige Kraft, lindert meinen Schmerz in den Beinen, sodass ich mit einer unglaublichen Schnelligkeit über den Rest der Wiese fege.

Noch bevor ich mich bremsen kann, pralle ich mit der Motorhaube der Limousine zusammen, was einen ohrenbetäubenden Knall auslöst. Der Fahrer hat bereits vorher versucht, das Fahrzeug zu bremsen, doch ich bin direkt hineingerannt.

Mein Körper schlittert über die glänzend silberne Oberfläche und kommt auf der anderen Seite schmerzhaft auf. Mein Kopf prallt dabei hart auf die asphaltierte Straße, sodass der Geruch nach etwas Metallisch-Süßlichem in meine Nase dringt. Als ich mir an den Kopf fasse, klebt Blut an meinen Händen.

Doch trotz aller Bemühungen schaffe ich es nicht, mich zu erheben. Meine Muskeln sind wie gelähmt und pochen bei jedem Herzschlag. Das Blut schießt durch meine Venen und rauscht in meinen Ohren. Mir ist schwindelig und meine Welt dreht sich mit jedem weiteren Atemzug schneller.

»Es tut uns unfassbar leid, Mr. Malone!«, höre ich einen der Aufseher sagen, die mich eingeholt haben müssen.

Schattenartige Gestalten umstellen mich und ich spüre, wie mir jemand so kräftig in den Magen tritt, dass ich schmerzerfüllt aufschreie.

»Haben Sie Ihre verdammten Produkte nicht unter Kontrolle? Sehen Sie sich das an!«, beschwert sich eine dunkle, unheimliche Stimme.

Meine Sehkraft schwindet, unter meiner Schädeldecke pocht es qualvoll. »Wir werden den Schaden bezahlen. Versprochen!«

Er brummt unzufrieden. »Verdammte Missgestalt.« Anschließend verstummen seine Schritte und ich höre ihn noch sagen: »Los, Blossom! Ich will, dass du dich von deinen hässlichen Kleidern befreist. Zieh das hier an.«

Blossom? Wer soll das sein? Hat er Leaf diesen Namen gegeben?

Starke Arme packen mich und drehen meine so schmerzhaft auf den Rücken, dass ich keuche. Ich beiße mir auf die Unterlippe und schmecke dabei Blut. Jemand verpasst mir eine heftige Ohrfeige. »Weg mit ihm!«

Sie ziehen mich über den Asphalt und wollen mich vom Auto wegzerren.

Ich schreie.

Ich schreie so laut, dass mein ganzer Körper bebt.

Tränen rinnen über meine Wangen, vermischen sich mit dem Blut auf meinen Lippen. Ich trete nach den Aufsehern und höre, wie erneut der Motor startet. Das Auto prescht davon und seine Geräusche verstummen in der Ferne.

Und mit ihnen geht Leaf.

Ich habe sie nicht retten können.

Ich habe versagt.

Bevor ich endgültig den Verstand verliere, erlöst mich bereits die Erschöpfung und ich werde ohnmächtig.

# LEAF

Als das Fahrzeug wieder anfährt, ist mir noch immer schwindelig. Der Aufprall hat mir ein paar blaue Flecke beschert und offensichtlich eine Platzwunde an der Stirn hinterlassen.

Doch all dies ist immer noch erträglicher als die Anwesenheit von Adam Malone.

Ich habe vorhin Stimmen von draußen vernommen und den schmerzvollen Schrei eines Mannes, als dieser von den Aufsehern heftig getreten wurde. Sie müssen ihn weggebracht haben. Offensichtlich gehört er zu den defekten Produkten, die normalerweise eliminiert oder noch für Experimente genutzt werden. Vielleicht hat er das Auto gar nicht kommen sehen und ist direkt hineingerast. Doch was wollte er hier draußen?

»Wird's bald?«, knurrt Adam ungeduldig und ich starre ihn mit leerem Blick an.

Er wird mich schlagen, wenn ich ihm nicht gehorche. Mein Blick wandert zu dem roten, engen Kleid, das mir nur knapp über den Hintern gehen wird. Natürlich besitzt es einen weiten Ausschnitt und ist aus dünnem, feinem Stoff.

Ich will mich nicht vor ihm ausziehen. Das ist so widerwärtig. Doch was ist, wenn er mir dadurch nur noch größeren Schmerz zufügt?

Er zieht an meiner Leine. »Wenn du es nicht machst, mache ich es, und dann wird es für dich kein schöner Anblick sein.«

Ein Schluchzer entfährt mir und meine Lippen beben. Habe ich denn eine Wahl? Was meint er damit, dass es kein schöner Anblick sein wird? Will er mich etwa so lange grün und blau prügeln, bis ich es tue?

Doch ich bringe es nicht über mich. Die Scham ist zu groß, als dass ich nach dem Saum meines T-Shirts greifen kann, um es mir über den Kopf zu streifen. Denn darunter ist nichts. Kein BH, nur nackte Haut.

Als er merkt, dass ich noch immer nicht gehorche, zieht er so fest an der Leine, dass mein Gesicht schmerzhaft auf den Tisch knallt und auch an Ort und Stelle fixiert wird. Ich wehre mich, will mich von der Leine befreien, die mir beinahe den Hals abschnürt.

Er bindet sie unter dem Tisch fest, erhebt sich und rückt zu mir auf. Mit jeder weiteren Bewegung, mit der er sich mir nähert, wallt Panik in mir auf.

*Fass mich nicht an!*, will ich laut schreien, doch aus meiner Kehle dringt nur ein verzweifeltes Wimmern.

Seine Hände umfassen meinen Rumpf und anschließend greift er nach dem Saum meines T-Shirts. Er zieht es langsam nach oben und lässt sich dabei Zeit, damit jede weitere Sekunde, die vergeht, noch unerträglicher wird.

»Bitte«, flehe ich und meine Tränen vermischen sich mit meiner triefenden Nase.

Er schweigt und seine Finger fahren meinen nackten Rücken hinauf. Mich durchfährt ein eisiger Schauer und meine Hände zittern so stark, dass sie klappernd gegen den Tisch schlagen.

Er zieht das T-Shirt bis zu meinem Nacken hoch und ich spüre seinen Atem. Er legt seine spröden Lippen auf meine Haut und ich zucke angewidert zusammen. »Diese Einzigartigkeit und dieser Schimmer. Noch nie habe ich ein Produkt besessen, das eine solche Makellosigkeit ausstrahlt.« Ein finsteres Lachen kommt aus dem tiefsten Inneren seiner schwarzen Seele. »Wir werden eine wundervolle Zeit zusammen haben.«

Dann tut er etwas, vor dem ich mich gefürchtet habe. Er zerreißt das Baumwollshirt und wirft es achtlos in die Ecke des kleinen Raumes. Kälte umfängt mich, fährt an meiner nackten Haut entlang.

»Jetzt lass uns dein wunderschönes Kleid anziehen, Blossom«, raunt er an meinem Ohr und mit den Händen dreht er meinen Körper herum, sodass mein Rücken auf dem Tisch liegt.

Ich schließe die Augen.

*Schalte es ab.*

*Bitte, mach, dass es aufhört!*

*Ich will das nicht fühlen.*

Mein Inneres bröckelt zu feinem Sand, der sich im Nichts auflöst.

Ich bin nicht Leaf. Ich bin 556.

Ein Produkt. Ein chemisches Lebewesen ohne Rechte.

›*Modellnummer KC0000556 aktiviert. Initialisiere Ruhemodus …*‹, ertönt eine Stimme in meinem Kopf.

Mein ganzer Oberkörper ist kalt. Adams Finger fahren von meinem Bauchnabel hinauf zu meinen Brüsten, auf denen sie liegen bleiben. Ich drücke meinen Rücken so fest auf den Tisch, dass meine Schulterblätter zu schmerzen beginnen. Mir entfährt ein verzweifelter Schrei, der sich mit meinen Tränen und meinem Flehen vermischt.

Er packt mich fester, als wollte er verhindern, dass ich mich aus seinem Griff winde. Dann schlägt er mir ins Gesicht, bringt mich für den kurzen Moment zum Schweigen, während ich fühlen kann, dass er sich an meiner Hose zu schaffen macht.

Nach kurzer Zeit ist mir auch an den Beinen kalt. Adam stößt ein verlangendes Stöhnen aus, als seine Lippen von meinem Hals weiterwandern und mich Stück für Stück zerstören.

*›Vorgang gestartet … Das System wird heruntergefahren …‹*

Ich spüre einen unerträglichen Schmerz zwischen meinen Schenkeln und schreie auf. Ein schweres Gewicht erdrückt mich, liegt auf mir und lässt mich kaum atmen. Ich kann fühlen, wie sein Glied in mich eindringt, mir wehtut und meinen Unterleib zu zerreißen droht. Meine Kehle brennt, meine Stimme versagt, wird heiser und verstummt letztendlich. An meinen Beinen rinnt etwas Flüssiges hinab und eine metallische Note kriecht in meine Nase.

*›Vorgang abgeschlossen. Aktiviere Ruhemodus.‹*

*»Autumn«, spreche ich meine Gedanken laut aus und sehe dabei in seine kastanienbraunen Augen. »Sie erinnern mich an den Herbst, wenn die braunen Blätter von den Bäumen fallen und der Welt warme Farben verleihen.«*

*›Passwort gespeichert. System in den Ruhemodus versetzt.‹*

# AUTUMN

Als ich erwache, brummt mein Schädel und ein sengender Schmerz gräbt sich bis zu meiner Stirn durch. Prüfend lege ich die Hände an meinen Kopf und bemerke einen Verband.

Ich liege wieder in meiner Zelle, in dem Teil des Instituts, wo es keine Fenster und keine Freiheit mehr gibt. Doch wozu brauche ich diese noch, wenn ich sie mit niemandem teilen kann?

Ich bin ein Produkt. Kein Mensch.

Als ich versuchte, für die Freiheit zu kämpfen, habe ich alles verloren, was mir etwas bedeutete. Das war dumm.

Auch wenn ich es nicht verdiene, will ich vergessen. Ich will vergessen, dass ich versagt habe, Leaf nicht retten konnte und sie nun ihr restliches Leben in einer unvorstellbaren Hölle verbringen muss.

*Bitte lösch das.*

*Lösch die Erinnerungen.*

*Lösch den Schmerz.*

*›Formatierung des Speichers P556 wird vorbereitet …‹*

Diese Stimme in meinem Kopf …

*›Sollen die Daten vorher gesichert werden?‹*

Wer spricht da?

Es klingt wie die Roboterstimme unseres Dartspieles im Gemeinschaftsraum.

*›Sollen die Daten vorher gesichert werden?‹*, wiederholt sie.

*Ja.*

*›Daten wurden gesichert. Möchten Sie das bisherige Passwort verwenden?‹*

*Ja.* Was auch immer das bedeuten mag.

*›Formatierung wird durchgeführt … Haben Sie einen Moment Geduld.‹*

»Hier ist er. Wie Sie sehen, Miss Deel, ist er es nicht wert, gekauft zu werden. Gleich morgen werden wir ihn eliminieren«, ertönt eine bekannte Stimme in unmittelbarer Nähe.

»Nein, warten Sie. Ich will ihn trotzdem haben«, wendet eine Frau ein. »Wie viel wollen Sie für ihn?«

Der Mann zischt. »Ich gebe Ihnen einen Rabatt. Er ist defekt, deshalb sind wir dazu verpflichtet, ihn für einen billigeren Preis zu verkaufen. Immerhin unterschreiben Sie uns ja, dass Sie mit seiner eingeschränkten Funktionalität einverstanden sind. Er kann nicht gehorchen, seien Sie sich dessen bewusst.«

»Gut«, antwortet sie erleichtert. »Bereiten Sie alles vor. Ich kaufe ihn.«

Der Mann seufzt. »Wie Sie wünschen, Miss Deel.«

*›Formatierung abgeschlossen. Neustart erforderlich. System wird neu gestartet.‹*

Ehe ich verstehe, was die Stimme damit meint, versinkt meine Welt erneut in eine tiefe Schwärze.

Mein Körper wird langsam wach und ich fühle mich dabei erholt. Kein Schmerz plagt mich und das Letzte, woran ich mich erinnere, ist das Gespräch zwischen Miss Deel und meinem Mentor, die mich offensichtlich in meiner Zelle besucht haben.

*Moment, sie hat mich gekauft.*

Ich schrecke hoch und reiße die Augen auf. Das Erste, was mir auffällt, ist der in Farben getauchte Raum. Die Wände sind aus einem dunklen Holz, die Regale alt und zum Teil brüchig. Das Zimmer ist ein einziges Chaos, unsortiert, schmutzig und überfüllt.

An meinem Körper trage ich noch immer meine alte Baumwollkleidung und frage mich, wie ich hierhergekommen bin. Ob Miss Deel mich hierherbringen ließ? Ist das jetzt mein neues Zuhause?

Das Gefühl, etwas vergessen zu haben, bedrückt mich. Warum bin ich eigentlich in der Zelle gewesen? Aus welchem Grund?

Ich massiere mir die Schläfen und versuche meine Gedanken zu sortieren. Weshalb habe ich mich überhaupt so schwach gefühlt?

Kaum habe ich die Beine aus dem quietschenden Bett gehoben, betritt jemand das kleine, beengte Zimmer. Ich sehe in hellblaue Augen und erkenne das pinke Haar wieder.

»Miss Deel«, entfährt es mir. Sie hält in ihrer Hand eine Tasse, aus der warmer Dampf emporsteigt.

Ihr Lächeln ist warm und herzlich. Das heiße Getränk stellt sie auf einem kleinen Holztisch neben meinem Bett ab, ehe sie sich zu mir setzt. Ich rücke ein wenig von ihr weg. »Nenn mich bitte Liz.«

»Okay«, sage ich und weiche ihrem Blick aus. »Warum hast du ein defektes Produkt gekauft?«

Sie seufzt. »Du bist nicht defekt, sondern viel mehr als das. Defekt bedeutet für uns gesund.«

Ich ziehe eine Augenbraue in die Höhe und wage einen scheuen Blick in ihre Richtung. »Gesund?«

Sie nickt zur Bestätigung. »Richtig. Aber das werden wir dir alles erklären, sobald du dich ein wenig zurechtgefunden hast.« Sie mustert meinen Kopf. Erst jetzt bemerke ich, dass dort noch ein Verband sitzt. »Das muss echt wehgetan haben, als du mit dem Auto zusammengeknallt bist. Dein Mentor hat mir erzählt, dass du versucht hast zu fliehen, dann allerdings mit dem Auto zusammengestoßen bist.«

Ich hebe verwirrt eine Braue. Wieso erinnere ich mich zwar daran, aber weiß nicht mehr, weswegen ich weggelaufen bin? Wollte ich wirklich das Institut verlassen? Wieso? Gefiel es mir dort nicht mehr? »Ich weiß nicht genau ...«, murmle ich.

Liz schmunzelt. »Na ja, bei dem Zusammenstoß ist das auch kein Wunder. Vielleicht kehren die Erinnerungen ja in ein paar Tagen wieder zurück.«

Ich senke den Blick. »Vielleicht.«

»Wenn du bereit bist, dann komm einfach zu uns ins Wohnzimmer.«

»Uns?«, entfährt es mir überrascht.

»Ja, einige andere und ich.«

»Ich dachte, du arbeitest für eine Modelagentur.«

Sie lacht und erhebt sich. »Nein, tue ich nicht.« Ihre Augen fixieren die Tasse auf meinem kleinen Tisch. »Ich hoffe, du magst Tee.«

Misstrauisch sehe ich dabei zu, wie sie mit einem weiteren Lächeln aus dem Raum verschwindet.

Das Gefühl, etwas Wichtiges noch immer vergessen zu haben, nagt an mir. Ich greife nach dem Tee und rieche daran. Es ist Kamille.

Im Raum herrscht Kälte, die mich frösteln lässt. Ich nippe an dem heißen Getränk und gehe in meinem Kopf nochmals alle Erinnerungen durch.

Ich bin ein Produkt und meine Registernummer ist 551. Meine Existenz dient dazu, die Menschen glücklich zu machen, ihnen zu dienen, wenn sie mich kaufen. Dafür wurde ich kreiert, erschaffen. Diesen Leitsatz hat uns mein Mentor zu jeder Schulstunde aufsagen lassen, damit wir niemals vergessen, wem wir unser Leben zu verdanken haben.

Doch trotzdem fühlt sich mein Körper seltsam ausgehöhlt an. Irgendetwas fehlt und das Gefühl lässt mich nicht los.

Nachdem ich meinen Tee getrunken habe, erhebe ich mich und trete aus dem Raum. In dem großen Zimmer, das genauso chaotisch und alt wirkt, blicke ich in drei verschiedene Augenpaare. »Hallo«, grüße ich, da ich die stillen Blicke nicht länger ertrage.

»Setz dich doch«, bittet mich Liz, die am Tisch sitzt, und ich nehme ihr gegenüber Platz. Hinter ihr beobachten mich zwei stämmige Männer, gekleidet in helle Jeanshosen und Baumwollshirts. Sie alle sind unterschiedlichen Alters.

»Wir haben dich gekauft, weil jemand, der im Institut arbeitet, ungewöhnliche Aktivitäten bemerkte, denen wir nachgehen wollten«, erläutert sie und legt die Hände auf den Tisch. »Wir suchen nach Produkten, die als defekt erklärt werden aufgrund ihres Ungehorsams.«

Ich hebe die Augenbrauen. »Wieso?«

»Weil ihr für uns der Beweis der Menschlichkeit seid. Wir gehören zu einer Partei, die dafür kämpft, dass Produkte gleiches Recht wie die Menschen erhalten.« Sie lächelt stolz. »Kurz gesagt: Wir kämpfen für eure Rechte.«

Für einen kurzen Moment versuche ich, ihre Worte zu verarbeiten, denn das Institut hat niemals auch nur ein Wort darüber verloren, dass es sogar eine Partei gibt, die gegen das unethische Verhalten der Produkthersteller kämpft. Es wäre auch dumm von ihnen gewesen, wenn sie etwas erzählt hätten, denn dann gäbe es viel mehr Aufstände und rebellierende Produkte, die sich auf die Seite dieser Partei schlagen würden.

»Und das ist zulässig?«, hake ich nach.

Sie nickt. »Ja, wir sind ganz offiziell als Partei anerkannt und kandidieren auch, allerdings ist der Einfluss der Reichen und hohen Persönlichkeiten zu stark, sodass wir weit davon entfernt sind, an die Spitze zu kommen, um die Gesetze umschreiben zu lassen.« Sie verschränkt die Finger ineinander. »Doch wir geben die Hoffnung nicht auf und wollen weiterkämpfen, bis wir unser Ziel erreicht haben. In der Zeit kaufen wir, wenn es möglich ist, Produkte, um sie bei uns aufzunehmen.«

»Als Produkt oder Mensch?«, frage ich skeptisch nach.

Liz wirkt entsetzt. »Natürlich als *Mensch!* Wir wollen euch helfen, als Mensch anerkannt zu werden. Die Prüfung ist hart, erfordert Geschick und viel Können, aber bisher haben wir jeden durchkriegen können.«

»Allerdings verlangen wir auch eine kleine Gegenleistung«, brummt der Mann, der links hinter ihr steht.

»James«, flüstert Liz warnend.

Der etwas ältere Kerl mit dem grauschwarzen Bart mustert mich streng. »Er soll es wissen. Die Partei kann sich nicht halten, wenn wir uns nicht gegenseitig unterstützen. Wirst du dich uns anschließen?«

Ich beiße mir auf die Unterlippe und sehe dabei jedem in die Augen. Sie alle setzen eine Hoffnung in mich, von der ich nicht weiß, ob ich sie erfüllen kann. Doch ich glaube ihren Worten. Liz wirkt anders als die aufgeweckte, von mir faszinierte Fotografin, die mich damals auf die Liste für die Auswertung schreiben ließ. Heute sitzt sie da wie eine Art Anführerin, stolz, Teil von etwas Großem zu sein.

Was habe ich schon für eine Wahl? Schließlich würden sie sich um meine Anerkennung als Mensch kümmern, sodass ich wenigstens ein bisschen Freiheit besäße.

Ich nicke zögerlich. »Also gut, was muss ich tun?«

Liz fährt fort: »Du bist stark und schnell, was du offensichtlich deinen kreierten Genen zu verdanken hast. Wir brauchen einen Botschafter, jemanden, der ein selbstbewusstes Auftreten hat und zwischen den vielen Städten und Parteien handelt und unsere Meinung vertritt.« Sie atmet lange aus. »Die restlichen Details erklären wir dir noch. Doch du würdest eine Grundausbildung erhalten, trainiert und geschult werden. Außerdem bekommst du einen Partner an deine Seite, damit du deine Aufgabe nicht allein erfüllen musst.«

Die Aufgabe klingt nicht allzu schwer. »Okay, ich schätze, ich habe sowieso keine andere Wahl.«

Liz' Lippen werden zu einer schmalen Linie. »In deiner momentanen Lage leider nicht.«

»Wer gehört denn alles zur Partei?«, frage ich aus Neugierde.

»Wir haben beinahe in jeder großen Stadt ein eigenes Revier. Neben uns gibt es allerdings noch die Freiheitskämpfer, die auch gegen die Züchtung und Herstellung von Wunschkindern sind, sich jedoch aus der Politik heraushalten. Sie leben außerhalb der Städte und haben ihr eigenes Zuhause erbaut. Sie werden geduldet, weil sie gute Handelswaren besitzen, obwohl sie keine Zugehörigkeit haben.«

Ich komme mir vor, als wäre ich in eine völlig fremde Welt geworfen worden. Mir wird klar, dass das Institut nur ein kleiner, minimaler Punkt auf einer riesigen Karte war. Um mich herum gibt es so viel mehr … »Freiheitskämpfer? Sie sind nirgendwo registriert?«

Liz schüttelt den Kopf. »Nein, als wären sie ihr eigenes Volk.«

»Und das duldet die Regierung?«

James nickt. »Sie profitieren von ihren Handelswaren, und solange sie sich unauffällig verhalten und nicht stören, greift die Regierung auch nicht ein. Im Wald will sowieso keiner leben.«

»Warum verbünden sie sich nicht mit euch?«, frage ich weiter.

Liz stützt den Kopf mit einem Arm ab. »Das liegt daran, dass die Freiheitskämpfer sich weigern, ein Teil des Landes zu werden. Sie wollen nicht in die Städte ziehen und ihr eigenes Leben führen oder sich registrieren lassen.«

Ich lehne mich im Stuhl zurück. »Sie wären doch eine gute Stütze für die Partei.«

James lacht auf. »Allerdings, aber die Freiheitskämpfer sind ein stolzes Volk. Über vierzig Prozent waren früher einmal Produkte. Bis sie sich als Menschen anerkennen ließen.«

Ich hebe überrascht eine Augenbraue. »Ach, das haben sie akzeptiert? Kann es ihnen nicht egal sein, wenn sie so unabhängig sind?«

James beugt sich nach vorne und stützt sich mit den Händen an der Tischkante ab. »Doch, das kann es. Aber einige von ihnen müssen manchmal die Großstädte betreten und sich deshalb den Gegebenheiten anpassen. Obwohl sie eigentlich wissen, wie es ist, einmal ein Produkt gewesen zu sein, wollen sie trotzdem nicht für ihre Freiheit kämpfen, sondern lieber das Leben behüten, das sie sich aufgebaut haben.«

»Also kämpfen sie nicht für andere, sondern für sich selbst«, stelle ich fest.

Liz nickt zur Bestätigung.

»Aber was ist, wenn man sie davon überzeugen kann, sich uns anschließen?« Vielleicht schaffen wir es dann, an die Spitze der Regierung zu kommen.

James schüttelt den Kopf. »Keine Chance. Wir haben es bereits mehrmals versucht und eines Tages aufgegeben.«

»Wie? *Wie* habt ihr es versucht?«, will ich wissen, da mich das Thema interessiert.

»Zuerst diplomatisch«, erwidert James. »Dann haben wir ihnen etwas dafür angeboten, klärten sie über die Regeln auf und dass die Chance besteht, als stärkste Partei zu kandidieren. Doch alles, was sie sagten, war, dass sie damit nichts zu tun haben wollen.«

»Aber aus welchem Grund? Wovor haben sie Angst?«

Liz seufzt. »Ich glaube, sie fürchten, wenn sie registriert werden, dass sie sich den Gesetzen der Städter unterwerfen müssen.«

»Und was ist dann mit der Anerkennung als Mensch?«

»Die ist verpflichtend, wenn einige von ihnen die Großstädte besuchen. Wenn sie sie nicht besitzen, könnten sie einfach verschleppt, getötet oder misshandelt werden. Nur aus diesem Grund unterziehen sie sich dem Test.«

Als ich noch im Institut war, sehnte ich mich nach Freiheit. Das hat sich nicht geändert. Allerdings dachte ich dabei an meine eigene und nicht an die der anderen. Wenn wir alle gleich wären, gäbe es das Institut nicht mehr, niemand müsste wie ein Sklave oder eine Puppe behandelt werden.

Aus einem mir unerklärlichen Grund wird mir diese Aufgabe plötzlich unheimlich wichtig, als würde ein innerlicher Instinkt mich dazu treiben. Oder handelt es sich dabei eher um ein schlechtes Gewissen? Doch wodurch? Weil ich nun hier sitze und die anderen Produkte im Institut weiterhin wie eine Ware behandelt werden?

Ich muss es tun. Es fühlt sich richtig an.

Entschlossen blicke ich Liz in die Augen. »Wann beginnen wir?«

# LEAF

»… Herbst nicht mehr durchhalten. Wir haben sie bereits über zwei Monate gepflegt. Wir sollten sie zurück zur Entsorgung bringen. Sie ist defekt – im wahrsten Sinne des Wortes.«

›*Passwort akzeptiert. Fahre System hoch …*‹

»Hey!«, dringt eine Stimme dumpf in meine Ohren. »Ihre Hand hat sich gerade bewegt.«

»Blödsinn! Du bildest dir nur ein, sie würde sich bewegen.«

»Nein, schau doch.«

›*Daten werden geladen …*‹

»Oh mein Gott! Du hast recht. Sie erwacht.« Für einen kurzen Moment herrscht Stille. »Geh Stella und Nico holen.«

»Alles klar!« Schritte eilen davon und verstummen in der Ferne.

›*Daten wurden geladen. System ist nun einsatzbereit.*‹

Ich öffne die Augen und erblicke einen sandfarbenen Felsen, was mich schließen lässt, dass ich mich irgendwo in einer Höhle befinden muss. Es ist kalt und ich atme den Duft von Blumen und Erde ein.

Als ich den Kopf drehe, entdecke ich dunkelbraune Augen, die mich freundlich ansehen. »Hallo«, begrüßt mich eine Frau.

Wo bin ich? Wo ist Adam? Ist er hier?

Die Angst, die mich durch einen unerklärlichen Ohnmachtsanfall verlassen hat, kehrt nun wieder zurück. Ich schrecke auf, sehe um mich und verspüre den Instinkt zu fliehen. Doch der Raum bietet keine Tür zum Flüchten, zumindest keine, die ich auf den ersten Blick erkennen kann.

Von der Furcht gelenkt, springe ich aus dem Bett und laufe auf eine Ecke hinter einem Regal zu. Ich quetsche mich in die Nische und ziehe die Beine an den Körper. »Bitte lass mich in Ruhe.«

Doch auch wenn ich die Frau nicht kenne, werde ich das Gefühl nicht los, dass Adam nicht weit entfernt sein kann. Das hier muss mein Gefängnis sein, der Ort, an dem die Produkte untergebracht werden, wenn er sie für den Moment nicht benötigt.

Ich fühle mich unglaublich dreckig, obwohl meine Haare und meine Haut nach Seife riechen. Adams Hände sind überall an meinem Körper. Sie fahren meinen Rücken rauf und runter, berühren meinen Bauch, meine Schultern, meine Brüste. Die Erinnerung an das Geschehnis erdrückt mich, lässt mich von Neuem erzittern.

Er wird kommen und mich holen. Er begehrt mich. Mich und meinen chemischen Körper. Ich drücke das Gesicht auf meine Knie und weine, weil ich innerlich gebrochen bin. Da sind nur noch Scherben, die meine leere Hülle füllen.

Er wird immer da sein.

Seine Hände.

Sein furchtbares Männerparfüm.

Diese gierigen Augen, die mich verschlingen, sobald er mich ansieht.

»Was ist hier los, Myr?«, donnert eine Stimme durch den Raum und ich drücke mich instinktiv noch enger an die Wand.

»Sch!«, zischt die Frau, die mich vorhin auch begrüßt hat und offensichtlich Myr heißt.

Für einen kurzen Moment ist es unheimlich still im Raum. »Was ist mit ihr?«, fragt die fremde Stimme erneut.

»Ich weiß es nicht. Sie sagt, ich soll sie in Ruhe lassen«, antwortet Myr und klingt hilflos.

»Was denkst du, Nico?«, ertönt eine dritte Stimme.

Jemand stößt die Luft aus. »Sie … ist traumatisiert.« Ein Mann. Ich ziehe die Beine noch enger an mich und versuche Adam Malone aus meinen Gedanken zu kriegen. Möglicherweise ist er ein Assistent … oder sein Sohn?

Schritte nähern sich mir und ich blicke vorsichtig zu meinem Gegenüber. Als er sich in die Nische hineinstellt, überkommt mich Panik und ich beginne zu schreien. Ich spüre bereits, wie seine Hände nach mir greifen, sich gewaltsam meinen Körper nehmen und ich keine Kraft aufbringen kann, um davonzulaufen.

Ich zapple, presse mich noch enger an die Wand, aus Angst, er würde sich das nehmen, was er begehrt.

Doch dabei stoße ich mir am Regal so heftig den Kopf, das meine Welt augenblicklich schwarz wird.

»… oft denn noch ohnmächtig werden? Verstehst du nicht, dass sie ein *Männer*-Problem hat?«, meckert die Stimme der Frau, die vor meiner Bewusstlosigkeit ebenfalls da war. »Sie ist vermutlich das Opfer eines Perversen geworden. Du hättest mal ihren Körper vor zwei Monaten sehen sollen.«

Ein Seufzer ertönt im Raum. »Also schön. Ich werde mich vorerst von ihr fernhalten. Doch sie braucht psychologische Hilfe.«

»Ich weiß«, bestätigt die Frau betrübt. »Wir werden erst einmal auf sie aufpassen, bevor wir sie wieder in die Nähe anderer lassen.«

»Also gut.«

Schritte hallen durch den Raum, verstummen jedoch nach kurzer Zeit. Es bleibt still und ich öffne langsam die Augen. Am anderen Ende des Zimmers erblicke ich eine Frau auf einem Stuhl sitzend. Sie lächelt mich freundlich an. »Hallo.«

Ich schlucke, schlinge die Arme um mich und drücke den Kopf fest ins Kissen.

Sie legt eine Hand auf ihr Herz. »Mein Name ist Stella. Ich bin die Sozialpädagogin hier.«

Eine Sozialpädagogin? Was ist das?

Fragen spuken in meinem Kopf umher, doch ich schaffe es nicht, meinen Mund zu öffnen.

»Du musst nicht reden, wenn du nicht willst. Wenn du möchtest, kann ich dir ein wenig erzählen, warum du hier bist und wie wir dich gefunden haben.«

Gefunden? Bedeutet das etwa, ich bin nicht mehr bei Adam?

Ich nicke kaum merklich.

Sie lächelt und scheint sich über meine Reaktion zu freuen. »Also, am besten beginne ich damit, an welchem Ort du momentan bist. Unsere Stadt nennen wir MRD, ein Name, der aus den Anfangsbuchstaben unserer drei Richter entstanden ist. Malcom, Rick und Delia. So handhaben wir das mit jeder Freiheitskämpfer-Stadt.«

Meine Augenbraue zuckt. Wer sind die Freiheitskämpfer?

Stella scheint mir meine Frage aus dem Gesicht ablesen zu können. »Freiheitskämpfer waren einmal vor sehr langer Zeit Wunschkinder, die ihre Menschlichkeit anerkannt bekommen haben und einen Clan gründeten. Aus dem Clan wurde eine riesige Stadt und wir bekamen immer mehr Anhänger. Meistens schlossen sich uns die Wunschkinder an, die ihr achtzehntes Lebensjahr vollendet haben und nicht mehr wussten, wohin sie gehen sollten.«

Auch wenn meine Gedanken keinen Platz mehr für ihn haben, drängt sich Autumn zwischen sie. Wir wollten gemeinsam das Institut verlassen, wenn wir alt genug gewesen wären. Doch er hat sich dazu entschieden, allein loszuziehen. Ohne mich. Die harte Erkenntnis schmerzt noch immer wie eine klaffende Wunde in meiner Brust.

»Nachdem wir also bereits nach so vielen Jahrzehnten mehrere Städte errichteten, wandten wir uns von der Regierung ab. Nur durch unser Handelsabkommen mit dem Land dürfen wir ohne Registrierung nach unseren eigenen Regeln leben. Neben unseren Gütern, die wir zum Handel anbieten, verfügen wir über Wissen, das meistens auch in den Städten gesucht wird. Wissenschaftler, Lehrer oder sogar Ausbilder kooperieren mit den Städtern, wenn diese über zu wenig qualitative Arbeitskräfte verfügen. Im Austausch dafür erhalten wir Geld und technische Maschinen.«

Das ist schön. Das klingt nach Freiheit. Ob Autumn hierhergekommen ist, nachdem er das Institut verlassen hat? Warum interessiert mich das überhaupt? Er hat beschlossen, sein Leben ohne mich weiterzuführen.

»In den nächsten Wochen wirst du nur mich oder Myr zu Gesicht bekommen. Sie ist deine Pflegerin und hat sich in den letzten zwei Monaten um dich gekümmert.«

Ich reiße die Augen auf.

Was? Zwei Monate? Aber wie …?

Plötzlich spüre ich zum ersten Mal, dass ich eine seltsam schwere Unterhose an meinem Hintern trage. Als ich die Hand darüber gleiten lasse, bemerke ich die Polsterungen und Umrisse, die mir bekannt vorkommen. Ich trage eine Windel? Was zum …?

Erschrocken darüber, was ich anhabe, erhebe ich mich und berühre die dicke Unterhose. Das Gefühl, von jemandem auf solch …

umständliche Art gepflegt zu werden, verpasst mir eine Gänsehaut.

Stella lächelt liebevoll. »Dir braucht das nicht unangenehm zu sein. Myr kümmert sich immer um die Wunschkinder, die hierherfinden.«

Ich schlucke und fühle mich trotzdem schmutzig.

»Möchtest du duschen gehen?«, fragt sie vorsichtig und wirkt dabei etwas verwundert – vermutlich, weil ich mich bereits auf sie einlasse.

Zögerlich nicke ich und wäre wirklich froh, wenn ich diese Windel von meinem Körper streifen dürfte.

»Wir haben hier eine Gemeinschaftsdusche, aber wenn du möchtest, sorge ich dafür, dass dich niemand stört«, schlägt sie vor.

Nach meinem erneuten Nicken erhebt sie sich vom Stuhl und schreitet durch das große Zimmer, das hinter einem Regal offensichtlich eine Tür hat.

Ich sehe mich ein wenig um. Dieser Raum scheint kein offizieller Aufenthaltsraum zu sein, sondern eine Art Bibliothek. Überall stehen Regale mit Büchern, und in der Mitte befindet sich ein kreisrunder Tisch, der mich an einen Besprechungsraum erinnert.

Doch wirklich fasziniert bin ich von dem riesigen Fenster, das in die Felswand eingelassen ist. Denn offensichtlich wurde der Stein ausgehöhlt und anschließend als Raum umgebaut. Alle Wände und Decken bestehen aus dem Gestein und hinter der riesigen Scheibe befindet sich ein dichter Wald, bestehend aus Tannen und Laubbäumen.

Ich erhebe mich vom Bett und stelle mich an das Fenster. Der Felsen ist sehr hoch, denn ich kann beinahe über die Kronen der hohen Bäume blicken. Tatsächlich scheint dieser Ort außerhalb der

Städte zu liegen, da ich keine Gebäude erblicke, geschweige denn Straßen entdecke.

Als ich dabei zusehe, wie ein goldbraunes Ahornblatt von einem Ast fällt, langsam zu Boden segelt und im Gestrüpp verschwindet, kommt mir Autumn in den Sinn. Denn trotz meiner Wut auf ihn, weil er mich verlassen hat, spüre ich noch immer mein Herz wild in der Brust schlagen, wenn ich an ihn denke.

Ich hasse ihn dafür, dass er mir das angetan hat und trotzdem fehlt er mir.

*Vier Wochen später …*

Ich finde mich langsam in der neuen Umgebung zurecht, doch allzu weit von meinem Zimmer entferne ich mich nicht. Erst gestern habe ich mich mit Stella an meiner Seite in die Flure gewagt, hoffte jedoch, niemand anderem zu begegnen.

Ich habe sie gebeten, mir erst einmal niemanden vorzustellen bis auf meine Pflegerin Myr. Myr ist noch ziemlich jung, erst fünfzehn Jahre alt, und wurde aus dem Institut geworfen, weil sie ihren Kaufinteressenten bei einer Auswertung schlimm verletzt hat. Sie stuften sie als ›hochaggressiv‹ ein, was mitunter ein Grund war, sie eliminieren zu wollen. Doch bevor das geschah, wurde sie von den Freiheitskämpfern gekauft.

Myr erzählte mir, dass das Gebäude, in dem ich mich befinde, halb aus dem Stein des Felsens gemeißelt ist und zur anderen Hälfte angebaut wurde, als hätte man einfach einen weißen Klotz vor das Gestein gestellt. Zur einen Seite hin liegt es in Richtung der unbebauten Natur. Selbst die Stadtmauer ist so weit entfernt, dass man sie von hier aus nicht erkennt.

Auch wenn die letzten Wochen sehr eintönig waren, haben sie mir doch geholfen, mich mit der Situation abzufinden. Adam ist nach wie vor da, meistens nachts, wenn ich schlafe und er mich in meinen Träumen plagt. Myr hört meine Schreie manchmal so laut durch die Flure hallen, dass sie so lange bei mir bleibt, bis ich wieder eingeschlafen bin.

Doch heute sollte sich etwas ändern. Stella hat mich vorsichtig gefragt, ob ich einen Freund von ihr kennenlernen will. Das eigentliche Problem liegt darin, dass er ein Mann ist und Stella sich nicht sicher ist, ob ich dafür bereit bin. Die tiefen Narben in meinem Inneren wiegen noch immer schwer.

»Myr und ich werden auch dabei sein«, versichert mir Stella. »Du brauchst keine Angst zu haben.«

Ich drücke mich auf meinem Bett an die Wand und sehe sie unsicher an. »Warum willst du unbedingt, dass ich ihn kennenlerne?«

»Er ist Psychologe. Jemand, der dir helfen will und dir zur Seite stehen wird, um deine Ängste zu bekämpfen. Außerdem ist er einer unserer Besten«, erklärt mir Stella.

Myr nickt neben ihr. »Also wärst du damit einverstanden?«

Ich lausche meinem aufgeregten Herz in der Brust. »Okay.«

Stella lächelt und verlässt den Raum. Myr setzt sich auf den Stuhl, auf dem sie beinahe jeden Tag gesessen hat, um mit mir zu reden. Wir haben uns sogar Bücher angesehen, Bilder angeschaut und ein wenig über das Institut gesprochen. Sie vertraute mir ihre Geschichte an, in der Hoffnung, ich würde auch meine preisgeben. Doch das konnte ich nicht. Dafür habe ich zu viel Schmerz erfahren.

Als es still zwischen uns wird, legt sie sich verlegen eine braune Haarsträhne hinter das Ohr. Ihr Blick streift durch den Raum, wie immer, wenn sie nicht weiß, was sie zu mir sagen soll.

Meistens durchbreche ich dann die unheimliche Stille. »Ich kenne gar nicht seinen Namen.«

Sie sieht aufmerksam zu mir. »Du meinst Nico?«

»Nico …«, spreche ich ihr nach. »Er war schon damals hier gewesen, oder? An dem Tag, als ich erwachte.«

Myr nickt. »Genau. Aber seitdem haben wir abgewartet, bis du so weit bist, um mit ihm zu sprechen.«

Ich schaue betrübt auf meine Hände, die ich in den Schoß gelegt habe. »Ich will nur nicht, dass er mich ausfragt. Ich …«

Myr wirkt plötzlich zuversichtlich. »Mach dir keine Sorgen. Nico hat schon einige Wunschkinder betreut. Viele von ihnen sind so zerstört gewesen, dass wir die Hoffnung bereits aufgaben. Doch Nico hat sie gerettet.«

Eine unerwartete Zuversicht keimt in mir auf. »Kann er auch Erinnerungen löschen?«

Myr schüttelt traurig den Kopf. »Leider nicht. Aber er kann dir helfen, mit ihnen umzugehen.«

Es dauert nicht lange, bis sich uns Schritte nähern und ich die Beine an den Körper ziehe. Gespannt blicke ich auf das Regal, hinter dem die Tür des großen Raumes liegt. Nur wenige Sekunden später sehe ich zuerst Stella und dann einen Mann. Er hat leuchtend grüne Augen, beinahe genau derselbe Farbton wie meine. Mir wird sofort klar, dass auch er ein Wunschkind sein muss, da kein normaler Mensch diese Farbe besitzen kann. Sein Haar ist kastanienbraun und schimmert beinahe golden, wenn Licht darauf fällt. Um seinen Mund besitzt er helle Stoppeln.

Er lächelt mich behutsam an und nimmt ebenfalls auf einem der dazugestellten Stühle Platz. »Hallo«, begrüßt er mich. »Mein Name ist Nico.«

Ich verziehe keine Miene, sondern beobachte ihn weiterhin – jederzeit bereit, die Flucht zu ergreifen.

»Wie ist deiner?«

Ich hebe die Augenbrauen in die Höhe und sehe zu Myr und Stella. Selbst die beiden haben mich in den letzten Wochen nach keinem Namen gefragt, weil ich keinen besitze. Ich bin nur 556.

Oder auch Leaf … aber dieser Name erinnert mich zu sehr an Autumn, den Mann, der mich verlassen hat, weil er seine Freiheit allein finden wollte.

Mein Blick streift Hilfe suchend durch den Raum, bis er an einem Comic hängen bleibt, das Myr und ich erst vor Kurzem gelesen haben. Sie erzählte mir, dass es damals, vor der Zeit der Wunschkinder, ein beliebtes Spiel war. Der Name der Protagonistin hat mir sehr gut gefallen und für die Zukunft will ich 556, Leaf … und *Blossom* vergessen. Ich möchte auch so stark sein wie die Heldin aus dem Comic. Mutig, kühn und hilfsbereit.

»Lara.« *Croft*, zumindest ist das der Nachname der Protagonistin gewesen, aber den würde ich nicht benutzen wollen, da ich niemals so sein könnte wie sie. Doch immerhin möchte ich es versuchen.

Myr muss meinem Blick gefolgt sein und grinst breit. »Du bist wirklich süß.« Ich sehe verlegen auf meine Hände.

Nico nickt zustimmend. »Also gut, Lara.« Es fühlt sich fremd an, so genannt zu werden, doch wenn es die einzige Möglichkeit ist, meine Vergangenheit zu vergessen, dann ist mir jedes Mittel recht.

»Stella hat dir bestimmt schon eine Menge über unsere Heimat erzählt. Sie ist ein wenig anders als die der Städter, aber dafür haben wir den Vorteil, dass hier jedes ehemalige Wunschkind genauso wie ein ganz normaler Mensch leben kann. Keine seltsamen

Blicke mehr, keine Unterscheidungen, keine Ausgrenzungen ... niemals wieder das Gefühl, nur ein Produkt zu sein.«

Seine Worte zaubern mir ein kleines Lächeln ins Gesicht. Stella sieht mich an, als wäre sie stolz.

Myr nickt mir zu, um Nicos Aufgabe zu bekräftigen.

»Und sind die Menschen auch nett?« Ich weiß nicht, wieso ich das frage, da mich bisher alle drei mit Liebenswürdigkeit empfingen.

»Verlass dich darauf. Wenn du möchtest, kann dich vorerst Myr oder Stella begleiten, bis du dich sicher bei uns fühlst. Lass dir bitte Zeit. Wenn du dich etwas nicht traust, dann schäm dich nicht dafür. Niemand wird dich drängen«, versichert Nico.

Tatsächlich geht es mir durch seine Anwesenheit etwas besser. Nicos Stimme klingt weich und einfühlsam, ich könnte ihm den ganzen Tag zuhören – und das, obwohl er ein Mann ist.

»Ist gut.« Mir brennt eine weitere Frage auf der Zunge. »Wenn es mir eines Tages wieder besser gehen sollte«, sage ich mit Vorsicht, da mir im Moment der Gedanke daran unmöglich erscheint, »was wird dann auf mich zukommen?«

Stella übernimmt an dieser Stelle. »Du kannst frei wählen, was du gerne lernen möchtest oder welchen Weg du einschlägst. Wenn du Hilfe brauchst, werden wir natürlich für dich da sein.«

Das hört sich gut an. Ich bin vorerst zufrieden, da ich langsam wirklich das Gefühl kriege, hier willkommen zu sein.

»Aber da wäre noch etwas«, beginnt Nico und klingt dabei bedrückt. Eine weitere Hiobsbotschaft? »Es wird dich ... womöglich schockieren, aber um es rückgängig zu machen, ist es zu spät, und außerdem wollten wir dir diese Entscheidung nicht abnehmen.«

Mein Herz schlägt aufgeregt in der Brust. Was meint er? Ich sehe ihn erwartungsvoll an und spüre ein leichtes Kribbeln im Magen.

Mein Blick gleitet zu Myr. Ihre Lippen sind eine schmale Linie und sie spielt nervös am Saum ihres T-Shirts. »Als ich dich gepflegt habe, ist mir etwas aufgefallen.« Sie atmet lange aus. »Du hattest keine Blutungen gehabt und als ich der Sache auf den Grund ging, fiel mir auf, dass du … also, dass du …«

*Nein.*

*Das …*

Mein Blick wandert zu meinem Bauch und erst jetzt wird mir die Bedeutung der leichten Wölbung klar. Sie ist mir schon vor zwei Wochen in der Dusche aufgefallen, doch da dachte ich, ich hätte einfach nur etwas mehr gegessen.

»Nicht alle Produkte verfügen über diese menschliche Funktion beziehungsweise haben eine Gebärmutter, die so etwas zulässt«, fügt Myr hinzu. »Bei deiner Special Edition ist dies wohl jedoch möglich.«

Aber von wem ist das Kind? *Von …?*

Mein ganzer Körper beginnt zu beben und ich schlinge ängstlich die Arme um mich. Myr steht langsam vom Stuhl auf und kommt auf mich zu. Vor mir geht sie in die Hocke und sieht mich mitfühlend an. »Wir haben Nico versprochen, es dir gemeinsam zu erzählen. Irgendwann wäre es dir sowieso aufgefallen, aber dann wäre die Situation vielleicht schlimmer gewesen.« Ihre Augen werden glasig. »Verzeihst du uns?«

Ich schaue sie mit einer Mischung aus Entsetzen und Enttäuschung an. »Wie alt ist es?« Ich *muss* darauf eine Antwort kriegen. Denn da ich weiß, dass ich von Adam auf eine krankhafte Weise vergewaltigt wurde, besteht die Möglichkeit, dass es seines ist.

Mir wird schlecht. *Nein*, mir ist kotzübel.

*Wenn das Kind von ihm ist … wenn es seines ist …*

Magensäure schießt mir den Hals hinauf und ich beuge mich neben das Bett, um mich auf dem Boden zu übergeben. Schweißperlen treten auf meine Stirn.

*Es darf nicht seins sein. Nein. Bitte nicht.*

Als sich die Übelkeit legt, schaue ich zu den anderen dreien und erkenne, dass mich Stella vollkommen entsetzt anstarrt. Allerdings nicht, weil ich mich übergeben habe, sondern weil sie nicht wissen konnte, dass es mich so sehr schockiert. Sie können ja auch nicht wissen, welche Gedanken mir durch den Kopf gehen, da sie meine Geschichte nicht kennen.

Myr erhebt sich. »Keine Sorge, ich mach das sauber.« Sie kehrt mir den Rücken zu und verschwindet hinter dem Regal durch die Tür.

Nico nickt, als könnte er meine heftige Reaktion nachvollziehen. »Wir sind für dich da, Lara. Wir werden dich bis zu der Geburt des Kindes und auch die Jahre danach unterstützen. Verlass dich darauf.«

Doch seine Worte stoppen nicht das starke Zittern in mir. Nicht bevor ich weiß, in der wievielten Woche ich schwanger bin. »Wie alt?«, wiederhole ich in einem barscheren Tonfall, als es eigentlich beabsichtigt war.

»Du bist in der achtzehnten Schwangerschaftswoche«, antwortet Stella.

*Achtzehn.* Mein Kopf rechnet auf Hochtouren. Das sind über vier Monate, doch ich bin erst vor drei hierhergekommen, was bedeutet …

Ich starre in die Leere und bemerke erst nicht, dass sich ein strahlendes Grinsen auf meine Lippen legt. Adam kann nicht der Vater sein. Niemals. Denn vor vier Monaten befand ich mich noch im Institut und hatte zu dieser Zeit nur mit einem einzigen Mann Sex.

Es ist Autumn. Autumn ist der Vater.

Von einem Moment auf den anderen fühle ich mich wie die glücklichste Frau der Welt. Ich lege meine Hand auf den Mund und beginne leise zu weinen. Aber nicht vor Trauer, sondern das erste Mal vor Freude.

Es ist nicht Adam.

Es ist nicht das Monster.

Es ist Autumn, der Mann, den ich noch immer liebe.

# Der zweite Part

*Acht Jahre später*

# AUTUMN

»… sollten wir überdenken. Das Revier in New York teilte uns mit, dass wir nun über einhundertsechzehn neue Mitglieder haben. In Washington sind es sogar über zweihundert. Außerdem …«, rattert Newton, ein anderer Botschafter unserer Partei, den monatlichen Statusbericht herunter.

Dabei unterdrücke ich angestrengt ein Gähnen.

Liz sitzt neben mir und scheint ebenfalls von Newtons Worten gelangweilt zu sein. Sie verschränkt die Arme vor der Brust, wodurch sie die pinken, langen Haare in ihrer Elle einklemmt.

Der Bericht dauert eine gefühlte Ewigkeit, doch irgendwann beginnt der Erste in der aus dreißig Personen bestehenden Versammlung zu klatschen. Liz und ich tun es ihm gleich und die Besprechung ist damit beendet.

*Wie mich diese Stunden langweilen …*

Doch wir sind nicht aus Pflichtbewusstsein hier, sondern wegen einer Neuigkeit, von der Liz und ich Wind bekommen haben.

Wir warten, bis alle außer Newton den Raum verlassen haben.

Anschließend schließt Liz die schalldichte Glastür und ich bemerke, wie Newton bei dem Geräusch zusammenzuckt. Zuerst sieht er mir in die Augen, dann Liz. Ein schwerer Seufzer dringt aus seiner Kehle. »Nicht schon wieder …«, nuschelt er.

»Oh doch«, entgegnet Liz mit einem entzückten Lächeln. »Wir brauchen mehr Infos, Daten … vielleicht sogar etwas Handfestes?«

Er zischt. »Ihr wollt nur Beweise.«

Ich lache spottend. »Was meinst du, weshalb wir den vierstündigen Flug auf uns genommen haben? Sicher nicht, um dich zu sehen, Newty.«

Er wirft mir einen finsteren Blick zu. »Leute! Ich sage euch jetzt genau dasselbe, was ich euch letzten Monat schon gesagt habe. Ich darf nichts verraten, sonst ist mein Deal mit der Regierung hinfällig.«

Liz' Hände umfassen die Stuhllehne fester und sie schaut ihn herausfordernd an. »Willst du mir gerade wirklich weismachen, dass dir dein dummer Knebeldeal mit den Arschkriechern wichtiger ist als deine eigenen Leute, die dich von der Straße aufgelesen haben?«

Newton schluckt und blickt Liz nervös an. Damit hat sie einen empfindlichen Nerv getroffen und ich schaue genüsslich dabei zu, wie sie langsam aus der Haut fährt. Ich kann solche Leute wie Newton nicht leiden, die ihre eigene Partei verraten.

Amüsiert fasse ich mir ans Kinn und streiche mir dabei über den Dreitagebart.

Newton geht im Raum hin und her. »Ihr versteht das einfach nicht. Wenn ich es euch erzähle, dann werden sie das herausfinden und mich aus dem Deal entlassen. Dabei habe ich einen so guten Stand beim Vorsitzenden Andro. Er liefert mir nützliche Infos.«

Liz schlägt mit der flachen Hand auf den Tisch. »Ja, die *du*, Dummkopf, nicht weitergeben willst! Also sag mir, was dein Deal uns bringen soll.«

Newton wirkt von Liz etwas eingeschüchtert. Sie ist des Öfteren anderen gegenüber temperamentvoll, allerdings hat dieser feurige Charakter sie auch zur Leaderin in unserem Revier gemacht. »Du hast ja recht. Aber ich will die Informationen erst weitergeben, wenn ich weiß, dass es das Risiko wert ist, den Deal sausen zu lassen.«

Sie knirscht mit den Zähnen und ihre pinken Augenbrauen beben. »Newton, dieses Institut ist vollkommen anders als die anderen. Ich weiß, dass sie dort illegal mit den Produkten experimentieren. Ich will diese Erkenntnisse vor das oberste Gericht bringen, damit wir endlich die WKP stürzen können.« Newton wirkt noch immer unentschlossen. »Verstehst du denn nicht, dass wir vielleicht kurz davorstehen, die Macht zu übernehmen?«

Es wäre ein neuer Meilenstein in unserer Geschichte. Wir könnten die Gesetze ändern, andere Forderungen stellen und die Welt vom Verkauf der Produkte befreien, die wie Dreck behandelt werden. Zwar gäbe es wohl einen Wirtschaftszusammensturz, doch das wäre es allemal wert. Ich würde es in Kauf nehmen, nur damit nicht weitere Wunschkinder sterben müssen oder missbraucht werden.

Newton schüttelt den Kopf und wendet den Blick von Liz ab. »Nein, ich kann das nicht tun. Tut mir leid. Mein Posten ist mir zu wichtig. Wenn ich handfeste Beweise habe, werde ich alles aufgeben und fallen lassen. Aber im Moment ist das Risiko, mit leeren Händen auszugehen, zu groß.« Er schnappt sich seine kleine Aktentasche, rückt seine gebügelte Krawatte zurecht und verlässt mit einem »Bis dann« den Raum.

Liz kocht vor Wut und schlägt mit der geballten Hand laut auf den Tisch. »Dieser Vollidiot! Herrgott! Wie kann man nur so naiv sein? Ich wünschte, ich könnte …«

Mitfühlend lege ich ihr eine Hand auf die Schulter, während sie enttäuscht seufzt. »Newton ist eingeschüchtert. Er fürchtet sich zu sehr vor Andro. Wer weiß, was er gegen uns in die Wege leiten wird, wenn er erfährt, dass Newton ein Maulwurf in ihren Reihen ist? Es ist schon ein Risiko, jeden Monat einmal hierherzukommen, um uns Neuigkeiten mitzuteilen.«

Liz dreht sich weg und schnaubt verächtlich. »Ja, Infos, die unglaublich langweilig und nichtssagend sind.«

Sie ist wirklich aufgebracht darüber.

Vor wenigen Monaten haben wir erfahren, dass die WKP, die Wunschkinder-Partei, welche alles dafür tut, damit die Produktion weiterhin bestehen bleibt, ein neues Institut erschaffen hat. Doch dieses Mal haben sie es tief in einem Wald errichtet, weit weg von den Städten – was äußerst ungewöhnlich ist. Liz hat die Theorie aufgestellt, dass sie versuchen, sich den wachen Augen der Regierung zu entziehen, denn diese spricht immer noch das letzte Wort. Die Parteien reden ihr nur zu und sind auch die Einzigen, die Gesetzesvorschläge machen dürfen, weil sie eben die amtierende Partei sind. Dieses System wird mir von Jahr zu Jahr unsympathischer.

Doch das neu gebaute Institut leitet ein vollkommen wahnsinniger Mann, was es umso wichtiger macht, diese Aufgabe ernst zu nehmen. Vor einigen Monaten gab die Presse bekannt, dass ein gewisser ›Adam Malone‹ der WKP beigetreten ist. Er schlug auch die Idee mit dem neuen Institut vor. Wenn die Gerüchte stimmen, die man sich erzählt, werden diese Wunschkinder auf die furchtbarste Art misshandelt. Vermutlich zieht er daraus nur seinen eigenen Nutzen, um seinen kranken Fantasien einen weiteren Anstoß zu geben.

Liz beißt sich nachdenklich auf die Unterlippe, sie wirkt besorgt.

»Was hast du?«, frage ich.

»Ich weiß, wir haben keinen wirklichen Kontakt mehr zu den Freiheitskämpfern, doch ich finde, wir sollten sie darüber informieren, dass ein kranker Mistkerl in ihrer Nähe ein Institut baut.« Sie seufzt. »Ich hoffe, ihre Kundschafter haben bereits etwas mitbekommen. Schließlich waren ihre Leute fast alle mal Produkte, wenn du verstehst.«

Ich senke die Mundwinkel. »Sie wären ein gefundenes Fressen für Adam.«

Liz nickt zur Bestätigung. »Ja, leider. Er hat das Ganze mit Sicherheit beabsichtigt. Schließlich wird niemand den Freiheitskämpfern zu Hilfe kommen, denn sie haben ja beschlossen, für sich selbst zu kämpfen.«

Ich schließe die Augen und spüre, wie sich eine Gänsehaut auf meinem Körper ausbreitet. Die Vorstellung wäre grauenvoll. Ich kenne Adam Malone nicht, doch aus einem unerklärlichen Grund empfinde ich jedes Mal eine starke Wut, wenn ich nur seinen Namen höre. Dabei hat es nie einen Beweis für die furchtbaren Gerüchte gegeben.

Liz klopft mir freundschaftlich auf die Schulter. »Nun ja. Wir müssen wohl einfach abwarten, auch wenn ich Newton am liebsten eine scheuern würde.« Sie löst sich von mir, geht auf die Tür zu und hält mir diese auf. Theatralisch macht sie eine höfliche Verbeugung und deutet auf den Ausgang. »Nach Ihnen, Mister Aaren Smith.«

Ich muss lachen und lasse mich auf ihr Schauspiel ein. Mit einer viel zu übertriebenen Verbeugung bedanke ich mich bei ihr und schreite durch die Tür.

Neben ihrem feurigen Charakter und ihrem Dasein als Leaderin ist Liz auch eine herzensgute Freundin mit viel Humor und sarkastischen Bemerkungen.

Wir verlassen zusammen das Gebäude und machen uns auf den Weg zum Auto, mit dem wir an den Flughafen fahren. Von dort wollen wir zurück nach Kansas City fliegen.

*Das Revier wird begeistert sein …*

# LEAF

Ich sehe in den grauen Himmel hinauf, der aufgrund der dichten, braunen Baumkronen nur schwer zu erkennen ist. Ein kühler Wind streift meine Wangen und wirbelt durch meine blonden Haare.

Ich liebe den Herbst. Seine warmen Farben, die Temperaturen und die vielen Regenfälle. Aber das sind nicht die einzigen Gründe, weshalb ich diese Jahreszeit am liebsten habe. Jedes herabgefallene Blatt erinnert mich an einen ganz besonderen Menschen, den ich selbst nach acht Jahren noch immer nicht vergessen kann. Wenn ich auf dem weichen Laub liege, kommt es mir so vor, als schlinge Autumn seine Arme um meinen Körper, wärmte mich und schenkte mir die Geborgenheit, die ich so sehr vermisse.

Mir ist bewusst, dass es kindisch ist, noch immer einer Liebe nachzutrauern, die längst vergangen ist und nie wieder sein wird. Doch ich kann dieses innerliche Gefühl nicht loswerden, ganz gleich, wie sehr ich mich auch bemühe.

In den ersten vier Jahren habe ich mich von Männern ferngehalten, bin regelmäßig zu meinen Therapien gegangen, um mit meinem Trauma abzuschließen. Nico hat immer an meiner Seite gestanden, mir sein Ohr geliehen, wenn ich es brauchte, und mir dabei geholfen, meine Vergangenheit zu akzeptieren.

Danach habe ich eine Ausbildung zur Kundschafterin absolviert, sodass ich nur selten in der Stadt bin. Denn es gibt einen besonderen Grund, weshalb ich ungern hier verweile, zwischen den Wänden, die mich an das zerbrechliche Leben vor acht Jahren erinnern.

Das Knacken eines Zweiges erregt meine Aufmerksamkeit und reißt mich aus meinen Gedanken. Da ich mir bereits denken kann, wer sich an mich heranzuschleichen versucht, schließe ich die Augen und tue so, als hätte ich das Geräusch nicht wahrgenommen.

Mit Mühe verkneife ich mir ein Grinsen, als ich höre, wie der Holzdolch aus seiner Lederhülle gezogen wird und sich mein Angreifer wohl auf seinen nächsten Zug vorbereitet. Nur einen Augenblick später ertönt ein kriegerischer Kampfschrei und schnelle Schritte kommen in meine Richtung gerannt.

Ich schrecke theatralisch hoch, breite die Arme aus und fange im selben Moment einen kleinen Körper auf, den ich mit mir zu Boden reiße. Gleich darauf höre ich, wie sich mein Angreifer beschwert. »Du hast mich schon wieder kommen gehört? Dabei war ich so leise …«

Aus meiner Kehle dringt ein bedrohliches Knurren. »Tja, und jetzt bist du erneut in meiner Falle.« Ich schlinge die Arme fester um den zierlichen Körper des Mädchens, lege meine Lippen an ihre Wange und puste auf ihre Haut.

Sie beginnt haltlos zu lachen und versucht sich aus meiner Umarmung zu befreien. »Tante Lara, lass das!«

Ich muss ebenfalls lachen und lockere meinen Griff um ihren Körper. Mit einem Lächeln sehe ich sie mir genau an. Das letzte Mal habe ich sie vor fünf Monaten gesehen, danach bin ich als

Kundschafterin unterwegs gewesen und erst gestern Nacht in die Stadt zurückgekehrt.

Meine Finger gleiten über ihre zarte Wange und ihr Anblick löst erneut eine tiefe Sehnsucht in mir aus. Dieses wunderschöne Mädchen ist mit allem, was sie ausstrahlt, Autumn. Innerlich wie äußerlich. Ihre Augen besitzen dieselben Herbstfarben, leuchten im Dunkeln wie ein vom Licht durchtränkter Bernstein. Ihre schwarzen Haare schillern in der Sonne und die tausend Nuancen bewegen sich wie die Wellen auf dem Meer.

Sie ist sein Ebenbild. Der Grund, warum ich Autumn nicht vergessen kann. Dieses liebenswürdige Kind ist seine und meine Tochter. Unser Kind.

Und trotzdem bin ich nur ihre Tante – eine Entscheidung, die ich selbst heute noch für richtig halte.

»Helena, wieso bist du nicht im Unterricht?«, frage ich vorwurfsvoll.

Sie rollt mit den Augen, rückt näher zu mir und schmiegt sich an meinen Körper. »Als ich gehört habe, dass meine Tante wieder da ist, musste ich sie unbedingt sehen.« Ihr Ausdruck wird traurig. »Ich habe dich so vermisst.«

Ich seufze und drücke ihr einen Kuss auf die Stirn. »Na, dann komm. Aber wir beeilen uns zu deinem Unterricht.«

Sie nickt und wir erheben uns aus dem weichen Laub der Blätter.

Helena nimmt meine Hand und führt mich durch den Wald.

Als ich sie zur Welt gebracht hatte, war mir eines glasklar: Ich war noch nicht bereit, eine Mutter zu sein. In meinem Kopf herrschte Chaos, aufgrund meines Traumas war ich unvollkommen, nicht geeignet für eine solche Rolle. Dann lernte ich Melanie kennen. Sie ist ein Produkt, das nicht die Funktion erhielt, schwanger werden zu können. Seit sehr vielen Jahren hatte sie sich sehnlichst ein Kind gewünscht, eine eigene Tochter, für die sie selbst ihr Leben hergeben würde. Da traf ich eine wichtige Entscheidung. Ich gab Helena in ihre Obhut, unter der Bedingung, dass sie mir im Gegenzug versprach, sie so großzuziehen, als wäre sie ihre eigene Tochter.

Manche halten mich deswegen für eine Rabenmutter, die ihr eigenes Kind weggab, weil sie sich der Verantwortung nicht gewachsen fühlte. Mag sein, dass das stimmt, doch in meinem Herzen wollte ich nur das Beste für Helena. Mein damaliger Zustand war kritisch – *labil*, wie Nico es nannte. Es wäre mir unmöglich gewesen, meine Tochter allein großzuziehen, vor allen Dingen nicht in meiner psychisch schwachen Verfassung. Stella und Myr standen hinter mir, respektierten meine Entscheidung und gaben mir dabei den nötigen Halt, den ich brauchte.

Schließlich war es Melanies Idee, mich zu Helenas Tante zu machen, sodass ich wenigstens eine kleine Funktion in dieser Familie erhielt. Damit war ich einverstanden. Vier Jahre nach Helenas Geburt wurde ich aus meinen Therapiestunden entlassen und vorerst für ›geheilt‹ erklärt. Doch Nico sagte mir, dass für den Rest meines Lebens immer Narben bleiben würden. Narben, die vielleicht Helenas Entwicklung beeinträchtigt hätten, wenn ich sie nicht in Melanies Hände gegeben hätte.

Und Helena wuchs zu einem gesunden, munteren Kind heran, das ich mit jedem Tag, an dem es mir vergönnt ist, es zu sehen, mehr liebe. Auch wenn Helena es nicht weiß, ist sie alles, was ich habe, und ich werde sie um jeden Preis beschützen.

Nach wenigen Minuten erreichen wir das große Tor, das uns in die Stadt führt. Helena nimmt meine Hand und gemeinsam warten wir darauf, dass wir hindurchgelassen werden.

Wir treten direkt auf den großen Platz der Stadt, der bereits am frühen Morgen mit sämtlichen Bewohnern gefüllt ist. Die Geschäfte haben gerade geöffnet und die Menschen kriechen aus ihren Löchern.

Wir gehen die breite Straße hinauf, weichen entgegenkommenden Personen aus und steuern die Schule an, die von unserem Regierungshaus und einigen anderen Firmengebäuden umschlossen ist.

Doch vor dem Eingang der Schule erwartet uns, mit verschränkten Armen vor der Brust, Melanie, die nicht allzu begeistert zu sein scheint, dass Helena den Unterricht versäumt hat. Ihre schwarzen Haare hat sie zu einem hohen Pferdeschwanz gebunden und unter ihren Lidern erkenne ich dunkle Schatten. Mit ihren braunen Augen sieht sie zu uns herüber.

Helena spannt die Schultern an und steht mit erhobener Brust vor ihrer Mutter. »Du hast mir nicht gesagt, dass Lara zurück ist.«

»Aus gutem Grund. Du hättest die ganze Nacht deswegen nicht geschlafen.«

Helena rümpft die Nase. »Sie ist halt so selten da, da muss man die Zeit ausnutzen.«

Melanie zieht die Augenbrauen zusammen. »Ab in den Unterricht, Fräulein.«

Helena ist ebenfalls aufgebracht und geht wortlos an ihrer Mutter vorbei. Stampfend betritt sie die Schule, wirft mir jedoch einen entschuldigenden Blick zu, bevor sie hinter der Tür verschwindet.

Melanie seufzt schwer und ich fühle mich ein klein wenig schuldig. Betrübt sehe ich zu Boden. »Tut mir leid.«

»Du kannst nichts dafür, Lara. Sie ist eben … deine Tochter.« Melanie stößt einen langen Atemzug aus. »Selbst wenn sie es nicht weiß, ist es immer noch das Blut, das euch verbindet. Sie redet ständig von dir, wenn du nicht da bist.«

Ich presse die Lippen zusammen und sehe sie stumm an.

»Wie lange bleibst du?«, hakt sie nach und ihre Frage schmerzt in meiner Brust.

Melanie und ich haben uns in den letzten Jahren ein wenig voneinander distanziert, jedoch nur, weil sie Angst davor hat, dass Helena sich von ihr entfernt. Dabei gebe ich mir wirklich Mühe, lange außerhalb der Stadt zu bleiben, um Melanie die Zeit mit ihrer Tochter zu geben, die sie verdient hat.

*Doch wie heißt es so schön: Blut ist dicker als Wasser.*

»Nur drei Tage, danach fahre ich wieder mit Maty zum Außenposten«, antworte ich.

Melanie nickt und reibt sich die Augen. »Ich weiß, ich bin dir gegenüber nicht fair, Lara. Schließlich sollte ich dir dankbar sein, dass du dein Vertrauen in mich gesetzt hast, Helena aufziehen zu dürfen.« Sie macht einen Schritt auf mich zu, nimmt meine Hände in ihre und lächelt sanft. »Ich liebe sie, als wäre sie meine eigene Tochter. Doch manchmal vergesse ich einfach, dass sie zwei Mütter hat, von der die eine nur den Titel trägt und die andere das Blut.«

Ich beiße mir auf die Unterlippe. »Wenn du möchtest, kann ich bei Nico übernachten. Ihm macht das nichts aus. Sollte Helena nach mir suchen, sag ihr, dass ich zu beschäftigt bin.«

Melanie schüttelt den Kopf. »Nein«, widerspricht sie bestimmt und drückt dabei meine Hände. »Verbringe die drei Tage mit ihr. Das wird ihr guttun. Wenn ich sie von dir fernhalte, wird sie dich nur noch mehr vermissen.«

Trotzdem nehme ich in ihrer Stimme Unsicherheit wahr. »Und du bist dir dabei ganz sicher?«

Sie nickt, löst sich von mir und macht einen Schritt zurück. Ihr darauffolgendes Lächeln wirkt traurig. »Hol sie am besten von der Schule ab. Darüber freut sie sich.« Sie wendet sich zum Gehen, hält dann jedoch inne und dreht sich wieder zu mir. »Oh, und falls du

Stella siehst, kannst du ihr bitte ausrichten, dass sie mich mal besuchen kommen soll?«

»Klar, das mache ich.«

»Danke.« Sie kehrt auf dem Absatz um und verschwindet in der nächsten Straße.

Ich seufze schwer. Wenn ich gewusst hätte, dass Melanie so sehr darunter leidet, dass Helena die innige Verbindung zwischen uns spürt, hätte ich Abstand genommen – auch wenn es das schwerste in meinem Leben gewesen wäre.

Es ist nicht Helenas Schuld, dass ich noch nicht bereit für sie war – ein weiterer Grund, warum sie zu Melanie gehört.

Außerdem ist es bei den Freiheitskämpfern schwer, seinen Kindern etwas zu bieten. Ich hatte damals praktisch nichts. Keine Arbeit, kein Geld und keine Ahnung von der neuen Welt, in die ich geworfen wurde. Es hat sehr lange gedauert, bis ich mehr über die *Anderen,* in deren Land wir leben, von denen wir uns allerdings abgekapselt haben, in Erfahrung bringen konnte.

Unser Leben hier ist nicht viel anders als das eines Menschen. Ohne Geld bekommt man kein Dach über dem Kopf und ohne Arbeit kein Geld. Bei den Kundschaftern verdiene ich reichlich genug, da kaum einer diesen Job machen will, weil er Familien trennt und es einem schwerfällt, überhaupt eine aufzubauen.

Außerdem ist es draußen gefährlicher als in der Stadt. Unsere Gesetze gelten dort nicht, im Grenzbereich schützt uns nur ein Abkommen – eine Art Waffenstillstand zwischen uns und den Städtern. Wir bringen meistens Waren von einem Punkt zum nächsten, handeln neue Deals aus und begeben uns dann zurück zum Außenposten. Jeden Tag setzen wir unser Leben aufs Spiel, da selbst unter den Städtern Gesetzlose sind, die einfach nur das Abkommen ausnutzen, indem sie versuchen, die Waren mit Gewalt an sich zu reißen.

Bei den Gesuchten oder sogenannten Verbrechern, nach denen selbst die Städter fahnden, ist es etwas anders. Sie stehen auf der Liste der Gesetzesbrecher – praktisch Kriminelle, die hinter Gitter gehören. Werden sie gefasst, hat MRD das Recht, eine Strafe zu verlangen.

Helena will auch Kundschafterin werden und ich will es ihr seit Jahren ausreden. Ich würde alles in meiner Macht Stehende tun, dass sie in der Stadt eine normale Ausbildung erhält, die nicht ihr Leben in Gefahr bringt. Wenigstens sind Melanie und ich uns in diesem Punkt einig.

Bis zur letzten Schulstunde ist es noch ein wenig hin, also beschließe ich, bei Nico vorbeizuschauen, den ich ebenfalls in den letzten fünf Monaten vermisst habe.

Nicos Praxis liegt in unserem Institut, das Psychologie, Politik, Wirtschaft und Medizin umfasst. Dort wird das Wissen, das wir anwenden, weitergegeben. Nico unterrichtet jedoch nur einmal die Woche, denn statt sein Wissen zu teilen, führt er lieber seine Arbeit aus und hilft Menschen.

Während meiner Therapien bin ich sehr oft bei ihm gewesen und nach Ende meiner Behandlung haben wir uns sogar weiterhin getroffen, weil er nicht nur mein Arzt, sondern auch mein Freund ist.

Allerdings ist unsere Beziehung mehr als kompliziert. Wir sind kein Paar, das sich der Öffentlichkeit zeigt – ja, nicht einmal Myr oder Stella wissen etwas davon. Ab und an schlafen wir miteinander und ich habe Nico wirklich gerne um mich. Nur ich liebe ihn nicht.

Wir haben oft versucht, das Ganze sein zu lassen, aber aus irgendeinem Grund zieht mich etwas jedes Mal zu ihm zurück.

Das Institut liegt weiter die Straße hinauf und ist eines der größten Gebäude der ganzen Stadt. Es besteht aus einer weißen Fassade, die zum Teil mit großen Fensterscheiben verglast ist, und wirkt im Gegensatz zu den aus Schrott zusammengebastelten Gebäuden wie ein funkelnder Diamant.

Die Häuser hier sind so unterschiedlich, dass die glänzenden Neubauten mit den alten Wohnungsgebäuden in einem starken Kontrast stehen. Meistens haben nur die wichtigen Institutionen, wie Schulen, Behörden oder die Militärstationen, moderne Fassaden und Inneneinrichtungen.

Als ich mich dem Institut nähere, begrüßen mich die beiden Soldaten, die den Eingang bewachen. Nicht jeder darf einfach hinein.

»Schön, dich wiederzusehen, Lara«, höre ich Milif sagen, der schon seit über zehn Jahren am Eingang Wache schiebt, nur damit er nicht in den Außeneinsatz geschickt wird. Er hat keine guten Erinnerungen an das Leben dort draußen.

Ich lächle ihn an und bleibe stehen. »Freut mich auch, dich wiederzusehen.«

»Wie war dein Einsatz?«, hakt er nach und seine Miene wird ernst.

Ich zucke mit den Schultern, obwohl die letzten fünf Monate sehr anstrengend waren. Man gönnte uns noch nicht einmal richtige Ruhepausen. Ständig fuhren wir eine Lieferung von einem Ort zum anderen.

»Ruhig«, lüge ich, um ihn nicht zu beunruhigen.

»Wann geht's wieder nach draußen?«, fragt er und wirkt über meine Antwort erleichtert.

Ich ziehe die Mundwinkel nach unten. »In drei Tagen.«

»Oh«, meint er und zuckt ebenfalls mit den Schultern. »Viel Glück.«

»Danke.«

Ich betrete das Institut und laufe den roten Teppich entlang, der mich an den Aufzügen vorbeiführt. Einer von ihnen befördert mich ins höchste Stockwerk und ich hoffe darauf, Nico anzutreffen. Manchmal ist er auch mit Stella unterwegs, da sie eng zusammenarbeiten und immer wieder neue Produkte aufnehmen, die ihre psychologische Hilfe brauchen.

Oben angekommen, steige ich aus dem Fahrstuhl und gehe bis ans Ende des Flures. Vor einer Tür lese ich das mir allzu bekannte Schild ›Praxis Dr. Nicolas M. Trift‹, das in den letzten Jahren ein wenig an Farbe verloren hat.

Ich klopfe und trete ein. Bevor ich überhaupt dazu komme, den Raum näher zu inspizieren, tritt im selben Moment eine Person aus einem der Behandlungszimmer heraus.

Nico blickt mich mit seinen smaragdgrünen Augen überrascht an. »Lara?«

Ich grinse breit. »Hey«, begrüße ich ihn unsicher, da es mir noch immer schwerfällt, so zu tun, als wären wir nur Freunde, obwohl wir schon öfter miteinander geschlafen haben.

Es dauert keine Sekunde, bis er die Distanz zwischen uns überbrückt und mich fest in den Arm nimmt. »Hallo, Kleines.« Er fährt mit der Hand zärtlich über mein Haar. »Ich bin froh, dass es dir gut geht.«

Wir lösen uns ein wenig voneinander, damit Nico mir in die Augen sehen kann. Er nimmt seine Hand von meinem Kopf und legt sie an meine Wange.

»Wieso? Ist etwas vorgefallen?«, frage ich verwundert.

Nico blickt kurz über seine Schulter zum Behandlungszimmer. »Kannst du eine halbe Stunde warten? Ich muss noch meine Therapiestunde beenden.«

Ich nicke besorgt. Was hat er denn mitbekommen, was mir entgangen ist? Normalerweise werden die Außenposten zuerst informiert, wenn es neue Aktivitäten außerhalb gibt. Vielleicht etwas Politisches?

Nico führt mich in sein Wartezimmer, in dem sich zum Glück niemand befindet. Er drückt mir einen Kuss auf die Stirn, bevor er verschwindet. »Bis gleich.«

Obwohl uns nur fünf Jahre trennen, kommt es mir manchmal so vor, als wäre er viel älter, als er eigentlich ist. Vielleicht liegt es an seiner fürsorglichen Art oder seiner ernsten Mimik, die er oft an den Tag legt, wenn er viel zu tun hat. Doch trotz allem kenne ich Nico schon lang genug, um zu wissen, dass er tief in seinem Inneren einen weichen Kern besitzt.

Die halbe Stunde geht schnell um und ich höre aus dem Vorzimmer, wie sich Nico von seinem Patienten verabschiedet. Anschließend kommt er in das Wartezimmer hinein und setzt sich mit einem schweren Seufzer neben mich.

Ich beuge mich zu ihm und nehme zärtlich seine Hand. »Erzähl. Was ist los?«

Er streicht mir eine Strähne hinters Ohr. »Es drang das Gerücht zu uns in die Stadt, dass die Kundschafter im Norden eigenartige Aktivitäten bemerkt haben.«

Ich ziehe eine Augenbraue in die Höhe. »Welche genau?«

»Bewegungen. Eine große Menschenmasse hat sich auf einem Fleck versammelt. Entweder bauen sie etwas *an* oder sie bauen etwas *auf*.«

Diese Nachricht beunruhigt mich ein wenig. Leider bin ich nicht im Norden eingesetzt, sondern im Süden. Trotzdem reizt es mich zu wissen, was dort vor sich geht. Normalerweise bauen die Städter nie etwas so weit von ihrer Stadt weg.

»Denkst du, es könnte dadurch Probleme geben?«

Nico wirkt überrascht. »Es geht mir dabei in erster Linie um *dich*, Lara. Einige der Kundschafter wurden von ihren bisherigen Posten abgezogen und in den Norden stationiert.«

Ich öffne den Mund, um diese Aussage zu verneinen, doch als mir einfällt, dass meine nächste Anweisung lautet, mich bei Maty, meinem Partner, zu melden, halte ich inne.

Weiß ich denn wirklich, wohin mich meine nächste Mission führt?

Nico berührt sanft meine Schultern. »Lara?«

Ich sehe ihn wieder bestürzt an. »Also, ich …«

Nicos Ausdruck wird ernst. »Hast du schon mit deinem Vorgesetzten geredet?«

Ich schüttle den Kopf.

»Mit Maty?«

»Er holt mich ab«, antworte ich.

»Hast du überhaupt irgendeinen Hinweis?«

Ich schüttle den Kopf.

Nico seufzt. »Okay, das muss ja erst einmal nichts heißen.«

Obwohl seine Worte mich auf eine gewisse Weise beruhigen sollten, tun sie es nicht, denn ich kenne bereits die Antwort. Bisher wusste ich immer, wohin mich meine Mission führt, doch beim letzten Mal meinte mein Vorgesetzter nur in einem lockeren Tonfall: »In drei Tagen bei Maty dann, ja?« Ich dachte, es wäre wie jede andere Mission. Reine Routine. Doch mein Vorgesetzter ist nur selten unbekümmert, und wenn er etwas verheimlichen will, tut er es mit einem lässigen Schulterzucken. Er hat mich getäuscht.

Ich habe diesen Satz einfach hingenommen, statt nachzuhaken, was meine nächste Aufgabe sein würde. Doch um Nico nicht zu sehr zu beunruhigen, nicke ich nur und lächle zaghaft. »Vermutlich hast du recht.«

Er kauft mir mein Schauspiel ab. »Gut. Dann ziehen wir keine voreiligen Schlüsse und warten erst einmal ab, bis wir etwas Neues wissen, okay?« Er legt behutsam eine Hand an meine Wange. »Sollen wir heute Mittag ins ›Yellow‹ essen gehen? Nur du und ich?«

Ich lächle geschmeichelt von seiner Einladung. »Gern, aber Helena kommt mit. Melanie will, dass ich die restlichen drei Tage mit ihr verbringe, bevor ich wieder fortmuss.«

Nico zieht verwundert die Brauen hoch. »Das kam von Melanie?«

Ich lasse mich in den Stuhl fallen. »Ja, ungewöhnlich, oder?«

Er sieht nachdenklich auf seine Hände, die er wieder in den Schoß gelegt hat. »Allerdings.«

Stille kehrt zwischen uns ein, doch sie hält nicht lange an, denn mich quält noch eine andere Frage. »Gibt's etwas Neues über Katy?«

Vor fünf Monaten habe ich in der Zeitung gelesen, dass aus Helenas Klasse ein Mädchen verschwunden ist. Sie kehrte nach der Schule einfach nicht nach Hause zurück. Ihre Mutter hat vor Verzweiflung alle Hebel in Bewegung gesetzt, um ihre Tochter zu finden, doch sie blieb wie vom Erdboden verschluckt. Seitdem mache ich mir Sorgen um Helena, aus Angst, ihr könnte dasselbe widerfahren.

Nico schüttelt traurig den Kopf. »Nein, leider nichts.«

Ich mache mit Nico eine Uhrzeit aus, bevor ich seine Praxis verlasse und mich auf den Weg zur Kundschafter-Basis begebe. Hier muss man sich nach seiner Ankunft abmelden oder anmelden, damit die Regierung weiß, wer sich wann und wo aufhält.

Mein Beruf gehört zum Militärwesen, allerdings sind wir Kundschafter nicht für den Kampf vorgesehen. Wir erforschen Orte, unbekannte Gebiete und liefern den Fußsoldaten Informationen, damit sie nicht blind in einen Kampf laufen. Wir sind Beobachter, halten uns meistens im Hintergrund, doch wenn es hart auf hart kommt, können wir uns verteidigen.

Wir sind meistens mit Hieb- oder Stichwaffen, Kletterausrüstung und Beobachtungsgeräten ausgestattet. Deshalb hat sich Helena auch damals ein eigenes kleines Messer aus Holz geschnitzt, das sie stets bei sich trägt. In der Schule erzählt sie immer ganz stolz, dass ihre Tante eine Kundschafterin ist und sie gerne in ihre Fußstapfen treten will, um unsere Stadt von außen zu beschützen. Dabei hat sie nicht den Kern des Ganzen verstanden, weil sie noch zu klein dafür ist.

Trotzdem beeindruckt sie mich mit ihren acht Jahren immer wieder. Manchmal kommt es mir so vor, als wäre sie schon viel älter.

Bevor ich beschließe, mich ein wenig hinzulegen, laufe ich ins ›Check-up-Zentrum‹, in dem die Daten von Produkten abgerufen werden. Wir Nicht-Menschen, die durch eine Maschine zur Welt kamen, sind mit einer Materie bestückt, die sich in jede beliebige Form verwandeln kann. Es ist eine Art Computer-Zell-Materie, die im Kopf festsitzt und anhand spezieller Geräte abgerufen werden kann.

Durch ein regelmäßiges Check-up kann man überprüfen, in welchem Zustand sich der eigene Körper befindet. Wenn sich Krankheiten anbahnen oder gewisse Werte nicht stimmen, wird der Computer es wissen. Außerdem forscht das Zentrum besonders an den damals entstandenen Special Editions, da diese eine Besonderheit aufweisen, die sich keiner erklären kann: Niemand hat Zugriff auf meinen Hauptprozessor, den Kern, der alles steuert. Es bedeutet, dass meine Erinnerungen nicht kopierbar sind, niemand mein System begutachten kann und die Firewall alles abblockt. Die Forscher sagen dazu ›undurchdringbar‹.

Der Chip ist nicht einfach ein Stück Plastik, wie man ihn aus der Welt der Computer kennt, sondern eine Art winzige Kugel, die im Kopf festsitzt und sich durch den biologischen Körper in Verbindung mit einem sogenannten Elastic-Brain-Program selbst kreiert. Das passiert zum ersten Mal bei der Herstellung eines Produktes oder sogar während sich der Fötus in der Gebärmutter eines Produktes entwickelt.

Diese Dinge hat uns das Institut für Produkte niemals gelehrt. Als ich das erste Mal von meinem kleinen Computer hörte, wusste ich auch, wem ich die damalige Stimme in meinem Kopf zuordnen konnte. Der Computer sprach mit mir und hat eine Art Ruhemodus eingeleitet, der mich in einen komaartigen Zustand versetzte. Die Forscher meinten, dass diese Prozesse durch starke Gefühle ausgelöst werden können und man sie nicht nach Belieben abrufen kann.

Das Check-up-Zentrum besteht aus hundert kleinen Räumen, in denen Geräte und Instrumente bereitstehen, mit denen man seine eigenen Daten abrufen kann. Mich erinnern sie an Fotokabinen, nur ein wenig größer. In den oberen Etagen gibt es dann Forschungssäle, Behandlungsräume und Labore. Die meisten Sachen dort stammen von den Städtern und wir erwerben sie durch den Handel. Der Austausch beruht immer auf Gegenseitigkeit. Wir müssen uns nicht alles von ihnen besorgen, sondern besitzen auch selbst kluge Köpfe, die etwas herstellen können.

Ich ziehe mir im leeren Warteraum eine Nummer und komme glücklicherweise sofort dran. Auf einem Bildschirm in der Ecke des Zimmers erscheint meine Kabinennummer und ich trete auf den langen Flur hinaus.

Die Halle ist riesig und in ihr stehen über hundert Kabinen. Von den Decken scheint grelles Licht herab und alles wirkt modern und sauber. Der blaue Teppich, auf dem ich laufe, ist immerzu gepflegt, die Wände sind strahlend weiß und in der Luft liegt der Geruch von Desinfektionsmittel. Jede Kabine ist mit einer Nummer versehen, und um sich besser zu orientieren, kann man auch den Hinweisschildern auf den Gängen folgen.

Als ich meine Kabine endlich finde, betätige ich den Schalter neben der elektrischen Glastür, sodass diese zur Seite aufgeht. Ich steige hinein und die Kabine schließt sich automatisch.

Nun hat man mehrere Möglichkeiten, etwas zu überprüfen. Wenn man nur einen reinen Statusbericht braucht, setzt man sich einen Helm auf den Kopf. Der gesundheitliche Zustand wird durch eine Blutabnahme abgerufen. Für einen Termin mit einem Arzt oder Forscher füllt man einen digitalen Bericht aus. Ein handlicher Scanner inspiziert vereinzelte Körperteile, wie die Augen, Arme, Beine … auch innere Organe.

Ich setze mir den Helm auf den Kopf, der mich an eine Footballspieler-Ausrüstung erinnert. Als ich die Schnalle unter meinem Kinn schließe, schaltet sich das Gerät ein und ruft meine Daten ab. Nur kurze Zeit später ertönt eine Stimme in der Kabine, die mir einzeln alles aufzählt, was zu meinen vitalen Werten gehört.

Am Ende sagt sie: »Ihr Blutdruck ist ein wenig hoch. Sie sind gestresst. Wir empfehlen Ihnen, sich eine Pause zu gönnen. Sollen wir Ihren Arbeitgeber kontaktieren und Sie krankschreiben?«

»Nein!«, entfährt es mir gleich.

Heute Morgen ist es nur ein wenig viel gewesen. Außerdem konnte ich nicht ausschlafen. Krankschreiben bedeutet auch, dass ich in diesem Zeitraum kein Geld verdiene.

»Soll ich Sie mit einem Arzt verbinden?«, fragt die Computerstimme der Kabine.

»Nein danke. Ich komme schon klar.«

»Wie Sie wünschen.«

Ich löse die Schnalle an meinem Kinn und nehme den Helm ab. Dabei verschwinden meine Werte, die auf dem großen Bildschirm zu sehen waren. Mit fehlt nichts. Gestresst ist beinahe jeder Zweite hier.

Gerade als ich die Kabine verlassen will, leuchtet erneut der Bildschirm auf und ich blicke in das Gesicht eines mir bekannten Forschers namens Prof. Dr. Lennard Paul. Tiefe Falten ziehen sich durch sein Gesicht, und unter seinen schlaffen Lidern entdecke ich dunkle Ringe. »Miss Rise, hätten Sie einen Moment für mich?«

Lennard erforscht die Special Editions. Er ist ganz verrückt nach mir, seit ich aus meiner Therapie endgültig entlassen wurde. Denn währenddessen war es ihm untersagt, zu mir Kontakt aufzunehmen, aus Angst, ich könnte durch seine Entdeckungen oder Experimente einen Rückschlag bekommen.

Ich blicke ihn misstrauisch an. »Kommt drauf an, für was.«

Er lächelt mild. »Keine Sorge, ich will keine Tests an Ihnen durchführen, sondern Ihnen nur zeigen, was ich letzte Woche entdeckt habe.«

Neugierig macht es mich schon. Nico hat mich bisher immer vor diesem Mann gewarnt, da er alles dafür tut, um mit seinen Forschungen voranzukommen. Manchmal trickst er dafür auch die Produkte aus und wurde schon mehrmals wegen Körperverletzung angezeigt. Mittlerweile ist er nur noch Besitzer eines kleinen

Labors, ganz weit unten im Keller, wo er niemanden belästigen kann. Außerdem soll er auch unter Aufsicht gestellt sein.

Ich bleibe hart. »Das können Sie mir auch hier zeigen.«

Lennard verschiebt die Kamera und seufzt genervt. »Gut, dann muss ich Sie auf andere Weise überzeugen.«

Als er die Kamera auf einem höheren Podest fixiert und anschließend rückwärts schreitet, erkenne ich auf den ersten Blick ein kleines Mädchen, das auf einem Metalltisch sitzt und ins Leere starrt. Mir raubt es den Atem. »Ist das ein Kind?«, entfährt es mir entsetzt.

Lennard zuckt zusammen. »Ja! Aber warten Sie bitte mit Ihren voreiligen Schlüssen. Ich stehe unter Beobachtung, also wissen meine Chefs, dass dieses Kind hier ist.«

Ich verschränke angespannt die Arme vor der Brust. »Sie haben fünf Minuten, mir das zu erklären, oder ich rufe die Aufsicht«, drohe ich ihm.

Er nickt mehrmals und geht zu dem kleinen blonden Mädchen hinüber, das wie weggetreten zu sein scheint. Es zeigt keine Regung. Lennard schiebt einen quadratischen Fernseher vor sie und schaltet diesen an. »Bitte achten Sie jetzt ganz genau auf das Gesicht der Kleinen.«

Ich trete näher an den Bildschirm heran und tue, was der Professor mir aufgetragen hat. In den ersten Sekunden geschieht nichts, doch dann bemerke ich, wie sich etwas im Gesicht des Mädchens regt. Eine Emotion. Die Bilder, die es sieht, scheinen ihm nicht zu gefallen.

»Ihr Name ist Emma und sie ist schon, seit wir sie vor einem halben Jahr gerettet haben, in diesem Zustand«, erklärt er. Im Hintergrund höre ich, wie eine Art Dokumentationsfilm läuft. Lennard hebt einen Arm und zeigt mit der anderen Hand auf das Kind. »Sehen Sie jetzt ganz genau hin.«

Mein Herz pocht, als ich auf das Kommende warte, und tatsächlich erkenne ich, wie das Mädchen plötzlich zu blinzeln beginnt. Die Kleine bewegt ihren Kopf, schaut abwechselnd nach rechts und links, bis sie den Professor entdeckt, der sie sanft anlächelt.

Was ist da gerade passiert? Wie konnte sie aus ihrem Zustand erwachen?

»Wer sind Sie?«, fragt das Mädchen vollkommen verwirrt und blickt weiter um sich. Angst steht in seinen Augen und es beginnt zu wimmern. »Wo bin ich hier?«

»Miss Rise, kommen Sie bitte in mein Labor, wenn ich Ihnen erklären soll, was gerade passiert ist«, bittet Lennard, ohne dabei in die Kamera zu schauen. Sein Blick bleibt auf dem Mädchen liegen. »Es ist alles gut, Kleine. Ich gehe eine Pflegerin holen. Sie wird sich um dich kümmern, ja?«

Daraufhin wird der Bildschirm schwarz und ich stürme aus der Kabine. Glücklicherweise bin ich schon einmal im Labor des Professors gewesen, sodass ich genau weiß, wohin ich gehen muss.

Ich verlasse die Kabinenabteilung und benutze im nächsten Flur den Fahrstuhl. Dabei fahre ich sieben Stockwerke tief und suche auf dem Korridor nach Lennards Labor. Nach nur wenigen Türen werde ich fündig und stürme in den Raum hinein.

Im selben Moment kommt mir eine junge Frau mit dem erwachten Kind entgegen. »Vorsicht«, sagt sie warnend, weil ich sie beinahe mit der Tür erschlagen hätte.

Die beiden verlassen das Labor und mein Blick gleitet zum Professor. Ich wahre zwischen uns eine bestimmte Distanz, da ich es noch immer unangenehm finde, mit ihm in einem Raum zu sein, denn eine der Anzeigen wegen Körperverletzung kam damals von mir. »Ich höre.«

Lennard grinst siegesbewusst und geht zu einem seiner Metalltische, auf dem jegliche Instrumente stehen, die er für das Erforschen des menschlichen Körpers benötigt. Dabei greift er allerdings nach einer Fernbedienung und projiziert auf eine weiße Leinwand das Video einer Dokumentation über den Krieg.

»Codes«, beginnt er und klingt dabei sehr enthusiastisch. »Die verdammte Lösung sind Passwörter und Codes. Irgendwelche Schlüsselwörter, die die Produkte in ihrem Leben aufgefasst haben und im Unterbewusstsein abspeicherten.«

Ich ziehe eine Braue hoch. »Und dadurch erwachen sie aus ihrer Starre?«

Er nickt eifrig. »Ja, genau! Aber nicht nur erwachen. Ich glaube, so funktioniert ihr gesamtes System. Man muss eine tiefe Emotion in ihnen auslösen und daraufhin reagiert der Körper entsprechend. Wie ein automatisiertes Abwehrsystem.«

Ich tippe mir nachdenklich ans Kinn. »Und wie erklären Sie sich dann meinen damaligen Zustand?«

»Ganz einfach«, sagt er und tippt seine Fingerspitzen aneinander. »Ich weiß, dass Sie vor Ihrem Ruhemodus in einer unausweichlichen Lage gefangen waren. Die Qualen, die Sie erlitten haben, ließen sich nur besänftigen, indem Sie nicht bei Bewusstsein gewesen sind.«

Dann hat mein System also auf meine Empfindung reagiert. »Ich habe mich praktisch abgeschaltet?«

Lennard nickt zur Bekräftigung. »Genau. Dabei mussten Sie allerdings ein Passwort benutzt haben, etwas, an das Sie zuletzt gedacht haben oder das Ihnen sehr wichtig war.«

Ich zucke mit den Schultern. Als ob ich mich daran noch erinnern könnte.

Lennard hebt einen Finger und spielt ein anderes Video ab, auf dem ein kleiner Junge zu sehen ist, der ebenfalls ins Leere starrt. »Das ist ihr Bruder. Genau in demselben Zustand. Beide wurden gemeinsam auf den Müllplatz gebracht, auf dem sie hätten erschossen werden sollen. Doch als sie die Waffen sahen, versetzten sie sich in den Ruhemodus.«

So langsam verstehe ich, worauf er hinauswill. »Ihr Passwort war dann wohl Pistole, Gewehr oder so etwas in der Art, da es das Letzte war, an das sie sich erinnern.«

Lennard schnippt mit Mittelfinger und Daumen. »Ganz genau! Wenn wir also ihre Schlüsselwörter finden, können wir vielleicht das ganze System einer Special Edition erforschen.«

»Warum haben wir uns nie darum bemüht, die Unterlagen zu ihrer Entstehung zu klauen? Das wäre viel einfacher gewesen«, bemerke ich.

Lennard seufzt und schaltet den Projektor aus. »Weil diese beiden Kinder zur letzten Reihe der originalen Special Editions gehören. Es gibt über die Vorgänger – zu denen Sie auch zählen – keine Aufzeichnungen mehr. Alle Produkte, die danach kamen, sind verändert worden und besitzen nun einen Selbstzerstörungsmodus. Sie sterben, wenn das Institut einen kleinen Knopf drückt und sie damit für immer auslöscht.«

Ich halte mir vor Schreck die Hände vor den Mund. »Das ist … abartig.«

»Ja. Wenn man mal selbst ein Produkt war, geht einem diese Erkenntnis sehr nahe.«

Ich senke den Blick. »Was werden Sie nun als Nächstes tun?«

»Weiterforschen. Wenn Ihnen einfallen sollte, woran Sie zuletzt gedacht haben oder was Sie als Ihr Schlüsselwort vermuten, dann kommen Sie zu mir. Ich habe eine Idee, wie wir zumindest einen Blick auf einen kleinen Teil Ihres Systems werfen können.« Er beäugt mich kritisch. »Sofern Sie das überhaupt wollen.«

Ich gebe ihm mit einem Kopfnicken eine stumme Bestätigung für sein Angebot und verlasse daraufhin das Labor. Tatsächlich geht es mir nicht mehr aus dem Kopf, dass mein Körper durch Passwörter und Emotionen funktionieren soll.

Was steckt wohl noch alles in mir? Was kann eine Special Edition noch?

# AUTUMN

Als wir gestern Nacht Kansas City erreichten, bin ich erst nach einer weiteren Stunde an meinem Häuschen im Revier angelangt. Die meisten Gebäude in unserer Umgebung sind kleine Holzhütten mit einer Scheune oder einer Garage. Wir führen hier eher ein bescheidenes Leben, etwas abseits der Innenstadt, sodass wir nicht allzu nah an den Regierungsgebäuden wohnen.

Meine Holzhütte, die aus vier Zimmern besteht, hat mir Liz vor fünf Jahren geschenkt, als ich meine Ausbildung hinter mich gebracht hatte und offiziell als Botschafter und stellvertretender Leiter dieses Reviers ernannt wurde.

Bevor ich mich endgültig ins Bett lege, schlüpfe ich noch schnell unter die Dusche und rufe auf einem alten Computer meine E-Mails ab. Darunter finde ich ein paar Anfragen von Parteimitgliedern, die Demonstrationen vorschlagen, und einige Beschwerden von unzufriedenen Neulingen. Ich leite die E-Mails an Liz weiter, da es ihre Aufgabe ist, zu entscheiden, was zu tun ist.

Anschließend lasse ich mich erschöpft auf mein Bett fallen und will gerade die Bettdecke über meinen Körper ziehen, als das Display meines Handys aufleuchtet und ich eine Nachricht von Liz erkenne. Mir entfährt ein Seufzer und ich sehe mir den Text näher an.

*Ich habe eine größere Aufgabe für dich. Lass uns morgen um halb elf im ›Dallas‹ treffen. Deine diplomatische Überzeugungskraft ist gefragt.*

Immer wenn Liz *das* schreibt, weiß ich, dass sie mich als Bote aussenden will. Dabei gefällt mir mein Job als Stellvertreter viel besser, da ich im Revier bleiben darf und leichteren Arbeiten nachgehen kann. Doch wenn sie mich bereits morgen treffen will, muss es von äußerster Wichtigkeit sein.

Bevor ich mir noch weiter den Kopf darüber zerbreche, lege ich das Handy weg und mummle mich in meine Decke ein. Womöglich ist es die letzte Möglichkeit, vor meiner bevorstehenden Botenreise eine Nacht in meinem bescheidenen Heim zu schlafen.

Am nächsten Morgen mache ich mich auf den Weg zur Innenstadt. Es nieselt und im Gegensatz zu gestern ist es kälter geworden. Ich ziehe mir die Kapuze über den Kopf, um mich vor der Nässe zu schützen. Gleich um die Ecke meines Hauses gibt es eine U-Bahn-Station, die ich ausnutze, um zur Innenstadt zu gelangen.

Auf dem Marktplatz schnappe ich mir von meinem Lieblingsschnellimbiss einen Kaffee und gehe geradewegs auf das kleine Bistro namens ›Dallas‹ zu. Als ich eintrete, sehe ich bereits in der hinteren Ecke Liz' pinkfarbenes Haar, das mir jedes Mal wie ein Leuchtfeuer ins Auge sticht. Sie lächelt mich behutsam an und ich ahne anhand ihrer zurückhaltenden Mimik nichts Gutes.

Auf dem glänzenden Ledersofa nehme ich gegenüber von ihr Platz und begrüße sie mit einem freundlichen »Morgen«.

Liz kommt gleich auf den Punkt. »Lakeside Village, Perry Lake.«

Beinahe hätte ich mich am Kaffee verschluckt, als ich während ihrer Worte daran nippe. »Wie bitte? Dort befinden sich die Freiheitskämpfer. Ihnen gehört die Gegend.«

Liz nickt bedrückt. »Genau. Aber du musst zu ihnen. Da Newton sich weigert, uns Informationen zu geben, müssen wir uns selbst welche besorgen.« Mir verschlägt es die Sprache, und Liz verzieht die Mundwinkel. »Sorry. Aber sie wollten keinen aus Lincoln schicken, da sie der Meinung sind, dass unser Revier dafür verantwortlich wäre.«

Langsam beginne ich zu verstehen, was Liz mir zu sagen versucht. »Du sprichst von Adam Malones Machenschaften in der Nähe, oder?«

Sie nickt. »Ich will wissen, was er vorhat, und habe mich dazu entschieden, dass es das Beste wäre, wenn ich dich schicke. Du kannst viel besser mit Worten umgehen als ich.«

Damit meint sie, dass ich nicht gleich aus meiner Haut fahre, wenn mir etwas nicht passt – ganz im Gegensatz zu Liz.

Ich presse die Lippen aufeinander und sehe auf meine verschränkten Finger, die ich vorhin auf den Tisch gelegt habe.

Liz beugt sich nach vorne und legt ihre Hand in meine. Dabei blicke ich in ihre runden, großen Augen, mit denen sie mich flehentlich anschaut. »Du hast nicht umsonst deinen Stern erhalten.«

*Bester Schüler der letzten fünf Jahre,* stand in unserem Parteien-Magazin, als ich mein Zeugnis und die Urkunde nach meiner Ausbildung entgegennahm. Daran erinnert sie mich immer wieder, da sie damals die stolzeste Leiterin des Reviers war.

Ich muss schmunzeln. »Ja, ich weiß.«

Sie drückt meine Hand, bevor sie sich von mir löst und sich in den Stuhl fallen lässt. »Tu mir den Gefallen, Aaren.«

Ich zucke zusammen, als die Bedienung hinter dem Tresen den großen Backofen aufreißt, um daraus die frisch gebackenen Brötchen zu holen. Der appetitanregende Duft bringt meinen Magen zum Knurren.

Ich fixiere wieder Liz. »Wann geht's los?«

Sie massiert sich die Stirn und atmet hörbar aus. Anschließend hält sie sich die Augen zu und macht sich klein vor mir. »Du wirst mich hassen. Es geht heute Nachmittag schon los. Wir haben einen Bus organisiert, der Freiheitskämpfer wieder zurück in die Stadt bringt. Sie nehmen dich sozusagen mit.«

»Na toll.«

Liz sieht mich reumütig an. »Es tut mir so leid. Du hast etwas gut bei mir.«

»Fahre ich allein?«

Sie beißt sich verlegen auf die Unterlippe. »Ja. Die Freiheitskämpfer lassen ungern welche von uns in die Stadt. Ich habe es gerade noch so durchkriegen können, dass sie wenigstens einen von uns zu sich lassen.« Sie tippt mit dem Zeigefinger nervös auf die hölzerne Oberfläche des Tisches. »Allerdings haben sie mich davor gewarnt, dass sie dich sofort rauswerfen, wenn du auch nur ansatzweise versuchen würdest, die Freiheitskämpfer dazu zu überreden, sich uns anzuschließen.«

Ich lache auf. »Sie werden denken, ich will in die Stadt, um mit ihnen zu verhandeln.«

Liz macht eine wegwerfende Handbewegung. »Ja, aber tu so, als gäbe es vorerst einen anderen Grund. Erzähl ihnen, dass du dich gerne etwas umsehen würdest. Wegen einem Bericht oder so etwas.«

»Und wann soll ich ihnen vom Institut erzählen?«

Ihr Ausdruck wird ernst. »Gewinne zuerst ihr Vertrauen und dann sollte es nicht allzu schwer sein, an die Anführer heranzukommen. Sag ihnen, was wir wissen.«

Ich nicke.

»Oh, und pass auf dich auf, ja?« Liz schmunzelt. »Ich will nicht meinen Partner verlieren, klar?«

Ich verdrehe die Augen. »Ist gespeichert, Miss!«

Sie kichert.

Am Nachmittag packe ich meine Sachen für die nächsten Wochen. Liz erzählte mir noch, dass sie mir ein Zimmer geben würden, ein kleines Apartment, in dem ich die nächsten Wochen bleiben kann, während ich mich ein wenig umsehe. Ich bin schon wahnsinnig gespannt darauf, wie sehr sich die Freiheitskämpfer von uns unterscheiden. Damals war ich nur ganz kurz in MRD gewesen, hatte aber kaum die Zeit gehabt, mich richtig umzusehen. Sind sie wirklich so abgeneigt gegen die Städter? Dabei verfolgt unsere Partei beinahe dieselben Ziele wie sie.

Um die restliche Zeit zu überbrücken, schalte ich den kleinen Fernseher auf meinem Regal an und lande inmitten der Tagesschau. Gespannt lausche ich den Worten des Nachrichtensprechers, ein Mann mit wenig Haaren auf dem Kopf und kleinen blauen Augen, unter denen tiefe Falten liegen. »… WKP in diesem den höchsten Umsatz erzielte. Die neuen Modelle ZRX gelten als die meistgekaufte Reihe der letzten zwanzig Jahre. Damit hat man die preisgekrönten Special Editions von ihrem Podest gestoßen, die bislang auf Platz eins standen.«

Ich umfasse die Lehnen meines Sessels und spüre, wie die Wut in mir aufkeimt. Diese neuen Modelle besitzen einen Empfindungsregler, den man nutzen kann, um alle Emotionen auszuschalten oder sie sogar zu verstärken. Diese Funktion ist neu und man kann sie sich wie einen Regler vorstellen, den man nur drehen muss, bis man das gewünschte Ergebnis erzielt hat. Dieser befindet sich im Kopf des Produktes und kann nur durch das Institut bedient werden.

Durch das Verstärken oder Senken der Emotionen eines Produktes kann das Institut alle Bedürfnisse während der Ausbildung im Institut steuern. Wenn es gekauft wird, dreht man den Regler nach Wunsch wieder hoch. Sie versuchen, die Produkte technisch zu kontrollieren, etwas, das sie vorher noch nie schaffen konnten.

»... Adam Malone zu Gast«, kündigt der Nachrichtensprecher an und die Perspektive wird gewechselt. Eine blondhaarige Reporterin steht in einer weißen, leeren Halle, an ihrer Seite der neue Besitzer des Instituts, das sich ein paar Meilen nördlich von Lakeside Village befindet. »Mr. Malone, wieso haben Sie sich dazu entschlossen, ein eigenes Institut für Wunschkinder zu errichten?«

Ich beiße die Zähne zusammen.

*Gott, wie ich den Anblick dieses Mannes hasse.*

Möglicherweise ist er mir einfach nur unsympathisch von seiner Art her, denn ich kann mich nicht daran erinnern, was der Auslöser dafür war, einen Groll gegen ihn entwickelt zu haben.

Der bleiche Mann lächelt freundlich, was auf mich eher gefährlich wirkt. »Ich möchte die Havering-Company unterstützen und da ich selbst jahrelanger Kunde gewesen bin, hat die Firma es mir ermöglicht, ein eigenes Institut leiten zu dürfen.«

Edison Stuart Havering gründete vor zweihundert Jahren die Havering-Company, die Firma, die das erste Wunschkinder-Modell entwickelte. Wegen ihrer nicht menschlichen Entstehung und dem Elastic-Brain-Program, dem EBP, zählen Wunschkinder nicht zu Menschen. Sie sind Dinge, einfache Gegenstände – *Produk-*

*te*. Der neue Computer EBP, der sich mit organischen Zellen verbinden kann, erweckte dadurch das Produkt zum Leben. Praktisch eine künstlich hergestellte Seele.

Die Reporterin wirkt zufrieden mit seiner Antwort. »Auf welche Produkt-Reihen dürfen wir uns freuen?«

Meine Schultern spannen sich an. *Freuen?* Auf das Quälen von Lebewesen, die in ihren Augen nichts wert sind? Selbst Tiere haben höhere Rechte als Produkte. Das kann nicht ewig so weitergehen. Das ist unmenschlich, *abstoßend*.

Adams Grinsen wird noch breiter. »Oh, ich möchte mich an ein Experiment heranwagen. Sozusagen eine Kreuzung aus einer Special Edition und der neuen Modellreihe ZRX.«

Die Journalistin hebt überrascht die Augenbrauen, scheint sich jedoch über die Nachricht zu freuen. »Das klingt äußerst interessant. Bedeutet das also, ihr Institut entwirft auch neue Modellreihen?«

Adam nickt. »In Kooperation mit anderen Havering-Instituten will ich das perfekte Produkt erschaffen, das man nach Belieben so einstellen kann, wie man es braucht.«

Die Reporterin sieht ihn herausfordernd an. »Das klingt nach einer schweren Aufgabe. Denken Sie, Sie werden diesen Durchbruch schaffen?«

Plötzlich erkenne ich in Adams Augen etwas aufblitzen, das sich beinahe anfühlt, als würde er damit jedem Produkt demonstrativ in die Augen sehen. Praktisch eine Warnung an jeden Einzelnen von uns. »Ich finde, dass man noch immer Produkte weiterverwenden kann, die das achtzehnte Lebensjahr vollendet haben.«

Die Reporterin wirkt etwas verwirrt und schüttelt leicht den Kopf. »Aber laut der Havering-Company wird ein Produkt nach der Vollendung des achtzehnten Lebensjahrs nicht mehr weiterverkauft. Die meisten verlassen das Institut.«

Adams übertriebene Freundlichkeit treibt mir einen Schauer über den Rücken. »Ich biete den Produkten an, dass sie an meinen Experimenten teilnehmen dürfen, um die Chance auf ein eigenes Zuhause zu bekommen.«

»Wie meinen Sie das?«

Adam verschränkt die Hände hinter dem Rücken. »Für eine freiwillige Zusammenarbeit bin ich bereit, ihnen eine kleine Hütte in einer Stadt zu kaufen, wo sie nach meinen Tests und Experimenten leben dürfen. Praktisch Gefallen gegen Gefallen.«

Die Reporterin lacht erfreut. »Das ist aber großzügig von Ihnen, Mr. Malone!«

Bevor er noch weiter antworten kann, schalte ich den Fernseher aus und spüre die geladene Wut in mir. Was fällt ihm ein? Als er die Produkte andeutete, die das achtzehnte Lebensjahr vollendet haben, bekam ich ein flaues Gefühl im Magen. Er hat nicht umsonst einen Ort mitten im Wald ausgesucht. Er hat die Nähe der Freiheitskämpfer gewählt, da die meisten von ihnen keine Lizenz besitzen, mit der sie ihre Menschlichkeit nachweisen können – womit Adam wie ein hungriger Wolf auf sie losgehen kann. Sofern die Regierung nichts mitbekommt und auch die Freiheitskämpfer nichts ahnen, wird er sie sich einfach holen.

Ich reibe mir übers Gesicht. Als ich das erste Mal in MRD gewesen bin, um mir ein Bild von der Stadt zu machen, lief ich auch einigen Special Editions über den Weg. Es sind wenige gewesen, aber sie existieren dort, und ich könnte schwören, dass Adam auf sie aus ist. Durch ihre lebhaften Haare, die makellose Haut und die leuchtenden Augen sind sie leicht zu erkennen.

Nervös kaue ich auf meiner Unterlippe und komme zu einem Entschluss. Auch wenn sich die Freiheitskämpfer von uns abgewandt haben, gehören sie trotzdem zu uns. Die Wunschkinder müssen zusammenhalten, ganz gleich, welche Ansichten sie auch haben mögen. Wir kämpfen für dieselbe Sache und genau das ist es, was zählt.

Nachdem ich noch ein letztes Mal alles überprüft habe, klopft es auch schon an meiner Tür. Liz begleitet mich zu meiner Mitfahrgelegenheit und verabschiedet sich an der Haltestelle von mir. Ihre zarten Arme umschlingen meinen Hals und sie schmiegt sich an mich. Dabei atme ich den Hibiskusduft ihres Parfüms ein.

Bevor sie sich von mir löst, legt sie ihre Hand an meine Wange und ich zucke bei der Berührung zusammen. Ich sehe sie überrascht an. »Entschuldige.« Sie tritt beschämt zurück und sieht auf den Boden. »Pass auf dich auf.«

Ich nicke nur, lächele ihr behutsam zu und nehme im vollen Bus Platz. Die Freiheitskämpfer darin beäugen mich nervös, doch sobald sie erkennen, dass ich nicht weiter interessant zu sein scheine, wenden sie sich von mir ab.

Liz' Berührung geht mir allerdings nicht aus dem Kopf. Mein Blick gleitet nach draußen, wo ich einen Teil von ihr erhaschen kann. Sie sieht nachdenklich aus, so als läge ihr etwas auf dem Herzen. Mir fällt auf, dass ich sie in der letzten Zeit niemals gefragt habe, wie es ihr geht. Sie wirkte immer unbekümmert und zufrieden mit dem, was sie hat. Habe ich möglicherweise etwas missverstanden?

Gerade im selben Moment, in dem ich mich erheben will, um zu ihr zu gehen, schließt der Busfahrer die Tür und ich sehe mit einem Ziehen in der Brust Liz' zerbrechlich wirkender Gestalt nach.

Als der Bus um die Ecke gefahren ist, lasse ich mich in die Stuhllehne sinken. Kurz darauf ertönt neben mir eine Stimme, und eine Frau mit kurzem blonden Haar schaut mich höflich an. »Entschuldigen Sie, darf ich mich neben Sie setzen? Die Fahrt wird lang und alle anderen Plätze sind besetzt.«

Ich lächele. »Gerne.«

Sie nickt und lässt sich neben mir nieder. Als Licht auf ihr Haar fällt, erkenne ich das Nuancenspiel in ihren Strähnen, das ich ebenfalls besitze. »Wir sind uns sehr ähnlich«, sage ich und will sie nicht in direkter Form auf ihre Wunschkinder-Eigenschaften hinweisen. Schließlich sprechen die meisten, die sich zu den Menschen zählen, nicht mehr darüber.

Doch die Frau wirkt offen, auch wenn ich etwas sehr Trauriges in ihren grauen Augen erkenne. »Ja, ich entstamme der Modellreihe 58X. Und Sie?«

»55X«, antworte ich. »Dann sind Sie nur wenige Monate nach mir entstanden.«

»Ja, vermutlich.«

Sie sieht auf ihre Hände und senkt den Kopf. Ihre Schultern hängen schlaff herab, was mich beinahe wieder an Liz erinnert. »Ist bei Ihnen alles in Ordnung?«

Sie wirkt ein wenig verschreckt und sieht mich mit ihren großen Augen an. »Ich bin nur in Gedanken.«

*Was gelogen ist.* Allerdings geht es mich nichts an. Ich habe Liz versprochen, mir das Vertrauen der Freiheitskämpfer zu erarbeiten, und das werde ich nicht erreichen, wenn ich neugierig nachhake und dabei einen schlechten Eindruck hinterlasse.

Ich wende mich, wenn auch widerwillig, von der Frau ab und blicke aus dem Fenster. Dabei entdecke ich eine riesige Werbetafel, die Adam Malone in einer leeren Halle zeigt, in der er wohl auch interviewt worden ist. Sein Blick ist trotz seines freundlichen Lächelns streng, und durch seine dürre, knochige Figur wirkt er älter, als er ist.

Hinter mir nehme ich ein Gespräch wahr und lausche den beiden Männern, die glauben, dass ihr Flüstern an niemandes Ohren dringt. »… nicht erfreut darüber sein. Malcolm wird ausrasten, wenn wir ihm erzählen, was dieser Malone vorhat. Ich hoffe nur, dass Delia ihn dazu überreden kann, dass wir es vorerst für uns behalten. Die Leute würden in der Stadt Panik schieben, wenn sie von dem Institut wüssten.«

Ein Seufzer ertönt. »Rick wird auch nicht begeistert sein, doch um die Stadt zu schützen, werden sie es vorerst für sich behalten.«

Also haben die Freiheitskämpfer bereits ihre Spitzel in die Stadt ausgesandt, um mehr über das Projekt nördlich ihrer Heimat herauszufinden. Rick, Malcom und Delia sind dort die obersten Anführer. Wenn sie es für klug halten, diese Information nicht preiszugeben, habe ich vielleicht die Chance, schon viel eher eine Audienz zu bekommen. Möglicherweise gelingt es mir, sie endlich davon zu überzeugen, wenigstens mit unserer Partei zusammenzuarbeiten.

Als ich gerade zwischen die Sitze schauen will, um mir die Gesichter der beiden Männer einzuprägen, höre ich die Frau neben mir sagen: »Jungs, behaltet eure Gespräche für euch, ja?«, murrt sie und es wird hinter uns still.

»Sorry, Grace«, entschuldigt sich einer von ihnen.

Offensichtlich hat die Frau etwas zu sagen, denn sie schweigen selbst mehrere Minuten danach. Als ich zwischen die Sitze blicke, erkenne ich, dass in ihren Mienen noch immer Reue liegt.

Meine Aufmerksamkeit gilt wieder der Frau neben mir. Ich halte ihr meine Hand hin. »Ich bin übrigens Aaren.«

Überrumpelt blickt sie mich an.

Als sie noch zögert, lächle ich freundlich, was ihre Starre zu lösen scheint. Sie nimmt meine Hand und drückt diese kurz, bevor sie sie wieder loslässt. »Grace.« Mit ihren wolkengrauen Augen mustert sie mich genauer. »Sie sind ein Städter, richtig?«

»Ja.« Für einen kurzen Moment überlege ich, ob ich sie auf das Thema mit Adam Malone und dem neuen Institut ansprechen soll. Ich entscheide mich dafür, Grace' Vertrauen zu gewinnen, indem ich mit ihr über die Wahrheit rede, die offensichtlich für eine enorme Anspannung zwischen den Freiheitskämpfern sorgt. »Ich komme wegen des neuen Instituts.«

Sie hebt eine Augenbraue, vermutlich überrascht, dass ich bereits darüber Bescheid weiß. Vielleicht hat sie deswegen gerade ihre Kameraden angeschnauzt, weil sie glaubte, ich wüsste nicht, um was es hier ging. »In MRD?«

Ich schüttle den Kopf und lege die Hand in meinen Schoß. »Nein, wegen des Gebäudes, das nur zwölf Meilen von Ihrer Stadt entfernt gebaut wird. Ich finde es ungewöhnlich.«

Grace weicht meinem Blick aus und schnaubt verächtlich. »Das finden wir alle.«

Ich spüre, wie Grace das Thema unangenehm wird. »Die Partei ist recht besorgt, was das betrifft.« *Was auch wirklich stimmt.*

Grace sieht mich abschätzig an und versucht herauszufinden, ob sie mir vertrauen kann oder nicht. Ihre unruhigen Augen verraten sie dabei. »Ach ja?«

Mit einem Nicken bekräftige ich meine Aussage. »Alle Wunschkinder-Institute werden in Großstädten gebaut, dort, wo man viele Kunden und Interessenten erreichen kann. Ich weiß bereits jetzt schon, dass das Gebäude aus anderen Gründen errichtet wird.«

Grace sieht mich aufgewühlt an. »Jedenfalls nicht für den Verkauf, so viel steht fest.«

Ihre Nervosität dringt bis zu mir durch, als ob ihre Anspannung sanft meine Haut streicheln würde. »Wenn es nicht für den Verkauf erbaut wird, für was dann?«

Da ich ihre Befürchtungen bereits aus ihren Augen ablesen kann, wende ich den Blick ab und senke betrübt den Kopf. »Ich denke, der Standort wurde sorgsam ausgewählt.«

Grace verschränkt nervös die Finger miteinander und ihr Körper zittert leicht. »Aber ein Angriff gegen uns wäre die Einleitung für einen Krieg.«

»Nicht, wenn es dafür keine Beweise gibt. Malone ist clever, dessen solltet ihr euch bewusst sein«, erkläre ich in einem ernsten Tonfall.

Grace schluckt schwer. »Die Gerüchte um ihn sind auch bis zu uns durchgedrungen. Die meisten Produkte, die wir von den Müllplätzen aufgelesen haben, haben nicht überlebt. Wenn doch, waren sie psychisch fertig oder starben noch auf dem Rückweg nach MRD.«

Plötzlich zieht sich etwas so schmerzhaft in meiner Brust zusammen, dass ich keuche.

Grace sieht mich mit hochgezogener Augenbraue an. »Alles in Ordnung?«

Ich atme tief ein und nicke ihr zu. »Ja, alles gut.«

Verdammt, was war das denn? Ob ich vergessen habe zu atmen?

Grace beugt sich näher zu mir, um mir etwas zuzuflüstern. »Ich glaube, dieser Malone hat meine Tochter.«

Ich blinzle sie überrascht an. »Ihre Tochter?«

Sie nickt. »Sie ist vor fünf Monaten verschwunden. Sie kam nach der Schule einfach nicht nach Hause.« In ihren Augen spiegelt sich großer Schmerz und Kummer. »Deshalb habe ich mich den Boten und Spionen angeschlossen, in der Hoffnung, mehr über die Städter herauszufinden.«

»Wieso sind Sie sich so sicher, dass es Malone sein könnte?«, frage ich interessiert nach.

»Weil wir vor über einem halben Jahr begonnen haben, die Kundschafter und Soldaten aus dem Süden und Westen abzuziehen, um sie im Norden einzusetzen – als ob sich ein Kampf anbahnen würde.«

Ihre Worte verblüffen mich. Dann wissen die Freiheitskämpfer schon seit Längerem, dass sie sich einem größeren Problem stellen müssen. Auch wenn es meine Aufgabe sein sollte, MRD nur zu warnen, fühle ich mich trotzdem, durch einen unerklärlichen Grund, dazu verpflichtet, ihnen zu helfen. Möglicherweise liegt es daran, dass ich Adam nicht ausstehen kann und nicht tatenlos danebenstehen möchte, wenn er anfängt MRD auf seine heimtückische Weise zu bedrohen.

»Ich bin hier, um zu helfen«, erkläre ich geradeheraus. »Schließlich arbeiten wir auf dasselbe Ziel hinaus. Wir fühlen uns von Malone ebenfalls bedroht.«

Grace wirkt misstrauisch. »Wir kommen eigentlich auch ganz gut ohne die Städter zurecht. Schließlich wäre unsere Zusammenarbeit spätestens dann beendet, wenn es zum Krieg käme.«

Auch wenn es in meiner Kehle brennt, ihre Aussage zu verneinen, kann ich es nicht. Denn unsere Partei würde sich aus einem Kampf heraushalten, weil wir den Schwur geleistet haben, alles auf eine diplomatische Art zu lösen. Krieg ist keine Lösung.

Ich senke den Blick und schaue auf meine Hände. Es wäre das Beste, an dieser Stelle zu schweigen, denn die Freiheitskämpfer würden nicht einmal mit der Wimper zucken, um ihr Heimatland zu verteidigen. Ganz im Gegensatz zu uns. Wir kämpfen mit Worten, Überzeugung und Gesetzen.

Die Fahrt dauert zum Glück nicht allzu lang. Nach einer knappen Stunde hält der Bus vor den großen Toren von MRD.

Die Mauern sind riesige Stahlwände, die die gesamte Stadt umrunden. Der See bietet zusätzlich Schutz, da er sich wie ein Graben an den Mauern entlangschlängelt. Nur im Norden oder durch eine Überfahrt im Osten kann man die Stadt betreten.

Ich bin jedes Mal fasziniert über die Größe und Bauweise dieses Ortes.

Wir werden eingelassen und der Bus fährt so lange auf der Hauptstraße, bis er im Zentrum zum Stehen kommt. Auf einem großen Parkplatz steigen alle aus. Bevor ich mich bei den Behörden melden will, gesellt sich Grace zu mir. »Wenn ich Ihnen einen Tipp geben darf, Städter.«

Ich blicke sie aufmerksam an.

Ihr Ausdruck wird bitterernst. »Sprechen Sie die Leute nicht wegen des beunruhigenden Gerüchts im Norden unserer Stadt an. Wir können nicht alle Geheimnisse für uns behalten, und je mehr sie über diesen Mr. Malone wissen, desto eher bricht hier alles zusammen. Wenn Sie uns also wirklich helfen wollen, dann schweigen Sie über das, was Sie wissen.«

Ich nicke und lächle verschwörerisch. »Das hatte ich vor.«

Grace' Anspannung lockert sich ein wenig. »Gut. Vielleicht sieht man sich wieder, Aaren.«

Danach verschwindet sie und ich sehe ihr noch so lange nach, bis sie mit den anderen hinter der nächsten Straßenecke verschwindet. Anschließend begebe ich mich zum Behördenzentrum, in dem ich mein Apartment und eine Aufenthaltsbestätigung bekommen soll. Als Fremder ist man verpflichtet, von der Stadt registriert zu sein, sonst könnte es zu Problemen kommen.

# LEAF

Nachdem wir gestern noch gemeinsam essen waren, habe ich beschlossen, Helena am Abend zu Melanie zu bringen und bei Nico zu übernachten.

Als ich am nächsten Morgen erwache, spüre ich starke Arme, die sich um meinen nackten Körper schlingen, und weiche Lippen, die meine Schläfe küssen. »Guten Morgen«, flüstert Nico.

Ich drehe mich in seiner Umarmung zu ihm und lege die Hand auf seine Brust. »Gut geschlafen?«, nuschle ich müde und schließe die Augen.

Nicos und meine Beziehung ist nicht mit Worten zu beschreiben. Dadurch, dass ich so lange weg bin, ist es unmöglich, eine Zukunft mit ihm aufzubauen. Ich wäre nicht oft genug da, um ein Teil seines Lebens zu sein. Auf seinen Veranstaltungen ist meistens Stella an seiner Seite, die ihm viel mehr bieten könnte als ich. Doch Nico meint, es wäre nicht dasselbe. Er liebt mich, aber ich nicht ihn, und diese Erkenntnis trifft mich jedes Mal tief. Mein Herz habe ich damals verschenkt, ohne zu wissen, dass ich es niemals wieder zurückbekäme.

Auch wenn es keine Liebe ist, tut es dennoch unheimlich gut, in seiner Nähe zu sein. Seine Wärme spendet mir Trost und auf eine gewisse Weise fühle ich mich dadurch nicht mehr allein. Ich weiß, dass er nur eine Art Ersatz ist für etwas, das ich nie wieder in meinem Leben zurückerlangen kann. Mit dieser Beziehung bestrafe ich nicht nur ihn, sondern auch mich selbst.

Ich habe ihm schon oft gesagt, dass wir es beenden sollten, weil Nico weiß, dass ich ihn niemals so lieben werde, wie er es tut. Doch immer wieder gab es eine gewisse Anziehung zwischen uns, gegen die wir einfach machtlos sind. Ich schaffe es nicht, mich von ihm zu lösen, weil er die Leere in mir füllt, und er ebenfalls nicht, da ihm meine Nähe den Verstand raubt.

Dennoch sind wir alles andere als ein Paar.

Nico gähnt. »Mehr als gut.« Seine Hand streicht sanft über meine Wange. »Nur noch heute und morgen, dann bist du wieder weg.«

Ich schlage die Lider auf und sehe ihn reumütig an. »Du weißt, dass ich nicht länger bleiben kann.«

Er nickt kaum merklich. »Mein Angebot steht immer noch, dir eine andere Stelle zu besorgen. Irgendwo innerhalb unseres Instituts. Du könntest bei mir vorübergehend wohnen, bis du eine eigene …«

»Nico«, unterbreche ich ihn sanft. »Nein. Ich mag meinen Job und ich will ihn nicht aufgeben. Meine Abwesenheit tut auch Helena und Melanie gut. Wenn ich zu oft in ihrer Nähe bin, zerstöre ich alles, was sich die beiden in den letzten Jahren zusammen aufgebaut haben.«

Er seufzt schwer und zieht mich fester in seine Arme. »Sorry, du hast recht.«

Es tut weh, jedes Mal zu merken, wie sehr er an mir hängt. Dabei werde ich ihm nie das geben können, was er wirklich verdient hat.

»Nein, *mir* tut es leid.« Ein Seufzer entfährt mir. »Das ist nicht richtig, was ich hier mache.«

Nico schüttelt den Kopf und sein sanfter Blick verstärkt die Reue in mir. »Denkst du eigentlich noch an ihn?«

In meinen damaligen Therapiestunden habe ich Nico beinahe alles erzählt, bis auf Namen. Ich sprach immer von meinem »Vergewaltiger« und dem »Mann, den ich noch immer liebe«. Damals brachte ich es einfach nicht übers Herz, ihre Namen auszusprechen, geschweige denn fand ich den Mut dazu. Sie sollten einfach unausgesprochen bleiben, damit sie wie Geister klingen, die es nur noch in meinen Erinnerungen gibt. Myr weiß ebenfalls einiges über Autumn, allerdings auch nicht seinen wahren Namen.

Ich schüttle sanft den Kopf und hätte mich am liebsten selbst dafür gerügt, dass ich Nico belügen muss. »Nein.« Ich will ihm nicht noch mehr Schmerzen bereiten. »Schon lange nicht mehr.«

Nico wirkt mit meiner Antwort zufrieden. »Gut, dann mach ich mich mal fertig. Ich habe gleich einen Termin mit einem Patienten.«

In den vielen Therapiestunden, die ich über mich ergehen lassen musste, habe ich meine perfekte Maske gefunden, die so undurchdringbar ist, dass selbst Nico sie nicht erkennt. Anders gesagt: Ich bin die perfekte Lügnerin.

Bevor er das Bett verlässt, drückt er mir einen sanften Kuss auf die Lippen und verschwindet im Badezimmer. Ich lulle mich noch ein wenig in die Decke ein und schließe die Augen.

In Wahrheit denke ich unentwegt an Autumn. Manchmal träume ich nachts von ihm, rufe mir sein wunderschönes Gesicht in Erinnerung und wünsche mir sehnlichst, dass er mich eines Tages finden würde. Doch auch wenn ich weiß, dass er mich wohl längst vergessen haben muss und vielleicht sogar eine Familie hat, kann ich nicht aufhören, ihn zu lieben. Mit seinem Ausbruch aus dem Institut hat er nicht nur mich zurückgelassen, sondern auch mein Herz mitgenommen.

So oft blicke ich in leuchtend braune Augen von anderen Produkten und muss dabei unwillkürlich an Autumn denken. Mir sind bereits so viele Männer begegnet, die Interesse an mir hatten, doch ich habe sie abgelehnt. Sie waren eben alle nicht *er*.

»Schließ einfach die Tür hinter dir, wenn du gehst. Frühstück musst du dir allerdings selbst machen«, reißt Nico mich aus meinen Gedanken und läuft auf die Schlafzimmertür zu. Er wirft mir ein sanftes Lächeln zu. »Sehen wir uns heute Abend wieder?« Seine Augen schimmern voller Hoffnung.

»Ja, sicher.«

Er verschwindet und ich höre nur wenige Minuten später, wie die Haustür zufällt.

Als die Stille anfängt mich zu erdrücken, blicke ich auf die Uhr und erkenne, dass es schon recht spät ist. Ich beschließe, mich ebenfalls frisch zu machen, mir eine Jeans, einen Pullover und meine Sneakers anzuziehen, bevor ich aus der Wohnung verschwinde. Helena sollte gleich Schulschluss haben und ich habe ihr versprochen, sie abzuholen.

Auf dem Weg zur Schule laufe ich Richtung Hauptstraße und will gerade die Straße überqueren, als mir Stella entgegenkommt. Sie winkt mir zu und ich bleibe auf dem Bürgersteig stehen. Wir fallen uns freudig in die Arme.

»Du bist wieder zurück«, ruft sie glücklich und lässt mich beinahe nicht mehr los. Stella drückt noch fester zu und ich keuche.

»Ich krieg keine Luft«, ächze ich.

Erschrocken lässt sie von mir ab. »Wie lange bleibst du?«

Ich ziehe die Mundwinkel herunter. »Nur heute und morgen noch. Danach muss ich wieder zu meinem Stützpunkt« – *falls* ich nicht versetzt werde, doch das behalte ich besser für mich. Es reicht schon, dass Nico sich sorgt.

Stella sieht mich entgeistert an. »Spinnen die? Drei Tage sind doch gar nix! Du brauchst endlich mal Urlaub. Mindestens fünf Wochen. Hast du dich schon durchchecken lassen?«

Ich nehme Stellas Hände und drücke sie sanft. »Mir geht es fantastisch, okay? Mein Vorgesetzter meinte schon, dass ich nach diesem Einsatz sechs Wochen freibekomme, da ich dieses Jahr noch gar keinen Urlaub hatte.«

Ihr Blick wird ernst. »Das will ich aber auch meinen. Wenn nicht, bekommt er einen netten Brief von mir.«

Ich muss lachen. »Er hat's versprochen. Keine Sorge.«

Stella braucht nicht zu wissen, dass ich mich freiwillig für diesen Einsatz gemeldet habe – oder besser gesagt: meinen Vorgesetzten darum gebeten habe, öfter eingesetzt zu werden.

Ich fühle mich oftmals nicht wohl in der Stadt, da mich hier die Einsamkeit plagt. Meistens kommt es mir so vor, als wäre das nicht mein Zuhause, sondern der Zwischenstopp.

»Helena wartet auf mich, Stella. Wenn du willst, könnten wir alle heute Abend etwas essen gehen und ein wenig plaudern«, schlage ich vor.

Sie wirkt von dem Angebot angetan. »Ja, gerne! Ich informiere sogleich Nico und Myr.«

Ich nicke und gebe mir Mühe, mein Lächeln aufrechtzuerhalten. Stella weiß nichts von Nicos und meiner Beziehung. Es ist jahrelang unser Geheimnis geblieben, und auch ohne ihn jemals danach gefragt zu haben, ist mir klar, er führt dieselbe Freundschaft auch mit Stella. Er schläft mit ihr, doch er liebt sie nicht, dafür sie aber ihn. Und irgendwie gebe ich mir die Schuld daran, dass die beiden kein glückliches Paar werden können.

»Okay. Dann bis heute Abend«, sage ich, bevor wir getrennte Wege gehen.

Als ich vor einem Jahr das erste Mal von den beiden erfuhr, entdeckte ich in der Wäsche, um die ich mich für Nico kümmerte, einen weißen Fleck auf seiner Hose. Zuerst dachte ich, es wäre vom gestrigen Essen, da er zu diesem Zeitpunkt die Hose angehabt hatte. Doch als ich von Stella hörte, dass sie eine vollkommen aufregende Nacht gehabt haben muss, ging ich der Sache nach. Myr erzählte mir dann, dass beide am selben Abend, an dem wir essen waren, noch einen Termin bei einer Pressekonferenz hatten. Damit zählte ich eins und eins zusammen.

Obwohl es jeder Frau das Herz brechen würde, eine solche Entdeckung zu machen, ließ es mich tatsächlich kalt. Ich habe es mir für Nico auf eine gewisse Weise sogar gewünscht und mir auch erhofft, dass er sich in Stella verlieben würde. Vielleicht hätte ich nie mit ihm etwas anfangen dürfen und es wäre nicht der eine in den nächsten verliebt, während derjenige, mit dem alles begonnen hat, einer längst vergessenen Liebe nachtrauert.

Ich denke, dass Stella für Nico das ist, was Nico für mich ist. Eine Person, die die Leere in seinem Inneren füllt. Dadurch, dass ich seine Liebe nicht erwidern kann, sucht er Zuflucht bei jemandem, der es tut – auf eine gewisse Weise zumindest.

Ich wollte schon immer die Fronten klären, mich von Nico abwenden, um Stella die Chance zu geben, mit ihm glücklich zu sein. Aber da habe ich erkannt, dass ich es nicht übers Herz bringe, Stella die Wahrheit zu sagen. Wir würden vermutlich streiten, weil wir damit Stellas Herz brechen. Unsere jahrelange Freundschaft ist mir dafür zu wichtig, um sie mit einem solchen Thema zu zerstören.

Nico scheint das auch so zu sehen, nur ist er derjenige, der mit zwei Frauen schläft und sich nicht überwinden kann, es beiden zu sagen. Im Gegensatz zu Stella bin ich selbst hinter die Wahrheit gekommen.

Ich bräuchte mich nur von Nico zu lösen, dann wäre dieses Thema vorbei. Doch ich bin zu schwach dafür, weil ich mich so sehr nach jemandem sehne, der den täglichen Schmerz in meiner Brust lindert.

Mit anderen Worten: Nico ist mein Schmerzmittel, ohne das ich einfach nicht leben kann.

Als ich endlich die Schule erreiche, sind es nur noch zehn Minuten bis zum Unterrichtsende. Ich suche die Klasse von Helena auf und setze mich auf eine der Bänke, die in allen Fluren stehen. Noch bevor der Gong ertönt, entlässt die Lehrerin freundlicherweise die Schüler, und ein Strom von Kindern kommt aus der Tür geschossen.

Nur wenige Augenblicke später haben sich kleine Arme um meinen Nacken geschlungen. »Tante Lara!« Helena lacht freudig. »Ich wusste schon, dass du früher da bist.«

Ich drücke sie fest an mich und gebe ihr einen Kuss auf die Stirn. »Was sollen wir heute machen?«

Sie sieht mich betrübt an. »Ich habe Hausaufgaben aufbekommen«, meint sie murrend. »Und ich muss sie auch schon morgen vorzeigen.«

Ich stehe mit ihr auf, behalte jedoch ihre Hand in meiner. »Dann machen wir die zuerst und dann können wir den ganzen Tag etwas unternehmen. Heute Abend nehme ich dich dann zum Essen mit.«

Sie wirkt gelangweilt. »Schon wieder? Mit deinem Freund?«

Bei der Bezeichnung zieht sich etwas in mir zusammen. »Er ist nicht *mein* Freund, sondern *ein* Freund.«

Helena kichert und streicht sich eine schwarze Strähne hinter das Ohr. »Und warum wirst du dann ganz rot, Tante?«

Ich verdrehe die Augen und führe sie zum Ausgang. »Komm, kleiner Wirbelwind. Wenn wir noch etwas vom Tag haben wollen, müssen wir uns beeilen.«

Später machen wir in Helenas kleinem Zimmer ihre Hausaufgaben. Ab und an schaue ich nach Melanie, die mit Waschen und Bügeln beschäftigt ist. Sie hat mir in ihrem Keller einen kleinen Raum überlassen, in dem zwar ein Bett und meine Wertsachen stehen, doch ich schlafe dort kaum, da ich ungern in der Stille meiner Einsamkeit ertrinke. Seit ich mit der Ausbildung fertig bin, habe ich entweder bei Myr oder Nico übernachtet. Melanie scheint darüber ganz froh zu sein, dass ich nicht in ihrer Nähe bin.

Als sie gerade die frisch gewaschenen Sachen zusammenlegt, während Helena sich andere Kleidung anzieht, setze ich mich auf einen Stuhl im Wohnzimmer. Hinter ihr hat sie heißes Wasser aufgestellt.

»Hat sich Stella bei dir gemeldet?«, frage ich interessiert nach, da sie mich gestern darum gebeten hat, ihr Bescheid zu geben.

Ich habe ihr an demselben Abend noch eine Nachricht per Handy zugeschickt, da ich mir nicht sicher war, wann wir uns sehen würden. Doch selbst als ich sie heute Morgen antraf, schien sie die Nachricht noch immer nicht wahrgenommen zu haben.

»Nein«, meint sie und sieht mich erst gar nicht an. »Sie ist im Moment wohl sehr beschäftigt.«

»War es denn etwas Wichtiges?«, hake ich nach.

Sie zuckt mit den Schultern und schweigt.

»Mel … sag mir doch, was los ist«, spreche ich sie direkt auf unsere Distanz an, die mit jedem Wort größer zu werden scheint.

Ihre Augen suchen die meinen und wirken dabei ernst. »Mit mir ist alles in Ordnung. Mach dir keine Sorgen.«

»Geht es wieder um Helena?«

Sie fixiert die Tür in meinem Rücken und ich kann mir denken, wer in den Raum getreten sein muss. Mit einem Lächeln wende ich mich dem kleinen Mädchen zu, das nervös aus seinem Zimmer tritt. »Was ist mit mir?«

»Nichts, mein Liebling«, spricht Melanie mit fürsorglicher Stimme. »Tante Lara ist nur schon ziemlich ungeduldig und kann es kaum erwarten, mit dir heute in die Stadt zu gehen.«

Helenas Augen beginnen zu funkeln. »Oh, das wusste ich gar nicht!« Sie springt verspielt auf mich zu und schnappt sich meine Hand. »Komm schnell, Tante! Wir müssen los!«

Bevor mich Helena vom Stuhl zieht, damit wir aus dem Haus verschwinden können, werfe ich Melanie noch einen vielsagenden Blick zu. Sie soll wissen, dass unser Gespräch noch nicht beendet ist.

Helena führt mich auf den schmalen Weg direkt vor unserer Tür. Die sogenannten Blockringe werden am häufigsten in MRD gebaut. Ein Haus ist auf einem anderen Gebäude errichtet worden und so türmen sich die vielen Fassaden bis zu neun oder sogar zehn Stockwerke hoch. Sie stehen auf sehr stabilen Platten, die sich anfühlen wie Asphaltboden, nur ein wenig härter. Auf ihnen wurden auch Gerüste errichtet, sodass man von einem Haus zum anderen kommt.

Möchte man ein Stockwerk wechseln, benutzt man die großen Aufzüge, die es in allen Himmelsrichtungen gibt. Melanies Haus befindet sich im vierten Stockwerk, südlich des Ringes.

Helena führt mich zum rostfarbenen Aufzug, der beim Einsteigen quietscht und knarzt. Der Essensgeruch der Restaurants, die in den unteren Etagen liegen, reicht bis zu uns herauf. Ich nehme den Geruch von frisch gebratenem Fleisch und Pommes wahr. Mein Magen beginnt zu knurren und mir läuft das Wasser im Mund zusammen.

Mit einem leichten Rucken kommt der Aufzug in Bewegung und wir fahren ins Erdgeschoss hinunter. Helena bekommt ihr Grinsen gar nicht mehr aus dem Gesicht.

Sie steckt mich damit sofort an. »Was macht dich heute so fröhlich?«

Sie schmiegt sich an mich und ihr Lächeln vergeht. »Ich bin eigentlich gar nicht so glücklich.«

Mein Herz zieht sich für den Moment zusammen und ich beuge mich zu Helena hinunter. Besorgt nehme ich ihr Gesicht in meine beiden Hände. »Was? Wieso denn nicht?«

Die Aufzugschranke öffnet sich und wir sind gezwungen auszusteigen. Ein paar Leute quetschen sich an uns vorbei und verlassen den Metallfahrstuhl, der durch einen einfachen Seilzug getragen wird.

Ich nehme Helenas Hand und steige gemeinsam mit ihr aus. Zwischen zwei Gebäuden entfliehen wir den uns entgegenkommenden Menschen und ich gehe vor ihr in die Hocke. »Kleine, sag mir, was dich bedrückt.«

Sie seufzt und senkt den Blick. »Du bist nie da. Und wenn du mal da bist, dann zu kurz.«

Ich schlucke. »Aber ich komme immer wieder. Außerdem hast du doch noch deine Mama. Während ich weg bin, kannst du mit ihr ganz tolle Sachen unternehmen.«

Helena schüttelt den Kopf. »Mama ist meistens arbeiten und dann zu kaputt zum Spielen. Sie hat immer so viel zu tun und selten Zeit für mich.«

Warum hat Melanie mir nie erzählt, dass sie mit allem ein wenig überfordert ist? Sie hätte nur etwas sagen müssen, dann wären Myr oder Stella öfter vorbeigekommen, um ihr unter die Arme zu greifen.

Doch wie ich Melanie kenne, würde sie es abstreiten, dass ihr das Haus, ihre Tochter und die Arbeit zu viel wären. Sie ist bei diesem Thema unbelehrbar.

Ich streiche Helena sanft über die Wange. »Ich bin ja noch morgen da.«

»Und dann gehst du wieder weg. Kann ich nicht einfach mit?«

»Auf keinen Fall!«

Sie verschränkt beleidigt die Arme vor der Brust. »War ja klar!«

Ich nehme ihre Hand und lächle wieder. »Hel, bitte sei nicht wütend auf deine Mom. Sie macht wirklich alles für dich und ihr fehlt nun mal die Zeit, um alles unter einen Hut zu kriegen. Ich bin mir sicher, das legt sich bald.«

Sie nickt, doch es wirkt eher so, als täte sie das, um das Gespräch zu beenden.

Ich seufze frustriert.

Etwas erregt hinter mir Helenas Aufmerksamkeit. Sie zeigt mit dem Finger darauf. »Können wir einmal in ›Daddas bunte Welt‹ vorbeischauen? Er hat so viele Kuscheltiere.«

Ich nicke und folge ihr bis zu dem kleinen Laden um die Ecke. Während sie sich jedes der Plüschtiere einzeln ansieht und mir einige davon vorstellt, mustere ich ab und an die Umgebung.

Als sich mein Blick auf den Blumenladen richtet, der gleich neben ›Daddas bunte Welt‹ liegt, bemerke ich eine wunderschöne apricot Rose, die zwischen vielen anderen in einem Eimer steckt.

Im Augenwinkel erkenne ich Helena, die ganz fasziniert von den Spielwaren ist, und nutze die Zeit, um die Rose aus dem Behälter zu nehmen. Ich beschließe, sie zu kaufen, und verschwinde damit an die Kasse.

Eine Frau steht vor mir, während sich hinter mir noch jemand anstellt. Da bemerke ich, wie sich derjenige zu mir nach vorne beugt. »Ich finde, jemand sollte Ihnen diese Rose kaufen.«

Verblüfft drehe ich mich zu dem Unbekannten um und blicke in rostbraune Augen. Seine blonden Haare hat er zu einem Pferdeschwanz gebunden. »Ja? Finden Sie?«

Er lächelt sanft und legt ebenfalls seine Finger an den Stiel. »Darf ich?«

Vollkommen verblüfft über sein unerwartetes Vorhaben nicke ich ihm zur Bestätigung zu. Er nimmt meine Rose an sich, macht einen Schritt nach vorne, als die Dame vor mir im selben Moment die Kasse verlässt, und bezahlt neben meiner einzelnen Blume noch zusätzlich einen Strauß.

Als er fertig ist, kehrt er zu mir zurück. Ich habe mich keinen Millimeter vom Fleck bewegt, sondern wie hypnotisiert den Typen beobachtet, der meine Rose kaufte. Sein freundliches Lächeln löst ein ungeahntes Kribbeln in mir aus.

Er gibt mir die Rose und grinst breit. »Darf ich Ihnen diese Rose schenken, Miss?«

Mir schießt Hitze in die Wangen und plötzlich wird mir ganz anders. Selbst meine Knie werden weicher, als wäre ich nicht mehr Herr über meine Beine. »Danke, das ist wirklich freundlich von Ihnen.«

Er zwinkert mir zu und ich will im selben Moment nach Helena sehen, als er meine Hand packt und mich zurückzieht. Seine Berührung lässt mich zusammenzucken. »Oh, warten Sie!«, sagt er mit sanfter Stimme. »Ich kenne noch gar nicht Ihren Namen.«

Mein Blick gleitet erneut zum Laden nebenan. Wo ist Helena?

»Einen Moment!«, bitte ich ihn und will mich losreißen, doch er hält mich noch immer fest.

Jetzt wird mir seine Berührung doch etwas unheimlich. Mein Lächeln vergeht.

»Ich bin Joschua. Joschua Linke. Und Sie?«

Ich reiße mich mit Gewalt von ihm los. »Danke für die Rose.« Dann drehe ich mich um und blicke in den Laden hinein. Helena kann ich nirgends ausmachen.

Leichte Panik überkommt mich und ich gehe tiefer hinein. Zwischen den Regalen und riesigen Körben kommen mir einige Kinder entgegen, doch keines davon ist Helena.

»Hel?«, rufe ich durch den Raum, doch niemand antwortet mir.

Meine Beine werden schneller. Als ich einen Angestellten treffe, der gerade dabei ist, neue Spielbälle in einen Korb zu legen, renne ich auf ihn zu.

»Entschuldigung, haben Sie ein Mädchen mit schwarzem Haar und braunen Augen gesehen? Sie muss noch vor einigen Minuten hier gewesen sein.«

Der muffig wirkende Angestellte, dessen T-Shirt zu klein für seinen dicklichen Bauch ist, zuckt nur mit den Schultern. »Ne, tut mir leid. Hab ich nicht gesehen.«

*Aber sie war doch eben noch da!* Ich laufe bis zum Ende des Raumes und rufe erneut Helenas Namen. Allerdings vergebens. Niemand antwortet mir.

Der Kerl von eben kommt mir wieder in den Sinn und wie penetrant er mich festgehalten hat. In unserer Ausbildung sind wir ab und an in Sachen Täuschung belehrt worden und ich werde das leise Gefühl nicht los, dass die Rose von eben ein Trick sein sollte …

Ergriffen von meinem beunruhigenden Gedanken schieße ich wieder aus dem Laden heraus und blicke zu den ausgestellten

Blumen. Dort kann ich den Mann von eben nicht entdecken, was meine vage Vermutung nur umso mehr bekräftigt.

Was soll ich Melanie sagen? Dass ich zu *dumm* war, um auf meine kleine Hel aufzupassen? Mein Herz schlägt unentwegt, und Tränen stauen sich in meinen Augen.

Gott, wie konnte ich nur so naiv sein?

Ich renne zu den Nebenstraßen und halte überall nach Helena Ausschau. Doch auch wenn so viele Leute unterwegs sind, ist meine Tochter wie vom Erdboden verschwunden.

Ich reibe mir nervös über das Gesicht und versuche, einen kühlen Kopf zu bewahren.

Was soll ich tun? Zur Stadtwache? Sie kann doch nicht einfach entführt worden sein. Etwa so wie Katy?

Eine Träne bahnt sich ihren Weg über meine Wange und ich fahre mir mit zitternder Hand übers Haar.

*Verdammt! Was soll ich tun? Was soll ich tun? Was. Soll. Ich. Tun?*

Gerade als ich beschließe, zurück zu Melanie zu gehen, höre ich von Weitem meinen Namen. »Tante Lara!«

Als ich die Stimme wiedererkenne, fällt mir ein Stein vom Herzen und ich wende mich Helena zu, die aus einer ganz anderen Richtung auf mich zugelaufen kommt. Ich breite die Arme aus und schlinge diese um den kleinen Körper, als dieser mich erreicht.

»Oh Gott! Hel, ich hab mir Sorgen gemacht. Wo warst du?«

Als sie mich anblickt, sind ihre Augen ebenfalls feucht. »Da war so ein Mann, der hat mich durch den Hinterausgang gezogen«, schnieft sie und vergräbt den Kopf an meiner Schulter. »Das war so schlimm, Tante Lara. Ich wollte schreien, aber er hat mir den Mund zugehalten.«

Mit noch immer zitternder Hand streiche ich ihr über das Haar. »Schon gut, schon gut. Du bist wieder bei mir.«

Sie weint leise. »Wenn der Mann nicht gewesen wäre, hätten die mich mitgenommen.«

Ich löse mich sanft von ihr. »Welcher Mann?«

Im selben Augenblick, in dem ich den Kopf heben will, um nach dem Retter meiner Tochter zu suchen, ertönt eine Stimme, die für einen kurzen Moment mein Herz stillstehen lässt. »Sie sollten zur Stadtwache gehen, Miss. Die Entführer konnte ich leider nicht fassen, da sie direkt abgehauen sind, als ich sie mit Ihrer Tochter gesehen habe.«

Erst als der Mann vor mir steht, wird mir klar, woher ich die Stimme kenne. Diese melodisch schöne Stimme, die ich seit acht Jahren vermisse. Ich habe ihren Klang niemals vergessen.

Meine Muskeln erschlaffen und ich falle auf den Hintern. Wie erstarrt blicke ich in die herbstfarbenen Augen und erkenne dabei jeden seiner Züge wieder. Um seinen Mund sind nun leichte schwarze Stoppeln und er wirkt reifer. Der Schnitt seiner stufigen Haare ist unverändert, was umso mehr bestätigt, dass es sich dabei um *ihn* handeln muss.

*Autumn, den Mann, den ich noch immer liebe.*

Die Erinnerungen brechen wie Regen über mich herein und spielen sich vor meinem geistigen Auge ab. Ich spüre Autumns Hand an meiner, als er mir sagte, dass er mit mir zusammen weglaufen würde. Selbst seine Lippen prickeln noch immer auf den meinen, und seine Wärme legt sich behutsam über meine Haut.

*Er ist hier.*

*Autumn ist hier.*

»Du …«, sage ich und merke im selben Atemzug, wie mich der Schwindel überkommt. Kurz darauf fallen mir die Lider zu und meine Welt wird seltsam schwarz.

# AUTUMN

Bevor ich fragen kann, ob es ihr gut geht, erkenne ich, wie ihre Lider flattern und sie im nächsten Moment einfach in Ohnmacht fällt.

Das kleine Mädchen gerät sofort in Panik. »Tante Lara!«, ruft sie und dreht sich zu mir um. »Bitte hilf ihr!«

Der Frau geht es vermutlich gut. Das Verschwinden ihrer Nichte muss sie hart getroffen haben. Vielleicht wusste sie sogar bereits, was los ist. Aber warum sollten überhaupt irgendwelche Männer einfach ein Kind entführen? Gerade in MRD ist die Kriminalitätsrate sehr klein.

Da ich das Mädchen schlecht allein mit seiner bewusstlosen Tante zurücklassen kann, beschließe ich, die zwei wenigstens an einen sicheren Ort zu bringen. »Wo wohnt ihr denn?«, frage ich und beuge mich über die regungslose Frau.

Die Leute fangen an, stehen zu bleiben, beugen sich ebenfalls über sie, um nachzusehen, ob ihr mehr als nur das Bewusstsein fehlt.

»Ich zeige es dir«, meint das Mädchen aufgeregt und deutet mit der Hand auf den Ringblock. »Da wohnt meine Mama.« Dabei faszinieren mich die Augen der Kleinen sehr. Es sind dieselben wie meine, und auch ihre Haare besitzen diesen erstaunlichen Schimmer, über den eigentlich nur die Special Editions verfügen. Ob ihre Eltern ebenfalls welche sind?

»Was ist denn passiert? Alles gut mit der Frau?«, fragt eine ältere Dame und schaut voller Entsetzen auf die Blondhaarige.

Ich nicke und lächle freundlich. »Alles gut, machen Sie sich keine Sorgen. Ich kümmere mich darum.«

Sie zeigt mit ihrem zitternden, alten Finger auf die Tante des kleinen Mädchens. »Waren Sie das?« Ihre Stimme klingt nun bösartiger.

*Diese Freiheitskämpfer sind komische Leute …*

»Entschuldigen Sie, aber ich wollte nur …« Ich seufze genervt und hebe die junge Frau auf meine Arme. Sie ist erstaunlich leicht, und irgendetwas kommt mir seltsam an ihrem Anblick vor, so als ob wir uns schon einmal begegnet wären. »Wissen Sie was? Vergessen Sie es. Ich bringe die junge Dame zurück zu ihrer Familie.«

Die Ältere beäugt mich misstrauisch, schweigt jedoch. Das Mädchen zieht ohne Vorwarnung einfach an meinem Saum und führt mich durch die Menge in die Richtung des Ringblocks. »Momy weiß, was zu tun ist«, ruft sie und scheint wirklich Angst um ihre Tante zu haben.

»Keine Sorge, Kleine. Sie wird gleich wieder erwachen. Sie hatte einfach nur fürchterliche Angst um dich und ist vermutlich vor Erleichterung über deine Rückkehr in Ohnmacht gefallen. So etwas kann passieren«, erkläre ich ihr, während wir in einem eiligen Schritt in einen rostigen Aufzug steigen, bevor die Tür laut scheppernd hinter uns zufällt.

»Oh, was ist denn passiert?«, fragt gleich der Nächste, der mit uns nach oben fährt.

»Schwächeanfall. Alles in Ordnung«, sage ich absichtlich so laut, dass es jeder um mich herum mitbekommt, bevor noch jemand zu fragen beginnt.

Als wir endlich die richtige Etage erreichen, steigt das kleine Mädchen sofort aus und zieht mich mit sich. »Schnell!«

»Jaja«, bekomme ich gerade noch so zustande, als wir um eine kleine Kurve gehen und sie wild an die Tür eines älteren Hauses klopft. »Momy! Schnell! Beeil dich! Es geht um Tante Lara!«

Dabei ist ihre Entführung weitaus besorgniserregender gewesen. Kinder sind immer so verdammt selbstlos.

Ich unterdrücke ein Augenrollen, da die Kleine beinahe so tut, als würde die Frau in meinen Armen verbluten. Doch andererseits muss ich auch heimlich grinsen, da sie sich wirklich sehr darum bemüht, ihre Tante in Sicherheit zu wissen.

Eine schwarzhaarige Frau mit leichten Schatten unter den Lidern öffnet uns die Tür. Zuerst fällt ihr Blick auf das aufgeregte Kind, dann zu mir und schließlich auf Lara. Erschrocken hält sie sich eine Hand vor den Mund. »Du meine Güte, was ist denn passiert?«

Ich lächle. »Keine Sorge. Sie ist nur ohnmächtig. Am besten erzähle ich Ihnen drinnen, was geschehen ist.«

Die Schwarzhaarige blinzelt, als wäre sie von meinem unerwarteten Besuch absolut überfordert. »Ähm, ja. Kommen Sie ruhig herein. Legen Sie Lara auf das Sofa.«

Als ich mit einem dankbaren Nicken das Wohnzimmer betrete, fällt mir direkt auf, dass der Raum sehr bescheiden gehalten ist. Das Sofa stammt vermutlich noch von der Großmutter, die Schränke sind dunkel und etwas chaotisch, als hätte man all den Rest, mit dem man nichts anfangen konnte, dort hineingestopft.

Von der Küche dringt der Geruch von Essig und gebratenem Fleisch in meine Nase.

Ich gehe zu dem Sofa hinüber und lege die Frau namens Lara dort ab. »Also, ich bin mal gespannt, was ihr zu erzählen habt.«

Das kleine Mädchen, dessen Augen mich noch immer auf eine unglaubliche Weise faszinieren, beginnt auf und ab zu hüpfen. »Wir waren bei ›Daddas bunte Welt‹ und dann wollte ich mir nur die neuen Kuscheltiere ansehen …« Sie redet so schnell und durcheinander, dass ich kaum ein Wort verstehe.

*Diese Züge … diese Lippen …* Mein Blick fällt erneut auf die Frau, die auf dem Sofa liegt. *Eigenartig.* Sie soll die Tante sein? Ich bin zwar nicht gut darin, Menschen zu unterscheiden, aber diese Frau, die von dem Kind *»Momy«* genannt wird, ist alles andere als ihre Mutter. Sie ist ja noch nicht einmal eine Special Edition, da diese meistens ein besonderes Merkmal besitzen, das einem sofort ins Auge fällt.

Dann blicke ich zur Mutter, die mich vorhin nicht aus den Augen gelassen hat. Sie gibt einen schweren Seufzer von sich. »Ich habe kein Wort verstanden, Hel. Gehst du bitte kurz ins Zimmer deiner Tante und holst dort die Wasserflasche, die ich ihr gestern mitgegeben habe?«

*Wozu soll das gut sein?*, denke ich mir, doch dann verstehe ich es, als Hel vollkommen überstürzt mit einem atemlosen »Sofort, Momy« aufbricht. Die Frau wollte ihre Tochter nur für den Moment loswerden.

Als wir allein sind, setzt sie sich an den kleinen Tisch, der nur wenige Schritte vom Sofa entfernt steht. »Ich hoffe, Sie können mir jetzt erklären, was passiert ist.«

Ihre Worte reißen mich aus der Trance und ich schüttle dabei unwillkürlich den Kopf.

»Sie sind nicht der Erste, wissen Sie.«

Ich ziehe verwirrt eine Augenbraue in die Höhe. »Wie bitte?«

Ihre Miene verfinstert sich. Offensichtlich spricht sie dieses Thema ungern an. »Ihre Blicke, Ihr Misstrauen. Man sieht es Lara an. Helena ist ihr wie aus dem Gesicht geschnitten.« Sie besitzt dasselbe Lächeln, dieselben mandelförmigen Augen und selbst ihre markanten Konturen sind identisch mit der Kleinen. Nur ihre Iriden- und Haarfarben passen nicht zueinander.

Ich schüttle verständnislos den Kopf und hebe meine beiden Hände. »Moment! Darum geht es hier gar nicht und ehrlich gesagt geht es mich nichts an, wer die Mutter des Kindes ist.« Obwohl sie schon recht hat. Diese Blonde ist eindeutig ihre Mutter und irgendwann wird dies auch das Kind erkennen. »Ich bin hier, weil Ihre Tochter …« Mein Blick gleitet unsicher zu der Blondine. »… oder ihre … entführt wurde und ich es durch Zufall bemerkt habe.«

»Was?!«, schreit die Schwarzhaarige und erhebt sich voller Entsetzen von ihrem Stuhl. »Entführt?«

Ich hebe zur Beschwichtigung erneut die Arme. »Alles gut, ich habe die Entführer aufgehalten und sie sind ohne das Kind geflohen.«

»Gott, wie kann so etwas nur …?«, beginnt sie und drückt sich die Hand auf den Mund, als wüsste sie nicht, was sie sagen sollte.

»Ich würde Ihnen empfehlen, es sofort zu melden. Vielleicht haben diese Entführer es auf Kinder abgesehen«, rate ich ihr, doch sie nickt nur apathisch.

Im selben Moment taucht Helena wieder keuchend auf und stellt die halb leere Wasserflasche auf den Tisch. »Ich habe mich extra beeilt. Ist sie schon wach?«

Ich schüttle den Kopf. »Leider noch nicht.«

Die Schwarzhaarige räuspert sich. »Vielen Dank, dass Sie sie zurückgebracht und meine Tochter gerettet haben. Ich werde es selbstverständlich der Stadtwache melden. Dürfte ich Ihre Kontaktdaten dann weiterleiten?«, fragt die Mutter und spielt nervös mit ihren Fingern. »Für eine Zeugenaussage selbstverständlich.«

»Gerne«, sage ich, krame einen zerknitterten, alten Zettel aus meiner Hosentasche und sehe mich im Raum nach einem Stift um.

»Hier«, ruft die Kleine, rennt zu einem der Regale und drückt mir einen seltsamen Spielzeugstift in die Hand, auf dessen Spitze ein bunter Vogel mit pinken Federn thront.

Ich grinse und zwinkere Helena zu. »Danke.«

Sie lächelt verlegen und verschränkt die Arme hinter dem Rücken. »Du darfst ihn auch behalten.«

Mein Blick fällt erneut auf den Vogel, der mir aus irgendeiner berühmten Kinderserie bekannt vorkommt. »Das ist sehr lieb von dir, aber ich weiß nicht, ob so ein pinkfarbener …« Ihre Augen werden immer runder und flehender, je länger ich sie ansehe. »Also, ich …«

»Du hast mich gerettet und deshalb schenke ich dir sehr gerne den Stift«, versucht sie mich weiterhin mit ihrer zuckersüßen Stimme zu überzeugen.

Das Kind hat irgendetwas an sich, sodass ich ihr einfach nicht widersprechen kann. Außerdem besitzen ihre Augen denselben Schimmereffekt wie meine. Es gab einige Produktreihen, die diesen besaßen. Trotzdem finde ich die Kombination aus Haar- und Augenschimmer seltsam, denn diese sollte es nur einmal geben. Die Farben hat sie bestimmt von ihrem Vater, der nicht unbedingt eine Special Edition sein muss, da sie diesen Effekt auch von ihrer Mutter haben kann – also der echten.

»Darf ich Sie auch mal etwas fragen?«, ertönt plötzlich die Stimme der Mutter.

Ich nicke und blicke sie neugierig an.

»Woher kommen *Sie* eigentlich?«, fragt sie mit einem skeptischen Unterton.

»Warte! Ich will dir noch etwas schenken«, ruft Helena voller Begeisterung und rennt in ein Zimmer, dessen Tür vorher nur angelehnt war.

Ich verschränke die Arme vor der Brust. »Ich bin kein Freiheitskämpfer, falls Sie das meinen. Ich komme aus der Stadt.«

Ihre Augen werden schmaler und sie sieht mich von Kopf bis Fuß an. »Aus der Stadt, ja?«, murmelt sie nachdenklich und reibt sich über das Kinn. »Wissen Sie, der Vater des Kindes wurde nie gefunden. Wir haben nie darüber gesprochen, also …«, flüstert sie so leise, dass Helena es nicht mitbekommt.

Als ich dann begreife, was sie damit andeuten will, gehe ich zwei schnelle Schritte zur Tür. »Okay, Ma'am! Also erstens würde ich diese Frau kennen und zweitens gibt es mehrere Kerle, die braune Augen und schwarze Haare haben. Sogar ein Dutzend davon!«

Ich kann einfach nicht fassen, was sie mir da unterstellen will. Unglaublich!

Zugegeben, das Kind bereitet mir selbst etwas Angst, da sogar das Farbspiel, die Nuancen und alle Wellenbewegungen im Schimmer absolut dieselben sind. Möglicherweise handelt es sich hierbei um einen dummen Zufall.

Die Tür des Kinderzimmers wird wieder aufgerissen. »Ich weiß noch gar nicht deinen Namen«, ruft Helena und kommt zu mir gerannt. In ihrer Hand hält sie einen blauen Plastikring mit einem herzförmigen Bildchen eines Comic-Helden, den ich ebenfalls kenne.

Ich muss erneut grinsen. »Das ist doch ›Elastic Robot‹«, sage ich und tippe auf den Ring. Er stammt aus einer sehr beliebten Serie, von der es mittlerweile unzählige Spielzeuge gibt. »Ja, und er hat auch mal eine Frau in der Not gerettet, so wie du mich und meine Tante gerettet hast.«

Sie legt mir ihren Schreibblock vor, der ebenfalls am Rand mit den typischen Elementen von Elastic Robot bestückt ist. »Soll ich dort meinen Namen aufschreiben?«

»Ja«, sagt sie und sieht mir dabei zu, wie ich mit meinem neuen Stift meinen Namen aufschreibe. Sie liest mein Geschriebenes ab. »Aaren Smith, Straße 157, Hausnummer 8.«

»Vielen Dank nochmals«, sagt ihre Mutter, und Helena drückt mir den Ring in die Hand, den ich beinahe vergessen hätte.

»Mach's gut, Mister Aaren!«, ruft sie mir hinterher, als ich aus der Tür trete und Richtung Aufzug verschwinde.

Dabei kreisen meine Gedanken ständig um die bewusstlose Frau und das Kind, das eindeutig von ihr ist. Wie viele kennen eigentlich die Wahrheit, wenn ich nicht der Einzige bin, der es erkannt hat? Vor allen Dingen, was wird Helena sagen, wenn sie es herausfindet?

Bevor ich die Entführung beobachtet hatte, war ich eigentlich auf dem Weg gewesen, eine Audienz bei den drei Richtern zu erbitten. Sie werden bestimmt hellhörig, wenn ich ihnen erzähle, dass ich Informationen über Adam Malone habe.

Als ich den Ringblock verlasse und in die Straßenbahn einsteige, um am Regierungsgebäude auszusteigen, werde ich bereits von Weitem kritisch beäugt. Soldaten, Stadtwachen und Aufseher haben mich sofort ins Visier gefasst. Vermutlich, weil man mir ansieht, dass ich aus der Stadt komme. Wir haben einen ziemlich zügigen Gang drauf, während die meisten der Freiheitskämpfer gemächlich ihren Weg gehen.

Das Gebäude ist riesig, zum größten Teil verglast und wirkt von seiner Aufmachung her modern. Die großen Steinplatten sind weißgrau und sehen zusammen mit dem gemähten Rasen, den silbernen Statuen und dem großen Springbrunnen edel aus.

Am Eingang werfen mir die zwei Typen in Militärausrüstung einen skeptischen Blick zu, doch sie machen keine Anstalten, mich aufzuhalten.

In der Lobby gibt es mehrere Empfangsschalter für unterschiedliche Begehren. Im ersten Moment wirkt es, als stünde man in einer riesigen Bank. Die Farben sind in einem Weiß-Rot gehalten und viele der Dekorationsgegenstände glänzen in demselben Silber wie die Stauen draußen.

Als ich mich ein wenig zurechtfinde, entdecke ich das Nummernsystem und beantworte am Touchscreen einige Fragen, was mein Hiersein betrifft. Als ich alles eingegeben habe, bekomme ich eine dreistellige Nummer mit dem Buchstaben B.

An der verglasten Wandseite entdecke ich den Wartebereich und wäre beinahe aus den Schuhen gekippt, als ich die vielen Leute dort bemerke. Wie in einem Theater sitzen sie auf den über zweihundert Plätzen verteilt und ich ergattere noch einen freien Stuhl neben einer älteren Dame.

Eine Stimme ertönt im Raum und ruft den nächsten Bürger auf. »Nummer 578 H bitte zu Schalter 16.« Gleichzeitig leuchten Pfeile auf dem Boden auf, die den Bürger direkt zum richtigen Beratungsplatz führen.

Nachdem ich nach beinahe einer halben Stunde das Nummernsystem verstanden habe, kann ich mir auch ungefähr ausrechnen, wann ich drankomme.

Als ich dann endlich nach einer gefühlten Ewigkeit aufgerufen werde, gehe ich an den Tresen und schaue einem schlaksigen, vielleicht gerade einmal siebzehn Jahre alten Jungen in die Augen.

Er lächelt freundlich. »Guten Tag, was kann ich für Sie tun?«

»Ich bitte um eine Audienz bei den drei Richtern«, beginne ich und füge noch mit freundlicher Stimme hinzu. »Ich bin ein Städter, ein Vertreter der FfW-Partei, Freiheit für Wunschkinder.«

Er wirkt nervös und tippt auf dem Touchscreen vor sich etwas ein. »Ich kann leider nur eine Anfrage stellen, in der Hoffnung, die drei Richter reagieren auf Ihre Nachricht, Sir.«

Ich lege den Kopf schief. »Kann man denn keine Audienz bekommen?«, frage ich verwirrt. »Interessieren sich die drei etwa nicht für die Belange ihrer Bürger?«

Er seufzt. »Doch, das gilt allerdings nur für die Freiheitskämpfer und nicht für Außenstehende.«

*Ich verstehe.* Aber so leicht gebe ich nicht auf. »Dann teilen sie Ihnen folgende Nachricht mit …« Da ich mir ziemlich sicher bin, dass die drei Richter begreifen werden, was ich Ihnen mitteile, formuliere ich die Nachricht folgendermaßen: »Mein Name ist Aaren Smith und ich bin von der FfW-Partei gesandt worden, um mit Ihnen über die Umstände außerhalb Ihrer Stadt zu sprechen. Wir haben Quellen und Informationen, die für Sie interessant sein könnten. Ich bin wirklich nicht hier, um Sie von etwas zu überzeugen, sondern nur, um mit Ihnen zusammenzuarbeiten.«

Nachdem der junge Kerl alles wortwörtlich eingegeben hat, wirkt er neugierig. »War das bereits die ganze Nachricht oder möchten Sie noch etwas anderes mitteilen?«

Ich schüttle den Kopf. »Nein danke, das ist alles.«

Er nimmt noch meine Kontaktdaten auf und ich hoffe, zumindest einer der drei Richter wird sich bei mir melden.

Als ich mich verabschiede, erhalte ich eine Auftragsnummer, mit der ich mich sozusagen identifizieren kann – *sofern überhaupt jemand mit mir Kontakt aufnimmt.*

Nun muss ich nur noch Geduld aufbringen.

# LEAF

Als ich die Lider aufschlage, sehe ich die braunen Augen von Helena, die mich sorgenvoll anblickt. »Geht's dir wieder besser, Tantchen?«

Ich blinzele, erhebe mich und fahre mir verwirrt durch das Haar. Nur langsam kehren die letzten Erinnerungen zurück und die Erkenntnis trifft mich zutiefst.

*Autumn!*

*Er war hier!*

*Er war wirklich hier!*

»Wo ist er?«, schreie ich beinahe und springe vom Sofa auf. »Wo ist Autumn?«

Melanie sieht mich aus der hinteren Ecke der Küche an. »Wer?«

»Sie meint bestimmt Aaren, Momy!«, meldet sich Helena.

*Aaren …* Heißt er jetzt so?

»Kommt er wieder?«, frage ich an meine Tochter gewandt.

»Er hat dich hierhergebracht und ist gegangen«, antwortet sie leicht verdutzt. »Wieso denn, Tante?«

»Ich muss auf der Stelle zu ihm«, beschließe ich und merke, wie sehr mir dabei die Luft zum Atmen wegbleibt. Ich bin mir zu hundert Prozent sicher, dass er es war.

Diese Augen, diese Gesichtszüge und dieses unglaublich schöne Lächeln … das kann kein Zufall sein.

Doch weshalb ist er gegangen? Hat er mich nicht erkannt? Oder will er vielleicht nichts mit mir zu tun haben?

Bei diesem Gedanken spüre ich einen harten Tritt in meine Magengrube.

Ein Topf knallt ins Spülbecken, und erschrocken drehen Helena und ich uns zu Melanie um. »Meine Tochter wurde entführt und das Einzige, woran du denken kannst, ist dieser Kerl?«, wütet sie. Ihre dunklen Augen lodern bedrohlich und tatsächlich schäme ich mich für die Tatsache, dass ich Helena vollkommen außer Acht gelassen habe.

Ich senke den Blick. *Sie hat recht.* »Tut mir leid«, murmle ich.

Melanie zischt wütend und beginnt den Topf in der Spüle zu waschen.

Ich nehme Helenas Hand und drücke sie sanft. »Lass uns zur Wache gehen«, sage ich und laufe mit ihr zur Tür.

»Wenn du zurückkommst, habe ich noch eine Frage an dich«, höre ich Melanie in einem ernsten Tonfall sagen.

Ich drehe mich nicht zu ihr um und nicke.

Mit Helena an der Hand trete ich aus der Tür und laufe mit ihr zum Fahrstuhl. »Tantchen«, beginnt Hel und sieht mich mit traurigen Augen an. »Du und Momy, ihr habt euch doch noch lieb, oder?«

Für einen kurzen Moment bin ich entsetzt darüber, wie sie über uns denkt und wie sehr die Distanz zwischen mir und Melanie immer größer wird. Selbst Hel scheint das nun zu spüren, obwohl es nie meine Absicht gewesen ist, sie mit diesem Kummer zu belasten. Doch bald wird alles besser. Wenn ich weg bin, wird sich alles wieder normalisieren.

Ich lächle aufmunternd. »Natürlich haben wir uns lieb, Süße.« Hel sieht mich unsicher an. »Mach dir keine Sorgen.« Liebevoll tätschele ich ihren Kopf und steige mit ihr in den Aufzug.

Die Wache unseres Bezirkes ist nicht allzu weit entfernt. Wir durchqueren zwei weitere Straßen und entdecken die Station bereits an der Ecke der dort kreuzenden Hauptstraße. Als wir hineingehen, bewegen wir uns auf den Anmeldetresen zu, hinter dessen Glasscheibe ein gelangweilter Wachmann sitzt.

»Guten Tag, was kann ich für Sie tun?«, fragt er und schaut erst auf, nachdem er seinen Satz ausgesprochen hat.

»Wir möchten eine *Beinah*-Entführung melden, die zum Glück dank eines Mannes, der dies zufällig beobachtet hat, verhindert werden konnte«, stammle ich.

Er zieht eine Augenbraue hoch. »Wer wurde denn *beinahe* entführt?«

Helena macht einen Schritt auf den Tresen zu und hebt ihre kleine Hand. Sie kann gerade so über die Oberfläche schauen. »Ich!«, ruft sie.

Der Wachmann scheint interessiert zu sein, sodass ihm sein gelangweilter Ausdruck direkt aus dem Gesicht fällt. »Kannst du die Männer beschreiben?«

Hel nickt. »Der eine hatte eine Brille und der andere einen Zopf. Sie haben mir den Mund zugehalten und mich aus Daddas Spielzeugladen gezogen«, erklärt sie.

»Und wer sollte auf dich aufpassen?«, fragt er und sieht mich kritisch an.

Hel blickt zu mir auf. »Meine Tante war bei mir.«

Ich fühle mich tatsächlich schuldig. All das war eine geplante Entführung, denn der Kerl, der mir die Rose kaufte, hat mich ablenken wollen, damit ich für einen kurzen Moment kein Auge auf

Hel hatte. Genau das erzähle ich ihm auch, doch der Wachmann wirkt unbeeindruckt von meinen Worten.

»Hören Sie, Miss. Ich nehme die Anzeige nun auf und notiere mir Ihre Daten. Wenn wir etwas gefunden haben, melden wir uns wieder bei Ihnen. Allerdings wäre es gut, wenn dieser Mann, der Ihre Nichte gerettet hat, ebenfalls aussagen könnte. Je mehr wir wissen, desto schneller können wir die Täter schnappen.«

Ich beiße mir auf die Unterlippe. »Gut, wir haben leider nur seinen Vornamen, aber …«

Helena unterbricht mich, indem sie etwas aus ihrer Hosentasche kramt und es auf die Theke legt. »Er hat uns Namen und Adresse gegeben.«

Was? Wie das denn? Ich starre mit weit aufgerissenen Augen auf den Zettel.

*Habe ich schon einmal erwähnt, wie sehr ich dieses Kind liebe?*

Sie besitzt seine Adresse. Ich könnte sofort zu ihm und mit ihm reden, bevor ich übermorgen nicht mehr da sein werde.

Freude wallt in mir auf.

Der Wachmann nimmt den zerknüllten Zettel an sich und schreibt sich die Kontaktdaten auf. »Er hat auch gesagt, dass er selbst noch einmal vorbeikommen will, um den Vorfall zu bezeugen«, gibt Hel in einem hohen Ton von sich, als hätte sie den Satz auswendig gelernt. Dieses Kind fasziniert mich immer wieder.

*Muss sie wohl von ihrem Vater haben.*

»Gut, dann gebe ich alles weiter und …« Sein Blick gleitet zu Hel. »… hoffentlich passt deine Tante beim nächsten Mal besser auf dich auf.« *Was für ein netter Vorwurf!*

»Meine Tante passt gut auf mich auf!«, verteidigt sie mich, sodass ich sie am liebsten dankbar in den Arm genommen hätte. Mit einem Lächeln dreht sie dem Wachmann den Rücken zu und ich nehme den Notizzettel an mich, um ihr danach zu folgen.

Bevor ich Hels Hand mit meiner umschließe und danach die Wache verlassen will, wirft mir der Tresenmann erneut einen vorwurfsvollen Blick zu. Natürlich hat er recht und alles wäre nicht geschehen, wenn ich einfach nur ein Auge auf sie geworfen hätte. Noch einmal passiert mir das ganz bestimmt nicht.

Wir kehren zu Melanie zurück und Hel fragt mich ständig aus, was passieren würde, wenn man die Täter fasst. Ich finde keine passende Antwort, da es immer darauf ankommt, wer sie sind. Sind es Leute der Städter, ereilen sie harte Strafen und MRD hat das Recht, sie festzuhalten. Sind es jedoch Personen unseresgleichen, fällt die Buße milder aus.

Im Wohnzimmer schickt Melanie Helena in ihr Zimmer, wo sie sich ihre Lieblingsserie ansieht, die um die Uhrzeit läuft. Als die Tür geschlossen ist, wendet sich Melanie mit einem strengen Blick zu mir. »Hat alles geklappt?«

»Ja.«

»Wusste die Wache etwas?«

Ich schüttle den Kopf.

Sie atmet erleichtert aus und wirkt weniger angespannt. »Dieser Kerl, den du anscheinend kennst … Wer ist er?«

Ich schlucke heftig und bin mir nicht sicher, ob ich Melanie erzählen kann, dass er der Vater von Hel ist. Vor allem wäre ich dann gezwungen, ihr von *dem* Autumn zu erzählen, dem Mann, mit dem ich beschlossen hatte, aus dem Institut zu fliehen. Bisher kennen nur Nico und Myr einen Teil meiner Vergangenheit – *zumindest den, über den ich bereit war zu reden.*

Als Mel merkt, dass es mir schwerfällt, darüber zu sprechen, seufzt sie und massiert sich genervt die Stirn. »Ich denke, du kannst aufhören, so zu tun, als wäre es nicht schon offensichtlich genug. Dieser Mann, der heute meiner Tochter das Leben gerettet hat, *ist* ihr Vater.« Etwas zieht sich krampfhaft in meinem Magen zusammen und ich blicke Mel entsetzt an. »Die Merkmale sind zu eindeutig. Das sieht doch jeder Blinde. Zuerst war ich skeptisch, doch als du erwacht bist und den Mann zu kennen schienst, war ich mir ganz sicher.«

Dagegen kann ich nichts einwenden. Gerade die Special Editions werden individuell gehalten. Es gibt keine Wunschkinder, die absolut gleich aussehen. Jedes ist auf seine eigene Weise einzigartig und wird nur ein einziges Mal erschaffen.

»Also habe ich recht, ja?«, hakt sie nach, als es einige Sekunden zwischen uns still bleibt.

Ich nicke und verschränke die Hände miteinander. »Deshalb warst du auch so aufgeregt nach deinem Erwachen. Warum …« Sie senkt nachdenklich den Blick. »Warum hat er dich nicht erkannt? Oder wollte er es verheimlichen, dass er dich kennt?«

Ich zucke mit den Schultern. »Genau aus dem Grund habe ich vorgehabt, mit ihm zu sprechen.«

»Auf mich hat er gewirkt, als hätte er wirklich keine Ahnung, wer du bist, geschweige denn Helena«, meint sie und macht einen Schritt auf mich zu. »Doch die Augen und seine Haare sind absolut identisch mit denen von Hel. Hattet ihr so etwas wie eine Affäre?«

Ich sehe sie bestürzt an. »Auf keinen Fall! Wir …«

Wieso hat er mich verflucht noch mal nicht erkannt? Ist es zu lange her, als dass er sich an mich erinnern könnte? Vielleicht, wenn ich ihm von mir erzähle, könnten seine Erinnerungen zurückkehren. Doch er ist geflohen, *allein* … War ich ihm damals wirklich so unwichtig? Weshalb hat sich alles so real und richtig angefühlt? Ich hatte keine Sekunde das Gefühl, dass Autumn mir nur etwas vormachen würde.

Allerdings bestätigt es wieder, was mein Mentor mir damals mitteilte. Autumn floh ohne mich.

»Du solltest mit ihm reden«, meint Melanie plötzlich und ihre Worte überraschen mich. »Wenn er wirklich Hels Vater ist, hat er ein Recht zu erfahren, dass es sein Kind ist, oder?«

Ich schüttle den Kopf. »Besser nicht. Das würde die Situation nur noch verschlimmern.«

»Trotzdem solltest du seine Anwesenheit hier in MRD nicht einfach ignorieren«, rät sie mir und berührt mich an den Schultern. »Rede mit ihm.«

Ich nicke und blicke zu Hels Zimmer.

»Keine Sorge, ich sage ihr, dass du am Abend zurückkommen wirst. Schließlich geht ihr doch essen«, sagt sie am Schluss und es ist das erste Mal, dass sie heute ein ehrliches Lächeln auf ihre Lippen legt. Das ist die Mel, die ich damals kennengelernt habe. Freundlich, liebevoll und eine gute Seele.

Dankbar löse ich mich von ihr und trete wieder aus dem Haus. Mit klopfendem Herzen mache ich mich zu dem Gebäude auf, in dem Autumn vorübergehend wohnen soll.

Auf den Straßen ist einiges los. Überall gehen die Menschen ein und aus, hasten von einer Ecke zur anderen und rempeln mich dabei an. Doch obwohl ich meistens genervt von diesem Tumult auf den Straßen bin, habe ich dieses Mal nur einen einzigen Gedanken.

Ich muss zu Autumn. Ich brauche Gewissheit.

In meinem Kopf tummeln sich so viele Fragen, auf die ich keine Antworten weiß, und es würde mich wahnsinnig machen, wenn nicht bald aufgeklärt wird, weshalb sich Autumn nicht an mich erinnert.

Schließlich erreiche ich das Viertel, in dem er wohnen soll. Hier gibt es kleinere Straßen, es ist ruhiger und ich begegne kaum einem Menschen. Mir sind die Wohnungen bekannt, da sie meistens für Leute des Außendienstes oder eben für Außenstehende bereitgestellt werden.

Als ich an der Haustür mit der richtigen Nummer stehe, beginnen meine Hände zu schwitzen. Die Aufregung raubt mir jeglichen Atemrhythmus, lässt mein Herz laut gegen die Rippen schlagen und entfacht unter meiner Haut eine unangenehme Hitze.

Ich atme tief ein und suche auf den Schildern nach Aarens Nachnamen. Als ich ihn tatsächlich finde, lege ich meinen zittrigen Finger auf die Klingel und warte.

*Und warte …*

Doch niemand öffnet mir.

Wo kann er nur stecken?

# AUTUMN

Da mir nichts anderes übrig bleibt, als eine Antwort der drei Richter abzuwarten, begebe ich mich nach Hause. Ich könnte eine warme Dusche vertragen und mich für den Rest des Abends zurückziehen.

Doch bevor ich mich in mein Viertel begebe, schaue ich kurz bei der Wache vorbei, um nachzufragen, ob das Mädchen mit ihrer Tante schon Anzeige erstattet hat.

Der gelangweilte Wachmann sieht mich mit hochgezogenen Augenbrauen an. »Ah, Sie sind dieser Aaren Smith, ja? Wollen Sie eine Aussage zu dem Vorfall machen?«

Ich bin ein wenig überrascht davon, dass er bereits Bescheid weiß. In unseren Großstädten wissen die meisten Mitarbeiter noch nicht einmal, wen sie vor zehn Minuten noch bedient haben. »Ja, richtig.«

»Gut, füllen Sie das hier bitte noch aus«, meint er und legt mir ein Formular hin.

Darauf sind einige Fragen gestellt, die nur zum Papierkram gehören. Ich schreibe also meine Daten auf und fülle den Rest aus.

Nachdem ich es ihm wieder in die Hand gedrückt habe, nickt er dankend – was wohl eher Gewohnheit als Höflichkeit war. »So, nun erzählen Sie mir genau, was geschehen ist.«

Ich berichte dem Wachmann alles und lasse keine Details aus. Als ich geendet habe, zieht er einen Mundwinkel nach oben. »Und Sie sind kein Verwandter der Familie?« Er sieht mir meine Verwirrung deutlich an.

Wieso glaubt jeder, dass ich ein Familienmitglied wäre? Zuerst die Schwarzhaarige und jetzt der Wachmann. Was stimmt mit dieser Stadt nicht?

»Nur für das Verständnis«, fügt er hinzu.

»Ich kenne diese Leute nicht, Sir. Es war reiner Zufall, dass ich die Entführung beobachtet habe«, gebe ich etwas genervt von mir.

Er hebt seine Arme. »Okay. Ich habe mir alles notiert. Sie sind entlassen.«

Abschließend kehre ich ihm den Rücken zu, begebe mich nach draußen und mache mich auf den Weg in mein vorläufiges Zuhause. In meinem Viertel wird der Tumult auf den Straßen weniger und ich biege in die kleine Gasse ab, in der sich der Eingang zum Wohnhaus befindet.

Allerdings bleibe ich abrupt stehen, als ich das blond schimmernde Haar und die glänzenden Smaragdaugen sehe. Was macht sie hier? Ob sie sich bedanken will? Dabei habe ich nicht wirklich etwas getan.

*Freundlich bleiben, Aaren …*

Mit einem Lächeln gehe ich auf sie zu, und ehe ich michs versehe, schlingt sie die Arme um mich. »Gott, du bist es wirklich …«, haucht sie und in ihrer Stimme erkenne ich ein Schluchzen.

Mir wird ganz unwohl. Zuerst das Kind, das mir ähnlich sehen soll, und dann will die Blondhaarige mich nun auch noch kennen. Wo bin ich hineingeraten?

Beschämt packe ich ihre Arme und drücke sie von mir. »Entschuldigung, Miss, aber da muss eine Verwechslung vorliegen.«

In ihren Augen schimmern Tränen, die sie jedoch wegblinzelt. Angstvoll und verwirrt zugleich starrt sie mich an und schweigt.

Ich hebe zur Beschwichtigung die Arme. »Hören Sie mal. Sie scheinen mich ja offensichtlich zu kennen, aber *ich Sie* nicht. Möglicherweise liegt es an einer einfachen Verwechslung.«

Sie redet noch immer kein Wort, doch in ihrem Ausdruck entdecke ich nun eine große Enttäuschung. Ihr trauriger Blick regt in mir ein wenig Mitleid.

Ich zucke mit den Schultern. »Es tut mir ja wirklich leid, dass ich nicht derjenige bin, für den Sie mich halten. Aber ich würde Sie doch eindeutig erkennen, wenn wir uns schon einmal begegnet wären.«

Ihre Lippen beben. »Dein Name ist Autumn«, sagt sie und legt die Hand auf ihr Herz. »Und meiner ist Leaf.« *Da klingelt nichts bei mir.* »Sagt dir das denn gar nichts?«

Ich schüttle den Kopf.

Leaf oder Lara – wie auch immer sie richtig heißen mag – setzt sich mit schlotternden Beinen auf den Treppenabsatz vor dem Eingang. Sie hält sich die Hände vors Gesicht und zieht die Knie an.

Ich hätte sie gerne getröstet und ihr gesagt, dass solche Verwechslungen passieren können, doch von unserer Produktreihe wurden nur fünfzig hergestellt, wovon einige womöglich bereits tot sind. Produkte haben keine hohe Lebensqualität – da sie keine Menschenrechte besitzen.

Allerdings ist jedes dieser Produkte einzigartig und unverwechselbar erschaffen worden. Wir sollten alle individuell bleiben, damit es kein Produkt zweimal gibt.

Das ist *meine* Verwirrung, die ich mir noch nicht ganz erklären kann. Sie scheint sich bei meinem Anblick absolut sicher zu sein, dass ich jemand bin, der ihr offensichtlich wichtig war.

»Autumn«, spricht sie mich mit dem Namen an, den ich nicht kenne. Sie hebt den Kopf, und über ihre Wange fließt eine einzelne Träne. »Wir waren zusammen im Institut, wir wollten gemeinsam abhauen, aber du bist damals einfach ohne mich gegangen. Kannst du dich noch daran erinnern?«

Ich versuche, es mir vorzustellen, doch noch immer bleibt mein Kopf leer. Da ist keine Erinnerung, nach der ich greifen könnte. Ihre Worte regen nichts in mir – kein bisschen. Auch wenn es mir mittlerweile den Magen verkrampft, schüttle ich den Kopf.

Sie wischt sich die Tränen aus den Augen und fährt sich über ihre faszinierend schillernden Haare.

Da mich ihre missliche Lage wirklich mitnimmt, setze ich mich neben sie und lege einen Arm um ihre Schulter. »Hör mal«, sage ich und entscheide mich, sie persönlich anzureden, um es nicht ganz so distanziert klingen zu lassen. »Ich kann verstehen, dass es dich mitnimmt, weil ich dem Mann so ähnlich sehen soll, aber wenn wir uns im Institut begegnet wären, wärst du mir ganz sicher bekannt vorgekommen. Ich kann mich sogar noch an die Produkte erinnern, mit denen ich noch nie ein Wort gesprochen habe. Wenn wir also so etwas wie Freunde gewesen sind, dann wüsste ich erst recht, wer du bist.«

Sie wischt sich über die Wange und schaut mir tief in die Augen. »Deine Produktnummer ist 551, richtig?«

Ich lasse von ihr ab und rücke ein Stück von ihr weg. *Woher …?* »Wie kannst du das wissen?«

Sie lächelt ein wenig, als hätte sie auf diese Reaktion gehofft. »Weil ich dich eben kenne.«

Das Herz schlägt mir bis zum Hals. Sie kennt mich wirklich. *Das ist keine Verwechslung.* Niemand außer Liz weiß von meiner Registernummer. Vielleicht hat sie gute Quellen, durch die sie an diese Informationen kam. Doch wie hätte sie diese in so kurzer Zeit erhalten können? Es war ein absoluter Zufall, dass wir uns in MRD begegnet sind.

Ich starre sie noch immer perplex an, nicht fähig, irgendetwas zu sagen.

»Wir wurden getrennt, weil ich zu einer Auswertung beordert wurde und mich jemand kaufte. Am Abend davor hast du mir versprochen, dass wir gemeinsam aus dem Institut fliehen würden, um mich vor dem Mann zu beschützen, der Produkten grauenvolle Dinge antut.«

Ich werde hellhörig. *Ein Mann, der Produkten grauenvolle Dinge antut?* »Wie hieß er?«

»A-d …«, beginnt sie, bricht jedoch ab, als würden ihr die Worte im Hals feststecken. Ihre Augen werden glasig und sie weicht meinem Blick aus. »Tut mir leid. Ich habe furchtbare Dinge mit diesem Mann erlebt und obwohl ich so lange in Therapie war, kann ich seinen Namen noch immer nicht aussprechen.«

*In Therapie? Du meine Güte …*

Ihr ganzer Körper bebt so sehr, als wäre sie einer unerträglichen Kälte ausgesetzt.

»Darf ich raten?«, frage ich und sie blickt überrascht zu mir, als hätte sie das noch niemand gefragt. Ich weiß nicht, wieso ich ausgerechnet auf diesen alten Mann komme, doch die Gerüchte um seine schrecklichen Taten sind unheimlich. Viele der Produkte fürchten ihn und möglicherweise ist Leaf ebenfalls ein Opfer gewesen. »Adam Malone?«

Sie zuckt bei seinem Namen zusammen und nickt kaum merklich. »Ja«, haucht sie.

Wie furchtbar. Wie kann man dieser Frau nur so etwas antun? Es wird Zeit, dass endlich unsere Partei an die Macht kommt, um den Wahnsinn ein für alle Mal zu beenden. Vielleicht kann ich hier doch viel mehr bewirken, wenn sie erst merken, wie grausam Adam ist und welche Gefahr er für ihre Stadt darstellt. »Das tut mir sehr leid. So etwas wünscht man keinem.«

Ihr Ausdruck wirkt traurig. »Ich habe mir immer die Frage gestellt, weshalb du mich damals allein gelassen hast. Ich habe mir so oft eingeredet, dass ich dich hassen sollte, weil du einfach ohne mich abgehauen bist.« Sie atmet tief ein und aus. »Aber ich konnte es nicht. Ich habe dich dafür zu sehr …« Sie verstummt, doch ich kann mir den Schluss denken.

Aber wie könnte ich eine solche Beziehung vergessen? Das ist unmöglich. Ich würde mich ganz sicher an jemanden erinnern, für den ich mehr empfand als bloße Freundschaft.

Ich fahre mir nervös durchs Haar. Ganz gleich, wie sehr ich all meine Erinnerungen durchgehe, ich erinnere mich einfach nicht an diese Frau. Als hätte sie nie existiert.

*Das ist doch alles seltsam!*

»Woher wusstest du, dass ich dich allein gelassen habe? Hast du gesehen, wie ich entkommen bin?« Das wäre eine interessante Frage, da ich genau weiß, dass ich vom Institut als defekt erklärt wurde und Liz mich kaufte. Obwohl Liz mir damals erzählte, dass ich offensichtlich fliehen wollte, kehrte diese Erinnerung niemals zu mir zurück.

Allerdings kann ich mir auch nicht erklären, weshalb ich überhaupt als defekt bezeichnet wurde. Nur wegen einer Flucht? Aber *wovor* bin ich geflohen? Ich hatte niemals das Gefühl gehabt, das Institut verlassen zu wollen.

*Oder die Erinnerungen wurden mir genommen.*

Sie schüttelt den Kopf. »Unser Mentor hat es mir gesagt.«

»Das ist aber nicht wahr. Ich weiß, dass ich von meiner Partei gekauft und vom Institut für defekt erklärt wurde. Ich bekam dadurch die Chance, die Einrichtung zu verlassen.«

Sie sieht mich wie gebannt an. »Wann war das? Vor wie vielen Jahren und Monaten? Weißt du noch genau, welcher Tag es war?«

Ich blinzle unschlüssig. »Nun ja … es war Spätsommer, glaube ich zumindest. Und es ist acht Jahre her.«

Lara rückt wieder zu mir auf und ich bleibe an Ort und Stelle sitzen. Sie sieht mir tief in die Augen und lächelt. »Ich denke, wir beide können nun zu hundert Prozent ausschließen, dass es sich dabei um eine Verwechslung handelt, Autumn.« *Ich weiß nicht … ich bin mir noch immer nicht sicher. Vielleicht ist das alles ein Trick oder eine Manipulation.* »Möglicherweise hat das Institut daraufhin deine Erinnerungen gelöscht.«

Ich schüttle den Kopf. »Das ergibt für mich aber keinen Sinn. Wozu der Aufwand, um mich dann für defekt zu erklären?«

Sie senkt nachdenklich den Blick. Diese Frage scheint sie sich nicht beantworten zu können. »Irgendetwas muss auf jeden Fall schiefgelaufen sein. Ich weiß es.«

Für einen kurzen Moment wird es still zwischen uns und ich zucke zusammen, als ihre Finger zart über meine Hand streichen. »Du warst einmal sehr traurig, weil du dich dafür gehasst hast, dass alles an dir von einer Maschine erschaffen wurde. Du mochtest deinen so perfekt kreierten Körper nicht und hast dich absichtlich tief an der Elle geschnitten, sodass dadurch eine Narbe blieb.«

Ich reiße entsetzt die Augen auf.

*Das … habe ich nie jemandem gezeigt, geschweige denn jemandem erzählt.* Nicht einmal mein Mentor wusste von der wahren Absicht, weshalb ich mir die Wunde zugefügt hatte. Ich erklärte jedem, dass ich mich an der Kante des Metallbettes geschnitten hätte.

Es sei denn, es gäbe da eine Person, der ich unglaublich nah gestanden habe.

*Oh Gott … Was ist damals nur passiert?*

Ich kremple den Ärmel meiner Weste hoch und entblöße die Narbe. Sie fährt mit dem Daumen darüber. »Ich habe dann ein Stück von meinem Laken abgerissen und deine Wunde verbunden.« Wieso erinnere ich mich daran nicht? Ich weiß, wie ich sie mir zugefügt habe, aber *danach* … danach ist alles irgendwie verschwommen und ungenau. »Ich habe dich gebeten, zur Krankenstation zu gehen, um es verarzten zu lassen.«

Plötzlich ist Leaf mir unglaublich nah, als hätte ich mich für den Moment in ihren grünen Augen verloren und nicht bemerkt, wie wenige Zentimeter wir nur noch voneinander entfernt sind. Wenn ich sie anblicke, fühle ich etwas, das mit Worten nicht zu beschreiben ist. Es ist eine Mischung aus Vertrautheit und einem unsäglichen Schmerz, für den ich keine Erklärung finde.

Auch wenn etwas in mir fleht, bei ihr zu bleiben, reiße ich mich von ihrem Anblick los und springe auf. Ein deutliches Räuspern kommt aus meiner Kehle.

Ich habe noch einige andere Fragen an sie, vor denen ich mich ebenfalls fürchte. »Eines wäre da noch. Deine … *Nichte,* wieso hat sie dieselben Merkmale wie ich? Die Mutter des Kindes hat mir auch ganz seltsame Vorwürfe deswegen gemacht.«

Als ich in ihre Augen blicke, wirkt sie nervös. »Also, das … ich weiß nicht …«

*Wow!* Stopp! Will sie mir gerade wirklich versuchen zu erklären, dass ich der Vater dieses Kindes sein soll? Dass wir uns damals so nah gewesen sind, eine Art Paar waren? Doch wieso sollte ich das tun? Im Institut sind solche Beziehungen strengstens untersagt!

Ich habe beinahe das Gefühl, irgendetwas reiße mir den Boden unter den Füßen weg.

*Das ist einfach nicht wahr! Ich würde doch niemals …*

*Nicht durchdrehen, Aaren … sie lügt. Tief ein- und ausatmen. Du würdest es ganz genau wissen, wenn du ein Kind hättest. Daran würdest du dich erinnern. Auf irgendeine Weise wirst du hier offensichtlich manipuliert.*

Ich fahre mit zitternder Hand durch mein schwarzes Haar. »Okay, das ist verrückt! Das ist *irre*«, rufe ich und gehe in der Gasse auf und ab. »Das ist schlichtweg *unmöglich.*« Mein Puls rast und ich habe wirklich das Gefühl, ich verliere den Verstand.

*Ein Kind … von mir? Nein, nein, nein. Das kann nicht sein.*

»Autumn …«, beginnt sie vorsichtig, doch ich unterbreche sie barsch.

»Hör zu! Ich kenne dich *nicht* und ich habe auch *kein* Kind in die Welt gesetzt. Dafür muss es eine logische Erklärung geben und ich wäre dir sehr verbunden, wenn du jetzt gehen könntest.« Ich weiß nicht mehr, was ich denken, geschweige denn zu ihr sagen soll.

Sie wirkt entsetzt über den Stimmungswechsel. Doch ich brauche jetzt Zeit für mich, da ich mir, ein Kind mit dieser Frau zu haben, auf keine Weise erklären könnte.

Warum soll das Institut meine Erinnerungen gelöscht haben? Das ergibt keinen Sinn!

Leaf erhebt sich nur zögerlich vom Treppenabsatz und bleibt vor mir stehen, statt wie angeordnet zu gehen. »Hör mal, Autumn, ich weiß, dass das vollkommen …«

Ich zerschneide wild mit den Armen die Luft. »Nein! Schluss! Mein Name ist Aaren – A-A-R-Ė-N – und ich will jetzt wirklich, dass du gehst.«

Sie zittert erneut, senkt traurig den Blick und kehrt mir den Rücken zu. Womöglich habe ich sie mit meiner Reaktion verletzt, da sie sich nun ganz sicher ist, dass wir irgendeine gemeinsame Vergangenheit teilen, die ich jedoch nicht nachvollziehen kann. Allerdings finde ich keine Erklärung dafür, woher sie die Details kennt, die ich sonst niemandem erzählt habe.

*Und wenn doch alles wahr ist?*

Als sie um die Ecke verschwindet, atme ich die gestaute Luft aus und stemme meine Arme in die Hüfte.

Kann so etwas überhaupt möglich sein?

Mein Blick fällt auf meinen Arm. Ich schiebe meine Weste wieder nach oben und schaue auf die Narbe an meiner Elle. Dass sie die Verletzung kannte, war die eine Sache, aber dass sie auch vom wahren Grund dahinter wusste, hat mir beinahe die Sprache verschlagen. Das kann einfach niemand wissen.

Aber sie weiß es.

Als könnte sie Gedanken lesen.

*Oder als entspräche alles der Wahrheit.*

Ich schließe die Lider und sehe vor meinem geistigen Auge die leuchtend grünen Iriden, die mich voller Hoffnung anblickten, als sie hier auf mich gewartet hat.

Könnte ich sie wirklich einmal … *geliebt* haben?

In einer Zeit, an die ich mich nicht mehr erinnere?

# LEAF

Nachdem Autumn mich weggeschickt hat, laufe ich wie in Trance auf der leeren Straße entlang. Allerdings komme ich nicht weit, da ich in eine Seitengasse abbiege und nur wenige Meter weiter weinend auf die Knie falle.

Er hat keinerlei Erinnerungen an mich. *An uns.*

Es fühlt sich an, als wäre unsere Vergangenheit ein reiner Traum gewesen. Was wir damals zusammen erlebt haben, kommt mir so fern vor, als hätte ich es mir nur eingebildet und mir gewünscht, dass dieser Mann namens Aaren mich geliebt hätte. Was hat das Institut ihm nur angetan? Wieso löschte es seine Erinnerungen?

Als er Helena gesehen hat, muss er sich auch gefragt haben, weshalb sie dieselbe Haar- und Augenfarbe wie er besitzt. Da er ebenfalls eine Special Edition ist, weiß er nur zu gut, dass man nichts dem Zufall überlässt. Das Kind ist eindeutig von ihm und er kann es nicht begreifen, da er keinerlei Erinnerungen hat, die er mit Hel in Verbindung bringt.

Trotzdem tut es verdammt weh. All die Hoffnungen, die ich jahrelang gehegt habe, sind nun mit einem Schlag zerstört. Ich hatte so sehr daran geglaubt, eines Tages Antworten zu finden, zu erfahren, was der Grund dafür war, dass Autumn mich verließ.

Doch das ist alles nun zunichtegemacht worden. Ohne Erinnerungen werden weder er noch ich Antworten erhalten.

Ich lege das Gesicht in meine Hände und weine leise. Es gab Zeiten, in denen ich mir gewünscht hätte, nie wieder zu erwachen, weil ich in meinen Träumen glücklich war. Dort befand ich mich im Institut und an meiner Seite war der besondere Mensch, von dem ich geglaubt habe, dass er alles riskieren würde, damit wir zusammen sein konnten. Ich vermisse diesen Mann.

Der Mann, der meine Hand hielt, als niemand zusah.

Der Mann, der trotz aller Verbote seine Lippen auf meine legte und mir schwor, an meiner Seite zu bleiben.

Der Mann, dem ich mein Leben anvertraute, weil ich wusste, dass er alles dafür tun würde, damit wir eine gemeinsame Zukunft haben.

Dieser Mann … ist nun gestorben. Genau aus dem Grund tut es so unfassbar weh. Autumn existiert nicht mehr, nur noch Aaren – eine völlig fremde Person.

Auch wenn ich es nicht akzeptieren kann, bin ich gegen die Löschung von Erinnerungen machtlos. Selbst wenn das Institut diese haben sollte – was fraglich ist – wäre es unmöglich, in die Archive einzubrechen und nach ihnen zu suchen. Bisher hieß es immer, der Computer der Special Editions bleibe unberührt, doch die Havering-Company hat uns erschaffen, also wird sie auch Zugriff auf unsere Systeme haben – oder zumindest auf das, was sie uns eingepflanzt hat.

Aaren wird mich auf ewig hassen, weil ich ihm Dinge vorgeworfen habe, die ihn zutiefst erschüttert haben. Vielleicht hätte ich seine Frage, in der er wissen wollte, ob Hel sein Kind ist, einfach verneinen sollen. Jetzt ist er nur noch verwirrter und hat wohl keine Ahnung, wie er darauf reagieren soll.

Ich weiß nicht, wie lange ich in der Gasse sitze und meine Tränen vergieße. Vielleicht eine Stunde, vielleicht aber auch mehr.

Ein Passant bleibt am Gasseneingang stehen und fragt mich, ob es mir gut geht, doch ich ignoriere ihn. Als er verschwindet, bin ich wieder mit meinem Kummer allein.

Irgendwann bemerke ich, dass der Tag sich dem Ende zuneigt und es anfängt dunkel zu werden. Meine Tränen sind bereits getrocknet, dennoch habe ich das Gefühl, dass in meiner Brust eine klaffende Wunde bleibt. Ich fühle mich innerlich zerbrochen und auf eine gewisse Weise ausgehöhlt.

Das Einzige, was mich daran hindert, Nico und den anderen abzusagen, ist Hel. Ich habe ihr versprochen, dass wir einen letzten gemeinsamen Abend mit den anderen verbringen, und nur für sie will ich mich bemühen, ein Lächeln auf meine Lippen zu legen.

Ich schlendere frustriert nach Hause.

Im Wohnzimmer werde ich von Melanie abgefangen, Hel scheint zu schlafen. Ich bin dafür dankbar, dass sie meinen traurigen Ausdruck nicht ertragen muss.

»Was ist passiert?«, fragt Mel und ich setze mich auf das Sofa. »Du warst lange weg.«

Ich lege mich hin und fahre mir mit der Hand übers Gesicht. »Es stimmte, was er sagte. Er hat keinerlei Erinnerungen, doch ich weiß, dass er es ist. Zu einhundert Prozent, Mel.«

Sie atmet scharf ein. »Dann ist er also wirklich Hels …«

Ich nicke. »Ja, doch er kann sich nicht erinnern und will deshalb nicht akzeptieren, dass ich gewisse Dinge über ihn weiß, die er sich nicht erklären kann.« Mir entfährt ein schwerer Seufzer. »Unser

Gespräch ist mehr oder weniger ausgeartet. Er hat mich weggeschickt und mich gebeten, ihn allein zu lassen.«

Melanies harter Ausdruck verschwindet ganz und sie setzt sich neben mich auf das Sofa.

Ich drücke Daumen und Zeigefinger auf meine geschlossenen Lider und kämpfe erneut gegen den sich anbahnenden Tränenschwall an. »Ich habe so lange auf ein Wiedersehen gehofft, doch jetzt wünschte ich mir, wir wären uns nie begegnet.«

Dünne Arme umfassen mich und ziehen mich an Melanies Körper. »Schon gut«, flüstert sie und ich gebe mich erneut meiner Trauer hin.

»Wie kann man denn nur jemandem Erinnerungen nehmen?«, schluchze ich und drücke meinen Kopf auf ihre Schulter. Sie streicht mir behutsam über das Haar und flüstert mir beruhigend zu. Ihre Wärme tut mir so gut wie schon lange nichts mehr.

Nur eine Stunde später schreibt mir Stella, dass sie bereits einen Tisch für uns reserviert hat. Ich freue mich tatsächlich darauf, da ich weiß, die Ablenkung wird mir guttun. Die Geschehnisse von heute Nachmittag nehmen mich noch immer sehr mit, doch ich setze mein schönstes Lächeln für meine Tochter auf, da sie meinen Kummer nicht sehen soll.

Aufgeregt hüpft sie neben mir her. »Kommt Myr uns wieder abholen?«, ruft sie und läuft zu Melanie, um auf ihre Arme zu springen. Diese wirbelt sie einmal glücklich durch die Luft und setzt sie dann wieder auf den Boden. »Und du willst wirklich nicht mitkommen, Momy?«

Mel schüttelt den Kopf. »Nein, Mäuschen. Ich habe hier noch ein wenig Arbeit vor mir.«

Sie seufzt enttäuscht. »Na gut.«

Ich lächle Mel munter an, was sie bescheiden erwidert. »Dann habt mal viel Spaß, ihr zwei«, verabschiedet sie sich.

Ich gehe auf die Tür zu und öffne sie. »Na los, du Wirbelwind, sonst kommen wir noch zu spät.«

Helena sprintet lachend aus dem Haus hinaus und läuft schon mal zum Fahrstuhl los. Ich folge ihr.

Mit der Straßenbahn kommen wir schnell von einer Stadtseite zur anderen. Vor dem Restaurant treffe ich auf die anderen drei.

Hel wirft sich in Nicos Arme, der sie auffängt und kurz an sich drückt. »Lange nicht mehr gesehen, oder?«

Hel kichert belustigt. »Wir haben uns doch erst gestern gesehen.«

Er sieht sie gespielt erschrocken an. »Was? Echt? Das ist mir gar nicht aufgefallen.«

Hel lacht erneut. »Du kannst mich nicht veräppeln, Nico.«

Myr kommt auf mich zu und nimmt mich fest in die Arme, als wäre es eine Ewigkeit her, seitdem wir uns das letzte Mal gesehen haben. Gut, um ehrlich zu sein, war es das auch. Ihre schwarzen Haare hat sie sich bis zum Kinn kürzen lassen und wirkt dadurch viel jünger. »Ich kann dir gar nicht sagen, wie sehr ich mich freue, dich wiederzusehen.«

Mit Myr verbinde ich genauso etwas Besonderes wie mit Nico und Stella. Sie kennen mich bereits seit meiner Ankunft in MRD und sind danach immer an meiner Seite gewesen. Wir haben viele Höhen und Tiefen durchgemacht, schlechte wie auch gute Tage bewältigt und ich habe ihnen viel zu verdanken. Wegen ihnen habe ich zum Teil meine größte Angst überwunden und stehe mit beiden Beinen im Leben. Ohne sie wäre das niemals möglich gewesen.

Also wenn ich von wahren Freunden sprechen darf, dann wären es diese drei in jedem Fall.

Myr löst sich von mir, und Stella nimmt mich erneut in den Arm, als hätten wir uns monatelang nicht gesehen. Dabei sind wir uns erst heute Mittag über den Weg gelaufen.

Nico drückt mir einen freundschaftlichen Kuss aufs Haar und zieht mich dann erst in seine Arme. »Kommt, lasst uns reingehen. Ich habe einen Riesenhunger.«

Als wir am Tisch sitzen, unsere Getränke und das Essen bestellt haben, erzählt jeder, was er in den letzten Monaten erlebt hat. Myr scheint im Moment am meisten zu tun zu haben, da die Pflegekräfte immer weniger werden und die Arbeit dadurch länger und härter ist.

Als Stella jedoch zu erzählen beginnt, merke ich, wie stark mittlerweile ihr Anker zu Nico geworden ist. Jeder dritte Satz handelt von ihm oder ihren gemeinsamen Aktivitäten und mich erschüttert in diesem Moment ein neues Gefühl, von dem ich keine Ahnung hatte, dass es in mir schlummert.

Ich glaube, am heutigen Tag ist in mir etwas gebrochen. Alles fühlt sich leer und kalt an, denn von nun an gibt es nichts mehr, auf das ich hoffen kann. Autumn ist nur noch Aaren und ich werde niemals die Frage beantwortet kriegen, ob er tatsächlich damals allein fortgegangen ist, um mich zurückzulassen. Der Schmerz ist eine starke Mischung aus Enttäuschung und Einsamkeit. So allein habe ich mich lange nicht mehr gefühlt.

Beinahe jede Nacht habe ich mir ausgemalt, wie es wäre, wieder auf ihn zu treffen und sich zu versöhnen. Ja, ich erwog sogar den Gedanken, dass wir in MRD gemeinsam glücklich werden könnten.

Doch aus Glück wurde Schmerz, aus Vorfreude eine bittere Enttäuschung und aus Liebe ein unsäglicher Kummer.

Während Stella und Myr Helena Geschichten erzählen und sich den ein oder anderen Spaß erlauben, merke ich, dass mich Nico ernst mustert. Er kennt mich bereits zu gut, um mir meine Sorge nicht anzusehen, sodass ich einem Gespräch nicht aus dem Weg gehen kann. Schließlich hat er diesen Ausdruck vier Jahre lang gesehen und weiß genau, wodurch er jedes Mal ausgelöst wurde.

Autumn.

Hel reißt mich aus meinen Gedanken, als sie meinen Arm packt und mich mit ihren runden Herbstaugen ansieht. »Darf ich bitte das blaue Eisgetränk probieren, Tante?«

Ich blinzle und schaue ihrem linken Arm nach, der auf die Bar des Restaurants zeigt. Myr mischt sich ein. »Ich geb ihr einen aus«, sagt sie grinsend.

Ich zucke mit den Schultern. »Ja, sicher.«

Myr erhebt sich von ihrem Stuhl und hält Hel ihre Hand hin, die sie voller Freude entgegennimmt. »Dann komm. Vielleicht finden wir ja noch etwas anderes, was du lieber trinken willst. Da vorne haben sie Getränkekarten.«

Stella erhebt sich ebenfalls. »Ich komme mit. Ich könnte noch einen Martini vertragen.«

Nico und ich sind nun unverhofft allein und ich weiß, dass ich mich dieser einen Frage stellen muss, die ich in seinen Augen ablesen kann: »Lara, was ist los?«

Ich atme angespannt aus und lege meine Hände auf den Schoß, um das Zittern zu verbergen. »Mein Tag war nicht so toll …«

Mit seinem Blick aus grünen Augen versucht er zu mir durchzudringen, doch ich lasse es nicht zu. »Lara, wir wissen beide, dass mehr dahintersteckt.«

Mit fehlt die Kraft, ein zweites Mal darüber zu sprechen, obwohl ich Melanie vorhin bereits alles erzählt habe. Erschöpft schüttle ich den Kopf. »Es ist nichts Schlimmes …«

Er atmet angespannt aus und seine Miene wird weicher. »Tu mir das bitte nicht an, Lara. Du kannst jedem erzählen, dass dein Tag nicht gut gelaufen ist, aber bitte tisch mir nicht dasselbe auf. Zieh nicht wieder eine Mauer um dich herum.« Ich spüre, wie er unter dem Tisch meine Hand in seine nimmt und sie sanft drückt. »Du weißt, dass du mir alles erzählen kannst. Ich bin für dich da.«

Da mir leider noch immer die Worte fehlen, nicke ich nur, senke jedoch den Blick. »Gib mir bitte noch etwas Zeit, ja?«

Im selben Moment, als er versucht ein weiteres Mal auf mich einzureden, taucht Stella neben uns auf und ihr Lächeln wirkt dabei verunsichert. Nico lässt augenblicklich meine Hand unter dem Tisch los und lehnt sich mit zusammengepressten Lippen im Stuhl zurück.

Auch wenn sie so tut, als würde sie nichts von der bedrückten Stimmung merken oder gar Nicos eigenartiges Benehmen, erkenne ich in ihren Augen die Wahrheit.

»Hel hat sich doch für etwas anderes entschieden und ich habe noch einen Martini bekommen«, teilt sie uns mit und lässt sich neben Nico nieder.

Ich lächle, doch wahrscheinlich wirkt es aufgesetzt. »Warum hat sie sich anders entschieden?«

Sie zuckt mit den Schultern. »Myr kann sehr überzeugend sein und hat ihr etwas anderes empfohlen.«

Bevor Nico sich Stella zuwendet, wirft er mir seinen altbekannten Blick zu: *Wir sind noch nicht fertig.*

Nach dem Abendessen verabschiede ich mich und gehe mit Hel nach Hause. Es ist bereits dunkel, doch ausreichend Straßenlaternen erleuchten unseren Weg. Wir sind beide ziemlich erschöpft, da wir doch länger geblieben sind, als es beabsichtigt war.

»Tante«, beginnt Hel, kurz bevor wir unseren Ringblock erreichen. »Hast du Aaren schon besucht?«

Ich zucke bei seinem Namen zusammen und hätte gerne über jedes andere Thema geredet, nur nicht über dieses. »Nein, das brauche ich nicht, Liebes«, lüge ich, auch wenn ich es sehr ungern tue.

Sie wirkt entsetzt. »Warum nicht? Er war doch so nett ...«

Ich nicke mit einem sanften Lächeln. »Wir kennen uns nicht, verstehst du?«

Sie sieht nachdenklich zu Boden. »Das verstehe ich *nicht*. Magst du ihn nicht, Tante?«

Wir steigen in den Aufzug und ich blicke flüchtig über meine Schulter. Für einen kurzen Moment erhasche ich im Augenwinkel drei Gestalten im Schatten einer Gasse. Doch als ich wieder hinsehe, sind sie weg.

*Ob ich mir das eingebildet habe?*

In unserer Etage steigen wir aus und ich sperre die Tür zum Haus auf. Melanie ist noch wach und hat sich auf das Sofa gelegt, um Fernsehen zu schauen. »Hey, ihr beiden. Ihr kommt aber spät.«

Ich sehe reumütig zu ihr. »Ja, tut mir leid. Das war keine Absicht.«

Hel fällt Mel um den Hals. »Hallo, Momy!« Sie grinst freudestrahlend und gibt Melanie einen Kuss auf die Wange. »Es war so toll. Ich habe sogar einen Kinderpunsch getrunken.«

Ich lache leise. »Myr hat ihr einen ausgegeben.«

Mel schaut Helena mit großen Augen an. »Und wie hat er geschmeckt?«

»Fast so wie Alkohol!«, ruft sie kichernd.

Melanie wirkt ernst. »Du weißt doch gar nicht, wie das schmeckt, oder etwa doch?«

Sie springt vom Sofa auf und rennt in ihr Zimmer. Bevor sie die Tür schließt, sagt sie noch: »Vielleicht ja doch! Gute Nacht, Momy und Tantchen!«

Melanie wirkt erschrocken und schaut mich prüfend an. »Lara?«

Ich lache. »Sie blufft sicher, Mel.«

Sie atmet erleichtert aus. »Gehst du nun schlafen?«

Ich nicke. »Ich bin echt froh, wenn ich jetzt ins Bett komme und ganz schnell die Augen schließen kann.«

»Dann gute Nacht, Liebes.«

»Gute Nacht, Mel.«

Ich laufe die Treppe, die direkt neben der Haustür liegt, hinunter und trete durch die nächste Tür. Dort befindet sich der kleine, aber ausreichende Raum, in dem ein deckenhoher Schrank, ein großes Bett und eine Kommode stehen.

Das Zimmer besitzt keine Fenster, da es eigentlich ein Keller ist. Dieser gehört eigentlich zum dritten Stockwerk des Ringblocks, doch Mel kaufte ihn damals zu ihrem Haus dazu. Wir bezeichnen ihn als einen Keller, weil er nur aus Betonwänden besteht und wir ihn eben durch eine Treppe nach unten erreichen.

Als ich mich unter die Bettdecke lege, gebe ich einen zufriedenen Seufzer von mir.

Mir ist nur noch nach Schlafen zumute, auch wenn ich dieses Mal ein wenig Angst vor meinen Träumen habe. Ich will nicht von Autumn träumen. Nicht von seinen Herbstaugen. Nicht von seinem schwarz schillernden Haar. Und auch nicht von seinem wunderschönen Lächeln, das mir beinahe jedes Mal den Verstand raubt.

Gott, ich liebe ihn noch immer.

*Warum?* Warum kann mein verdammtes Herz nicht endlich aufhören, mich damit zu quälen?

Ein Geräusch erklingt vor meiner Tür und ich schrecke hoch. Schnell mache ich die kleine Lampe auf meinem Nachttisch an und schaue zu dem Spalt, der sich geöffnet hat. Als ich im Schatten die funkelnden Herbstaugen sehe, atme ich erleichtert aus. Es ist nur Hel.

»Hey, was ist denn, Süße?«, flüstere ich.

Ihre Augen sind feucht, sie kommt herein, schließt die Tür und fällt mir in die Arme. »Ich will nicht, dass du übermorgen gehst, Tante Lara«, schluchzt sie. »Dann bist du wieder so lange weg.«

»Oh, Süße. Ich komme doch wieder.«

Sie schüttelt den Kopf und ich bette sie unter meiner Decke ein. Ich halte sie fest und gebe ihr einen Kuss auf das Haar. »Momy hat mir mal erzählt, dass du während deiner Arbeit getötet werden kannst.« Ach, hat sie das? Wieso erzählt sie ihr so etwas auch? »Ich habe Angst, dass du irgendwann einfach nicht mehr zurückkommst.«

Ich streiche ihr eine Strähne hinter das Ohr und fahre beruhigend über ihre zarte Wange. »Mir wird nichts passieren. Ich verspreche es dir ganz fest.«

»Tante Lara«, schluchzt sie und vergräbt ihren Kopf an meiner Schulter. »Kann ich nicht einfach mitkommen?«

Mir bleibt für einen Moment das Herz stehen. »Auf keinen Fall.«

Sie wirkt enttäuscht und lässt traurig die Schultern hängen.

»Das ist viel zu gefährlich für dich und außerdem musst du zur Schule.«

»Damit ich Kundschafterin werde? So wie du?«

Ich schüttle den Kopf. »Nein, du bist schlau, so wie dein …« Beinahe wäre mir etwas Unheilvolles aus dem Mund gerutscht. »Großvater.« Durch das ganze Durcheinander in meinen Gedanken hätte ich fast ›Vater‹ gesagt und dann hätte sie wissen wollen, wer er gewesen ist. Dabei bin ich ja nur ihre Tante und sollte zu diesem Thema am wenigsten wissen. »Großvater war ein Wissenschaftler, weißt du?«

Das stimmt zwar nicht, denn Mel ist aus einer Maschine gekommen. Doch die Kinder werden hier wie richtige Menschen groß, sodass die meisten bereits Eltern besitzen, was einige ihrer Vorfahren nicht behaupten können.

»Ehrlich? Wieso hat Momy mir nie etwas von ihm erzählt?«, fragt sie interessiert.

Ich werde nervös. Was habe ich da nur wieder angefangen? »Tja, wir hatten keinen allzu großen Kontakt zu unserem Vater. Er ist schon sehr früh gestorben, leider.«

»Oh«, sagt sie traurig. »Und wie?«

Am liebsten hätte ich grinsend die Augen verdreht. *Kinder … ihr Wissensdurst ist unstillbar.* »Ich glaube, er war krank.«

»Und was hatte er?«

»Hel«, ermahne ich sie. »Ich weiß das selbst nicht so genau.«

»Und wieso?«

Ich seufze und beginne sie zu kitzeln. »Du bist ganz schön neugierig, Fräulein.«

Sie lacht herzhaft und beginnt mich ebenfalls an den empfindlichen Stellen zu kitzeln. Unser Spiel geht nur so lange, bis sich die Tür erneut öffnet und Mel ihren Kopf durch den Spalt drückt. »Man hört euch bis zu mir rauf.« Ihr Blick liegt ernst auf Helena. »Was machst du hier unten? Lass Lara schlafen. Außerdem müsstest du längst im Bett sein.«

Hel schlingt die Arme um meinen Hals. »Momy, darf ich heute Nacht bei Tante Lara schlafen?«

Ein Lächeln breitet sich auf ihrem Gesicht aus. »Hast du dir das denn verdient?«

Sie schaut Mel empört an und stemmt demonstrativ die Arme in die Hüfte. Dabei sieht sie aus wie ihre feurige Mutter, wenn diese jemandem eine Predigt hält. »Ja, hab ich! Heute wäre ich schließlich fast entführt worden.«

Mel und ich werden wieder daran erinnert, was für ein Glück wir hatten, dass Autumn eingegriffen hat. Sonst würde sie womöglich jetzt nicht neben mir liegen.

Allein der Gedanke verpasst mir einen harten Tritt in den Magen.

»Also gut, dann schlaft schön, ihr zwei«, sagt Mel zum Abschied und schließt hinter sich wieder die Tür.

Ich schalte das Licht aus und kuschle mich mit Hel im Arm unter die Decke.

»Tante«, sagt sie irgendwann in die Stille – kurz bevor ich eingeschlafen wäre. »Morgen machen wir doch noch etwas zusammen, oder?«

Ich gebe ein müdes »Mhm« von mir und gähne. »Versprochen.«

Es dauert nicht lange, bis Hel und ich eingeschlafen sind.

# AUTUMN

Diese Frau hat mich vollkommen aus der Bahn geworfen. Selbst als ich unter der warmen Dusche stand und mich auf einen gemütlichen Abend vor dem Fernseher gefreut habe, war ich mit meinen Gedanken bei ihr. Schließlich hat sie behauptet, dass wir ein gemeinsames Kind hätten, was ich einfach nicht glauben kann.

Während ich also auf dem Sofa sitze und im Fernsehen einer meiner Lieblingsfilme läuft, bekomme ich diesen kaum mit. Ich starre zum Bildschirm, und obwohl ich jede Bewegung wahrnehme, habe ich das Gefühl, dass ich blind bin. Mein Kopf ist voller Worte, voller neuer Erkenntnisse, die alles andere in meinen Gedanken ausblenden.

Warum musste ich sie auch danach fragen? Selbst sie schien das Thema absichtlich gemieden zu haben, weil sie offensichtlich ahnte, wie sehr ich darauf reagiere.

*Du warst einmal sehr traurig, weil du dich dafür gehasst hast, dass alles an dir von einer Maschine erschaffen wurde. Du mochtest deinen so perfekt kreierten Körper nicht und hast dich absichtlich tief an der Elle geschnitten, sodass dadurch eine Narbe blieb*, echot es in meinem Kopf.

Ich massiere mir die Schläfen und versuche, mit aller Kraft ihre Stimme aus meinen Gedanken zu vertreiben. Doch sie kehrt immer wieder zurück.

*»Dein Name ist Autumn«*, sagt sie und legt die Hand auf ihr Herz. *»Und meiner ist Leaf.«*

*Nein, nein, nein. Ich heiße Aaren und ich bin kein Vater.*

Doch diese Augen des Kindes und ihre schwarzen, schillernden Haare … Das Institut würde doch niemals zwei gleiche Körper erschaffen.

Kann ich überhaupt mit dieser Erkenntnis leben? Wenn es mich bereits so verrückt macht, wie sehr muss es mich dann erst quälen, wenn ich in die Stadt zurückkehre? Ich kenne mich zu gut, um zu wissen, dass mich ungeklärte Dinge lange verfolgen.

Verzweifelt reibe ich mir über das Gesicht und fahre mir anschließend durchs Haar. »Ich muss verrückt sein …«, sage ich zu mir selbst, als mir der Gedanke kommt, noch einmal mit Leaf zu reden. Oder Lara …

Weshalb überhaupt die Namen ›Herbst‹ und ›Blatt‹? Das sind doch keine Namen. Außerdem klingt es absolut seltsam, so genannt zu werden. Ob es dafür einen besonderen Grund gab? Schließlich besitzt man im Institut nur die Registernummer, um eine Zugehörigkeit zu haben.

*Wie gern ich wissen würde, was damals geschah …*

Zudem will ich erfahren, aus welchem Grund ich sie allein gelassen haben soll. Ich kann mir nicht vorstellen, dass ich ihr etwas vormachen würde, um sie dann fallen zu lassen. Ein solcher Mensch bin ich nicht und war ich auch nie. Früher habe ich mir oft den Kopf zerbrochen, weshalb ich für defekt erklärt wurde, doch alles, was mir blieb, waren Gedächtnislücken. Liz hatte gemeint, die Aufsicht hätte mich während einer Flucht aufgegriffen und ich wäre deshalb eingepfercht worden. Aber es ergibt keinen Sinn, dass das Institut meine Erinnerungen an Leaf gelöscht haben soll, um mich anschließend als defektes Produkt zu verkaufen. Was ist, wenn sie nie daran beteiligt waren, sondern es sich um einen Unfall handelte? Eine Art Amnesie.

Ich könnte mir den ganzen Abend lang nur den Kopf zerbrechen, doch das würde mich zu keiner Lösung führen. Das Rätsel um meine Erinnerungen und die Frau namens Leaf wird vorerst ungeklärt bleiben. Doch womöglich gibt es die Chance, meine Gedächtnislücken zu füllen, wenn ich gezielt danach suche. Ob ein Arzt mir hier weiterhelfen könnte?

Soviel ich seit meiner Ankunft in MRD mitbekommen habe, weiß ich, dass es einen Forscher gibt, der sich auf Special Editions spezialisiert hat. Vielleicht kann er mir erklären, wieso meine Erinnerungen gelöscht wurden.

Aber bedeutet das nicht, dass ich Leafs Worten glaube?

Ich nehme das kleine Kissen vom Sofa und schreie für einen kurzen Moment hinein, um meiner Wut freien Lauf zu lassen. Anschließend knalle ich es hart gegen die Wand.

Es ist so still in dieser Wohnung, dass mir meine Gedanken vorkommen, als würden sie in meinem Kopf laut rufen. Es klingt wie ein riesiger Saal, in dem Tausende Menschen stehen und alle gleichzeitig durcheinanderreden. Wie soll man da wem zuhören?

Selbst wenn ich mir die Ohren zuhalten würde, könnte ich die Stimmen dadurch nicht zum Schweigen bringen.

Ich *muss* morgen wieder mit ihr reden.

Ich *muss* wissen, wer Autumn war. War wirklich *ich* dieser Mann?

Obwohl Leaf das furchtbare Chaos in mir erst ausgelöst hat, bin ich mir plötzlich ganz sicher, dass auch *sie* diejenige sein wird, die es wieder in Ordnung bringen kann.

Morgen werde ich sie besuchen gehen. Ich muss einfach mit ihr reden.

Mit dieser Entscheidung spüre ich, wie die Stimmen ein wenig leiser werden. Ich nutze also die Gunst der Stunde und lege mich in mein Bett schlafen.

Doch als ich die Lider schließe, sehen Smaragdaugen hoffnungsvoll in meine. Ihr Anblick wiegt mich auf eine seltsame Art in den Schlaf.

Am nächsten Morgen frühstücke ich in der Cafeteria, die das Wohnhaus zu bieten hat, und mache mich fest entschlossen zu Leafs Ringblock auf.

Als ich diesen erreiche, klingele ich und trete höflich einen Schritt zurück, bevor die Tür vorsichtig geöffnet wird. Die schwarzhaarige Frau sieht mich mit ihren dunklen Augen blinzelnd an. »Oh … Aaren, richtig?«

Ich nicke.

»Was führt dich zu uns? Ist es wegen des Vorfalls von gestern?« Jetzt sind wir schon per Du. Anscheinend werde ich hier schneller aufgenommen, als mir recht ist.

»Ich suche eigentlich Lara.«

»Hallo, mein Retter!«, höre ich eine Stimme laut rufen, und ehe ich michs versehe, hat das kleine Mädchen die Arme um mich geschlungen.

Ich muss schlucken, als ich daran denke, dass ich ihr Vater sein soll.

*Gott, das ist noch immer total verrückt.*

Es fühlt sich absolut seltsam und fremd an.

»Hallo«, begrüße ich sie mit einem freundlichen Lächeln.

»Kommst du mich besuchen?«, fragt sie und grinst über beide Ohren. »Ich kann ja mal meine Tante fragen, ob wir heute den Tag gemeinsam verbringen wollen. Weil heute ist sie das letzte Mal da, bevor sie wieder arbeiten gehen muss.«

»Aha, was arbeitet denn deine Tante?«, hake ich interessiert nach.

»Sie ist Kundschafterin«, antwortet sie und löst sich von mir.

Ach wirklich? Dann sind sie wohl die Ersten, die etwas vom nachgebauten Institut wissen könnten. Allerdings verpasst es mir eine Gänsehaut, als ich mir in Erinnerung rufe, dass Leaf von diesem Scheusal namens Adam Malone grausam behandelt wurde. Was ist, wenn er sie wieder in die Finger bekommt?

Obwohl ich die Frau noch immer nicht kenne, spüre ich ein Ziehen in der Brust und mein Gefühl sagt mir, dass ich das nicht zulassen darf.

Vor allen Dingen, da ich es weiß und sie womöglich nicht. Ob ich ihr davon erzählen sollte, dass es Adams Institut ist?

»Komm doch rein«, bittet mich die Ältere. »Lara ist gerade unter der Dusche.«

»Oh«, sage ich und bleibe ruckartig stehen. »Ich kann auch später kommen.«

»Nein, nein«, sagt die Schwarzhaarige und hält mir ihre Hand hin. »Ich bin übrigens Melanie und Helena kennst du ja bereits.«

Ich nehme die Hand dankbar an und trete ins Haus ein. Helena packt meinen Arm und führt mich zum Sofa, auf das ich mich setzen soll.

Als im oberen Stockwerk Geräusche ertönen, spannt sich mein gesamter Körper an. Vielleicht hätte ich doch besser später kommen sollen, da sie nun mehr als überrascht sein wird, wenn sie mich hier sieht. Außerdem will ich mit ihr allein sein, und mit Helena im Raum wäre es sicher keine gute Idee, über die Identität ihres Vaters zu sprechen.

Hinter mir befindet sich eine Wendeltreppe, auf der nackte Füße herabschreiten, und ich drehe mich zu dem Geräusch neugierig um. Im selben Moment, in dem sich unsere Blicke kreuzen, kann ich nicht anders, als mit den Augen über ihren Körper zu fahren.

Sie sieht … wunderschön aus. Ihre Beine sind schlank, die Haut apricot und ihre Augen leuchten grün. Durch die nassen Haare wirkt ihr Gesicht markant und ich bemerke zum ersten Mal ihre hohen Wangenknochen. Um ihre Nase herum befinden sich kleine Sommersprossen, die mir gestern ebenfalls nicht aufgefallen sind.

Ich muss schwer schlucken. Sie ist ein wahrer Traum.

»Was machst du hier?«, entfährt es ihr erschrocken. Sie bindet ihr Handtuch, das ihr nur knapp über den Hintern geht, enger um ihren Körper. »Ich dachte, du wolltest allein sein«, wirft sie mir vor.

Und das zurecht. Ich war wirklich grob zu ihr, doch ich musste erst mit mir selbst klarkommen. Jetzt, da ich beschlossen habe, sie noch einmal wiederzusehen, geht es mir tatsächlich besser. Als würde mir ihr Anblick beweisen, dass ich all das nicht geträumt habe.

Aber sollte es mir dann nicht erst recht schlechter gehen?

Mein Lächeln verblasst. »Ich wollte noch einmal mit dir reden.«

Ihre zuvor harten Gesichtszüge werden nun weicher. »Okay«, meint sie und scheint diese Antwort nicht von mir erwartet zu haben. »Warte noch einen Moment, ich ziehe mir etwas an.«

Sie läuft auf die Treppe neben dem Eingang zu und verschwindet nach unten. Melanie geht auf Helena zu und flüstert ihr etwas ins Ohr. Daraufhin prescht die Kleine los und rennt vollkommen aufgeregt in ihr Zimmer.

»Möchtest du etwas trinken, Aaren?«, fragt sie freundlich.

Am liebsten hätte ich mir ein paar Kurze gegönnt, da ich gerade selbst nicht wirklich fassen kann, dass ich hierhergekommen bin. Ob unser Gespräch wieder wie beim letzten Mal ausarten wird? »Ein Glas Wasser wäre nett.«

Sie nickt und schenkt mir aus einer Flasche etwas in einen Becher. Anschließend stellt sie ihn auf den Wohnzimmertisch vor mir. Dass sie sich allerdings auch noch neben mich setzt, hätte ich nicht erwartet. »Lara hat mir das meiste erzählt.«

Am liebsten hätte ich ein empörtes »Was?« von mir gegeben, doch das kann ich mir bei ihr sparen. Wenn beide eine Art Mutterfigur für Helena sind, braucht es mich nicht zu wundern, dass sie sich auch alles erzählen. Ob Leaf gestern sehr aufgelöst gewesen ist?

»Oh«, entfährt es mir. »Dann weißt du also um die Ähnlichkeit?«

Sie nickt. »Ich hoffe, ihr beide kommt zu einem Ergebnis. Vielleicht solltet ihr einfach mal Professor Paul besuchen. Er erforscht ausschließlich Special Editions. Von eurer Modellreihe ist er besonders angetan.«

»Ein Forscher?«, entfährt es mir. Nicht, dass ich nicht denselben Gedanke hegte.

»Ja, vielleicht kann er die Erinnerungslücke erklären.«

Ich atme tief ein. »Sofern es eine gibt.«

Melanie senkt den Blick und legt ihre Hände in den Schoß. »Ich verstehe.«

Im selben Moment kommt Leaf die Treppe hinauf und bindet ihre feuchten Haare zu einem Zopf zusammen. »Wir können los.«

»Darf ich mit?«, ruft Helena aus ihrem Zimmer und kommt zu mir gerannt. Sie klammert sich an meinen Arm. »Biiiitte.«

»Hel, wir müssen unter uns sein«, entgegnet Leaf und sieht ihre Nichte mit einem ernsten Blick an.

»Darf ich dann später mit?«, fragt sie erneut.

»Ich habe dir ja versprochen, dass wir an meinem letzten Tag etwas zusammen machen, und daran halte ich mich auch. Aber zuerst muss ich mit Aaren allein sein«, erklärt sie ihr. »Das ist ein Erwachsenengespräch, verstehst du?«

»Kann Aaren mit uns kommen, wenn wir durch die Stadt gehen?«, hakt sie weiter nach.

Wir zucken alle bei der Frage kurz zusammen. Melanie sieht ihre Tochter entschuldigend an. »Ich glaube nicht, Süße, dass Aaren Zeit hat.«

Da sind sie wieder. Diese unfassbar zuckersüßen Kulleraugen der Kleinen. Wieso sieht sie mich nur immer mit diesem Blick an, der meine Knie weich werden lässt? Wie macht sie das? Hat sie das etwa geübt?

»Hast du wirklich keine Zeit, Aaren?«

Mein inneres Gefühl schreit wild: *»Nein, habe ich nicht!«*, doch diese unschuldigen Augen, die mich anflehen *»Ja«* zu sagen, haben viel mehr Einfluss, als ich gedacht habe.

Ich versuche, mich von dem Anblick loszureißen, doch dann umklammert sie noch fester meinen Arm und legt den Kopf an meine Schulter. »Biiiiitte.«

Eines ist mir klar geworden. Ich habe eine Schwäche für Kinder und große braune Kulleraugen. »Also, ich weiß ja nicht, ob deine Tante das überhaupt will …« Hilfe suchend blicke ich zu ihr, doch auch Leaf scheint gegen Helenas Blick keine Chance zu haben.

Sie seufzt schwer. »Wenn dein Herz daran hängt, dass Aaren mitkommt, dann …«

Sie hüpft auf und ab und jubelt aufgeregt: »Ja, ja! Ich will, dass er mitkommt!« Sie lacht erfreut. »Wer soll uns denn sonst beschützen?«

Leaf lächelt, schnappt sich eine Weste vom Garderobenständer und öffnet die Tür. »Wir sind gleich wieder zurück.«

Ich erhebe mich, und Helena löst sich von mir. »Dann bis gleich«, murmle ich und gehe aus der Tür hinaus.

Sie winkt mir zum Abschied, doch ihr Grinsen lässt mich schließen, dass sie sich bereits auf unsere Rückkehr freut.

Draußen führt mich Leaf bis zum Aufzug, mit dem wir hinunterfahren. Als wir durch den Ringblock laufen, um eine Straße zu passieren, wendet sie sich an mich. »Ich kenne einen Ort, an dem man ungestört reden kann.«

Mir entfährt ein erleichterter Seufzer, denn dadurch habe ich noch etwas Zeit, um darüber nachzudenken, mit welchen Worten ich am besten beginne. Irgendwie will ich ihr erklären, dass ich einerseits mehr von diesem Autumn wissen will, andererseits auch Angst davor habe. Vielleicht wollte ich sie damals im Institut zurücklassen. Was ist, wenn ich ihr gegenüber böse Absichten hatte? Würde ich es dann wirklich wissen wollen?

Leaf führt mich zu schmaleren Nebenstraßen, sodass wir den kleinen, abgegrenzten Waldabschnitt erreichen, der mit einem Park sehr viel Ähnlichkeit hat. Allerdings sind die Holzbänke schon seit Längerem nicht mehr gereinigt worden und das Gras ist mittlerweile hüfthoch, da es nie jemand gemäht hat.

Dennoch haben wir das Glück, dass wir tatsächlich allein sind.

Leaf geht an einem kleinen Bach entlang und hält an einer Steinbank, die an den Rändern mit Moos überzogen ist. Sie setzt sich auf eine saubere Stelle und lässt mir ausreichend Platz, damit ich mich neben sie gesellen kann.

*Tja, jetzt ist es so weit.*

Ich atme tief ein und sehe in ihre hoffnungsvollen grünen Augen. »Tut mir leid, dass ich dich gestern so angebrüllt habe. Das war keine Absicht«, entschuldige ich mich und sie wirkt überrascht. »Es war einfach ein wenig zu viel, besonders das mit Helena.«

Sie nickt verständnisvoll. »Das kann ich mir gut vorstellen. Ich habe auch gehofft, dass ich mit dieser Frage nicht konfrontiert werden würde, da ich selbst keine Ahnung hatte, wie ich es dir erklären soll.«

Ich reibe nervös meine Hände. »Eigentlich habe ich bis gestern Abend wirklich vorgehabt, dir nicht mehr über den Weg zu laufen, doch ich habe noch so viele Fragen. Sie alle handeln eigentlich von diesem Autumn, für den du mich hältst. Ich würde einfach nur gerne wissen, wer er war.«

Ein kleines Lächeln umspielt ihre Lippen. »Dann glaubst du mir also?«

Mit entfährt ein schwerer Seufzer. »Vorerst, ja.«

Sie scheint zu verstehen, dass ich auf der Suche nach der Wahrheit bin und herausfinden will, weshalb sie sich an mich erinnern kann, aber ich mich nicht an sie. Mit einem tiefen Atemzug beginnt sie zu erzählen: »Wirklich bemerkt habe ich dich ehrlich gesagt nie, aber du dafür mich.« Sie lächelt verträumt, als würde sie gerne in dieser Erinnerung schwelgen. »Das erste Mal bist du mir aufgefallen, als du mich im Gemeinschaftsraum immer wieder angestarrt hast und mir irgendwann ein Lächeln schenktest, so als wäre ich auf irgendeine Weise interessant für dich. Nach wenigen Tagen hast du dich dann neben mich gesetzt, während ich ›Moby Dick‹ zum gefühlt hundertsten Mal gelesen habe. Du sagtest, du wärst fasziniert davon, dass es ein Produkt gibt, das die Geschichte ebenso liebt wie du. Danach haben wir immer mal wieder heimlich miteinander gesprochen und irgendwann standest du einfach vor meiner Tür.«

Was strengstens untersagt ist. Habe ich sie damals so sehr gemocht, dass ich sogar bereit war, Regeln zu brechen? Ihre Geschichte zieht mich sehr in den Bann, da ich unbedingt wissen will, weshalb trotz der Harmonie zwischen uns alles so ausgeartet ist.

Sie führt ihre Erzählung nach einem weiteren Atemzug fort: »In dieser Nacht hast du mich das erste Mal geküsst.« Sie lächelt beschämt und weicht meinem Blick aus. »Danach warst du beinahe jede Nacht bei mir oder ich bei dir. Wir kannten die nächtlichen Kontrollgänge und konnten so ungesehen von einem Ort zum anderen schleichen. Das ging ein ganzes Jahr so.«

Was? Ein ganzes Jahr? Und das soll ich einfach vergessen haben? Hat außerdem niemand vom Institut etwas mitbekommen? Wie ist das möglich?

»Also waren wir ein Paar?«

Sie lehnt sich gegen die Steinbank und sieht mich wieder an. »Ja«, haucht sie kaum hörbar. »Und glücklich. Zumindest bis zu jenem Tag, an dem ich zur Auswertung geschickt werden sollte. Ich hab es dir anfangs verschwiegen und dann hast du es selbst herausgefunden und mir die Hoffnung gemacht, dass wir gemeinsam aus dem Institut fliehen können.«

Habe ich wirklich so viel für sie empfunden? War meine Liebe so stark, dass ich sogar mit ihr weggelaufen wäre? Doch wieso habe ich es nie getan und mich allein aus dem Staub gemacht?

Am liebsten würde ich mir die Haare raufen, da ich nichts davon mehr weiß.

Dennoch kommt mir ihre Geschichte seltsam vertraut vor, als hätte sie mir schon mal jemand erzählt. »Aber es hat nicht funktioniert. Wieso?«

»Du wolltest mich um Mitternacht abholen, doch du bist nie gekommen. Als ich am Morgen an deiner Tür klopfen wollte, warst du bereits verschwunden, wie mir mein Mentor mitteilte. Vielleicht haben sie dich ja doch aufgegriffen und dich deshalb für defekt erklärt«, vermutet sie.

Ich schüttle wie aus einem Instinkt heraus den Kopf. Mich überkommt ein beklemmendes Gefühl, als würde ich ahnen, dass irgendetwas nicht stimmt. Das passt nicht ins Bild von Autumn. Wieso sollte er sich die Mühe machen, jemanden zu umwerben, für diesen Menschen sogar gegen Regeln verstoßen und mit ihm eine Flucht planen, wenn er dann doch allein flieht?

»War dein Mentor nicht wütend, dass er dich vor meiner Tür erwischt hat?«

Sie überlegt kurz. »Nicht wirklich. Zumindest habe ich keine Strafe dafür erhalten. Doch der Kauf von Adam Malone war hart genug. Vielleicht war er deshalb milde gestimmt.«

*Ja, das könnte sein.*

Es bezeugt wieder einmal, wie gleichgültig es dem Institut ist, was mit seinen Produkten passiert. »Wie bist du Adam Malone entkommen?«

Sie räuspert sich. »Mein System hat sich heruntergefahren, sodass ich in eine Art Koma verfiel. Nach zwei Monaten wurde es wieder hochgefahren, nachdem jemand das Schlüsselwort nannte.«

»Schlüsselwort?«, hake ich nach.

Sie legt den Kopf schief. »Ja, wusstest du nicht, dass alle Produkte einen Computer im Kopf besitzen, den man steuern kann?«

*Natürlich.* Wenn ein Produkt zum Menschen wird, bekommt er einen Code initialisiert, der sämtliche Befehle von außerhalb blockiert, sodass er nicht mehr wie ein Roboter steuerbar ist. Das ist äußerst wichtig für das menschliche Dasein, da man erst mit diesem Vorgang die Rechte anerkannt bekommt.

Aber dass man sogar seinen Körper wie einen Computer herunterfahren kann, ist mir neu. »Doch, sicher. Aber ich wusste nicht, dass er über noch mehr Funktionen verfügt.«

»Lennard Paul erforscht die Special Editions. Er hat das mit den Schlüsselwörtern herausgefunden. Damit kann man das System auf eine bestimmte Art steuern, denke ich«, erzählt sie.

Melanie hat ebenfalls seinen Namen erwähnt. Vielleicht sollte ich diesen Mann wirklich aufsuchen. Er könnte mir dabei helfen, mein fehlendes Gedächtnis wiederherzustellen.

»Wo kann ich ihn finden?«

»Im ›Check-up-Zentrum‹ von MRD«, antwortet sie. »Lass dich aber auf keine Experimente mit ihm ein. Manchmal ist er zu besessen von seiner Forschung, sodass er alles Menschliche ausblendet.«

Ich nicke. »Gut, ich werde aufpassen.« Mir fällt jedoch noch etwas anderes ein. »Ich glaube nicht, dass Autumn ohne dich fliehen wollte.«

Sie sieht mich mit großen Augen gebannt an. »Wie kommst du darauf?«

Ich fahre nervös durch meine stufigen Haare. »Nun ja, wenn wirklich *ich* dieser Autumn gewesen sein soll, hätte ich niemals jemandem etwas vorgespielt, um ihn später auf solche Weise im Stich zu lassen.«

Meine Worte zaubern ihr ein Lächeln ins Gesicht. »Denkst du, es könnte etwas schiefgelaufen sein?«

Ich nicke zögerlich. »Das wäre möglich.«

Leaf rückt ein wenig zu mir auf, sodass sich unsere Knie berühren. Ich weiche nicht vor ihr zurück, denn auf eine eigenartige Weise macht mir ihre Nähe überhaupt nichts aus.

Ganz im Gegenteil. Ich genieße sie sogar.

Ihr Ausdruck ist voller Hoffnung. »Ich glaube, das ist auch der Grund, weshalb ich dich trotz dieser Tat niemals hassen konnte. Irgendein Teil von mir wusste, dass etwas nicht mit rechten Dingen zuging. Was auch immer damals im Institut passiert ist, ich bin mir sicher, dass du niemals absichtlich ohne mich weggelaufen wärst. Vielleicht hast du fliehen müssen, weil wir aufgeflogen sind, oder …« Sie atmet tief ein. »… dir gedroht wurde. Es wäre doch möglich, dass jemand etwas mitbekommen hat.«

»Das klingt einleuchtend. *Und* es würde auch erklären, weshalb ich nicht um Mitternacht zu dir kommen konnte.«

»*Und* weshalb du als defekt erklärt wurdest«, fügt sie hinzu. »Schließlich ist eine enge Bindung zwischen zwei Produkten streng untersagt.«

So viele Fragen und doch können wir keine gemeinsame Antwort finden. Dennoch bin ich fest überzeugt, dass Autumn nicht ohne Leaf weglaufen wollte. Was hat ihn also aufgehalten? Sein Aufseher? Sein Mentor? Oder eine schockierende Erkenntnis?

Während ich weiter darüber nachgrüble, reißt mich Leafs Berührung aus meinen Überlegungen. Sie hat nachdenklich den Blick gesenkt und streicht mit dem Daumen beruhigend über meinen Handrücken. »Es ist so eigenartig, dass sich selbst nach acht Jahren alles noch wie früher anfühlt. Wir haben uns beide immer versprochen, mit achtzehn Jahren gemeinsam das Institut zu verlassen, um unsere Menschenrechte zu erlangen und in Frieden leben zu können.«

Die Vorstellung klingt ganz nach mir. Ich wollte schon immer in Freiheit leben und das Institut weit hinter mir lassen. Im Gegensatz zu ihr war mein Weg dorthin weniger von Schmerz geprägt. Jedenfalls glaube ich das. Wie hat Autumn das überhaupt verkraftet, als er erfuhr, dass sie von Adam Malone gekauft werden würde? War ihm das gleichgültig? Das will ich einfach nicht glauben. So ein herzloses Produkt kann er nicht gewesen sein.

»Ja, irgendwie klingt das nach mir«, gebe ich zu.

»Gestern habe ich mir wirklich gewünscht, dass wir uns nicht über den Weg gelaufen wären.« Sie seufzt schwer und lässt von mir ab. »Der Gedanke, dass ich die Einzige bin, die sich noch an unsere Zeit erinnert, hat mich sehr getroffen. Ich hatte das Gefühl, allein gelassen worden zu sein, auch wenn du für deinen Verlust womöglich nichts kannst.«

Ich blicke auf ihre schillernden Haare und beobachte die Wellen darin, deren Reflexion mich an eine vom Wind berührte Wiese erinnert. Mir wird mit jedem Augenblick klarer, wie schwierig das nicht nur für mich sein muss, sondern auch für Leaf. Sie hat sich unser Wiedersehen wohl anders vorgestellt, vermutlich friedvoller.

Mein Mitleid wird stärker. Denn ich sehe in ihren Augen, dass sie diesen Autumn geliebt hat und es auch noch immer tut. Nur durch seine verlorenen Erinnerungen kann er diese Gefühle nicht erwidern, da Leaf für ihn nie existiert hat.

*Ich wünschte, ich könnte …*

Im selben Moment durchzuckt meinen Kopf ein schmerzhaftes Stechen, und Bilder tauchen vor meinem geistigen Auge auf.

*Ein hoffnungsvolles Lächeln legt sich auf ihre Lippen. »Nimm alles mit, was dir wichtig ist. Schließlich werden wir hierhin nie wieder zurückkehren«, höre ich meine eigene Stimme sagen.*

*Leaf nickt und sucht ein paar Sachen zusammen. Da wir keine Taschen besitzen, nimmt sie das Laken ihres Betts und knotet es zu einer Art Sack zusammen, in den sie alle Kleidungsstücke stopft, die sie besitzt.*

*Aus ihrem Badezimmer entnimmt sie eine Zahnbürste und einen Kamm. Als sie so weit alles gepackt hat, bewege ich mich auf die Zimmertür zu, bereit, den Raum zu verlassen. Ich sehe Leaf ermutigend an. »Warte auf mich. Ich werde dich um Mitternacht abholen kommen.«*

*Doch bevor ich aus dem Zimmer verschwinden will, läuft sie auf mich zu, umschlingt mit ihren Armen meinen Hals und presst sehnsuchtsvoll ihre Lippen auf meine. »Ich werde warten.«*

»Hey! Aaren? Alles okay?«, höre ich erneut Leafs Stimme und merke erst jetzt, dass ich die Hände verkrampft auf meine Schläfen presse. Meine Lider habe ich fest zugeschlagen, um auf irgendeine Weise dem Schmerz in meinem Kopf zu entfliehen. »Oje, du blutest ja.«

Nach mehrmaligem Blinzeln sehe ich, wie sie mir ein Taschentuch auf die Nase drückt und besorgt zu mir schaut. Da bemerke ich den kleinen, feinen Unterschied zu der Leaf aus meiner Vision. Sie sieht heute viel erwachsener aus und ihr Gesicht ist kantiger als früher.

*Sie ist eine verdammte Schönheit. Genau wie damals.*

Aber was war das gerade eben? Woher kam diese Erinnerung? War das der Beweis, den ich gebraucht habe? Existieren sie noch in mir? Doch wie komme ich an sie heran? Vielleicht hilft es wirklich, mit ihr tiefer in die Vergangenheit zu greifen, um sie zurückzuholen.

Aber etwas viel Entscheidenderes ist mir dadurch klar geworden.

»Er *wollte* mit dir fliehen. Ganz sicher.«

Ich habe es gespürt. Sein schlagendes Herz, als er und Leaf gemeinsam beschlossen haben, das Institut zu verlassen. Er … liebte sie wirklich. Aufrichtig. Mir raubt dieses Gefühl beinahe den Atem. Trotzdem fühlt sich noch immer alles surreal an, als hätte ich nur für den Moment die Chance bekommen, Autumn zu sein.

Leaf wirkt verwirrt. »Wie kommst du darauf?«

Ich tippe auf meinen Kopf. »Da … ist gerade etwas passiert. Ich habe etwas gesehen. Es war ausreichend, um zu begreifen, dass es von uns beiden handelt.« Trotzdem hämmert noch immer mein Schädel, als hätte ich mich heftig gestoßen.

»Möglicherweise bringen meine Erzählungen deine Erinnerungen zurück«, ruft Leaf erfreut. »Vielleicht wirst du niemals alle erlangen, aber wenn es wenigstens ein Teil wäre, sodass du zumindest weißt, wer du früher gewesen bist …«

Ich ziehe einen Mundwinkel nach oben und versuche den Kopf zu heben, doch der noch pochende Schmerz lässt mich zusammenzucken. Ich lege meine Hand über ihre, um das Taschentuch selbst zu halten, doch sie lässt nur zögerlich von mir ab.

»Was hast du genau gesehen?«, fragt sie aufgeregt.

»Dich und … mich? Du hast ein paar Sachen zusammengesucht, um etwas für unsere Flucht mitzunehmen. Dann habe ich zu dir gesagt, dass ich um Mitternacht da sein werde, und du hast …« Ich schlucke. Meine Lippen prickeln, als sich die Erinnerung wie ein Schleier über mich legt und mich das spüren lässt, was ich damals gefühlt habe. Ihr Kuss war so warm und innig. Ich habe ihn mit jeder Faser meines Körpers genossen.

»… dich geküsst.« Sie grinst über beide Ohren. »Ich weiß, was du meinst.«

»W-warum kommen diese Bilder jetzt erst?«, sage ich eher zu mir selbst.

Leaf zuckt ratlos mit den Schultern. »Vielleicht kehren sie durch vertraute Dinge zurück. Das schlagen auch viele Ärzte bei einer Amnesie vor.«

Durch die Vision verschwindet mein Misstrauen und ich bekomme stattdessen Gewissheit.

*Gewissheit,* dass ich Autumn war.

*Gewissheit,* dass Leaf und ich uns gekannt haben.

*Gewissheit,* dass ich einmal geliebt habe.

Es ist absolut verrückt und trotzdem will ich immer noch mehr über mich wissen. Was haben wir zusammen erlebt? Wem haben wir vertraut? Wovor hatten wir am meisten Angst? Leaf weiß es. Ich habe vielleicht gerade nur einen winzigen Teil von dem erhascht, was mir vor langer Zeit verloren gegangen ist.

Da ich die Wahrheit nun kenne und auch akzeptiere, wird mir etwas anderes noch viel klarer. »Helena ist dann wirklich …«

»… deine Tochter.« Leafs Lächeln vergeht. »Ja.«

Ich seufze schwer. Der Gedanke erdrückt mich noch immer. »Es liegt nicht daran, dass ich nie Kinder haben wollte, aber … es ist seltsam, davon jetzt erst zu erfahren. Hast du denn nie den Versuch gewagt, mich zu suchen?«

»Nein, weil ich mit dem Glauben weiterlebte, dass du mich nicht in deinem Leben haben wolltest.«

Ich lache freudlos auf. »Nein, glaub mir. Ich bin mir sicher, dass ich nicht gewollt habe, dass du im Institut zurückbleibst. Vielleicht wurde ich aufgehalten oder jemand hat uns bei frischer Tat erwischt.«

Sie rümpft die Nase. »Das wüsste ich.«

*Stimmt.* »Dann nur mich.«

Sie gibt einen frustrierten Laut von sich. »Morgen werde ich nicht mehr hier sein, um dir mehr von uns zu erzählen. Aber ich würde dir gerne Myr vorstellen. Ich habe ihr manchmal von dir erzählt, allerdings nie einen Namen genannt. Vielleicht kann sie deinem Gedächtnis auf die Sprünge helfen.« Sie lächelt vorsichtig. »Keine Sorge, sie ist eine gute Freundin von mir.«

Ich nicke. »Hoffentlich funktioniert deine Theorie.«

Sie hebt ihre Mundwinkel. »Bedeutet das etwa, dass du jetzt überzeugt von Autumn bist?«

Ich lasse mir die Frage für einen Moment durch den Kopf gehen und rufe noch einmal meine zurückgekehrte Erinnerung hervor. »Ich denke schon.«

»Also gut«, sagt sie und klingt nun erleichterter, als wäre ihr eine Last von den Schultern genommen worden. »Dann lass uns zu Hel zurückgehen.«

Ich erhebe mich ebenfalls und lächle sie behutsam an. »Und deine Freundin Myr?«

»Wir gehen sie zusammen mit Hel besuchen«, beschließt sie und es klingt nach einer guten Idee.

# LEAF

Als wir Hel daheim abholen, ist sie Feuer und Flamme für den restlichen Tag. Sie hängt unglaublich an Autumn, fängt immer wieder an, von ihren Entführern zu sprechen, und erzählt ganz aufgeregt, wie er da gewesen ist, um sie zu retten.

Ich frage mich dabei jedes Mal, welch ein Zufall es gewesen ist, dass wir uns auf diese Weise über den Weg liefen. Es wirkt beinahe wie Schicksal, auch wenn ich nicht daran glaube.

Mit der Straßenbahn fahren wir ins südöstliche Viertel, das ein wenig gehobener ist als das unsere. Zwischen hohen, neu renovierten Mehrfamilienhäusern suchen wir Myrs Hausnummer und fahren mit dem Fahrstuhl ins sechste Stockwerk. Hel ist ganz fasziniert von der Sauberkeit auf den Fluren und in den Gängen.

Vor Myrs Wohnungstür bleiben wir stehen. Hel betätigt die Klingel und nur kurze Zeit später sehen uns dunkelbraune Augen an. »Lara?« Sie blinzelt, als sie Autumn neben mir stehen sieht und dann zu Hel hinunterschaut. Als sie offensichtlich die Ähnlichkeit bemerkt, schnellt ihr Blick wieder zu Autumn zurück und ihr klappt die Kinnlade herunter.

»Hallo Myr«, begrüße ich sie und fahre mir beschämt durchs Haar. »Wir wollten dich besuchen kommen. Hättest du ein wenig Zeit für uns?«

»Wir gehen auf den Spielplatz, Myr!«, fügt Hel fröhlich hinzu und nimmt ihre Hand.

Sie nickt und zeigt über ihre Schulter ins Wohnzimmer. »Ich zieh mir noch Schuhe und eine Jacke über. Einen Moment!«, gibt sie stammelnd Antwort.

Nachdem sie sich fertig gemacht hat, verlassen wir gemeinsam das Gebäude und wechseln währenddessen nur wenige Worte. Auf dem Spielplatz, der sich in Myrs Wohngegend befindet, setzen wir uns alle auf die Bank und sehen dabei zu, wie Hel das Klettergerüst erobert.

»Er ist es nicht wirklich, oder, Lara?«, beginnt Myr und sieht wie gebannt zu Autumn, der sich etwas ertappt zu fühlen scheint.

Ich seufze schwer und sehe sie entschuldigend an. »Und wenn doch?«

Ihre Augen werden größer. »Ich fasse es nicht. Wie …? Also ich meine … wann?«

»Wir sind uns zufällig begegnet und ich brauche dich«, mache ich den ersten Schritt und nehme ihre Hände in meine. »Myr, das hier muss unter uns bleiben. Kein Wort zu Nico oder Stella, okay? Zu niemandem.«

Sie wirkt noch immer fassungslos. »Weiß Mel es?«

Ich nicke.

Sie bläst die gestaute Luft aus den Wangen. »Also gut. Ich werde nichts sagen.«

»Er kann sich nicht mehr an mich erinnern. An nichts. Wir vermuten, das Institut hat damit etwas zu tun. Aber seine Erinnerungen sind noch irgendwie da. Als wir darüber gesprochen haben, meinte er, dass ein winziger Teil zurückgekehrt ist. Vielleicht ist es nur eine Art Amnesie, die wir mit Erzählungen und vertrauten Dingen wieder beheben können.«

Myr zieht eine Augenbraue in die Höhe und blickt zwischen mir und Autumn hin und her. »Und was habe ich damit zu tun?«

Meine Lippen werden zu einer schmalen Linie. »Ich bin morgen nicht mehr da und dir vertraue ich. Es wäre doch möglich, dass du ihm ein wenig von den Dingen erzählst, die ich dir damals anvertraut habe. Nur damit es seinem Gedächtnis etwas auf die Sprünge hilft.«

Sie beißt sich nervös auf die Unterlippe. »Ich? Aber so viel war das dann auch nicht mehr, also ich meine …«

Ich sehe sie flehentlich an. »Bitte, Myr. Versuch es wenigstens.«

Ihr Blick bleibt eine längere Zeit auf Autumn liegen, bis sie schließlich kapitulierend seufzt und kaum merklich nickt. »Aber wenn es dann nicht klappt, warten wir, bis du zurückkommst.«

Autumn runzelt die Stirn. »Wann soll das sein?«

Ich schaue ihn reumütig an. »In ein paar Monaten?«

»Das geht nicht. Bis dahin bin ich wieder in der Stadt.«

»Dann komm ich eben zu dir«, platzt es plötzlich aus mir heraus.

Myr sieht mich schockiert an. »Spinnst du? Du hast dort keine Menschenrechte. Dort wird niemand sein, der dich beschützt! Man könnte dich entführen und einsperren, ohne dass es jemanden interessiert.«

Ich senke den Blick und Autumn stimmt ihr stumm zu. »Ich gebe Myr recht. Das wäre eine ganz dumme Idee.«

»Aber …«, beginne ich traurig. »Du wirst nicht mehr wiederkommen, oder?«

Unsicher sieht er mich an. »›Nie wieder‹ würde ich ausschließen, aber es könnten ein paar Jahre vergehen. Vielleicht verlängert die

Partei allerdings auch meinen Aufenthalt und ich darf bleiben – sofern es natürlich auch eure drei Richter genehmigen.«

Myr macht eine wegwerfende Handbewegung. »Ach, das wäre kein wirkliches Problem. Rick ist mein Cousin.«

Ach ja, das ist mir bereits entfallen, jedoch nur, weil die beiden nicht sonderlich viel miteinander zu tun haben. Doch wenn es hart auf hart kommt, sind sie füreinander da. Sie hat auch damals dafür gesorgt, dass die Therapiestunden von unserer Regierung übernommen wurden, damit ich nach meiner Entlassung keine hohen Schulden abzuarbeiten habe, die mein ganzes Leben geprägt hätten.

»Also schön. Dann eben nicht«, grummle ich und verschränke die Arme vor der Brust.

Myr grinst schief. »Da ist dir aber jemand ziemlich wichtig, Lara.«

Ich spüre, wie meine Wangen glühen, und sehe beschämt zu Boden. »Er möchte doch auch seine Erinnerungen zurück.« Zumindest hat es sich so angehört. Unsicher blicke ich zu ihm. »Oder?«

Er nickt zögerlich. »Ich bin schon daran interessiert.«

Myr wirft ihm einen kritischen Blick zu. »Das solltest du auf jeden Fall. Schließlich hast du eine Tochter, die du nicht einfach ignorieren kannst.«

»Sch!«, zische ich, als im selben Moment Hel auf uns zugelaufen kommt.

Sie greift nach Autumns Hand und versucht, ihn von der Bank zu ziehen. »Komm mit!«

Myr und ich zucken gleichzeitig mit den Schultern, als Autumn uns hilflos ansieht. »Die Prinzessin hat gesprochen, Kammerdiener«, neckt Myr ihn und daraufhin muss ich lachen.

Er erhebt sich und lässt sich von seiner Tochter mitziehen. *Seiner Tochter* … Es ist so seltsam, dass er nun hier ist. Dennoch ist es real, auch wenn es sich noch nicht danach anfühlt.

»Du hast mir noch gar nicht gesagt, wie er heißt«, sagt Myr nach einer kurzen Zeit der Stille.

»Aaren«, antworte ich und bringe es nicht übers Herz, ihr den geheimen Namen von uns beiden zu verraten. Wieso das so ist, kann ich ebenfalls nicht erklären. Auf eine unbeschreibliche Weise ist es mir lieber, er bleibt genau das, was er immer gewesen ist. Geheim. Ein Codename, den nur ich und Autumn kennen.

»Und er weiß absolut nichts mehr über euch zwei?«, vergewissert sie sich.

Ich schüttle den Kopf und sehe den beiden zu, während Hel Autumn zeigt, wie man ein Gerüst erklettert. »Nein, leider nicht.«

»Was ist mit Urlaub? Kann dein Vorgesetzter nicht einmal eine Ausnahme machen?«, will Myr wissen.

Schön wäre es, aber bei den Kundschaftern läuft das sehr streng ab. »Der Urlaub wird ein Jahr im Voraus geplant, um jegliche Stellen zu decken und Kompromisse zu vermeiden. Dir sind drei flexible Tage im Jahr gewährt, die man frei wählen darf, aber die habe ich schon im Februar verwendet, als sich Hel diesen miesen Virus eingefangen hat und jemand bei ihr sein musste.«

Myr scheint sich zu erinnern und tippt nervös auf ihr Kinn. »Ah, stimmt. Das war ein richtig blöder Zeitpunkt gewesen, weil Nico und Stella auf der Konferenz waren, ich meiner Mom aushelfen musste und Mel nicht freibekam.«

Ich stoße mit der Fußspitze einen Kieselstein weg. »Ja, ich hatte eigentlich keine Wahl gehabt. Mels Chef ist auch nicht gerade für seine nette Art bekannt. Und in ein Krankenhaus wollte ich sie nicht bringen, weil sie dann in einer fremden Umgebung ganz allein wäre.«

Myr nimmt meine Hand und lächelt mich aufmunternd an. »Ich krieg das schon hin, okay?«

Argwöhnisch ziehe ich eine Augenbraue hoch. »Hast du etwa einen Plan?«

Sie lächelt gequält. »Möglicherweise?«

Mir wird dabei unwohl. »Dann bin ich mal gespannt.«

Am Abend packe ich zu Hause meine Sachen und schreibe bereits Maty, wann wir uns morgen früh treffen sollen. Wir werden in aller Frühe die Stadt verlassen und zu einem anderen Außenposten fahren, da wir woanders stationiert wurden.

Genau wie Nico es geahnt hat. Sie schicken mich und Maty in den Norden, aufgrund der seltsamen Vorkommnisse, über die wir wohl noch nicht Bescheid wissen.

Ob unser Vorgesetzter dann mehr erzählt?

Als ich kurz nach oben gehe, um noch Hel ins Bett zu bringen, wartet diese bereits brav auf mich. Sie grinst mich über beide Ohren an. »Wann wirst du wiederkommen?«

»In ein paar Monaten erst, Süße«, gebe ich traurig von mir.

»Rufst du mal an?«

Ich lächle sanft und drücke ihr einen Kuss auf die Stirn. »Fest versprochen.«

Als ich sie schließlich zudecke und sie noch einmal liebevoll an mich drücke, flüstert sie leise: »Ich habe dich ganz doll lieb.«

Das treibt mir kleine Tränen in die Augen. »Ich dich mehr.«

Wir lösen uns voneinander und Hel kuschelt sich unter die Decke. Sie schließt die Lider und ich bleibe noch für den Moment stehen, um mir ihre unschuldigen Gesichtszüge einzuprägen.

Ich habe Angst um sie, besonders wenn ich nicht mehr da sein werde. Ihre Entführung hat mich neben den Gefühlen für Autumn sehr beunruhigt. Gestern Abend habe ich auch zum ersten Mal die Tür richtig verriegelt, damit niemand eindringen kann.

Genau dasselbe mache ich heute auch.

Ich gehe aus Hels Zimmer und laufe auf unsere Haustür zu, um den Schlüssel umzudrehen.

Mel, die auf der Couch sitzt, hebt eine Augenbraue. »Das hast du schon einmal gemacht.«

Ich seufze und lasse mich neben sie auf das Sofa fallen. »Seit Hels Beinah-Entführung habe ich ein bisschen Angst um euch beide.«

Sie lächelt und streicht mir über die Wange. »Quatsch. Mach dir keine Sorgen. Hier würde niemand einen Einbruch wagen. Die Nachbarn würden alles mitkriegen. Die Wände sind so dünn …«

Ich schließe sie in meine Arme. »Trotzdem. Versprich mir, dass du jeden Abend die Tür zusperrst, ja?« Die Gestalten in der Gasse, die ich gestern gesehen habe, kommen mir in den Sinn. »Nur für alle Fälle.«

Mel nickt. »Also gut.«

Als ich mich wieder von ihr lösen will, nimmt sie mein Gesicht in beide Hände. »Ich habe mit Stella gesprochen und sie erzählte mir, dass sie beunruhigt ist wegen der Aktivitäten im Norden.« Das muss sie von Nico erfahren haben. »Wirst du auch dort eingesetzt?«

Während ich im ersten Moment krampfhaft überlege, was ich erwidern soll, kennt sie bereits die Antwort. Ich schenke ihr ein aufmunterndes Lächeln. »Mir wird schon nichts passieren, Mel.«

Sie atmet angespannt aus. »Pass auf dich auf, ja?«

»Mach ich«, flüstere ich.

Als wir uns wieder dem Fernseher widmen, kuschle ich mich zu ihr unter die große Decke und sehe mit ihr schweigend eine Serie.

Schließlich bemerke ich nach einiger Zeit, dass mir die Lider zufallen, und ich begebe mich nach unten in den Keller zu meinem Zimmer. Dort lege ich mich erschöpft auf die Matratze und schließe müde die Augen.

Nur wenige Minuten später bin ich eingeschlafen.

Der nächste Morgen fühlt sich furchtbar an, da mein Wecker mich aus dem Tiefschlaf reißt. Mit einem qualvollen Stöhnen erhebe ich mich aus dem Bett und schlüpfe in meine Kundschafter-Rüstung, die der des Militärs sehr ähnlich sieht. Da ich gestern Abend meine Reisetasche gepackt habe, brauche ich diese nur noch über meine Schulter zu schwingen und aus dem Haus zu verschwinden. Frühstücken werde ich auf der Fahrt zum Außenposten.

Oben schnappe ich mir eine Wasserflasche und klemme mir diese unter den Arm. Als ich im selben Moment das Haus verlassen will, höre ich in Hels Zimmer etwas poltern, gefolgt von kleinen Schritten.

Skeptisch laufe ich auf ihre Tür zu und schaue noch einmal zu ihr hinein. Prüfend blicke ich durchs Zimmer und beäuge Hel auf dem Bett. Sie schläft seelenruhig und ihre Haare sind ziemlich zerzaust, als hätte sie sich hin und her gewälzt. Womöglich hat sie nur schlecht geträumt.

Kopfschüttelnd schließe ich wieder die Tür und verlasse das Haus.

Auf der Straße steige ich in die alte Straßenbahn ein und lasse mich bis zur Station am Tor bringen. Dort stehen bereits die vielen Wagen auf den Parkplätzen, da ich und Maty nicht die Einzigen sind, die zurück zum Außenposten müssen.

Die Mannschaft begrüßt mich mit einem breiten Grinsen, als ich zwischen den vielen Autos an den kleinen Kaffeestand vortrete, den man vor einigen Jahren für uns eingerichtet hat. Da sich hier morgens viele Leute tummeln, um auszufahren oder zurückzukommen, holen sie sich am kleinen Automaten meistens noch einen Kaffee.

Der blonde Lockenkopf mit dem frechen Grinsen im Gesicht ist Maty. Er winkt mich zu sich und den Jungs, als diese am Stehtisch ihr Heißgetränk trinken.

»Hey Leute«, begrüße ich die anderen, die es mir gleichtun. Mein Blick gleitet zu Maty. »Kann ich meine Tasche schon ins Auto stellen?«

Er nickt und holt den Schlüssel aus seiner Hose. Als er den Wagen aufsperrt, sehe ich in der fünften Reihe, wie die Lichter eines schwarzen Pick-ups aufblinken. Dankend gehe ich auf das Auto zu und lege meine Sachen auf die hinteren Sitze, auf denen auch die von Maty liegen.

Als ich auf die Ladefläche schaue, befinden sich dort einige Geräte und Ausrüstungsgegenstände, die wir wohl zu unserem Außenposten bringen sollen. Die Waffenkisten, die am Boden doppelt und dreifach gesichert wurden, beunruhigen mich. Wozu brauchen wir so viele? Eigenartig.

Da es mich recht wenig kümmert, was von oben angeordnet wurde – *solange es nicht mich betrifft* – schließe ich die Tür und gehe wieder zu Maty.

Als ich auf den Stehtisch blicke, steht dort bereits ein Kaffee im Plastikbecher für mich. Ich lehne den Kopf kurz an seine Schulter. »Ah, du bist der Beste.«

Er nippt an seinem Heißgetränk und zwinkert mir zu. »Für meine Partnerin doch immer.«

Nachdem ich ebenfalls einen Schluck von meinem frisch gebrauten Kaffee getrunken habe, sehe ich zu den anderen vier Jungs, die mit uns am Tisch stehen. »Wisst ihr schon, weshalb wir abgezogen wurden? Was befindet sich denn im Norden?«

Plötzlich merke ich, wie die Stimmung kühler wird und eine geladene Spannung in der Atmosphäre liegt. Die Jungs rücken näher zusammen und beugen sich über den Tisch.

Jeremy – ich meine, so heißt er – macht als Erster den Mund auf. »Nun ja, man erzählt sich, dass die Havering-Company ein weiteres Institut baut.«

»Was?«, entfährt es mir. »Noch eine Wunschkinder-Fabrik? Spinnen die? Und wieso so nah an unserer Stadt und dann auch noch mitten im Nirgendwo?«

Maty seufzt traurig. »Liegt das nicht auf der Hand, Lara?«

Alle schweigen – ich ebenfalls.

*Wegen uns.*

Sie glauben, sie haben leichtes Spiel mit Wunschkindern, die nie als Menschen akzeptiert wurden, weil sie ihre eigene Kolonie gründeten.

Ich weiß nicht, wieso mir das in den Sinn kommt. Aber augenblicklich muss ich an Katy denken. Sie ist eine Special Edition … genau wie meine Tochter … und beide wurden entführt – zumindest Hel beinahe. Ich bin zwar keine Stadtwache, die solche Fälle ermittelt, aber trotzdem habe ich das ungute Gefühl, dass alles miteinander zusammenhängt.

Weil ich Mel nicht beunruhigen will, greife ich zu meinem Handy, das so dünn wie eine Glasplatte ist. Ich tippe darauf eine kurze Nachricht für Autumn ein, da wir gestern unsere Nummern ausgetauscht haben, und bitte ihn darin, ein Auge auf Hel zu werfen. Sie soll nirgendwo allein hingehen. Wenn er ab und an bei ihr vorbeischaut, würde er mir damit schon sehr unter die Arme greifen.

Ich hoffe, er liest die Nachricht, wenn er aufwacht.

»Bin mal gespannt, was uns erwartet«, meint Jeremy und trinkt den letzten Schluck seines Kaffees aus.

»Ich würde sagen, dann fahren wir mal los. Auf geht's ins neue Gebiet«, sagt Maty, als wir alle unsere Pappbecher geleert haben. Wir schmeißen sie am Kiosk in den Mülleimer und jeder kehrt zu seinem Pick-up zurück. Es dauert, bis wir durch das Tor fahren und ich endlich mit Maty allein bin.

»Du denkst also, dass sie das Institut absichtlich in unserer Nähe gebaut haben, weil sie es auf die Kinder abgesehen haben?«, frage ich interessiert.

Sein Blick bleibt ausdruckslos auf die Straße gerichtet. »Du kennst doch noch Gordan und Joy, oder?«

»Ja, sie waren im Norden stationiert.«

»Lika, Rems, Alli und Prick?«, fragt er einfach weiter.

Ich ziehe die Augenbrauen zusammen. Wieso nennt er mir all diese Namen?

Als er merkt, dass ich auf eine Erklärung von ihm warte, seufzt er schwer. »Versprich mir, dass du kein Wort sagst – zu niemandem, Lara.«

Er macht mir Angst. So kenne ich Maty gar nicht. »Ich werde schweigen.«

Er presst die Lippen aufeinander und sein Gesichtsausdruck wirkt besorgt und ängstlich zugleich. »Sie sind alle verschwunden.«

»Was?!«, platzt es aus mir heraus und ich spüre, wie laut mein Herz gegen den Brustkorb schlägt. »Was soll das heißen, ›verschwunden‹? Sie können doch nicht einfach …«

Matys Hände umfassen verkrampft das Lenkrad. »Doch, können sie, Lara. Sie waren im Norden stationiert und nicht nur sie sind offensichtlich verschwunden. Es kommen noch einige andere dazu.« Er schlägt mit geballter Faust auf das Armaturenbrett. »Und ich schwöre bei Gott, dass es dieses verfluchte Institut ist, aber ohne Beweise können wir nichts tun. Rick, Malcom und Delia sind ratlos. Sie können keine Klage einreichen, wenn es keine Beweise dafür gibt, dass das Institut dafür verantwortlich ist.«

»Scheiße«, entfährt es mir und ich lasse mich in den Sitz fallen. Die Situation ist doch heikler, als ich gedacht habe. »Hel wurde beinahe entführt, Maty.«

Er sieht entsetzt zu mir. »Was? Wie? Wann?«

»Vorgestern. Wir haben es der Stadtwache gemeldet und sie ermitteln nun. Ich habe Angst um sie und Mel«, gebe ich mit einem schweren Seufzer zu.

»Aber Hel geht es doch gut, oder?«, will er wissen.

Ich nicke.

»Denkst du etwa, sie sind jetzt sogar in MRD?«

»Du kennst doch Grace' Tochter Katy, oder?«, stelle ich als Gegenfrage.

»Ja, klar.«

»Und dass ihre Tochter verschwunden ist, weißt du auch.«

Er schließt kurz die Augen, als er versteht, was ich ihm damit sagen will. »Verfluchte Scheiße …«

»Hel wäre bestimmt die Zweite gewesen, wenn sie nicht jemand gerettet hätte.«

»Wer?«, fragt Maty verwundert.

Ein warmes Kribbeln durchfährt mich. »Ein Mann. Ich bin ihm dafür immer noch sehr dankbar.«

»Wir müssen die Situation in den Griff kriegen. Das kann so nicht weitergehen. Wenn wir doch nur Beweise dafür finden würden, dann könnten wir das Institut anzeigen und bei den Städtern Klage einreichen«, erklärt er, doch in seiner Stimme liegt Verzweiflung.

Wer auch immer das Institut leitet, geht verdammt clever vor. Keine Zeugen, keine Beweise.

»Wenn wir gleich da oben ankommen, versprichst du mir, nirgendwohin allein zu gehen, okay? Ich komme mit dir, selbst wenn es nur wenige Schritte vom Außenposten sind.« Sein Körper spannt sich nervös an. »Ich will dich nicht auch noch verlieren, Lara.«

Ich sehe ihn zuerst überrascht an, doch dann greife ich nach seiner Hand und lächle. »Ich dich auch nicht. Uns werden sie nicht so schnell kriegen.«

Maty ist schon, seit ich bei den Kundschaftern bin, mein Partner. Wir haben bereits viele knifflige Situationen durchgestanden, doch immer wieder hat unser Zusammenhalt bewiesen, dass wir ein gutes Team sind. Wenn ich nicht mehr weiterwusste, war Maty für mich da – genauso umgekehrt. Manchmal glaube ich, dass er der Bruder ist, den ich niemals hatte.

Auf der restlichen Fahrt schweigen wir und hängen unseren eigenen Gedanken nach.

Am Außenposten fahren wir aufs Gelände und suchen uns einen freien Parkplatz zwischen den vielen anderen Pick-ups.

Als wir aussteigen, läuft Maty Richtung Lagerraum. »Du kannst schon mal die Sicherungen losmachen. Ich geh grad eine Ladefläche holen, dann können wir das Zeug draufpacken.«

Zur Bestätigung nicke ich und sehe, wie Maty zwischen den Autos verschwindet. Ich klettere den Pick-up hoch und beginne die

Schnallen an den Waffenkisten zu lösen. Im Augenwinkel erhasche ich eine schwarze Wolldecke, die für mich so überhaupt nicht zum Warengut gehört, und gehe auf diese zu.

Als sie sich bewegt und zwei kleine Arme unter der Decke hervorschnellen, schaue ich in die haselnussbraunen Augen von Helena. Mir klappt die Kinnlade herunter.

»Bitte sei nicht böse, Tante!«

Ich bin so entsetzt von dem, was ich sehe, dass ich vorerst nicht weiß, ob ich schreien oder weinen soll. »Was tust du hier?«, brülle ich wütend.

Sie zieht die Decke schützend vor sich und sieht mich reumütig an. »Ich wollte doch nur einmal mit dir kommen.«

»Helena, du hast Schule und deine Mutter wird …« Als mir Mel in den Sinn kommt, halte ich den Atem an. Mel wird ausflippen, wenn sie merkt, dass Hel nicht mehr in ihrem Zimmer ist.

»Los, aufstehen. Wir rufen sofort deine Mom an.«

Sie sieht mich beleidigt an. »Oh Mann …«

»Ich fasse es einfach nicht«, gebe ich aufgebracht von mir.

Nachdem ich hinuntergeklettert bin, greife ich nach Hels ausgestreckten Armen und hebe sie vom Pick-up herunter. »Sei nicht böse mit mir.«

Als wir beide stehen, beuge ich mich leicht zu ihr hinab und zeige ihr schimpfend den Zeigefinger. »Hel! Hier ist es gefährlich und das ist kein Ort für kleine Kinder!«

Sie hat den Blick gesenkt und presst sich ihren blauen Elastic-Robot-Rucksack an die Brust.

Im selben Moment kommt Maty zwischen den Autos hervor und blickt mit demselben Entsetzen, wie ich es vorhin tat, zu Hel. »Oh, das ist nicht gut.«

»Sie hat sich auf der Ladefläche des Pick-ups versteckt«, erkläre ich und Hel scheint sich dafür noch mehr zu schämen.

»Ich sag dem Vorgesetzten Bescheid, damit wir Melanie informieren können«, schlägt Maty vor und läuft wieder zurück zum Gebäude.

Ich nehme Hel an der Hand, die kein einziges Wort mehr sagt. Auch wenn ich unglaublich wütend darauf bin, dass sie es geschafft hat, mir von der Wohnung bis zum Wagen unauffällig zu folgen, bin ich dennoch erstaunt darüber, dass eine Achtjährige dazu imstande ist.

Als wir an einigen Soldaten vorbeigehen, blicken uns diese fassungslos nach. Sie sehen wohl zum ersten Mal ein Kind bei uns auf der Station, was ich ihnen nicht verübeln kann.

Gerade als ich die farblosen Flure mit dem Linoleumboden betrete, kommt Maty mir mit dem glatzköpfigen Vorgesetzten entgegen. Er schnaubt wütend und ich bleibe wie erstarrt stehen. Dabei ziehe ich Hel nah an mich, denn sie soll nicht noch mehr Angst bekommen, als sie sowieso schon hat.

»Rise!«, brüllt er meinen Nachnamen. »Was hat das zu bedeuten? Hier dürfen keine Kinder hin.«

»Sir, Sie haben versprochen, nicht laut zu werden«, versucht Maty ihn zu beschwichtigen. »Sie erschrecken das Mädchen.«

Ich spüre, dass Hel neben mir zu zittern beginnt. Sie drückt sich so fest an mich, dass ich glaube, sie fängt jeden Moment an zu weinen, wenn mein Vorgesetzter nicht bald sein lautes Organ in den Griff bekommt. »Ich kann das erklären, Sir.«

Stampfend bleibt er vor mir stehen und schnaubt verächtlich. »Minderjährige sind strengstens untersagt. Was hat also dieses Kind hier zu suchen?«

Ich hebe das Kinn und stemme meinen freien Arm in die Hüfte. »Dieses Kind ist meine Nichte und ich würde Sie bitten, sich jetzt zu beruhigen.« Mein Blick verfinstert sich. »Bei allem Respekt, Sir, aber zügeln Sie Ihr Temperament!«

Erst im Nachhinein bereue ich, was ich gerade gesagt habe. Sein Gesicht wird roter, beinahe wie eine Tomate. Ich nehme einen Schwall Luft und versuche mich auf die geladene Wut meines Vorgesetzten einzustellen.

Doch statt erneut angebrüllt zu werden, stößt er die angestaute Luft aus und verschränkt die Hände hinter dem Rücken. Die rote Farbe seiner Haut nimmt ab und er wirkt schon beinahe besänftigt. »Sie und das Kind bekommen ein Einzelzimmer – nur für eine Nacht. Wir können jetzt niemanden zurückschicken, da die Schranken nur zwischen fünf und acht Uhr morgens geöffnet sind. Außerdem müssen die Pick-ups entladen werden, was wohl noch einiges an Zeit in Anspruch nehmen wird«, befiehlt er mit fester und dunkler Stimme.

»Ja, Sir«, antworte ich und klinge beinahe schon kleinlaut – *oder auch dankbar.*

»Pier! Sie helfen draußen, die Ladung zu verfrachten, und ich begleite Rise und das Kind zu ihrem Zimmer«, kommandiert er und wir gehorchen.

Schweigend folgen wir meinem Vorgesetzten und stehen vor einer Metalltür, die mir eher wie eine Gefängniszelle vorkommt. Er öffnet diese und wir treten ein. »Pier wird euch die Sachen bringen. Wenn Sie telefonieren müssen, an der Wand finden Sie ein Telefon.«

Handys sind hier verboten und müssen abgegeben werden, sobald man einen Außenposten betritt. Man befürchtet, dass irgendwelche Informationen nach außen gelangen. Die eigenen Telefone des Außenpostens werden überwacht.

Ein Störsender sorgt außerdem dafür, dass weder irgendwelche Signale ins Gebäude eindringen, noch dieses verlassen.

Ich nicke und er schließt die Tür.

Hel setzt sich auf das Metallbett und legt sich auf die Matratze. Dann fängt sie an zu schluchzen und drückt ihr Gesicht in das weiße Laken.

»Es tut mir so leid, Tante Lara«, schluchzt sie und ich setze mich zu ihr an den Rand.

»Warum machst du auch so etwas, Hel? Du weißt ganz genau, wie oft ich dir gesagt habe, dass hier keine Kinder sein dürfen«, erkläre ich mit sanfter Stimme. Ihre Tränen lassen meine Wut verschwinden.

»Kannst du bitte Momy anrufen? Ich will nach Hause«, weint sie.

Ich streiche ihr eine Strähne aus dem Gesicht und atme die gestaute Luft aus. »Ja, warte.«

An der gegenüberliegenden Wand entdecke ich ein Telefon. Ich gebe Mels Nummer ein und lasse es klingeln.

Nach nur zwei Freizeichen geht sie endlich ran. »Lara?«, ertönt ihre verschlafene Stimme. Sie muss mich in der Kamera sehen, weswegen sie mich auch gleich erkannt hat. »Warum rufst du an?«

»Schau mal, wo sich deine Tochter befindet«, seufze ich und trete beiseite, sodass sie Hel entdeckt, die ängstlich zu uns blickt.

»Was zum …?«, ertönt es und die Telefonkamera schwankt stark. »Helena Alexandra Rise! Was machst du in einem Außenposten?!«, kreischt Mel außer sich. »Oh Gott, Lara, wie konnte das nur passieren?«

Ich rümpfe die Nase. »Sie ist mir nachgelaufen und hat sich auf der Ladefläche meines Pick-ups versteckt«, erkläre ich in einem strengen Ton.

Mel massiert mit zitternden Fingern ihre Stirn. »Ich kann das gerade nicht fassen.«

Bevor Mel endgültig die Nerven verliert, will ich sie beruhigen. »Keine Sorge. Wir können heute nicht mehr zurückfahren, aber morgen bringe ich sie nach Hause. In Ordnung?«

»Das hat Konsequenzen, Fräulein!«, ruft Mel wütend.

Ich sehe, wie Hel zusammenzuckt und vom Bett aufsteht. Sie läuft zu mir herüber und wischt sich die Tränen von der Wange. »Es tut mir doch leid, Momy.«

»Eine einfache Entschuldigung reicht nicht. Du hast erst einmal Hausarrest«, kündigt Mel an. Sie atmet genervt aus. »Ich muss mich jetzt für die Arbeit fertig machen, Lara. Wann werdet ihr morgen ungefähr da sein?«

»Sehr früh. Gegen sechs Uhr«, antworte ich.

Sie zieht die Augenbrauen zusammen und sieht zu Hel. »Pünktlich für die Schule, die du heute auch verpasst.«

Ich presse die Lippen aufeinander, als ich merke, dass Hel wirklich einsieht, dass sie einen Fehler gemacht hat. Sie beginnt erneut zu weinen und klammert sich an meine Hüfte.

»Wir sehen uns dann morgen, Mel«, verabschiede ich mich. Sie nickt nur und ich beende durch einen Knopfdruck das Telefongespräch.

»Das war ganz doof von mir, Tante Lara«, schluchzt Helena.

Ich nehme sanft ihre Arme und sehe sie einfühlsam an. »Ja, das war eine ganz dumme Aktion. Dir hätte etwas auf dem Pick-up passieren können, Hel, und niemand hätte Bescheid gewusst. Versprich mir, dass du so etwas *nie* wieder machst, verstanden?«

Sie nickt und wischt sich über die feuchte Nase. »Versprochen.«

»Gut.«

Den restlichen Tag verbringen wir in der Kantine oder im Gemeinschaftsraum, in dem ich wieder das Tuscheln und verstohlene Blicke über mich ergehen lassen muss. Einige fragen mich auch, weshalb ich ein Kind dabeihabe und warum es die Erlaubnis hat, hier einfach herumzulaufen. Meistens muss ich ihnen dann immer wieder dieselbe Geschichte erzählen, was sehr mühsam ist.

Am Abend lege ich mich mit Hel ins Bett, da sie heute allein nicht schlafen kann. Als wir die Augen schließen, erzähle ich ihr noch ein wenig von meinen harmlosen Geschichten als Kundschafterin und merke, wie sie dabei einschläft.

Ich tue es ihr gleich.

# AUTUMN

*Am selben Tag …*

Als ich am Morgen erwache, lese ich eine Nachricht von Leaf. Sie beinhaltet, dass sie Angst um Melanie und Hel hat wegen der beunruhigenden Gerüchte aus dem Norden und der versuchten Entführung. Erst da wird mir klar, dass ich total vergessen habe, ihr zu sagen, wer das Institut leitet.

Hel hat mich seit dem Tag, an dem ich es erfuhr, vollkommen aus der Bahn geworfen. Ich hatte nur noch sie im Kopf, weil es mich gleichzeitig freut und auch fertigmacht, zu wissen, dass ich ein eigenes Kind habe. Dazu kommen noch die fehlenden Erinnerungen, von denen ich nun weiß, dass sie irgendwo tief in mir existieren.

Ich fahre mir verärgert durchs Haar. Leaf hätte von Adam wissen müssen. Vielleicht liest sie noch meine Nachricht, wenn ich auf ihre antworte. Der Gedanke muntert mich auf und ich tippe auf die glasbeschichtete Fläche alles ein, was ich bisher über Adam in Erfahrung gebracht habe.

Da ich noch immer keine Rückmeldung der drei Richter bekommen habe, beschließe ich, am Morgen etwas zu frühstücken und mich am späten Nachmittag auf den Weg zu Melanie zu machen.

Als ich gerade an ihre Tür klopfe, schaut sie mich verwundert an. »Aaren«, begrüßt sie mich. »Was tust du hier?«

»Lara hat mich gebeten, nach euch zu sehen. Sie ist sehr besorgt«, erkläre ich.

Sie nickt und schiebt die Tür weiter auf. »Komm rein.«

Dankend gehe ich ins Haus hinein und halte beinahe schon instinktiv nach Hel Ausschau. Doch ihre Zimmertür steht offen und es ist beunruhigend still. Gerade als ich mich zu Melanie umdrehen will, um sie zu fragen, wo meine Tochter – *Gott, ist das ungewohnt, so etwas zu denken* – ist, setzt Mel sich betrübt an den Esstisch.

»Dann hast du es noch nicht mitbekommen?«

Mein Herz macht einen angstvollen Sprung gegen den Brustkorb. »Was?«

»Hel ist bei Lara. Sie ist ihr nachgeschlichen und hat sich auf ihrem Pick-up versteckt. Lara wusste nichts davon. Sie war ebenfalls vollkommen aufgelöst, als sie Hel auf der Ladefläche fand. Sie bringt sie morgen zurück«, erzählt Melanie mit Bedauern.

Ich stoße erleichtert die Luft aus. Mir gingen weitaus schlimmere Gedanken durch den Kopf. Seit der Beinah-Entführung bin ich mehr als beunruhigt. »Warum hat sie das getan?«

Mel seufzt frustriert. »Weil sie vollkommen fasziniert davon ist, was ihre Mutter tut. Sie will später auch Kundschafterin werden und genau wie Lara aus der Stadt raus. Doch alles, was außerhalb von MRD geschieht, ist sehr gefährlich für jemanden ohne Menschenrechte.«

Da gebe ich ihr recht.

Sie massiert sich die Stirn. »Blut ist dicker als Wasser. Das war schon immer so. Auch wenn Hel es nicht weiß, spürt sie ihre Mutter. Sie ist genau wie sie. Mutig, liebenswürdig und abenteuerlustig.«

»Aber du warst all die Jahre an ihrer Seite, oder nicht?«, frage ich, um ihr das Gefühl, unwichtig zu sein, zu nehmen.

»Ja, das ist korrekt. Weißt du«, beginnt sie und seufzt schwer, »Lara hat damals lange mit sich gerungen, ob sie Hel abgibt oder nicht.« Sie legt sich eine Strähne hinter ihr Ohr. »Ihr ging es durch das furchtbar traumatische Erlebnis sehr schlecht. Sie war seelisch so kaputt, dass es beinahe vier Jahre brauchte, bis sie endlich unter Leute gehen konnte. Sie hatte vor allen Dingen Angst vor Fremden und ganz besonders vor Männern.«

Ich schlucke und kann mir vorstellen, was Adam mit ihr angestellt haben muss. Mir verpasst es eine eiskalte Gänsehaut.

»Das ist eine schreckliche Erfahrung«, hauche ich mitfühlend.

Mel nickt.

Im selben Moment vibriert mein Handy, und ich ziehe es aus der Hosentasche. Auch wenn ich gehofft habe, dass es Lara ist, die ständig in meinen Gedanken herumspukt, lese ich Myrs Namen. Gestern habe ich ihr meine Nummer hinterlassen, damit sie mich anrufen kann, um den Versuch zu wagen, meine Erinnerungen zurückzuholen. Sie sagte, sie hätte eine Idee, doch sie bräuchte noch ein wenig Zeit, um diese umzusetzen.

Ich hebe erwartungsvoll ab. »Ja?«

»Hey Aaren«, begrüßt mich Myr freundlich. »Ich bin so weit. Wenn du willst, treffen wir uns in der Bibliothek des PPW-Instituts. Weißt du, wo das ist?«

*Sie meint die Einrichtung für Psychologie, Politik und Wirtschaft.*

Es gibt einige Straßenschilder, die den Weg dorthin weisen. Der große Platz davor hat sogar eine eigene Haltestelle. »Wann soll ich da sein?«

»Ich bin schon dort«, erklärt sie. »Also am besten machst du dich sofort auf den Weg.«

»In Ordnung, dann bis gleich.«

Gerade als ich auflegen will, hält sie mich noch auf. »Warte, Aaren.« Ich lausche gespannt. »Bist du auch wirklich bereit dafür? Das, was ich dir gebe, ist etwas sehr Intimes und äußerst Privates. Lara würde mich umbringen, wenn sie es wüsste.«

Ihr Vorhaben bereitet mir Angst. »Was hast du vor, Myr?«

»Es ist besser, du kommst und siehst es dir selbst an. Bis gleich.«

»Bis gleich.«

Melanie schaut mich entgeistert an. »Du hast auch Kontakt zu Myr?«

Ich reibe mir nervös über den Nacken. »Ja, sie ist ebenfalls eingeweiht.«

»Was?«, entfährt es ihr erschrocken. »Wieso das denn? Wenn das jeder weiß, dann bald auch die ganze Stadt.«

Ich schüttle den Kopf. »Nein, das glaube ich nicht. Sie schweigt wie ein Grab. Das hat sie mir und Lara versprochen.«

Melanies Lippen werden zu einer schmalen Linie. »Also gut.«

»Ich muss los. Morgen komme ich wieder, okay?«, verspreche ich ihr.

Mit einem Nicken verabschiedet sie sich und ich stürme zur Tür hinaus. Für mich zählt nur noch ein Gedanke: Was hat Myr vor?

Die Neugierde treibt mich dazu, schneller zu gehen und ungeduldig zu werden, je näher ich dem Institut komme. Auf den Straßen ist einiges los, was sich auf dem großen Platz des Instituts wieder legt.

Als ich in den Eingang beinahe hineinstürme, laufe ich zum Informationstresen und frage nach der Bibliothek. Die dickliche Frau mit den kleinen Augen beschreibt mir den Weg, dem ich, ohne zu zögern, folge.

Während ich zwischen den Bücherregalen hindurchlaufe, bemerke ich ein Bett am Ende des Raumes. Es steht an einem großen Fenster, das von rotbraunem Gestein umrandet wird. Die gesamten Wände der Bibliothek bestehen daraus.

Auf einem der gegenüberliegenden Stühle entdecke ich Myr, die mich mit einem Lächeln begrüßt.

Mein Blick wandert zur Matratze und dem Metallgestell. Irgendwie macht es mir gerade Angst, als ich die Wörter ›intim‹ und ›Bett‹ in einen Zusammenhang bringe.

»Was hast du vor?«, frage ich skeptisch und bleibe angespannt stehen.

Myr deutet mit einem Kopfnicken auf das Bett. »Unsere Institute waren vor acht Jahren mit flüchtenden Produkten überladen. Wir bekamen eines nach dem anderen herein, verletzte oder traumatisierte. Lara war eine von ihnen und aufgrund des Platzmangels mussten wir sie hierher verlegen, eine Bibliothek, die nur von wenigen genutzt wird. Nach zwei Monaten, als die Sommerzeit vorbei war und die Blätter von den Bäumen fielen, erwachte sie dann endlich. Doch weshalb, das konnten wir uns bisher nie erklären. Lennard Paul hat schließlich erst seit Neustem herausgefunden, dass viele Funktionen der Special Editions durch Schlüsselwörter ausgelöst werden.«

Wegen des Computers in unseren Köpfen? Mir ist er lange Zeit nicht bewusst gewesen, da er nie ein Zeichen von sich gibt. Ich träume, atme, lebe, spreche und reagiere wie ein ganz normaler

Mensch. Auch wenn alles an mir künstlich sein soll, besteht unser Körper doch aus etwas Organischem.

Myr erhebt sich und geht auf das Fenster zu. Die Bäume sind beinahe kahl, die Welt ist in eine braunrote Decke gehüllt und wirkt dadurch farbenfroh.

*Autumn …* wieso habe ich diesen Namen? Ob er wirklich etwas mit der Jahreszeit zu tun hat?

»Jedenfalls nahmen wir Lara bei uns auf und gaben ihr ein Zuhause. Nico hat sie jahrelang psychologisch betreut und ich habe mich weiterhin um sie gekümmert. Sie bekam ein eigenes Zimmer, brachte dann Hel auf die Welt und gab sie in Melanies Obhut. Sie einigten sich darauf, dass sie die Tante ihres Kindes bleiben darf, um den Kontakt nicht vollkommen abzubrechen, denn sie sagte immer, dass sie das nicht ertragen würde.« Myr sieht mich hoffnungsvoll an. »Sie hat mir nie deinen Namen genannt, geschweige denn mir beschrieben, wer du wirklich gewesen bist. Sie meinte lediglich, dass Hel deine Merkmale geerbt hat und sie jedes Mal dich sieht, wenn sie ihre Tochter anblickt.«

Was auch wahr ist. Hel besitzt dieselben Farben und Nuancen wie ich.

»In den vier Jahren, in denen wir uns die Mühe gaben, ihre Angst zu bändigen, riet Nico ihr, Tagebuch zu schreiben und zu versuchen, das Geschehene in Worte zu fassen. Denn sie konnte darüber nicht sprechen, weil sie jedes Mal in Tränen ausgebrochen ist, sobald man sie daran erinnerte oder mit ihr darüber reden wollte.« Myr dreht sich zu mir um und geht auf mich zu. Sie hat ein kleines Lederbüchlein in der Hand und hält es mir hin. »Ich weiß, so etwas soll man nicht tun. Nicht einmal Nico weiß davon. Irgendwann habe ich sie beobachtet, wie sie ein geheimes Fach dafür gefunden hat, um es vor unseren Augen zu verstecken.« Sie senkt den Blick und atmet schwer aus. »Das, was sie geschrieben und beschrieben hat, lässt sich beinahe nicht in Worte fassen. Sie schreibt vor allem viel über dich, deine Persönlichkeit und über die Liebe, die sie für dich empfand. Ich habe Lara nie erzählt, dass ich es gelesen habe. Ich glaube, das hätte ihr sehr wehgetan. Im letzten Jahr ihrer Therapiestunden hat sie es kaum noch angerührt und muss es wohl in der Bibliothek vergessen haben.«

Ich betrachte staunend das Buch und nehme es mit zitternden Händen an mich. Plötzlich bin ich mir gar nicht mehr so sicher, ob ich es lesen will.

Was ist, wenn ich wirklich dafür verantwortlich bin, dass ich Leaf zurückgelassen habe? Wenn es sogar meine Schuld ist, dass sie ein solches Leid ertragen musste?

Mir wird ganz seltsam bei dem Gedanken, in den geheimsten und intimsten Erinnerungen einer anderen Person herumzuschnüffeln. Doch was ist, wenn es die einzige Möglichkeit ist, die Wahrheit herauszufinden? Wenn nur ihre Gedankenwelt meine eigene wiederherstellen kann?

Myr schenkt mir ein Lächeln. »Lass dir Zeit. Du musst es nicht heute lesen. Wenn du mich jedoch brauchst, dann kannst du mich jederzeit anrufen. Ich werde noch ein wenig bei Stella sein. Sie arbeitet auch hier. Ich bin also nicht weit weg.«

Ich nicke dankbar.

Als ich höre, wie sie aus dem Raum verschwindet, setze ich mich auf das Bett und schlage die erste Seite auf. Die Blätter haben ihr strahlendes Weiß verloren und sind nun eher cremefarben und welliger. Ich erkenne Dellen im Einband und Stiftabdrücke.

Bevor ich die erste Zeile lesen will, denke ich noch einmal an die Leaf, die ich als Aaren kennengelernt habe. Diese Bindung zwischen uns … als wäre sie besonders. Auch wenn ich mich schlecht fühle, da ich bereit bin, Leafs tiefste Erinnerungen zu erforschen, sagt mir irgendetwas, dass es mir helfen wird, den verlorenen Teil meiner Vergangenheit zurückzuerlangen. Außerdem habe ich nicht nur Erinnerungen verloren, sondern auch Gefühle. Gefühle für Leaf.

Ich atme tief ein und aus und beginne das erste geschriebene Wort zu lesen.

25. November …

Ich hasse den Schnee. Er ist kalt, nass und ungemütlich.

Wenn Nico meine Sitzung beendet hat, setze ich mich ans Fenster des Sprechzimmers und suche verzweifelt nach Farben. Doch alles ist in ein Weiß gehüllt. Weiß wie die Farbe des Instituts. Bettlaken, Wände, Fliesen, das Nachtschränkchen, Türen, Fensterrahmen. Ich mag diese Farbe nicht. Sie lässt mich frieren und bereitet mir Angst.

Genau wie die Farbe Rot. Rot wie das Kleid, das Blossom tragen sollte.

Wer ist Blossom? Ich merke, dass Leaf das Institut mit Hass und Enttäuschung verließ. Schließlich wurde sie an den meist gefürchteten Mann verkauft.

12. Dezember ...
Ich habe beschlossen, zu versuchen über meinen Schatten zu springen. Ja, ich will es wirklich wagen. Nico sagt, dass es mich voranbringen könnte. Also beginne ich mit dem Tag, als ich das erste Mal den Herbstfarben begegne, in die ich mich langsam, aber sicher verliebt habe.
Es war Sommer und die Sonne brannte mir heiß ins Gesicht. Ich saß draußen an die Mauer gelehnt, die uns von der Außenwelt trennte. Mir fiel auf, dass ich beobachtet wurde, doch wusste ich nicht genau, aus welcher Richtung die Blicke kamen. Als ich schließlich nicht allzu weit entfernt in die braunen Augen blickte, spürte ich, wie mein Herz höherschlug.

Unter meiner Schädeldecke bricht ein unerträglicher Schmerz aus und ich höre eine mir bekannte Stimme im Kopf.

*»Sie erinnern mich an den Herbst, wenn die braunen Blätter von den Bäumen fallen und der Welt warme Farben verleihen.«*

Das Pochen verschwindet, genau wie die Stimme.

2. Juni ...

Es fühlt sich mittlerweile so gut an, darüber zu schreiben. Ich fühle mich viel besser und habe das Gefühl, darüber zu sprechen, auch wenn ich es nicht tue.

Vor allen Dingen schreibe ich so gern über Autumn. Ich vermisse ihn auf jede erdenkliche Art. Weshalb sich unsere Wege damals trennten, weiß ich nicht, doch die Tatsache, dass er in jener Nacht nicht zurückkehrte, schmerzt.

Bald ist wieder Herbst und ich freue mich darauf, in den herabgefallenen Blättern zu liegen und den grauen Himmel zu beobachten. Ich liebe die Farben dieser Jahreszeit, weil ich mich dann jedes Mal mit Autumn verbunden fühle.

Wie schmerzhaft muss es für Leaf gewesen sein, als sie immer wieder und wieder in die Augen von Hel schaute und gleichzeitig an mich denken musste?

Ich balle neben meinem Körper eine Faust und auch wenn ich es nicht erklären kann, überkommt mich eine unbeschreibliche Einsamkeit, begleitet von einer langen Sehnsucht, für die es keine Worte gibt.

15. Oktober …
Ich gebe es zu, dass ich für einen Moment die Kontrolle verlor und glaubte, in ein finsteres schwarzes Loch zurückzufallen. Als ich im Wald ein wenig spazieren war, fand ich einen Baumstamm, in den irgendein verliebtes Pärchen ein Herz mit ihren Vornamen eingravierte. Ich fuhr mit dem Zeigefinger die Linien nach und dann wurde mir eines klar.
Ich kann keinen anderen Mann lieben. Wer denkt nach fast einem Jahr noch immer sehnsuchtsvoll an eine Zeit zurück, von der er weiß, dass sie nie wieder zurückkehren wird? Das ist doch verrückt!
Ich bin verrückt!
Als mir das klar wurde, habe ich über zwei Stunden neben dem Baumstamm gesessen und geweint. Was bin ich nur für ein Wrack? Innerlich zerstört und äußerlich ein dummes Produkt, das in den Augen der Menschen nur Ware zum Verkaufen ist.

Mir ist es nicht einmal aufgefallen, dass ich weine. Erst als die Tränen auf meine Hand tropfen, wische ich sie mir von den Wangen und spüre einen unermesslichen Schmerz in meinem Inneren. Es fühlt sich an, als hätte ich einen unglaublich wichtigen Menschen verloren, der mir zuvor alles bedeutet hat. Sogar so viel, dass ich mein Leben jederzeit gegeben hätte, um das des anderen zu retten.

Das sind sehr starke Gefühle und ich weiß aus tiefstem Herzen, dass sie Leaf gewidmet sind. Mit jedem Wort, das ich lese, glaube ich, dass sich der Nebel in meinem Kopf löst.

23. August …
Heute wollte Nico den Namen von Autumn wissen und ich sollte ihm erzählen, wer er gewesen ist. Seitdem habe ich kein Wort mehr gesprochen, da sich ein dicker Knoten in meinem Hals gebildet hat. Ich weiß nicht wieso, aber ich habe das Gefühl, niemand würde meine Gefühle für ihn verstehen. Nico sagt immer, dass es wichtig ist, offen zu sprechen, doch das kann ich nicht. Autumn und Leaf sind ein Geheimnis, das zwei Menschen verbunden hat, die selbst ihren eigenen Tod in Kauf genommen hätten, nur um in Freiheit zu leben.
Wir gaben uns ein Versprechen. Ein sehr wichtiges sogar. Eines, das ich niemals wieder in meinem Leben vergessen werde.

Mein Herz schlägt mir bis zum Hals. Mir wird augenblicklich ganz heiß, mein Atem geht schneller und mein Körper bebt unentwegt. Ein … *Versprechen?*

Plötzlich weiß ich es. Ich kann … mich erinnern. Das Versprechen, das Leaf und ich uns immer gegeben haben. Es war so verdammt wichtig für uns.

In diesen Worten liegt so viel. Unsere Zukunft, unsere Gegenwart und die Vergangenheit. Autumn und Leaf sind keine Produkte. Sie sind Menschen. Sie können lieben, Schmerz empfinden, hungern, krank werden und eigene Entscheidungen treffen.

Aber vor allem sehen wir Hoffnung.

Hoffnung in unserer Zukunft.

*»Bis wir in Freiheit sind.«*

Plötzlich sinkt das Tagebuch in meiner Hand und ich spüre, wie Blut aus meiner Nase tropft. Die Kopfschmerzen werden so schlimm, dass ich laut aufschreie und mir die Finger an die Schläfen drücke.

Dann ertönt eine Stimme, an die ich mich ebenfalls erinnern kann.

*›Passwort akzeptiert. Daten werden wiederhergestellt.‹*

Sie ist schuld!

Nein.

Ich bin es selbst gewesen.

Eine Erinnerung von damals strömt mir durch den Kopf.

*Bitte lösch das.*

*Lösch die Erinnerungen.*

*Lösch den Schmerz.*

*›Formatierung des Speichers P556 wird vorbereitet …‹*

*›Sollen die Daten vorher gesichert werden?‹*

*Wer spricht da?*

*›Sollen die Daten vorher gesichert werden?‹, wiederholt sie.*

*Ja.*

*›Daten wurden gesichert. Möchten Sie das bisherige Passwort verwenden?‹*

*Ja. Was auch immer das bedeuten mag.*

*›Formatierung wird durchgeführt … Haben Sie einen Moment Geduld.‹*

*»Hier ist er. Wie Sie sehen, Miss Deel, ist er es nicht wert, gekauft zu werden. Gleich morgen werden wir ihn eliminieren«, ertönt eine bekannte Stimme in unmittelbarer Nähe.*

*»Nein, warten Sie. Ich will ihn trotzdem haben«, wendet eine Frau ein. »Wie viel wollen Sie für ihn?«*

*Der Mann zischt. »Ich gebe Ihnen einen Rabatt. Er ist defekt, deshalb sind wir dazu verpflichtet, ihn für einen billigeren Preis zu verkaufen. Immerhin unterschreiben Sie uns ja, dass Sie mit seiner eingeschränkten Funktionalität einverstanden sind. Er kann nicht gehorchen, seien Sie sich dessen bewusst.«*

*»Gut«, antwortet sie erleichtert. »Bereiten Sie alles vor. Ich kaufe ihn.«*

*Der Mann seufzt. »Wie Sie wünschen, Miss Deel.«*

*›Formatierung abgeschlossen. Neustart erforderlich. System wird neu gestartet.‹*

Ich war es gewesen. Ich ganz allein habe mir meine eigenen Erinnerungen genommen, weil ich es nicht mehr ertragen habe, was Leaf widerfahren ist, und weil ich sie nicht retten konnte.

Leaf … *sie lebt*. Ich habe geglaubt, dass sie es wegen Adam nicht schaffen würde. Doch sie lebt! Sie ist eine starke, selbstbewusste Mutter geworden.

Aber nicht nur das … Ich habe eine Tochter. Ich bin Vater, verflucht!

Mir werden plötzlich so viele Dinge klar, dass ich wütend auf den Boden schlage, als ich vom Bett gerutscht bin. Die Tränen rinnen mir über die Wangen, weil mir bewusst wird, dass ich durch das Löschen von Leaf ihr jahrelangen Schmerz bereitet habe. Dabei habe ich versprochen, mit ihr gemeinsam eine Zukunft aufzubauen und sie nie wieder allein zu lassen.

Gott, was habe ich getan? Ich hasse mich so sehr dafür.

Leaf hat vier Jahre lang mit ihrer Psyche gekämpft und ihre Tochter an Melanie abgeben müssen, weil sie es aus eigener Kraft nicht schaffte. Wenn ich doch nur da gewesen wäre, wenn ich doch nur …

Aber ich bin ein Feigling gewesen. Ich habe der Löschung zugestimmt und damit den wichtigsten Menschen, den ich je geliebt habe, vergessen. Nein, das kann man nicht verzeihen. *Niemals.*

*›Speicher P556 wurde erfolgreich wiederhergestellt.‹*

Der Computer in meinem Kopf hat nur Befehle ausgeführt und mir versucht den Schmerz zu nehmen, der mich geplagt hat, als ich festgestellt habe, dass Leaf Adam hoffnungslos ausgeliefert ist. Doch dann muss ihr eigener Computer sie gerettet haben, als sie ein furchtbares Erlebnis durchstand, das sie ganze vier Jahre eine Therapie kostete.

Die Reue ist so groß, dass ich meinen Tränensturz nicht stoppen kann. Ich fühle mich so unglaublich schlecht, weil ich mit dem Schmerz hätte leben *müssen*. Es sollte meine Sühne sein, dafür, dass ich nicht stark genug gewesen bin, Leaf zu retten. Aber ich habe es mir acht Jahre zu einfach gemacht. Ohne Erinnerungen kein Schmerz. Ohne Schmerz keine Reue.

Ich muss mich bei ihr entschuldigen und ihr sagen, dass es mir leidtut und wie sehr ich sie liebe. Sie soll wissen, dass nicht das Institut an meinem Gedächtnisverlust schuld ist, sondern ich selbst. Sie hat wegen mir lange allein gelebt und sich immer wieder die Frage stellen müssen, weshalb ich sie in jener Nacht zurückgelassen habe.

Als ich versuche mich zu erheben, sinke ich wieder auf den Boden zurück und spüre eine alles lähmende Kraftlosigkeit. Mein Körper zittert noch immer, als stünde ich unter Strom. Ich lege meine Stirn auf den Unterarm und lasse die Erinnerungen durch meinen Kopf streifen.

Ich hatte in den letzten acht Jahren ständig das Gefühl gehabt, dass mir etwas ganz Bedeutendes fehlt, es jedoch nicht mit Worten beschreiben können. Diese Empfindung ist jetzt verschwunden, weil es Leaf war, die mir gefehlt hat.

Aber … verdammt! Sie lebt. Wie oft habe ich mir ausgemalt, auf welche grauenvolle Weise sie durch Adam sterben würde? Vergewaltigung, Misshandlung, Folter, an ihren blutenden Wunden … Es gab tausend Möglichkeiten und jede davon wollte ich verhindern. Doch ich war nicht stark genug. Adam gewann, wenn auch nur für einen Moment.

Mein Ärmel hat sich mit meinen Tränen vollgesogen und meine Kraft kehrt nicht zurück.

Was war ich doch für ein elender Feigling …

Ich schwöre hiermit, dass mir das nie wieder passiert.

Ich werde Leaf nicht verlieren. Eher sterbe ich.

Tief einatmend hebe ich für den Moment den Kopf, um ihn dann wieder sinken zu lassen, als die Erschöpfung noch immer an mir nagt. Wenn sie morgen mit Helena zurückkehrt, werde ich sie davon überzeugen, in der Stadt zu bleiben. Adam ist viel zu gefährlich und wenn er sie wieder in die Finger bekommt …

Ich schwöre bei Gott, er wird büßen. Büßen für das, was er Leaf angetan hat. Ein solches Monster wie er hat den Tod verdient, wenn nicht noch weitaus Schlimmeres.

Mir ist nicht klar gewesen, dass beinahe eine ganze Stunde verging, bis ich all meine Erinnerungen verarbeitet habe. Sie durchströmen meine Gedanken wie ein unaufhaltsamer Tornado, hinterlassen nur Chaos und Schmerz. Doch als meine Wangen getrocknet sind und meine Kraft zurückkehrt, erhebe ich mich vom kalten Steinboden und setze mich aufs Bett, welches wohl das einzige hier ist.

Mit den Händen fahre ich mir über das Gesicht und gebe einen schweren Seufzer von mir. Meine Sehnsucht nach Leaf wird beinahe unermesslich. Ich muss mich zusammenreißen, um nicht sofort loszustürmen und sie aufzusuchen.

»Hey Aaren, ich wollte mal nach dir sehen und …« Myr hält kurz inne, als ich sie in unmittelbarer Nähe vermute. »Du blutest ja! Was ist passiert?«

Erst als ich auf den Boden blicke, bemerke ich die getrockneten roten Flecken auf dem Stein und dass auch meine Kleidung und meine Nase davon betroffen sind. Ich fahre mir unbewusst über die Haut an meinem Mund. »Viel.« Mein Blick gleitet in die Leere vor mir. »Zu viel.«

Myr hebt auf dem Boden das Tagebuch auf und legt es neben mich. »Warte, ich geh dir mal ein Tuch holen«, murmelt sie und verschwindet aus dem Raum.

Da Myr Leafs Tagebuch gelesen hat, kennt sie auch ihren Teil der Geschichte. Aber was würde sie zu meinem sagen?

Nach kurzer Zeit taucht Myr wieder auf und drückt mir ein feuchtes Tuch in die Hand.

Ich wische damit das Blut von der Nase und den Lippen. »Ich habe etwas Schreckliches getan«, hauche ich und muss erneut dagegen ankämpfen, sofort aufzustehen, um nach Leaf zu suchen.

Myr setzt sich nervös neben mich und legt ihre Hand auf meine Schulter. »Okay. Heißt das, du kannst dich wieder an alles erinnern?«

Ich nicke beinahe apathisch.

»Willst du … darüber reden?«, fragt sie mit Vorsicht.

Ich reibe mir erneut übers Gesicht und massiere wegen leichter Kopfschmerzen meine Schläfen. »Ich weiß nicht … Ich will zu Leaf …«

Sie blinzelt. »Leaf?«

»Lara«, flüstere ich und spüre, wie ich erneut gegen die Tränen kämpfen muss.

»Oh«, sagt sie und scheint sich wieder an die Tagebucheinträge zu erinnern. »Autumn und Leaf. Ich verstehe. Hast du sie damals wirklich verlassen?«, will sie wissen, fügt dann jedoch gleich reumütig hinzu. »Tut mir leid. Du musst das nicht erzählen, wenn du noch Zeit für dich brauchst.«

*Nein, davon habe nun wirklich mehr als genug vergeudet.*

Ich schüttle den Kopf. »Nein, mein Mentor hat mich ertappt und weggebracht. Dann haben sie ihr eine Lüge aufgetischt.«

Sie scheint zu verstehen und nickt. »Und deine Erinnerungen?«

Ich verspüre erneut die Reue, die schwerer wiegt als alles andere. »Der Computer hat Leaf aus meiner Datenbank gelöscht beziehungsweise weggesperrt.«

Sie reißt die Augen auf. »Im Ernst?«

»Nachdem ich versucht habe, das Auto einzuholen, mit dem Adam Leaf weggefahren hat, haben mich die Pfleger erwischt und weggebracht. An diesem Tag ist meine Rettung gescheitert und ich habe den Schmerz darüber nicht verkraftet, weil ich wusste, dass Leaf die Zeit mit dem Monster nicht überstehen würde.«

»Adam … Malone?«, fragt sie überrascht.

Ich nicke zur Bestätigung. »Dann erfuhr sie das große Leid und in all ihrer Qual muss sich der Computer ebenfalls abgeschaltet haben. Jedenfalls erzählte sie es mir so.«

Myr tippt sich nachdenklich ans Kinn. »Morgen wird sie mit Hel zurückkehren.« Sie lächelt mich aufmunternd an. »Dann kannst du ihr alles erzählen.«

Um jeden Preis. Ich muss mit ihr sprechen, sie in den Arm nehmen, sie an mich drücken und wissen, dass es ihr wirklich gut geht. Die zurückerlangten Erinnerungen geben mir all die Gefühle wieder, die ich empfunden habe, als ich Leaf verlor. Die Angst, dass Adam sie in die Finger bekommt, macht mich rasend.

Als die Aufregung größer wird, erhebe ich mich vom Bett und beginne auf und ab zu gehen. »Denkst du, ich könnte den Außenposten telefonisch erreichen? Nur für wenige Minuten.«

Myr presst die Lippen zusammen. »Nur Angehörige des Außenpostens können sich bei anderen melden. Umgekehrt lassen sie es nicht zu.«

Ich blase meine gestaute Luft aus. »Okay.«

»Es wird wieder alles gut, Aaren«, muntert mich Myr auf.

Aber ich kann nicht runterkommen. Nicht bevor ich mit Leaf gesprochen habe. Mein Herz rast wie wild in der Brust.

»Du wirst sehen, es ist schneller morgen, als du denkst.«

Doch das sind nur leere Worte, denn die Zeit bis dorthin ist beinahe unerträglich.

Die Nacht verbringe ich schlaflos.

Ich stehe am nächsten Morgen bereits gegen halb vier vor Melanies Haus und klingele. Schlaftrunken öffnet sie die Tür und sieht mich mit großen Augen an. »Aaren?«

Ich zucke mit den Schultern. »Tut mir leid, Melanie, aber ich konnte einfach nicht mehr schlafen.« Sie scheint noch immer nicht zu begreifen, was ich damit meine. »Ich erinnere mich wieder an alles und muss deshalb unbedingt mit Lara sprechen.«

»Also gut. Komm rein.«

Auf dem Sofa setzen wir uns hin und ich erzähle ihr Autumns und Leafs Geschichte. Melanie wirkt davon sehr gefangen, besonders als ich ihr von der Lüge berichte und dem Computerprogramm, das anscheinend auf unsere starken Emotionen reagiert.

»Unglaublich«, haucht sie am Ende. »Lara hat so viel durchgemacht.« Sie sieht mich mitfühlend an. »Ihr beide.«

»Deshalb ist es umso wichtiger, dass ich mit ihr spreche«, wiederhole ich noch einmal nachdrücklich.

»Sie wird bald da sein. Leg dich doch noch ein wenig schlafen, du siehst fertig aus«, sagt Melanie mütterlich und erhebt sich vom Sofa. »Ich geh mich umziehen.«

Als Stille einkehrt, nicke ich tatsächlich auf dem Sofa ein.

Doch es dauert nicht lange, bis Melanies sanfte Hände mich wach rütteln. »Aaren?«

Ich blinzele und reibe mir über die schweren Lider. »Ja?«

»Sie sollten längst da sein«, höre ich Melanie verunsichert sagen.

Wie mit kaltem Wasser abgeschreckt, springe ich vom Sofa auf. »Wie viel Uhr ist es?«

»Schon fast sieben. Sie wollten um sechs hier sein«, antwortet sie.

Warum brauchen sie so lange? Ob etwas schiefgelaufen ist? Nein, daran darf ich nicht denken. Es würde mich wahnsinnig machen, wenn Leaf in die Klauen von Adam geriete.

Nur wenige Sekunden später klingelt plötzlich das Telefon. Melanie hebt mit zitternder Hand ab. »Ja?« Skeptisch blicke ich zu ihr und kann die Angst in ihrem Gesicht sehen. »Was? Der Vorgesetzte von Lara? Was ist denn passiert?« In ihren Augen bilden sich Tränen.

*Nein, nein, nein.*

Irgendetwas ist schiefgelaufen! Verdammter Mist!

Ich trete so nah an Melanie heran, dass ich die Stimme des Vorgesetzten vernehmen kann. Das Herz schlägt mir dabei bis zum Hals.

»Und Helena? Geht es ihr gut?«, schluchzt Melanie.

»Keine Sorge, Miss. Sie ist hier bei uns. Wir fahren sie gerade nach MRD. Sie hören von uns!«, dringt es dumpf durch den Hörer.

Er legt auf und sie lässt wie hypnotisiert das Telefon auf den Tisch sinken.

»Melanie, was ist mit Lara?!«, frage ich und packe sie dabei ein wenig unsanft an den Schultern. »Wo ist sie?«

Der Schock hat sie fest im Griff, sodass sie nur stammelnde Wörter zustande bringt. »Also sie ist … Sie … sagen, dass Lara entführt wurde.«

Von Panik eingenommen stürme ich aus dem Haus und renne zum Aufzug. Ich muss zu dieser Station! Ich muss wissen, was passiert. *Was ist, wenn Adam sie …*

*Nein, das darf ich nicht denken.*

*Er kann sie nicht in seinen Klauen haben. Nein. Nein. Nein,* wiederhole ich immer wieder in meinem Kopf.

*Bitte lass es nicht das Monster sein.*

# LEAF

*An dem frühen Morgen …*

Hel will nicht aus dem Bett. Die Uhrzeit ist viel zu früh für sie, doch wir dürfen nicht trödeln. Als ich sie beinahe an den Füßen unter der Decke hervorzerren muss, grummelt sie missgelaunt und erhebt sich endlich. »Du bist so eine Nervensäge, Tante Lara.«

Ich hebe schimpfend einen Zeigefinger. »Du bist selbst schuld.«

Sie zieht beleidigt eine Schnute.

Als wir endlich unsere Sachen gepackt haben und uns zu den Autos aufmachen, begrüße ich dabei sogar noch die Nachtwachen, die ihre letzte Stunde anbrechen. »So früh?«

Ich nicke. »Ja, Anordnung des Vorgesetzten.«

»In Ordnung.«

Mit dem Autoschlüssel steigen wir in den Pick-up und fahren los. Es ist noch recht dunkel im Wald, da es gerade einmal halb fünf ist. Ich schalte das Fernlicht ein, damit ich ja jedes Detail vor mir erkenne.

Der Wald wirkt im faden Licht einschüchternd und unheimlich. Außerdem ist es ungewohnt, weder Fahrzeuge hinter noch vor sich zu sehen. Einsamkeit überkommt mich, auch wenn ich weiß, dass Hel bei mir ist.

»Tante Lara«, beginnt sie und hat betrübt den Kopf gesenkt. »Es tut mir wirklich leid. Ich wollte das nicht.«

Ich seufze. Wenn sie nur nicht so süß wäre ... »Schon okay. Deine Entschuldigung akzeptiere ich, aber deine Strafe bekommst du von Melanie trotzdem.«

Sie sieht mich traurig an. »Ich weiß.«

»Du hast mir einen riesigen Schreck eingejagt. Warum hast du nicht einmal kurz daran gedacht, was hätte alles passieren können?«

Sie drückt sich ihren Rucksack an die Brust. »Ich mache es nicht wieder.«

»Das hoffe ich für dich«, gebe ich in einem strengen Ton zurück.

Es bleibt zwischen uns still und Hel schaut müde aus dem Fenster. Nach einiger Zeit ist sie sogar eingeschlafen, sodass ihr Kopf an der Scheibe lehnt.

Kurz darauf blicke ich wieder auf die Straße und erkenne im nächsten Moment die Umrisse einer männlichen Gestalt. Vollkommen erschrocken drücke ich auf die Bremse und der Wagen kommt abrupt zum Stehen. Mein Oberkörper fliegt dabei nach vorne, bevor der Gurt mich auffangen kann.

Hel wird ebenfalls durch das unerwartete Anhalten wach. »Wer ist das, Tante?«, fragt sie, als sie den Mann sieht, der eine mir unbekannte Uniform trägt und mitten auf der Straße steht. Sein Gesicht bleibt durch einen Helm verborgen. Da die Straße nicht sonderlich breit ist, werde ich es auch nicht schaffen, an ihm vorbeizufahren, ohne ihn zu erwischen.

Mein Herz hämmert aufgeregt in der Brust. Wer ist dieser Kerl? Und was hat er mitten im Wald zu suchen? Das hat nichts Gutes zu bedeuten, allerdings kann ich ihn auch nicht einfach überfahren. Was ist, wenn er doch einer unserer Leute ist?

Ich hupe und warte auf seine Reaktion. Er bewegt sich keinen Millimeter und blickt nur weiterhin in meine Richtung.

Okay, wenn er nicht reagiert, muss ich ihn dazu bewegen.

Aus dem Handschuhfach des Pick-ups krame ich ein kleines, handgroßes Gerät heraus, dass ich Hel auf den Schoß lege. »Siehst du den riesigen roten Knopf?«

Sie nickt zittrig.

»Drück ihn, wenn jemand versucht ins Auto hineinzukommen. Alles klar?«

Tränen stauen sich in ihren Augen, da sie unglaubliche Angst hat. »Tante Lara, wer ist das?«, wiederholt sie dieses Mal panischer.

Ich zwinge mir ein munteres Lächeln auf. »Ich kläre das, okay? Alles wird gut. Wichtig ist, dass du den Knopf drückst, wenn jemand zu dir hineinwill. Versprich mir, dass du ihn drücken wirst, Hel.«

Sie nickt und eine Träne läuft ihr über die Wange. »Kennst du die Leute?«

Ich ziehe sie in meine Arme und drücke ihr einen Kuss auf die Stirn. »Wenn ich das Auto verlasse, wirst du es zusperren. Du weißt doch noch, wie man das macht, oder?« Ich nehme meinen Schlüssel und lege ihn in ein Seitenfach, sodass niemand von außerhalb zu Hel eindringen kann. Die Scheiben sind gepanzert, da es sich bei dem Wagen um ein Militärfahrzeug handelt.

Sie nickt stumm.

Anschließend löse ich mich von ihr, um in einem Handschuhfach nach einer kleinen Schusswaffe zu greifen, die ich an meinem Bein befestige. Da ich allein mit Hel bin und nicht abschätzen kann, wie die Situation ausgehen wird, will ich wenigstens für alles gewappnet sein.

Ihre Augen werden groß, als sie die Waffe sieht. »Tante Lara?«

»Mach dir keine Sorgen. Ich bin gleich zurück«, sage ich und drücke ihre kleine Hand.

Doch als ich gerade durch die Tür hinausgehen will, hält Hel meinen Arm fest. »Warte, Tante. Bitte nimm mich mit.«

Auch wenn sie mich mit flehenden Augen ansieht, muss ich mich für sie zusammenreißen. Ich drücke sanft ihre Hand, löse mich von ihr und klettere aus dem Pick-up. Als die Tür hinter mir zufällt, widme ich mich dem unheimlichen Unbekannten.

»Hey du!«, schnauze ich den Mann an, dessen Kopf sich gruselig in meine Richtung dreht. »Geh von der verdammten Straße runter!« Bevor ich ihm mit der Waffe drohen will, versuche ich es erst auf eine diplomatische Art.

Als er seinen Arm hinter den Rücken legt, merke ich, dass er seine eigene zu ziehen versucht.

Doch da bin ich schneller und löse in einem geschickten Zug meine Pistole am Bein. »Stopp! Keine weitere Bewegung«, drohe ich ihm und ziele auf seinen Hals, der als Einziges nicht von dem engen schwarzen Anzug bedeckt ist.

Plötzlich höre ich weitere Schritte und sehe um mich. Ich zähle bis zu sechs weitere Männer ab, die mich umzingeln.

*Was zum …?*

Verdammt, das war eine Falle!

Mein Blick gleitet ängstlich zu Hel und im selben Moment, als ich ihr zurufen will, dass sie den Knopf drücken soll, versetzt mir jemand einen harten Schlag gegen die Schläfe. Die Wucht bringt mich sofort auf den Boden und eine süßlich metallische Note dringt in meine Nase. Blut rinnt an meiner Schläfe hinab.

Mir brummt der Schädel so sehr, dass alles um mich herum dumpf wird und es mir schwerfällt, die Lider aufzuschlagen. Der Schmerz übermannt meine Sinne, lässt mich schlaff werden und ich bin gezwungen, gegen eine Ohnmacht anzukämpfen.

»Tante Lara!«, höre ich Hel rufen und spüre, wie in mir ein unglaublich starker Instinkt erwacht.

Ich schaffe es, die Lider so weit zu öffnen, dass ich erkenne, wie jemand Helena an den Armen gepackt hat und ihr versucht den Mund zuzuhalten.

Wieso hat sie sich nicht eingesperrt?

*Nicht Hel …*

Sie dürfen sie nicht mitnehmen.

Die Panik wird so groß, dass mich die Angst fest im Griff hat. Jemand reißt mich zurück auf die Beine und dreht schmerzhaft meine Arme auf den Rücken. Ich schreie auf, als sich die Pein bis zu meinen Schultern ergießt.

Ich blicke in Hels tränengefüllte Herbstaugen und erkenne ihre Furcht vor einer weiteren Entführung. Wenn sie Hel mitnehmen, könnten sie sie verkaufen. Was ist, wenn sie an jemanden gerät wie Adam Malone und ihr unsägliches Leid widerfährt?

Sie dürfen meiner Tochter nichts tun.

Ich versuche mich aus dem Griff zu winden und wehre mich gegen die starken Arme an meinem Rücken. Aus vollem Leibe schreie ich Helenas Namen, wende all meine Kraft auf, um gegen die Stärke meines Entführers anzukommen.

Etwas weiter von unserem Auto entfernt entdecke ich einen schwarzen Transporter, der nicht zu uns gehört. Ein weiterer Mann in dunkler Uniform schiebt die Tür des Fahrzeuges zur Seite und wartet darauf, dass sein Kumpane Helena weitergibt, um sie in den Transporter zu stecken.

*Aber … das dürfen sie nicht. Auf keinen Fall. Helena …*

Schließlich explodiert in mir etwas so Kraftvolles, als ich sehe, wie der Mann, der Helena festhält, ihr einen Faustschlag verpasst.

Wut brodelt in mir. Unfassbar mächtige Wut.

»*Fass. Meine. Tochter. Nicht. An!*«, schreie ich und schaffe es mit einem gewaltigen Stoß, den Angreifer hinter mir wegzudrücken.

Mit einem schnellen Sprint schieße ich nach vorne und schlage mit geballter Faust auf die Brust des Mannes ein, der meine Tochter festhält. Der Körper fliegt wie ein mit dem Daumen und Zeigefinger weggeschnipster Käfer gegen die Seite des Autos. Dabei hinterlässt er eine deutliche Beule und fällt bewusstlos zu Boden.

Woher kommen diese Kräfte? Ich fühle mich, als wäre ich in einer Art Raserei.

Da ich nur einen Mann ausgeschaltet habe, schnappe ich mir sofort Helenas Hand und laufe mit ihr in den Wald hinein. Wir rennen um unser Leben und blicken nicht zurück, denn wenn wir das tun würden, wäre es unser Todesurteil.

Was auch immer diese Männer von uns wollen, es bedeutet nichts Gutes. Vielleicht sind sie vom Institut, das in der Nähe erbaut wird. Eine leise Vorahnung bewahrheitet sich gerade. Sie sind wegen uns als Special Edition hier. Für Experimente? Für den Verkauf? Oder nur wegen Helena?

Mir ist es egal, ob sie dabei mich erwischen, aber auf keinen Fall dürfen sie meine Tochter mitnehmen.

Eigentlich haben wir, um es genau zu nehmen, nur eine einzige Chance. Jemand muss zurückbleiben, um die anderen aufzuhalten, damit der Übriggebliebene fliehen kann.

»Hel«, keuche ich außer Atem. »Du rennst einfach weiter, ja? Hast du noch das kleine Gerät, das ich dir gegeben habe?«

Wir quetschen uns durch enges Gestrüpp, die Äste zerren an meinen Haaren und reißen meine Haut im Gesicht auf. Hel ergeht es nicht anders.

Sie deutet auf ihren Rucksack, in den sie es gestopft haben muss. »Ich habe den Knopf gedrückt, Tante … ähm …«, beginnt sie und senkt betrübt den Kopf.

*Oh Himmel!*

Erst jetzt wird mir klar, was ich vorhin in meiner Raserei gesagt habe. *Meine Tochter.* Dafür muss ich mir eine gute Ausrede einfallen lassen.

*Keine Panik, Leaf. Jetzt ist nicht der richtige Zeitpunkt für dieses Problem.*

Ich fahre mit dem Daumen behutsam über ihre feuchte Wange, die durch die Aufregung glüht. »Sehr gut. Behalte es auf jeden Fall bei dir und lauf einfach geradeaus weiter, Hel. Dreh dich nicht um. Hörst du?«, flüstere ich schwer atmend und bleibe für einen kurzen Moment stehen.

Hinter uns erklingen die Rufe unserer Verfolger.

Aus meiner Beintasche entnehme ich eine kleine Taschenlampe, die ich ihr in die Hände drücke. Schweißperlen laufen ihr an den Schläfen hinab und sie sieht erschöpft aus.

Es tut mir so unfassbar leid, dass sie so etwas miterleben muss. Ich wünschte, ich wäre einfach weitergefahren und hätte es riskiert, den Kerl auf der Straße dabei zu erwischen.

*Das war dumm. So dumm.*

»Tante Lara, du kommst doch mit, oder?«, fragt sie schluchzend, und Tränen rinnen ihr über die Wangen.

»Ich komme nach.« Sehnsuchtsvoll drücke ich sie kurz fest an mich. Vermutlich werde ich es nicht schaffen, ihr zu folgen. Irgendjemand muss die Kerle ablenken. »Hel, versprich mir, dass du so lange läufst, wie du kannst, ja? Nicht umdrehen, in Ordnung?«

»Da hinten sind sie!«, schreit jemand in unmittelbarer Nähe und ich löse mich sofort von Hel.

»Lauf!«, rufe ich und stoße sie sanft in die richtige Richtung, doch sie bleibt wie angewurzelt stehen. »Hel! Lauf! *Los!*«

Sie beginnt zu weinen und setzt sich nur zögerlich in Bewegung. Als ich sie hinter einem Busch nicht mehr sehen kann, merke ich, wie die Männer mich langsam, aber sicher umkreisen.

»Wo ist die Kleine?«, fragt einer und ich drehe mich zu demjenigen um.

Das Blut rauscht mir in den Ohren und ich nehme aus meiner Beintasche das Messer heraus, das ich immer bei mir trage, falls ich in einer schwierigen Lage feststecke. Wütend stürze ich mich auf den Mann, der von meiner Tochter gesprochen hat, und versuche ihn mit der Klinge zu verletzen. Ich erwische seinen Oberschenkel und verpasse ihm mit meiner Linken einen schmerzhaften Faustschlag.

Die anderen greifen mich ebenfalls an und ich fliehe keuchend zurück auf die Straße, da ich gegen sie alle verlieren würde. Irgendwie muss ich es schaffen, sie nacheinander auszuschalten. Schließlich haben sie gefährliche Waffen bei sich, mit denen sie mich jedoch nicht töten würden, da sie mich wohl lebend brauchen.

Meine Beine zittern, während ich versuche, zu meinem Auto zu kommen, das wenige Meter von mir entfernt auf der Straße steht. Wenn ich hineinkäme, könnte ich einfach losfahren und ihnen entkommen.

Mein neuer Plan erfüllt mich mit Hoffnung und ich bemühe mich, trotz meiner Atemlosigkeit noch schneller zu laufen. Wenn sie mich kriegen, ist es vorbei.

Auch wenn mein Kopf dabei klar ist, habe ich eine ungeheure Angst. Was würden die Typen machen, wenn sie mich doch bekämen? Was wollen sie von uns Special Editions und den anderen Produkten? Mit uns experimentieren? Uns doch töten? Nimmt sich das Institut das zurück, was rechtmäßig ihnen gehört?

Als ich das Auto endlich erreicht habe, will ich die Fahrertür aufreißen, doch sie ist zugesperrt.

*Nein.*

*Bitte nicht.*

»Dummes Ding«, ertönt eine Stimme hinter mir und ich drehe mich ängstlich um. In der Hand hält der Mann meinen Autoschlüssel.

Woher wusste der Mistkerl, dass ich ihn ins Seitenfach gelegt habe?

*Verdammte Scheiße!*

»Schnappt sie euch, Männer!«, befiehlt er und fünf gefährliche Angreifer umkreisen mich.

Ich hebe das Messer in meiner Hand und gehe auf einen der Männer los. Er weicht mir aus und verpasst mir einen harten Schlag in den Bauch. Sich verteidigen und kämpfen können sie jedenfalls.

Der Nächste will auf mich los, doch ich erwische ihn am Unterarm. Er schreit vor Schmerz auf und drückt sich die blutende Wunde zu.

»Wer seid ihr Scheißkerle?«, rufe ich wütend.

»Das wirst du noch früh genug herausfinden«, antwortet der Typ, der auch meinen Autoschlüssel besitzt. Vielleicht sollte ich *ihn* angreifen.

Ich hebe das Messer und gehe auf ihn los, doch im selben Moment trifft mich etwas schmerzhaft im Hals. Als ich danach taste, entdecke ich ein Gehäuse mit einer Nadel, die mit einer mir unbekannten Flüssigkeit gefüllt war. Angsterfüllt starre ich auf die Spritze und blicke zu den maskierten Männern, die mich abwartend ansehen.

Zuerst fangen meine Beine an, taub zu werden, und eine unausweichliche Erschöpfung kriecht in all meine Glieder. Wie ein Gift lähmt es mich nach und nach.

Ich falle auf die Knie und stütze mich vorne mit beiden Armen ab. Meine Muskeln zittern, sodass ich keine Kraft mehr aufbringen kann, mich länger aufrecht zu halten.

Ich breche zusammen, und meine Wange schlägt schmerzhaft auf dem erdigen Boden auf. Mein Atem geht schwer und meine Angst verwandelt sich in blinde Panik.

*Bitte nicht.*

*Ich will nicht ins Institut.*

Tränen rinnen mir übers Gesicht und ich spüre, wie sich die Männer über mich beugen und meinen Körper unsanft anpacken.

»Was ist mit der Kleinen?«, fragt erneut jemand.

»Lasst sie laufen. Wir haben ja, was wir wollten«, antwortet derjenige, der mich trägt.

»Verstanden.«

Müde fallen meine Lider zu und es dauert nur wenige Sekunden, bis ich ins Traumland gleite.

# AUTUMN

Vollkommen aufgebracht erreiche ich nach über einer halben Stunde die Basis am Stadtrand, die von einigen Autos umstellt ist. Soldaten steigen nacheinander in größere Fahrzeuge, als hätten sie einen ernst zu nehmenden Einsatz.

Mir wird ganz komisch, als ich einen höherrangigen Mann erkenne, der anderen Befehle erteilt und eine glänzende Uniform trägt. Er dirigiert eine Mannschaft nach der anderen zu den großen Fahrzeugen, die sich sofort auf den Weg machen.

Ich laufe zu ihm. »Entschuldigen Sie!« Er sieht mich mit einem ernsten Ausdruck an. »Ich muss wissen, was mit Lara Rise passiert ist.«

Er presst die Lippen aufeinander und sieht mich abschätzig an. »Sind Sie der Ehemann? Bruder? Verwandter?«

Solange er keinen Nachweis verlangt und ich unbedingt Informationen über den Vorfall brauche, greife ich – wenn auch ungern – zur Lüge. »Ja, ich bin ihr Ehemann.«

Er rümpft die Nase. »Ich bin mit der Operation beauftragt worden, Truppen auszusenden, um die unbekannten Entführer zu erwischen.«

»*Wer* hat sie entführt?«, entfährt es mir panisch.

»Kommen Sie«, sagt er in einem strengen Ton und wir betreten die Basis. Meine Nerven sind zum Zerreißen gespannt und ich muss mich wirklich beherrschen, nicht mit Gewalt die Informationen aus ihm herauszuprügeln.

Wir gehen durch mehrere blass wirkende Gänge und halten in einer Art Krankenstation.

Er blickt mich herablassend an. »Ihre Tochter ist gerade erst bei uns eingetroffen. Sie hat nicht aufgehört zu weinen, deshalb denke ich, ist es am besten, wenn sie jemand Vertrauten bei sich hat.«

*Wo man sich nur reinreitet, wenn man sich als den Falschen ausgibt …*

Mein Blick fällt in den kleinen Raum hinein, der mit vielen Instrumenten, Verbandszeug und Medikamentenschränken ausgestattet ist. Hinter einem weißen Vorhang kann ich zwei Schattenumrisse ausmachen, von dem der eine eine Frau ist und der andere ein kleines Mädchen.

»Hel?«, entfährt es mir.

Die kleine Gestalt hebt aufmerksam den Kopf und springt vom Bett. Als sie hinter dem Vorhang nachschaut, wer den Raum betreten hat, erblickt sie mich. Sie reißt überrascht die Augen auf und kommt auf mich zugestürmt. Ich breite die Arme aus, bereit, sie aufzufangen. Tränen laufen ihr die Wangen hinab und ihr kleiner Körper bebt unentwegt. Sie vergräbt ihr Gesicht in meiner Schulter und weint laut los. Hel ist vollkommen verängstigt.

Verdammt, was ist geschehen?

Ich streiche ihr behutsam übers Haar und drehe mich währenddessen zu dem grauhaarigen, groß gewachsenen Mann um. »Wo haben sie Lara hingebracht?«

Er seufzt. »Wir haben sie nicht retten können. Als wir heute Morgen ein Notsignal reinbekamen, sind zehn Leute von uns direkt aufgebrochen und fanden die kleine Helena orientierungslos auf der Straße vor. Sie muss durch den Wald geflohen sein. Nach Lara befragt schüttelte sie nur den Kopf, und am Ort des Geschehens fanden wir bloß den Wagen vor. Mein Team untersucht gerade alles und wir verfolgen ein paar unbekannte Reifenspuren.«

Ich bekomme beinahe keine Luft mehr und in meinen Augen stauen sich Tränen. Dann muss es das Institut gewesen sein. Wer würde sonst Lara entführen?

»Auf dem Boden fanden wir eine Spritze mit einem starken Betäubungsmittel. Sie müssen sie damit überwältigt haben«, erklärt er weiter.

*Nein. Bitte nicht.*

Adam hat sie. Er wird ihr wieder unvorstellbares Leid zufügen und vielleicht wird ihr dieses Mal niemand mehr helfen. Ich mache einen Schritt auf den großen Mann zu. »Lassen Sie mich helfen. Ich habe zwar keine militärischen Kenntnisse, aber dafür weiß ich mich zu verteidigen. Ich kann auch mit Schusswaffen umgehen«, bitte ich.

Er schüttelt den Kopf. »Wir haben alles unter Kontrolle. Meine Leute bringen Mrs. Rise wieder zurück.«

Nein, das werden sie eben nicht, weil sie nicht wissen, mit wem sie es zu tun haben. Ich habe zwar nur ein Jahr lang an der Weiterbildung für die Eliteeinheit teilgenommen, aber es sollte ausreichen, um zumindest Leaf da rauszuholen. Ich kann nicht untätig hier sitzen und nichts tun – ganz gleich, ob ich in MRD eine Aufgabe habe oder nicht.

Also, wie komme ich aus der Stadt heraus? Ungesehen?

Ich setze Hel am Boden ab und wische ihr mit dem Daumen über die Wange.

»Ich muss wieder zurück zu meinem Posten. Wenn Sie noch Fragen haben, wenden Sie sich an die Arzthelferin Mary.« Ohne auch nur eine Antwort abzuwarten, verlässt er den Raum und lässt uns zurück.

»Hel, ich verspreche dir, dass ich Tante Lara wieder zurückbringe, ja?«

Sie schluchzt, nickt jedoch. »Ist Lara wirklich meine Tante?«, beginnt sie plötzlich und ich bin von ihrer Frage überrascht.

»Ja«, lüge ich, auch wenn ich es nicht gern tue. »Wieso fragst du?«

»Tante Lara hat zu mir ›Tochter‹ gesagt. Sie sagte: ›Fass meine Tochter nicht an.‹ Ich habe es ganz genau gehört«, erzählt sie und wischt sich über die feuchte Nase. »Ein paar Mamas haben in der Schule auch mal miteinander gesprochen und darüber geredet, dass Lara eine furchtbare Mutter ist. Ich habe das nicht so ganz ernst genommen. Aber jetzt ... wo Tante Lara es selbst gesagt hat ... Stimmt das, Aaren?«

Ihr scheint es sehr nah zu gehen, dass Lara sie als Tochter bezeichnet hat. Vermutlich hat sie es in ihrer Panik selbst nicht gemerkt und nur an Hels Wohl gedacht.

Wie verzweifelt muss sie gewesen sein? Wie viele waren es? Zehn? Fünfzehn? Hatte sie überhaupt eine Chance?

»Es ist wahr, Hel«, höre ich die Stimme einer vierten Person im Raum und selbst die Krankenschwester hinter dem Vorhang, die sich bisher nicht gerührt hat, schaut jetzt zu uns.

Ich blicke über meine Schulter und erkenne Melanie, die Hel mit einem kritischen Blick betrachtet. »Du hättest es irgendwann sowieso selbst herausgefunden. Und wenn wir schon bei der Wahrheit sind, dann kommt hier die nächste, meine Kleine.« Melanie ist auf eine gewisse Weise rasend, als wäre sie innerlich tief verletzt.

»Aaren ist dein Vater. Lara deine Mutter und ich …« Sie blinzelt einige Tränen weg. »… bin nur das Mittel zum Zweck.«

Ich erhebe mich und sehe wütend zu Melanie. »Warum hast du das gesagt?«, brülle ich und balle meine Hände zu Fäusten.

Spinnt sie? Hat sie eigentlich eine Ahnung, was sie da anrichtet?

Sie wirft mir einen feindseligen Blick zu. »Das war eine dumme Idee. Eine ganz *dumme*. Wieso habe ich mich nur dazu überreden lassen?« Ich merke, wie sie mit viel Kraft versucht, einen Heulkrampf zu unterdrücken. »Ich wollte doch nur eine Tochter haben, weil ich selbst keine Kinder gebären kann.« Sie schaut herablassend zu mir. »Hast du eine Ahnung, wie sich das anfühlt?«

»Melanie, beruhige dich«, sage ich in einem beherrschten Ton. »Hel bekommt alles mit. Ich denke, sie ist schon durcheinander genug.«

»Nein!«, brüllt sie so laut, dass Hel neben mir zusammenzuckt. »Ich finde, genau jetzt ist der richtige Zeitpunkt! Seitdem du auf Lara getroffen bist, fällt der Schein. Und das ist *gut* so.« Ihr Blick gleitet zu Hel und sie stemmt beide Arme in ihre Hüfte. »Ich bin nicht deine Mutter, Helena. Das war ich nie.« Tränen der Enttäuschung laufen über Melanies Wangen. »Jetzt kennst du die Wahrheit!«

Damit macht sie auf dem Absatz kehrt und verschwindet aus dem Raum. Ich weiß, dass sie das gerade unglaublich mitnimmt, da sie sich jahrelang als Mutter ausgegeben hat und nun gestand, dass sie es nie gewesen ist.

Mit einer bösen Vorahnung schaue ich zu Hel, die wie erstarrt ins Leere blickt. Die Worte müssen sie hart getroffen haben. Mitfühlend knie ich mich zu der Kleinen hinunter und nehme ihre Hand in meine. »Hel, sieh mich bitte an.«

Zuerst die Entführung von Lara und jetzt auch noch die alles erschütternde Wahrheit über ihre Eltern. Dabei ist sie doch erst acht Jahre. Wie soll sie das alles verkraften?

Ich würde am liebsten Mel hinterherlaufen und sie zur Rede stellen. Was sollte das? Wollte sie Hel noch mehr wehtun?

Aber ich darf die Kleine jetzt nicht allein lassen. Nicht in diesem verzweifelten Moment, mit dem sie zu kämpfen hat. Ob sie es tief in sich bereits geahnt hat?

»Lara ist auch meine Momy?«, fragt sie stammelnd. Ihre Herbstaugen sind gläsern und dicke Tränen rinnen ihre Wangen hinab. Der Glanz in ihren Iriden funkelt unruhig, als würden sie den Schmerz widerspiegeln, der in Hel immer größer zu werden scheint.

»Melanie hat dich großgezogen, als wärst du ihre eigene Tochter.« Ich drücke sie an mich, was sie widerstandslos zulässt. »Sie ist genauso deine Mom, wie Lara es ist. Der Unterschied liegt allein darin, dass nur eine von ihnen dich auf die Welt gebracht hat.«

Sie schluchzt in meine Schulter. »Warum hat Tante Lara mich nicht gewollt? Warum hat sie mich weggegeben?«

*Oh Gott … was hat Melanie da nur angerichtet?* Die Kleine ist vollkommen durch den Wind. Zuerst verschwindet ihre Tante, dann erfährt sie, wer ihre Eltern sind … Ich bin wirklich erstaunt darüber, dass sie noch nicht zusammengebrochen oder traumatisiert ist – auch wenn das noch folgen könnte.

»Sie hat dich nicht weggegeben«, sage ich und streiche ihr über das schwarze, samtige Haar. »Lara hatte mit furchtbaren Erlebnissen zu kämpfen und brauchte eine Freundin an ihrer Seite, die ihr dabei half, alles zu überstehen. Sie war ja selbst noch ein Kind.« Ich seufze, weil mir bewusst wird, dass ich an Leafs Seite hätte sein sollen. Wir hätten Hel gemeinsam großziehen müssen. Doch ich habe es mir zu einfach gemacht und ihr damit acht harte Jahre beschert. »Melanie hat sich bereit erklärt, für dich und Lara da zu sein. Und das war sie doch, oder, Hel?«

Sie schnieft und vergräbt ihr Gesicht noch tiefer in meiner Schulter. »Ja.«

»Siehst du. Sei Melanie nicht böse. Sie liebt dich noch immer, ganz gleich, was sie gesagt hat«, beruhige ich sie und spüre, wie sie ihre kleinen Ärmchen um meinen Hals legt. »Sie wird auch immer deine Mom bleiben, okay? Nur … Lara ist es eben auch.«

Sie scheint zu nicken. »Und du bist wirklich mein … Daddy?«

Für sie muss das Wort genauso seltsam sein wie für mich. Wir werden uns beide noch damit anfreunden müssen. Ich wäre ihr auch nicht böse, wenn sie mich weiterhin Aaren nennen würde. Für mich zählt nur ihre Sicherheit und dass es ihr gut geht. Alles andere ist unwichtig.

Mir entweicht ein leiser Seufzer. »Das ist auch wahr.«

»Wolltest du mich auch nicht?«, weint sie.

Ich gebe ihr einen Kuss auf die Schläfe. »Hel, ich habe selbst erst vor wenigen Tagen erfahren, dass ich dein Vater bin. Meine Erinnerungen an Lara wurden mir genommen, aber jetzt habe ich sie wieder.«

Sie löst sich langsam von mir, um mich anzusehen. Dann nimmt sie eine ihrer schwarzen Strähnen und hält sie an mein Haar, als wollte sie es vergleichen.

Auf ihre Lippen legt sich ein kleines Lächeln. »Ich habe vorher noch nie jemanden mit denselben Haaren getroffen. Tante Lara …« Sie hält kurz inne, als hätte sie etwas Falsches gesagt, und fährt erst dann fort. »Mo-my sagte, dass es nicht viele Leute gibt, die so wie wir sind.«

»Da hat sie auch recht. Wir sind sozusagen ein bisschen spezieller«, erkläre ich mit einem Schmunzeln.

»Die Kundschafter bringen sie doch zurück, oder?«, fragt Hel besorgt und senkt traurig den Blick.

Ich berühre sanft ihr Kinn. »Wenn nicht die, dann ich.«

Ihre Augen werden größer. »Ganz allein?«

Tröstend nehme ich Hels Hände in meine. Ihre Haut ist warm und weich, auch wenn ich spüren kann, dass sie noch immer zittert. »Ich verspreche dir, dass ich nicht eher zurückkomme, bis ich Lara gefunden habe.«

Ich werde das Institut nicht ohne sie verlassen. Noch einmal verliere ich sie ganz sicher nicht – nicht wegen dieses Monsters.

»Es ist meine Schuld, dass sie von ihnen gefangen genommen wurde. Sie hat zu mir gesagt, ich soll im Wagen bleiben und ihn verschließen. Aber ich konnte nicht.«

Ich drücke sie wieder an mich und gebe ihr einen zarten Kuss aufs Haar.

»Ich hatte solche Angst. Und jetzt ist sie …« Ihr Satz geht in einem Schluchzen unter. »Tun sie ihr weh, Aaren? Ich muss ihr doch noch sagen, dass es mir leidtut.«

Ich hoffe so sehr, dass sie ihr nicht wehtun. Doch wenn sich Adam noch an Leaf erinnern sollte …

Mir fährt eine Erinnerung durch den Kopf.

*»Verdammte Missgestalt«, höre ich Adam knurren. Schritte verstummen und er brüllt in sein Auto hinein: »Los, Blossom! Ich will, dass du dich von deinen hässlichen Kleidern befreist. Zieh das hier an.«*

*Blossom …* den Namen hat auch Leaf in ihrem Tagebuch erwähnt. Gott, sie war bei ihm im Auto und ich habe sie nicht retten können. Wie nah war ich meinem Ziel gekommen? Mich hat nur ein Schritt davon getrennt, Adam das Handwerk zu legen, ihn zu töten …

doch stattdessen habe ich meine Kraft verloren und ließ mich von den Pflegern wegsperren.

Dieser Mistkerl hat sich an ihr vergriffen, ihren Körper berührt, als würde er ihm gehören … Der Gedanke macht mich rasend, beinahe so wütend, dass ich am liebsten alles um mich herum kurz und klein schlagen würde.

Ich muss endlich handeln. Auch wenn mich Hel jetzt an ihrer Seite braucht, kann ich das Risiko nicht eingehen, dass Leaf erneut auf diese demütigende Art misshandelt wird. Sie soll so ein Grauen nie wieder durchstehen müssen.

»Es tut mir leid, was ich gesagt habe«, höre ich Melanies Stimme im Türrahmen. Hel und ich blicken gemeinsam zu ihr hoch. Sie hält sich eine Hand vor den Mund und ihre Wangen sind dabei feuerrot. Sie muss fürchterlich geweint haben. »Was habe ich da angerichtet …?«

Ich erhebe mich und halte dabei Hels Hand. »Melanie, ich brauche dich jetzt. Kannst du bitte bei Helena bleiben? Ich muss etwas unternehmen wegen Lara. Sie weiß nicht, wer sie im Institut erwartet.«

Ihre Augen werden groß und sie nickt beinahe apathisch.

Ich beuge mich zu Hel hinunter. »Ich bin bald zurück. Kannst du so lange bei Melanie bleiben?«

Sie greift nach meinem Arm und wirkt panisch. »Du kommst doch wieder, ja?«

Behutsam streiche ich ihr über die Wange. »Ganz sicher.«

Ich löse mich von ihr und nicke Melanie dankbar zu.

Ab jetzt gibt es kein Halten mehr. Ich muss Leaf so schnell wie möglich da rausholen.

Ich stürme aus der Basis und zücke draußen, kurz bevor ich den Parkplatz erreiche, mein Handy. Hektisch wähle ich Myrs Nummer und halte mir die dünne Glasplatte ans Ohr. Nach dem dritten Freizeichen hebt sie endlich ab.

»Aaren?«, höre ich ihre Stimme. »Was ist los?«

Mein Magen zieht sich krampfhaft zusammen. »Es ist heute Morgen etwas Schreckliches passiert. Als Lara Hel zurückbringen wollte, sind sie überfallen worden. Hel konnte fliehen, doch Lara ...«

»WAS?«, schreit sie ins Telefon und ich vernehme daraufhin einen keuchenden Atemzug. »Willst du mir gerade sagen, dass Lara entführt wurde?«

»Ja«, hauche ich traurig. »Deshalb brauche ich deine Hilfe.«

»Wieso?«

Ich balle eine Hand zur Faust. »Du sagtest, dass Rick dein Cousin ist, richtig?«

Sie gibt ein nervöses »Mhm« von sich.

»Ich brauche eine Audienz bei allen drei Richtern. Am besten jetzt«, verlange ich und komme mir dabei ein wenig wahnwitzig vor.

»Wow! Stopp! Meine Freundin wurde gerade entführt und du bittest um eine Audienz bei den Anführern von MRD? Wozu?«

»Ich will ihnen alles erzählen, was ich über Adam Malone weiß«, sage ich in einem ernsten Ton. »Sie sollen wissen, wie gefährlich dieser Mann in Wirklichkeit ist.«

Wenn es nötig ist, würde ich Liz sogar bitten, eine Verbindung zu ihnen herzustellen, um in einem Gespräch noch mehr Informationen preiszugeben. Sie müssen endlich begreifen, dass wir auf derselben Seite stehen und der bestialische Umgang mit Wunschkindern immer grausamer wird.

»In der Hoffnung, dass sie dir helfen?«, errät sie.

Ich seufze. »Ja, genau.«

Es herrscht eine kurze Zeit Stille zwischen uns, doch schließlich gibt Myr einen kapitulierenden Laut von sich. »Also schön. Aber wenn wir es wirklich durchziehen wollen, müssen wir es zusammen tun. Rick ist zwar mein Cousin, doch wir sind nicht blutsverwandt. Meine menschlichen Eltern haben damals beschlossen, mich zu adoptieren, genau wie der Bruder meines Vaters es bei Rick tat.«

»Dennoch sagtest du, Familie hält zusammen, oder? Zumindest habe ich das so aus dem Kontext verstanden«, entgegne ich.

Sie lacht nervös. »Ja, eigentlich war das nur ein einziges Mal der Fall. Aber mehr als ›Nein‹ können sie nicht sagen.«

Abgesehen davon, dass ich kein Nein akzeptieren werde, was Myr jedoch nicht wissen muss.

»Gut, wie gehen wir vor?«, komme ich gleich zur Sache. Die Zeit rennt mir davon.

Myr scheint zu überlegen. »Wir treffen uns gleich im Regierungsgebäude. Ich habe besonderen Zugang zu bestimmten Bereichen. Wir könnten bis zum Sekretariat vordringen, ich verschaffe uns wenigstens die Audienz bei Rick und dann hoffen wir, dass er uns glaubt und die restlichen beiden dazustoßen.« Sie atmet angespannt aus. »Hoffentlich klappt es.«

»Ich werde mich dann sofort auf den Weg machen. Treffen wir uns davor?«, frage ich und steuere bereits die Haltestelle der Straßenbahn an, um mit dieser zum Regierungsgebäude zu kommen.

»Ja«, antwortet sie und beendet das Gespräch.

Während ich auf die nächste Straßenbahn warte, lege ich mir bereits Sätze und Wörter zurecht, die ich sagen könnte, wenn wir auf die drei Richter treffen sollten. Mir ist klar, dass sie nicht sonderlich begeistert davon sein werden, wenn wir einfach unangekündigt und ohne Erlaubnis um ihre Aufmerksamkeit bitten, doch für Leafs Sicherheit würde ich selbst dieses Wagnis in Kauf nehmen.

Als ich endlich an der Haltestelle am Regierungsgebäude aussteige, steht Myr bereits nervös vor dem Eingang. Sie will es wirklich mit mir durchziehen.

»Wir nehmen den Seiteneingang. Im Foyer sind mir zu viele Augen. Komm!«, fordert sie mich auf und wir laufen nach links, als wollten wir das Gebäude einmal umkreisen. Allerdings bleiben wir vor einer verschlossenen Tür stehen und Myr zückt eine weiße Karte, die sie an den Scanner legt.

»Ist das wirklich deine eigene Karte?«, hake ich interessiert nach.

Sie lächelt mich verlegen an. »Vielleicht auch die meines Vaters. Möglicherweise.«

Ich werfe ihr einen überraschten Blick zu. »Bekommst du keinen Ärger?«

Sie zuckt mit den Schultern. »Wahrscheinlich schon, aber ich bin der festen Überzeugung, dass wir Rick dazu überreden können, uns zu glauben.«

Wir betreten einen leeren Flur, der mit seinem Linoleumboden und den weißen Wänden blass und trostlos erscheint. Ich folge Myr auf leisen Sohlen und wir betreten ein Treppenhaus, das mindestens dreißig Stockwerke besitzt. Das Regierungsgebäude ist eines der höchsten.

»Warum benutzen wir keinen Fahrstuhl?«, frage ich und lege den Kopf in den Nacken, um nach oben zu schauen.

»Mir wäre es lieber, wenn wir auf niemanden treffen würden. Ich kann Fragen nur schwer ausweichen und die Sicherheitsleute sind sofort skeptisch, wenn sie ein Gesicht nicht kennen. Das Treppenhaus benutzt keiner, was ideal ist, um sich hierüber hineinzuschmuggeln.«

Ich habe die leise Ahnung, dass Myr hier selbst mit ihrer Karte keinen Zutritt hätte. Vermutlich geht sie das Risiko genau aus demselben Grund ein wie ich. Ihr ist Leaf auch wichtig und sie weiß, dass das Militär mit seiner Armee nur weitere Probleme machen würde, wenn sie in die Nähe des Institutes kommen. Man würde denken, dass sie sich für einen Angriff rüsten, dabei muss der Waffenstillstand zwischen den Städtern und den Freiheitskämpfern bestehen bleiben.

In erster Linie brauchen wir Beweise und ein Team, das unerkannt und leise ins Institut eindringt. Die Soldaten wären dafür eher ungeeignet. Entweder besitzen die Freiheitskämpfer einen Spezialtrupp für solche Fälle oder ich werde es wagen hineinzugehen.

Ich werde es sowieso tun. Ganz gleich, was die drei Richter befehlen. Leaf steht an erster Stelle und ich habe Helena versprochen, sie zurückzubringen.

# LEAF

Als ich erwache, liege ich in einer Zelle auf einem harten Steinboden, und fades Licht leuchtet von den alten Deckenlampen herab.

Ich schlinge die Arme um meine Mitte und entdecke weitere Zellen mit Insassen. Neben mir erkenne ich ein Gesicht wieder, das mich traurig ansieht. »Hey, du bist ja wach, Lara.«

*Gordan.* Einer der verschwundenen Soldaten.

Ich reiße die Augen auf und rücke zu den Stäben vor, die uns voneinander trennen. Er nimmt meine Hand und ich spüre, wie eiskalt seine Haut ist. Er friert. »Was … ist das hier?«

Er zuckt mit den Schultern und senkt betrübt den Kopf. »Wir sind alle hier. Michael, Lika, Rems, Alli, Prick … Joy …«

»Was? Seid ihr auch entführt worden wie ich?«

Er nickt und sieht mich mit seinen dunkelbraunen Augen an. »Du bist die erste Special Edition hier. Als sie dich hineingelegt haben, injizierten sie dir etwas.«

Ich kremple den Ärmel hoch und finde in meiner Ellenbeuge einen Einstich. »Und was?«

»Ich habe keine Ahnung.«

»Gordan, was macht ihr alle hier?«, frage ich und blicke um mich. Aus den Zellen sehen mich trostlose Gesichter an, aus deren Augen jegliche Hoffnung verschwunden ist.

»Sie experimentieren mit uns. Ich habe schon zwei Prozesse hinter mir. Ein paar anderen geht es schlechter.« In der Ferne höre ich, wie sich jemand laut und wimmernd übergibt. »Manche von uns haben seltsame Nebenwirkungen und …«

Als er nicht mehr weiterspricht, drücke ich seine Hand. »Was, Gordan? Was ist mit den Nebenwirkungen?«

Seine Augen werden glasig und er blinzelt im nächsten Moment seine Tränen weg. »Prick ist wahrscheinlich tot. Er ist einfach nicht mehr zurückgekehrt.«

Ich atme scharf ein, löse mich von Gordan und erhebe mich. Es muss einen Ausweg geben. Sie können doch nicht einfach mit den bereits vorhandenen Produkten experimentieren. Wozu soll das gut sein? Um die Wunschkinder zu verbessern?

Ich bekomme eine solche Angst, dass ich, wenn auch aussichtslos, an den Gitterstäben rüttle, die sich keinen Millimeter bewegen. Wo ist meine Stärke geblieben, mit der ich den Angreifer vor meiner Festnahme hart gegen den Transporter geworfen habe? Was war das überhaupt? Ein Adrenalinstoß?

»Gordan, wer ist für dieses Institut verantwortlich?«, knurre ich und stoße mich wütend von den Stäben ab.

»Soviel wir wissen, ist sein Name Adam Malone«, antwortet er und im selben Moment erkenne ich im dunklen Gang, wie eine Tür aufgeht und grelles Licht die Schatten verdrängt.

Als ich den Namen vernehme, ist mir abwechselnd heiß und kalt. Mein Herz schlägt furchtsam und ich spüre, wie eine alte, grauenvolle Angst zu mir zurückkehrt. Sie kriecht aus den Tiefen meines Seins, zerreißt mich innerlich und nimmt mir die Luft zum Atmen.

Adam … Malone …

Drei Gestalten bleiben direkt vor meiner Zelle stehen.

Als die stechend graublauen Augen in meine sehen und ich das süffisante Lächeln auf seinen dünnen Lippen wiedererkenne, stürzt die ganze Welt um mich herum zusammen. Die faltige Haut unter seinen Lidern hängt nun schwerer und er wirkt noch dünner als vor acht Jahren.

Dennoch ist es der Mann, der mich seit dem Kauf in meinen Albträumen verfolgt. Obwohl uns die Gitterstäbe voneinander trennen, spüre ich seine kalten, dürren Finger auf meiner Haut. Das Lederband legt sich wieder um meinen Hals, seine Klauen reißen mir das T-Shirt auf und dann …

Meine Beine brechen über dem Boden zusammen und ich rücke bis zur Steinwand, die mich daran hindert, vor Adam Malone wegzulaufen. Ich will verschwinden, doch ich bin gefangen. Gefangen in einem Albtraum, der nun wahr geworden ist.

»Hallo Blossom«, begrüßt er mich und ich höre, wie die Tür zu meiner Zelle aufgesperrt wird, bevor mich die unkontrollierte Panik überkommt.

# AUTUMN

Als wir das oberste Stockwerk erreichen – ich fühle mich, als wäre ich einen Marathon gelaufen –, brauchen wir noch einige Minuten, um wieder normal atmen zu können.

Myr stehen einige Schweißperlen auf der Stirn. »Okay, ich gebe zu, es hat einfacher ausgesehen, als es ist.«

Ich schaue sie gequält an, während ich nach Atem ringe. »Und wir konnten wirklich keinen anderen Aufzug nehmen?«

Sie wischt mit dem Ärmel über ihre Stirn. »Nein, das Risiko wäre zu groß gewesen.« Als sie einen tiefen Atemzug nimmt, stellt sie sich wieder aufrecht hin und blickt die Stockwerke hinunter. »Fünfunddreißig Etagen sind wirklich heftig.«

Ich lasse meine Schultern kreisen und gehe auf die Tür zu. »Komm, wir müssen weiter.«

Myr nickt und wir setzen unseren Weg fort.

Im nächsten Flur wird es kniffliger, denn hier erwartet uns bereits das Sekretariat, in dem eine Frau mit blondem, toupiertem Haar und dunkel geschminkten Augen an einem großen Schreibtisch sitzt. Sie ist allein im Raum und wir ergreifen die Chance, sie in diesem Moment zu überrumpeln.

Myr geht voraus und die Dame begrüßt sie lächelnd – bis sie mich hinter ihr entdeckt. »Oh, Myr. Schön dich wiederzusehen.« Ihr Blick ruht auf mir wie der eines nach Beute lauernden Falken. »Und wer ist das?«

»Ein Freund«, meint Myr und lächelt freundlich. »Ist Rick da? Ich habe einen Termin bei ihm.«

Was natürlich gelogen ist. Die Dame muss nur einen Blick in ihr Buch werfen, um zu verstehen, dass es ein Bluff ist.

Allerdings ist Myr von der schlaueren Sorte. »Er hat ihn nicht in den Kalender eintragen lassen, weil wir erst vor zehn Minuten telefoniert haben. Es wäre auch nur ganz kurz.«

Sie blinzelt verwirrt und fühlt sich anscheinend unsicher dabei, Spontanität zeigen zu müssen. Unbeholfen erhebt sie sich vom Stuhl und läuft den Gang hinunter. »Die Leitung ist gerade belegt, ich werde mal kurz Bescheid sagen gehen, dass ihr da seid.«

Dankbar nickt Myr. Als wir allein sind, dreht sie sich um und sieht mich ängstlich an. »Oh Gott, ich hoffe, Rick reißt mir dafür nicht den Kopf ab.«

Ich ziehe eine Augenbraue in die Höhe. »Sagtest du nicht, dass die Familie in Notfällen zusammenhält? Immerhin geht es doch hier um Lara, die definitiv in Gefahr schwebt. Wenn Adam herausfindet, dass sie in seiner Gefangenschaft ist, wird er all das mit ihr tun, was er damals nicht machen konnte.«

Myr scheint sich wieder ein wenig zu beruhigen und atmet tief durch. In ihren Augen erkenne ich Entschlossenheit. »Du hast recht. Ich tue das für Lara und es handelt sich hierbei definitiv um einen Notfall.«

Im selben Moment knallt die Tür laut auf und ich sehe einen blondhaarigen Mann, dessen Augen violett schillern wie die einer Special Edition. Als er uns beinahe erreicht hat, erkenne ich, dass einzelne Strähnen die Farbe wechseln. Von einem Dunkelblond gehen sie in ein Bordeauxrot über.

Myr beißt sich auf die Unterlippe. »Na toll, jetzt ist er sauer.«

Erst dann begreife ich, über welchen Special Effect der Mann verfügt. Je nach Stimmungslage ändern sich einige seiner Strähnen. Diesen Trend gab es allerdings vor meiner Zeit, wie wir im Institut erfahren haben, weswegen er auch älter ist und zu einer anderen Modellreihe zählt.

»Myr«, begrüßt er seine Cousine und nickt knapp. Sein Ausdruck ist hart wie Marmor. Als er mich fixiert, zieht er die Augenbrauen zusammen. »Und wer ist *das?*«

»Oh, ich dachte, er gehört dazu, Sir!«, entschuldigt sich die Sekretärin gleich. »Hätte ich das gewusst, hätte ich Ihnen natürlich gleich …«

Rick hebt eine Hand, um seine Assistentin zum Schweigen zu bringen. Es überrascht mich, über welche Macht er verfügt und wie viel Respekt ihm die Freiheitskämpfer entgegenbringen. Vielleicht ist es doch keine so gute Idee gewesen, ihn mit unserem Besuch zu überrumpeln.

Bevor Myr ihm antworten kann, lächle ich ebenfalls freundlich und lege respektvoll eine Hand auf die Brust. »Mein Name ist Aaren Smith, Botschafter der FfW-Partei. Vor wenigen Tagen habe ich Ihnen eine Nachricht zukommen lassen, auf die ich noch keine Antwort bekommen habe.«

Myr reißt die Augen auf. »Warte mal … Hast du mich nur dazu benutzt, um einem der drei Richter gegenüberstehen zu können? Für einen Auftrag, den dir deine Partei erteilte?«

Als sie die harten Vorwürfe ausspricht, zieht sich mein Herz in der Brust zusammen. Tatsächlich hatte ich es im Sinn gehabt, dadurch eine Audienz bei den drei Richtern zu bekommen, allerdings ist das nicht der wichtigste Grund.

Ohne meinen Auftrag wäre ich niemals in diese Stadt gekommen und hätte niemals Leaf getroffen. Ich bin für diesen Zufall unendlich dankbar, da ich ansonsten für immer Aaren Smith geblieben wäre und Autumn für immer vergessen wäre.

Ich sehe Myr reumütig an. »Ja«, gebe ich wahrheitsgemäß zu und Enttäuschung spiegelt sich in ihren Augen. Sie fühlt sich hintergangen, was ich absolut nachvollziehen kann. Mein Blick wechselt zum wütenden Rick. »Und nein.«

Seine Gesichtszüge lockern sich. »Was soll das heißen?«

Ich atme nervös durch. »Meine Partei schickte mich hierher, um mit euch über den Mann zu sprechen, der für das Chaos außerhalb eurer Mauern verantwortlich ist.« Ich verschränke die Arme vor der Brust und sehe entschlossen zu ihm. »Doch es hat sich etwas geändert. Ich bin nun hier, weil ich eure Hilfe brauche für einen Menschen, der mir sehr viel bedeutet.«

Rick wirkt interessiert und hebt eine Augenbraue. »Ein Botschafter braucht *unsere* Hilfe? Das habe ich ja noch nie gehört. Wer ist denn dieser Mensch, der Ihnen so viel bedeuten soll?«

Myr tritt neben ihren Cousin. »Sie ist auch meine Freundin und sie schwebt in großer Gefahr. Den Zwischenfall von heute Morgen hast du sicher mitbekommen, oder?«

Rick ringt mit sich selbst und blickt zu seiner Sekretärin, die uns aufmerksam zuhört. »Nicht hier«, sagt er in einem ruhigen Ton. »Folgt mir.«

Wir laufen den edlen Flur mit dem roten Teppich, den beigen Wänden und abstrakten Gemälden entlang. An einer der hinteren

Türen bleiben wir stehen und betreten einen in warmen Farben gestalteten Raum. Er ist in einem vergangenen Stil gehalten, den es vor sehr vielen Jahrhunderten mal gegeben haben soll. Es erinnert mich mit seinen vergoldeten Rändern, den rot bezogenen Stühlen und dunklen Tischen an die Renaissance.

Am hinteren Tischende sitzen eine Frau sowie ein älterer Mann – schätzungsweise beide Mitte vierzig. Sie blicken uns neugierig an und Rick deutet auf die Stühle neben ihnen. »Setzt euch.«

»Myr, schön, dich wiederzusehen«, sagt die schwarzhaarige Dame mit dem südländischen Teint. Ihre dunkelbraunen Augen wirken beinahe schwarz. »Was verschafft uns die Ehre?«

»Myr weniger, eher dieser Aaren Smith von der FfW-Partei«, antwortet Rick für seine Cousine und all die Freundlichkeit, die die Frau ausstrahlt, verschwindet auf einen Schlag.

Sie blickt zu mir und sieht mich feindselig an. »Wie bitte? Wieso lässt du es zu, dass er hierherkommt, Rick?«

Er schüttelt den Kopf und grinst. »Weil dieser Mann *unsere* Hilfe braucht, Delia.« Wenn sie einer der drei Richter ist, dann ist der andere Kerl es ebenfalls. Also Malcom.

Aus der Kehle des bisher schweigsamen Mannes dringt ein rauchiges Lachen. »Das soll wohl ein Scherz sein!«

Seine Reaktion macht mich wütend und zieht meine Bitte an die drei Richter ins Lächerliche. Dabei ist die Situation todernst für mich.

Ich blicke in Malcoms graue Augen, mit denen er mich mustert. »Es geht dabei nicht nur um mich, sondern auch um Ihre Stadt, die von Adam Malone bedroht wird. Er will vorzugsweise wohl Ihre Special Editions.«

Delia hebt die Augenbraue. »Denkst du, wir wüssten das nicht?«

Rick deutet erneut auf die freien Sitzplätze und ich nehme neben Malcom Platz, der mich keinen Moment aus den Augen lässt. Myr setzt sich neben mich, während Rick den Stuhl neben Delia wählt.

»Die Situation ist folgendermaßen, Grünschnabel«, beginnt Malcom in einem amüsierten Tonfall und scheint auf eine höfliche Anrede zu verzichten.

Am liebsten wäre ich ihm sofort über den Mund gefahren, doch ich muss mich beherrschen, um ihre Unterstützung für Leafs Rettung zu bekommen – ganz gleich, wie viele seiner beleidigenden Bezeichnungen ich noch hinunterschlucken muss.

Er beugt sich nach vorne und faltet die Hände auf dem Tisch. »Wir wissen, dass Adam Malone der Inhaber dieses Instituts ist, und auch, dass er aus einem ganz bestimmten Grund dort das Gebäude erbaut hat. Er will fern von jeglichen Zeugen sein, die seine Vergehen mitbekommen könnten, und vergreift sich an den bereits erschaffenen Produkten, um mit ihnen zu experimentieren.«

Ich sehe ihn nachdenklich an und erinnere mich an die Fernsehsendung, in der Adam der Öffentlichkeit bekannt gab, dass er sich an ein Experiment heranwagen wolle. »Wozu soll das gut sein?«

Delia spricht weiter: »Um neuere, bessere Produkte zu erschaffen. Dieser Mann ist, wie du sicher weißt, absolut krank im Kopf. Durch zuverlässige Quellen haben wir erfahren, dass er schon immer so gewesen sein muss. Er will also einen Körper erschaffen, der widerstandsfähiger und schmerzempfindlicher ist.«

Ich schüttle verwirrt den Kopf. »Schmerzempfindlicher?«

Malcom übernimmt wieder: »Ja, er liebt es, das Leid eines Wunschkindes zu sehen. Damit fühlt er sich mächtig – als wäre er eine Art Gott.«

Ein eiskalter Schauer läuft mir über den Rücken. »Das ist krank.«

Delia lacht freudlos auf. »Mehr als das. Vor allem lässt er sich von nichts und niemandem aufhalten. Er kann selbstverständlich mit den Produkten machen, was er will, deshalb haben wir ein Schlupfloch gesucht, um ihn anklagen zu können.«

»Und das wäre?«, hake ich interessiert nach. Vielleicht kann ich ihnen ein Gefallen erweisen, während sie meiner Bitte nachkommen.

»Wir brauchen mindestens fünf unserer Leute zurück. Außerdem benötigen wir Bilder oder Videos aus dem Institut.« Das ist nicht allzu leicht, da man erst einmal in das Gebäude hineinkommen muss.

Malcom fügt hinzu: »Und zu unserem eigenen Interesse wollen wir wissen, *welche* Experimente er durchführt.«

Delia tippt nervös mit dem Finger auf den Tisch und erzählt weiter: »Wir glauben, dass er etwas ganz Bestimmtes erreichen will, und es muss irgendetwas mit den Special Editions zu tun haben.«

Ich presse die Lippen zusammen, als ich daran denke, dass mir langsam die Zeit davonläuft. Leaf braucht mich. »Ich werde für Sie hineingehen und die Beweise sammeln, wenn Sie im Gegenzug Ihre Unterstützung anbieten.«

Malcom zischt herablassend. »Wie soll die aussehen?«

Das wird ihnen nicht gefallen. »Tagtäglich muss ich mit ansehen, wie Wunschkinderleichen auf den Straßen liegen, die von einer Müllbeseitigungsmaschine aufgesammelt und geschreddert werden, weil es niemanden interessiert. Wir sind nur Abfall, ein dummes Spielzeug für die Menschen.«

»Ihr könnt euch jederzeit den Freiheitskämpfern anschließen«, meint Malcom, lehnt sich in seinem Stuhl zurück und verschränkt die Hände im Nacken.

»Eben nicht! Viele von uns können das nicht! Weil sie keine Wahl haben. Sie werden von ihren Käufern gefangen gehalten und misshandelt. Sie haben nicht einmal die Möglichkeit, eine Entscheidung zu treffen«, erkläre ich und spüre, wie ich langsam in Rage gerate.

Wieso wollen diese Freiheitskämpfer es nicht verstehen? Wenn sie sich nur dazu entschließen würden, unserer Partei beizutreten, wären wir an der Macht und könnten endlich alles nach unseren Regeln lenken.

Aber sie sind zu stur und zu stolz auf das, was sie sich in den letzten Jahren aufgebaut haben.

Delia seufzt. »Ausgeschlossen, Kleiner. Wir werden kein Teil von euch. Das Thema hatten wir schon mehrmals und unsere Antwort ändert sich nicht.«

Malcom beginnt spottend zu lachen. »Wolltest du uns den Vorschlag machen, dass du die Videobeweise sammelst, fünf unserer Leute befreist und dann auch noch mit ihnen ungesehen hinausgelangst?« Er kriegt sich beinahe nicht mehr ein. »Du bist ja lebensmüde.«

Ich ziehe wütend die Augenbrauen zusammen. »Ich schaffe das, weil ich es für Lara tue. Ich hole sie da raus. Koste es, was es wolle.«

Rick, der dem Gespräch nur gelauscht hat, zuckt plötzlich mit den Schultern und meint: »Lasst es ihn versuchen. Wenn er Erfolg hat, geben wir ihm, was er will.«

Delia und Malcom sehen ihn entsetzt an und rufen gleichzeitig: »*Was?*«

Dennoch bleibe ich misstrauisch. »Und das soll ich Ihnen glauben?«

Er zieht einen Mundwinkel nach oben. »Ich gebe dir Siegel und Unterschrift, wenn du willst. Mit einer Ausnahme natürlich.« *Aha, also doch ein Haken.* »Alle Produkte aus unserer Stadt sollen als Menschen gekennzeichnet werden, sodass ihnen nichts geschehen kann, wenn sie sich bei eurer Regierung registrieren lassen.«

Mir klappt die Kinnlade herunter. »Wie bitte? Das würde uns Monate, wenn nicht sogar über ein Jahr kosten. So eine Prüfung wäre nicht nur sehr kostenintensiv, sondern auch noch aufwendig.«

Rick verschränkt die Arme vor der Brust. »Das ist aber alles, was wir dir anbieten.«

»Seit wann entscheidest du das allein?«, faucht Delia erzürnt.

Malcom wirkt ebenfalls nicht begeistert. »Das wollte ich auch gerade fragen.«

»Weil wir nur zwei Optionen haben. Dieser junge Mann ist momentan der einzige Städter in ganz MRD. Wenn einer unserer Leute im Institut erwischt wird, kann es passieren, dass Adam alles daransetzen wird, um uns anzuklagen.« Delia wirkt etwas überrascht, Malcom scheint es bereits geahnt zu haben. »Er *will,* dass wir unsere Leute da rausholen. Denn das unerlaubte Betreten eines Städter-Grundstückes ist Einbruch. Bei einer Anklage werden wir uns verantworten müssen und für eine gewisse Zeit MRD verlassen, was dazu führt, dass Adam freie Bahn hat und unsere Stadt überfällt. Ihr wisst, dass die Prozesse über Wochen dauern können. Adam wird alles dafür tun, dass dies auch geschieht. Solange kein Urteil gefällt wurde, dürfen wir ihre Stadt nicht verlassen.«

Jetzt ist auch Malcom überrascht. »Was? Wieso sollte er das tun? Es wird genug Beweise geben, um ihn zur Verantwortung zu ziehen.«

Rick schüttelt den Kopf. »Und wer soll ihn dann anklagen, wenn wir vor Gericht festsitzen?«

Alle schweigen für den Moment.

Delia wirkt wegen Ricks Theorie entsetzt. Ich hingegen glaube ihm. »Finden Sie das nicht ein wenig zu weit hergeholt?«

»Auf keinen Fall«, entgegnet Rick. »Ich muss zugeben, Adam ist nicht leicht zu durchschauen, aber nach einigen Untersuchungen bin ich mir ganz sicher, dass er genau auf dieses Ziel hinauswill. Er versucht, uns aus unseren eigenen Mauern zu vertreiben, um damit die drei schützenden Hände loszuwerden, die im Moment noch der einzige Grund sind, weshalb Adam sich zurückhält.«

»Zurückhält?«, entfährt es Malcom und er setzt sich aufrecht hin. »Er hat bereits viele unserer Leute gefangen.«

Rick nickt traurig. »Ich weiß und das müssen wir aufhalten. Deshalb muss dieser Städter hinein. Wenn er erwischt wird, kann Adam uns wenigstens nicht anklagen, da er bei seiner Partei registriert und ein Mensch ist.«

»Was ist mit unserem Militär?«, fragt Myr.

»Krieg ist die allerletzte Lösung und wäre für MRD der Untergang. Wir sind keine Krieger, die solche Verluste einfach wegstecken könnten«, entgegnet Malcom.

Ich muss gestehen, Rick macht seinem Posten als Anführer alle Ehre. Ich wäre niemals auf die Theorie gekommen, dass Adam die drei loswerden will, bevor er die Stadt angreift. Nur was würde er mit so vielen Produkten machen?

»Ich kann mir nicht vorstellen, dass die Regierung der Städter einfach dabei zusieht, wie Adam all unsere Leute für sich beansprucht«, platzt es aus Delia heraus, die Ricks Theorie am meisten getroffen haben muss. Die Angst steht ihr ins Gesicht geschrieben.

»Leider doch«, seufzt er. »Die Stadt wird keinen Schaden davon nehmen, wenn wir verschwinden.«

»Dann sollten wir die obersten Richter informieren«, meint Malcom.

»Die obersten Richter?«, hake ich interessiert nach, da ich den Begriff schon ein paar Mal gehört habe.

Delia sieht mich stutzig an. »Ich dachte, gerade ihr von der FfW würdet über alles Bescheid wissen. Na ja.« Sie zuckt mit den Schultern. »Jedenfalls entscheiden sie über alle Freiheitskämpfer-Städte. Sie sind zu neunt und stimmen alles gemeinsam ab. Nur die obersten Richter dürfen über irgendwelche Belange entscheiden, wenn es die Welt betreffen könnte.«

»Aber es geht doch hier nur um MRD.«

Delia verneint meine Aussage mit einem Kopfschütteln. »Nicht, wenn es zum Krieg kommt. Dann betrifft es die gesamten Freiheitskämpfer. Und nur wegen diesem Risiko müssen wir auch die obersten Richter informieren.«

Rick wendet sich an Malcom. »Doch zu deiner Frage: Ja, wir sollten sie wissen lassen, dass wir in die Mangel genommen werden. Wenn es euch nichts ausmacht, werde ich ihnen gerne meinen Vorschlag unterbreiten.«

»Hast du nicht gerade eben von zwei Optionen gesprochen?«, fragt Malcom.

Rick fasst sich nachdenklich ans Kinn. »Ja, genau. Die andere Variante wäre, wir tun einfach weiterhin nichts und warten, bis unsere Kundschafter und Soldaten so sehr dezimiert sind, dass Adam seine Spezialeinheit schickt und in die Stadt eindringt, um einen nach dem anderen zu schnappen.«

Delia blinzelt entsetzt. »Sie schaffen es nicht einmal bis zu uns hinauf.«

Rick zischt. »Denkst du, Spezialeinheiten können keine Treppen steigen?!« Er erhebt sich. »Ich werde die obersten Richter um Rat fragen und nicht länger warten, bis wir im Schlaf ermordet werden.« Damit verlässt er den Raum.

Malcoms Lippen werden zu einer schmalen Linie.

Delia sieht zuerst mich, dann Myr an. »Ich hoffe, ich kann euch genug vertrauen, dass diese Informationen niemals nach außen dringen. Verstanden?«

Myr wirkt eingeschüchtert und nickt schnell.

Delias ernster Blick versucht den meinen zu durchbohren.

»Ich schweige auch«, verspreche ich.

Malcom erhebt sich ebenfalls, wendet sich jedoch noch einmal mir zu. »Wenn du wirklich Erfolg hast, dann werde ich meine Registrierung neu aufnehmen und den Menschen bei ihrer Prüfung helfen.«

»Sie waren einmal Prüfungsleiter?«

Er nickt und fährt sich beschämt übers Haar. »Das war, bevor ich mich dazu entschlossen habe, die Städter zu verlassen.«

»Was? Echt?«, mischt sich Myr ein und sieht Malcom überrascht an. »Und wieso bist du gegangen?«

»Ich habe das Elend der Produkte nicht mehr ertragen. Ich wusste, dass ich bei den Freiheitskämpfern in Frieden leben konnte. Na ja, zumindest bis dieser Adam Malone kam …«

»Ich ertrage es auch nicht länger«, gebe ich zu und atme laut aus. »In den letzten Jahren ist es immer menschenverachtender und abstoßender geworden. Wir wissen noch nicht einmal, was sie wirklich hinter den Mauern des Instituts mit einigen der Produkte machen.«

Malcom schreitet Richtung Tür. »Vielleicht haben wir ja dieses Mal Glück, Kleiner.« Anschließend verschwindet er aus dem Raum und lässt uns allein.

Delia schaut nachdenklich zu ihren Händen, die auf dem Tisch ruhen.

»Sollen wir hier warten oder meldet ihr euch bei uns? Rick hat ja meine Nummer«, durchbricht Myr das unangenehme Schweigen.

»Wir melden uns«, meint Delia und sieht mich mit ihren dunklen Augen an. »Wenn wir eine Antwort der obersten Richter erhalten haben, kontaktieren wir euch umgehend.«

Ich werde dabei ganz nervös. »Wir tun jetzt vorerst also gar nichts?«

Sie nickt.

Die Wut kocht erneut in mir hoch. »Was ist mit Lara? In der Zeit, in der wir hier herumsitzen, könnte ihr schreckliches Leid angetan werden. Das kann doch nicht Ihr Ernst sein!«

Delia nickt erneut, dieses Mal deutlicher. »Ohne die Zustimmung der obersten Richter gibt es keinen Deal.«

Ich erhebe mich zornig. »Ich pfeif auf den Deal! Ich will nur in dieses verdammte Institut.«

»Selbst ohne die Zustimmung?«

»Ja. Geben Sie mir nur ein wenig Ausrüstung und ich schleiche mich hinein. Bitte.«

Mein Flehen scheint etwas bei Delia zu bewirken. »Sie bedeutet dir ja eine Menge, wenn du so sehr darauf erpicht bist, ins Institut einzudringen.«

Ich balle neben meinem Körper eine Hand zur Faust. »Ja, sehr viel sogar. Deshalb will ich keine Zeit vergeuden und herumsitzen, während sie längst in den Händen dieses furchtbaren Mannes ist!«

Delia denkt nach. Doch statt mir eine Antwort zu liefern, erhebt sie sich stillschweigend und läuft auf die Tür zu. »Bevor ich eine Entscheidung fälle, werde ich Rick und Malcom informieren müssen.«

Hoffentlich beeilt sie sich.

Myr atmet neben mir schwer aus. »Oh Mann. Hätte ich gewusst, dass die Situation so ernst ist … Ich hätte Lara erst gar nicht in ihren Dienst treten lassen.«

Ich sehe sie mitfühlend an. »Ja, geht mir auch so. Ich wusste zwar, dass die Lage so eskalieren könnte, doch da hatte ich keine Ahnung, wer sie war, und als die Erinnerungen zurückkehrten, war es bereits zu spät …«

Myr erhebt sich und tritt neben mich, um mir tröstend eine Hand auf die Schulter zu legen. »Mach dir keine Sorgen. Wir werden sie da schon rausholen.«

»Hoffentlich so bald wie möglich«, gebe ich nervös von mir.

Die Sekretärin wirft mich und Myr aus dem Gebäude, sodass wir erst einmal das PPW-Institut verlassen müssen. Als Myr und ich uns dann auch noch trennen, erscheint mir die beste Ablenkung Helena zu sein, die ich in Melanies Hände gegeben habe.

In der Militärstation frage ich nach den beiden, und sie wurden nach Hause entlassen. Ich mache mich also auf den Weg zum Ringblock und bin mehr als erleichtert, als Melanie mir bei ihrem Haus die Tür öffnet.

Sie sieht mich erwartungsvoll an. »Und? Wie ist es gelaufen?«

Ich trete ein und gebe einen genervten Laut von mir. »Nicht so, wie ich erwartet hätte.«

Sie schließt die Tür und begleitet mich zu einem Stuhl, auf den ich mich seufzend fallen lasse. »Was meinst du damit?«

Mein Blick gleitet zu Helenas geschlossener Zimmertür. »Und Hel?«

»Schläft. Sie ist ziemlich fertig wegen dem, was ich gesagt habe.« Erschöpft fährt sie sich durchs Gesicht und da bemerke ich erst die noch immer roten, verweinten Augen.

Ich greife wieder auf das alte Thema zurück, um ihre Frage zu beantworten. »Delia, Rick und Malcom werden die obersten Richter über die schwierige Situation informieren. Wenn ich viel Glück habe, werde ich den Befehl erhalten, ins Institut einzudringen.«

»Du willst da freiwillig hin?«, fragt Melanie entsetzt.

»Wenn es die einzige Möglichkeit ist, Lara zu retten, dann werde ich es tun«, antworte ich in einem ernsten Tonfall.

Sie wirkt noch immer unsicher. »Bist du dir sicher? Als Special Edition werden sie ebenfalls von dir profitieren, wenn sie dich erwischen.«

»Ich bin zwar keine Spezialeinheit, die über besondere Kenntnisse verfügt, doch ich habe schon ein paar Nebenkurse und Ausbildungen gemacht, um meine Fähigkeiten zu erweitern. Das sollte reichen, um zumindest ins Institut hineinzugelangen. Mit der passenden Ausrüstung wird es leichter.«

Plötzlich geht die Tür auf und zwei müde Herbstaugen sehen zu mir. »Aaren?« Sie torkelt schlaftrunken zu uns und klettert auf meinen Schoß. Dort lässt sie sich gegen meine Brust fallen und schließt die Augen. »Ist Tante Lara … ähm, ich meine Momy … wieder da?«

Ich beiße mir auf die Unterlippe. »Nein, Kleines. Aber bald. Versprochen.« Damit sie mir nicht herunterrutscht, schlinge ich die Arme um ihren Körper. Liebevoll drücke ich ihr einen Kuss auf das Haar. »Wie geht's dir?«

Sie seufzt schwer. »Ich bin so traurig.«

Melanie sieht Helena reumütig an.

Ich versuche Hel ein wenig abzulenken, auch wenn ich darin nicht wirklich gut bin. »Wegen was genau?«

Sie schmiegt den Kopf an meine Schulter. »Dass Momy wegen mir jetzt entführt wurde und vielleicht nie wieder zurückkommt.«

Ein Schluchzer entfährt ihr. »Ich habe die Autotür nicht zugesperrt, so wie sie es mir gesagt hat.«

Ich drücke sie tröstend an mich. »Hör auf, dir die Schuld dafür zu geben.«

Als es eine Zeit lang still zwischen uns ist, merke ich, dass sie in meinen Armen eingeschlafen ist. Ich erhebe mich vorsichtig vom Stuhl und bringe sie zurück ins Bett. Dort decke ich sie zu und bleibe noch ein wenig neben ihr sitzen.

Sie sieht so friedlich aus, wenn sie schläft. Man merkt ihr den Kummer kaum noch an, auch wenn ihre verweinten Augen und die rötlichen Wangen etwas anderes sagen. Es ist nun wichtig, dass wir Hel nicht noch mehr Sorgen bereiten und ich Leaf so schnell wie möglich befreie. Sie braucht ihre Mutter, genau wie ich sie brauche.

Gerade als ich mich erheben will, um das Zimmer zu verlassen, packt sie meine Hand und blickt mich schmerzerfüllt an. »Bitte geh nicht … Daddy. Ich will nicht allein sein.«

Ich werfe einen kurzen Blick auf mein Handy und stelle fest, dass noch niemand versucht hat, mich zu erreichen. Weder Myr noch eine unbekannte Nummer.

Also lege ich mich zu Hel unter die Bettdecke und sie kuschelt sich an mich. Ich streiche ihr beruhigend über das schwarze Haar und blicke gedankenversunken in die Leere.

Es ist ein eigenartiges Gefühl zu wissen, dass sich innerhalb von zwei Tagen meine komplette Welt gedreht hat. Vorher dachte ich, mein Leben hätte ich meiner Partei gewidmet und würde alles daransetzen, dass die Produktion von Wunschkindern gestoppt wird und alle das gleiche Recht erhalten.

Das ist immer noch ein wichtiger Teil, den ich unbedingt erfüllen will, allerdings nicht mehr der wichtigste. Mein Leben hat eine neue Bedeutung bekommen, die sich Leaf und Helena nennt. Ohne sie macht das Kämpfen und Durchhalten keinen Sinn mehr.

Während ich also immer tiefer in meiner Gedankenwelt versinke, merke ich gar nicht, wie ich kurz eingenickt bin. Durch ein leises Piepen und Vibrieren in meiner Hosentasche werde ich geweckt, wodurch ich hochschrecke und das Handy hervorziehe.

Eine unbekannte Nummer wird mir auf dem Display angezeigt. Ich schiebe vorsichtig Helena zurück aufs Bett, die auf meinem Bauch eingeschlafen ist.

Erst im Wohnzimmer hebe ich ab, in dem auch Melanie auf dem Sofa schläft.

»Hallo?«, gehe ich flüsternd ran.

»Ähm … Aaren Smith?« Ich erkenne Ricks Stimme wieder.

»Woher haben Sie …?«

Er lacht. »Oh, vielleicht hätte ich erwähnen sollen, dass ich deine gesamten Daten heruntergeladen habe, während wir in der Besprechung waren. Ich habe mir dann deinen Lebenslauf angehört. Außerdem können wir die Formalitäten nun lassen, denke ich.« Anscheinend bietet er mir gerade an, auf die Höflichkeitsform zu verzichten. Ob das ein gutes Zeichen ist? Vertraut er mir nun?

Die Daten eines Parteimitgliedes herunterzuladen, ist ein Klacks in seiner Position. Die Freiheitskämpfer durchleuchten unglaublich gerne die Städter, da sie ihnen nur schwer vertrauen.

Vermutlich hat nur ein kurzer unauffälliger Klick auf seinem Handy gereicht und die IT hat ihm zusammengesucht, wer ich bin und was ich tue. Zeitungsartikel und ein öffentlicher Steckbrief scheinen ihm genügt zu haben. Möglicherweise hat er sogar noch mehr Zugriffe durch seine kleinen Helferlein.

Deswegen hat er während der Besprechung eine Zeit lang kein Wort gesagt. Er wollte sich erst ausgiebig über mich informieren. Was für ein Fuchs.

»Und? Gibt es etwas Neues?«, hake ich neugierig nach.

»Ja«, sagt er in einem strengen Ton. Mein Herz klopft vor Aufregung in der Brust. »Wir haben eine gute und eine schlechte Nachricht. Die obersten Richter sind nicht bereit, mit dir einen Deal einzugehen, sehr wohl aber mit der obersten Instanz eurer Partei.«

»Das kostet zu viel Zeit!«, beschwere ich mich.

»Ich weiß«, meint er enttäuscht. »Doch wir haben einen anderen Ausweg gefunden. In der Zeit, in der also deine Leute und unsere Leute den Deal abklären, schicken wir dich ins Institut. Wir geben dir alles an Ausrüstung mit, was wir haben, aber wir brauchen dein festes Versprechen, dass du zu niemandem ein Wort sagst. Auch nicht zu Myr. Klar?«

»Also anders gesagt, niemand soll wissen, dass ich mich bereits auf den Weg ins Institut gemacht habe?«

Er atmet erleichtert aus. »Bedeutet das, du wärst dabei?«

»Wohin soll ich kommen?«, frage ich ernst.

»Zur Basis am Nordtor. Dort erwartet dich ein Lieutenant Greff. Er hat deine Ausrüstung bereits zusammengestellt und erklärt dir das Vorgehen. Einverstanden?«

Hoffnung wallt in mir auf. Ich kann mich endlich auf den Weg zu Leaf machen. »Ich gehe sofort los.«

»Und du bist dir ganz sicher?« Rick klingt ein wenig beunruhigt. »Wenn du erwischt wirst, übernehmen wir keine Haftung für die Konsequenzen.«

»Wie schon gesagt: Ich bin bereit, alles zu tun.«

»Gut.«

Wir legen gleichzeitig auf und ich schnappe mir meine Sachen, bevor ich aus dem Haus verschwinde und die anderen beiden schlafen lasse.

Mit der Straßenbahn komme ich schnell in den Norden und frage im Eingangsbereich der Basis nach dem Lieutenant. Die Frau tätigt einen kurzen Anruf und nur wenige Minuten später steht ein muskelbepackter Riese vor mir. Seine schwarzen, schulterlangen Haare hat er zu einem Pferdeschwanz gebunden.

»Mitkommen, Smith«, befiehlt er und sein strenger Ton erinnert mich an einige Tage in meiner Ausbildung zurück.

Wir gehen in einem Eilschritt durch mehrere Gänge. In einer leeren Umkleide hängt bereits an einem länglichen Wandschrank alles bereit. Ich bekomme die Ausrüstung der Eliteeinheit, sogar mit allen Waffen und Instrumenten, die ich brauchen werde.

»Das Headset ist dabei am wichtigsten. Platzieren Sie sich den kleinen Stecker im rechten Ohr und benutzen Sie Sichtwechsel-Kontaktlinsen. Mit denen könnten Sie zwischen Röntgen-, Infrarot- und einer Thermografie-Sicht schalten. In Ihrer Westentasche befindet sich ein Entschließ-Gerät, mit dem Sie beinahe jede Tür öffnen können, selbst die mit Sicherheitscodes. Ausnahmen sind hier Fingerabdruck- oder Augenscanner.«

Er rattert noch Informationen über mehrere hilfreiche Instrumente herunter, während ich die Kleidung von mir streife und die Eliteausrüstung anziehe.

Nachdem ich auch den Rucksack über meine Schultern geschwungen habe, begeben wir uns zu den Fahrzeugen und ich werde überraschenderweise an einen Kundschafter übergeben.

Er hat blondes, lockiges Haar und grinst mich freundlich an. »Du musst ein Freund von Lara sein, hat Rick mir erzählt. Ich bin Maty, ihr Partner bei den Kundschaftern.«

Ich hebe meine Augenbrauen. »Ach ja? Dann … warst du dabei, als sie …«

Er schüttelt den Kopf und gibt einen enttäuschten Laut von sich. »Ich wünschte, ich wäre es gewesen. Ich hätte die beiden niemals alleine fahren lassen dürfen. Doch woher sollte ich wissen, dass sie selbst die Fahrzeuge überfallen?«

Er fühlt sich ebenfalls schuldig.

»Ohne sie kehre ich nicht zurück. Versprochen.«

Meine Worte scheinen ihn zu ermutigen. »Dann komm. Ich bin dein Fahrer. Allerdings bringe ich dich nur bis an die Grundstücksgrenze. Wir haben davor schon einige unserer Leute positioniert, um den Bau und das Geschehen des Instituts weiter zu beobachten.«

»Ist das nicht auffällig?«

Maty öffnet die Tür seiner Fahrerseite. »Doch, aber das kann den Städtern egal sein. Wir warten dort nicht mit Waffen oder schweren Geschützen, sondern beobachten nur das Institut hinter dickem Gestrüpp. Ihnen ist es gleich, ob wir dort stehen. Wichtig ist nur, dass wir die Grenze nicht überschreiten.«

»Ich verstehe.«

Der Wagen, in den wir steigen, ist ein Geländefahrzeug, mit dem man über besondere, unebene Wege fahren kann. Ich setze mich auf den Beifahrersitz und schnalle mich an.

Maty fährt den Wagen langsam an und am großen Metalltor werden wir schließlich in die Außenwelt gelassen. »Oh, Lieutenant Greff sagte mir, du sollst dein Handy hierlassen. Wir haben hier leider strikte Verbote.«

Nur zögerlich nehme ich es aus der Tasche und schreibe Myr noch schnell eine Nachricht, damit sie Bescheid weiß und es den anderen weitergeben kann. Allerdings erwähne ich nur, dass ich einen neuen Auftrag habe und mich um Leaf kümmern werde. Schließlich darf ich kein Wort über meine Mission verlieren. Anschließend lege ich es ins Handschuhfach.

»Bist du zum ersten Mal in einem militärischen Einsatz?«, fragt er und ich merke, dass er versucht, von seinen Sorgen um Leaf abzulenken.

Ich schüttle den Kopf. »Nein, ich habe eine Zeit lang dem Militär der Städter gedient und eine Ausbildung bei ihnen gemacht.«

»Kenntnisse erweitert?«

Ich nicke stumm.

»Ich würde mich auch gerne weiterbilden, doch wenn man einen Beruf erlernt hat, behält man diesen bis zu seinem Lebensende.«

Ja, das habe ich schon mehrmals gehört. Freiheitskämpfer sind zwar ein kleineres Volk als die Städter, doch dafür halten sie alle zusammen.

»Das klingt sehr eintönig.«

Er seufzt. »Ja, das ist es auch. Manchmal zumindest.«

Wir schweigen auf der restlichen Fahrt und begeben uns nach einer Weile mitten in den Wald hinein, in dem wir einem Pfad folgen, der schon von mehreren Geländewagen platt gefahren worden ist. Es ruckelt ab und an heftig, wenn wir über eine Delle fahren oder sogar mit einem Reifen in ein Loch hineinkrachen. Doch das Fahrzeug federt alles ab, sodass der Aufprall nicht allzu sehr wehtut.

Nach einiger Zeit halten wir neben zwei weiteren Geländewagen und Maty bedeutet mir, auszusteigen. Ich klettere vom hohen Sitz hinunter und springe auf den aufgewühlten Boden.

Es ist recht kühl heute und in der Luft liegt der Gestank von verbranntem Holz und einem unnatürlichen Geruch, den ich nicht zuordnen kann. Womöglich kommt er von dem Institut, das noch immer fertiggestellt wird.

»Ich begleite dich noch bis zur Grenze, doch ab da bist du auf dich allein gestellt«, klärt er mich auf und ich folge ihm auf dem Weg durch den Wald.

Als wir gerodetes Land erreichen, das sich bis zu dem Institut erstreckt, bleiben wir stehen. Hinter dem riesigen, industriellen Gebäude ragt ein schwarzgrauer Felsen in die Höhe. Es sieht beinahe so aus, als würde er dem Institut Sichtschutz bieten.

»Tja, hier beginnt der Spaß«, gibt Maty locker von sich, doch in seiner Stimme erkenne ich auch eine Spur Unsicherheit. Er sieht mich mitfühlend an. »Viel Glück, mein Freund.«

Anerkennend hält er mir seine Hand hin, die ich freundlich annehme. »Ich schaffe das.«

Er grinst schief. »So wie ich Rick verstanden habe, bist du alles, was wir haben.«

Wir lösen uns voneinander und Maty macht einen Schritt zurück. »Ab hier übernimmt wieder Lieutenant Greff aus der Kommandozentrale. Dank deiner Kontaktlinsen erschaffst du gleichzeitig eine Karte und speicherst alles, was du entdeckst, in einem Chip. Sieh dir also alles lieber zweimal an.«

Ich nicke und kehre ihm den Rücken zu.

Leaf ist so nah und doch kommt es mir vor, als würden uns noch Tausende Kilometer trennen. Hier auf dem gerodeten Land werde ich sicher schnell entdeckt.

Eine Stimme ertönt in meinem Ohr. Es ist Lieutenant Greff. »Sind Sie bereit, Smith?«

»Ja, Sir.«

»Ziehen Sie sich die Kapuze über, dann aktiviere ich nun Ihr Tarnsystem«, befiehlt er mir. Ich tue, was er verlangt. »Gut, Tarnsystem aktiviert.«

Als ich an mir herabblicke, erkenne ich, dass meine Kleidung sich unsichtbar gemacht hat. Da mein Gesicht tief in der Kapuze versteckt ist, sollte man dieses auch nicht erkennen. Nur ganz leicht bemerke ich Umrisse, als würde man durch eine Glasplatte schauen. Zumindest sollte man mich dadurch nicht von Weitem sehen.

Das gibt mir wieder die Zuversicht, unentdeckt ins Institut zu gelangen.

Ich hoffe nur, Leaf geht es gut und Adam hat sie noch nicht gefunden.

# LEAF

Mir stehen die Tränen in den Augen, als ich von zwei muskelbepackten Männern gezwungen werde, Adam zu folgen. Wir gehen durch weiße, neu erbaute Flure, in denen ich sogar noch Farbe und den Gips riechen kann. Selbst der Geruch von Bleichmittel liegt in der Luft.

Mein Herz hört nicht auf, vor Angst zu hämmern, vor allen Dingen nicht, als wir Adams Suite betreten, welche die teuersten und modernsten Möbel besitzt. Es gibt zwei weitere Nebenräume, wovon das eine das Badezimmer ist, das andere sein Schlafzimmer.

Doch vorerst bleiben wir im Wohnzimmer, mit dem riesigen schwarzen Ledersofa und ausfahrbaren Regalen und Schränken.

Die zwei Männer zwingen mich auf einen weichen Sessel, aus dem blitzartig zwei Fesseln schießen, die meine Handgelenke an den Armlehnen fixieren. Ich versuche, mich davon loszumachen, doch der harte Stahl rührt sich keinen Zentimeter, sondern schneidet mir nur in die Haut.

»Lasst uns allein«, befiehlt Adam und erneute Panik überrollt mich.

*Nein, nein, nein. Nicht allein lassen! Bleibt hier!*

Ich bekomme keine Luft mehr. Alles scheint sich zu wiederholen. Die Scham, die Qualen, die Furcht vor dem Leid, das ich ertragen muss.

Die Tränen rinnen mir über die Wangen und ich beginne zu schluchzen. Nach meiner Therapie habe ich wirklich geglaubt, ich wäre stärker und mutiger, wenn ich jemals wieder Adam gegenüberstehen würde. Doch in Wahrheit fühle ich mich zu jenem schrecklichen Augenblick zurückversetzt, an dem mein ganzes Trauma begonnen hat.

Adam stellt sich an das große Fenster, das sich zwischen den Türen der Nebenzimmer befindet. Ohne mich dabei anzusehen, schaut er in die Ferne und setzt ein glückliches Lächeln auf. »Ich war so unendlich traurig, dass ich dich damals wieder abgeben musste, nachdem ich dich selbst mit all meinen Foltermethoden aus dem Koma nicht befreien konnte.«

Er hat mich also in den kritischen Zustand versetzt. Kein Wunder, dass Myr und die anderen glaubten, ich wäre halb tot gewesen. Adam hat versucht, mich wieder zu Bewusstsein zu bekommen.

Was hat er nur mit mir gemacht?

»Doch als ich von einer Special Edition mit blondem Haar und grünen Augen hörte, schöpfte ich die Hoffnung, dass du es doch überlebt haben könntest.« Er dreht sich zu mir um und lächelt mich wie ein kleines Kind an, das sein Spielzeug zurückgewonnen hat. Dieser Anblick jagt mir einen eiskalten Schauer über den Rücken. »Und du bist wirklich zu mir zurückgekehrt.«

Ich drücke meinen Rücken in den Sessel und beginne am ganzen Leib zu beben. Was soll ich tun? Wie kann ich ihm entkommen? Ist auf meinen Ruhemodus Verlass? Wird er mich wieder ins Koma befördern?

Sein Lächeln verwirkt etwas und er senkt traurig den Blick. »Aus Angst, dich erneut zu verlieren, muss ich leider – so leid mir das auch tut, kleine Blossom – unsere Spiele einstellen. Ich hatte so viele für uns geplant, aber da ich dich nicht erneut weggeben will, werde ich vorsichtiger mit deinem Körper umgehen müssen.«

Er will es also vermeiden, mich in den Komazustand zu versetzen? Oh nein! Wieso? *Wieso nur?* Nur weil er mir keine großen Schmerzen zufügt, bedeutet das noch lange nicht, dass ich nicht andere Qualen aushalten muss.

Dann wusste er also, was mich damals abschaltete. Doch woher? Oder hat er es sich einfach zusammengereimt?

Sein Versprechen, mir keine Qualen zuzufügen, gibt mir ein wenig die Hoffnung, diesen Horror zu überstehen. Ob mich jemand retten kommt? Das Militär? Eine Spezialeinheit? Vielleicht sogar … Autumn? Aber wieso sollte er das tun? Er hat keinerlei Erinnerungen an die Leaf, die er einst liebte.

Ich hoffe so sehr, Hel hat es geschafft. Doch das muss sie, sonst hätte ich sie bereits in den Zellen wahrgenommen. Niemand hat von einem kleinen Mädchen gesprochen, was die Chance vergrößert, dass Hel in Sicherheit ist.

Sie muss einfach. Sie in dieser Hölle zu wissen, würde mich um den Verstand bringen.

»Ich bin an etwas Großem dran, meine Schöne«, wechselt er zu einem neuen Thema. Er kommt auf mich zu und hockt sich zu mir herunter. Seine Finger fahren über meine Hose und ich halte die Luft an. »Es ist ein vollkommen neues Projekt, auf das ich gestoßen bin, als ich nach deinem Defekt beschlossen habe, eine neue Blossom herzustellen.«

Wie bitte? Hat er den Verstand verloren?

Scharf sauge ich die Luft auf.

Seine drahtige Hand fährt über meinen nackten Unterarm, dessen Haut noch immer eiskalt ist, da im Keller niedrige Temperaturen herrschen. »Ich bin so fasziniert gewesen von den Special Editions, dass ich ganz viele und eigene erschaffen wollte, die nur für mich da sind. Aber es müssen dieselben sein. Ganz viele Blossoms.«

Spricht er da von Klonen? Eine Kopie von mir? Ich spüre, wie mir langsam eine Schnur den Hals zuzieht.

»Doch die Havering-Company hat den Leitsatz, dass jedes Produkt individuell bleiben muss. Also vernichtet es nach einem Kauf, einem Defekt oder nach dem achtzehnten Lebensjahr jedes noch so kleine Detail über die Herstellung des Produktes. Nur die Grundzusammenstellung bleibt.« Er erhebt sich, stemmt seine Hände auf die Stahlfesseln und beugt sich nah zu mir. Ich wäre am liebsten noch tiefer in der weichen Lehne versunken. »Aber das konnte ich nicht auf mir sitzen lassen, also habe ich alles, was ich über die Special Editions in Erfahrung bringen konnte, gespeichert.« Ein verrückter Ausdruck schleicht sich in sein Gesicht. »Und siehe da, ich entdeckte etwas vollkommen Neuartiges.«

Er stößt sich vom Sessel ab, geht zu einer der schwarzen Kommoden und zieht eine Spritze heraus. Mir wird augenblicklich speiübel. Was hat er damit vor?

Als er wieder auf mich zukommt, wallt Panik in mir auf und ich versuche mich, wenn auch sinnlos, aus den Fesseln zu befreien.

»Sch«, sagt Adam in einem beruhigenden Ton, als wäre ich ein Baby, das aufhören soll zu schreien. »Ich brauche nur eine letzte Zutat für mein kleines Projekt und das ist dein Blut. Denn in der DNA stecken so viele Geheimnisse, kleine Blossom.«

Dann bin ich das letzte Puzzleteil, das ihm nun gefehlt hat. Was hat er nur vor? Warum will er so viele Special Editions klonen? Wozu? Um dann eine nach der anderen zu quälen und zu töten?

»Außerdem benötige ich deine Stammzellen, damit ich mein Werk vollenden kann. Aber keine Sorge, alles bleibt absolut schmerzfrei. Mit unserem heutigen Standard ist es möglich, die Stammzellen innerhalb weniger Minuten aus dem Blut zu entnehmen.«

Aus seinem Jackett zieht er eine Art Gürtelschnalle heraus und klemmt mir damit den rechten Oberarm ab. Anschließend sticht er die Nadelspitze in meine Ellenbeuge und entnimmt mir Blut, das durch einen kleinen Schlauch in die Spritze fließt.

Als er fertig ist, nickt er zufrieden und entfernt die Nadel aus meiner Haut. »Danke, kleine Blossom. Mit deinen Stammzellen kann ich eine Menge fertigstellen.«

Was soll das denn nun heißen?

Er entfernt die Schnalle und geht auf die Tür zu, um den Raum zu verlassen. Bevor er verschwindet, verabschiedet er sich mit: »Keine Sorge, meine Schöne. Ich bin bald zurück. Vielleicht dann sogar in Begleitung.«

Hinter sich schließt er die Tür und ich gebe einen lauten Schluchzer von mir, gemischt mit einem erleichterten Seufzen.

Auch wenn er mir vorerst nur harmlose Dinge angetan hat, glaube ich dennoch, dass ich Angst vor *dem* haben sollte, was er vorhat.

Ich ahne nichts Gutes.

# AUTUMN

In meinem Ohr trage ich ein knopfgroßes Gerät, das als Headset dient. Lieutenant Greff hat mich auf dem Hinweg zum Institut über die verschiedenen Ausrüstungsgegenstände aufgeklärt. Beim fünfzehnten höre ich auf zuzuhören und konzentriere mich lieber auf den Weg vor mir. Denn langsam nähere ich mich der ersten Wache, die aufmerksam das gerodete Feld überwacht.

Durch die Tarnung bin ich nur fast unsichtbar, da meine Umrisse aus der Nähe bemerkt werden können, weswegen ich einen Bogen um den Mann mache und einen anderen Weg suche, um hineinzukommen.

»Stopp, Smith«, ertönt Greffs Stimme in meinem Ohr. »Die Soldaten besitzen Zugangskarten. Du musst an eine von ihnen herankommen.«

Ich presse die Lippen aufeinander, da ich ganz genau weiß, dass ich mindestens einen von ihnen ausschalten muss. Es ist etwas her, seitdem ich das letzte Mal jemanden überwältigen musste. Möglicherweise bin ich ein wenig aus der Übung.

»Wir haben einen Seiteneingang lokalisiert, den wir dir auf deiner Übersichtskarte markieren. Geh dort hin und versuche, dich an die allein stehende Wache heranzuschleichen. Wenn du die Zugangskarte hast, helfen wir dir, zu den Zellen zu gelangen.«

»Verstanden«, antworte ich zur Bestätigung.

Die Linsen sind für mich absolut neu, sie verfügen über hochmoderne Technik. Schließe ich länger als zwei Sekunden die Lider, schalten die Linsen auf eine andere Sicht um. Ich wechsle also so lange, bis ich die Karte vor meinen Augen sehe, oder besser gesagt: eine digitale Welt, die sich mit der Wirklichkeit verbindet.

Eine leuchtende weiße Strichmarkierung, wie man es von den Straßen in Kansas City kennt, zeigt mir den Weg, den ich entlanggehen muss, um ungesehen zum Seiteneingang zu gelangen.

Außerdem erkenne ich nun orangene Schatten, die sich hinter den Fassaden befinden. Der Computer merkt sich jede Art von Lebensform, die er entdeckt, und registriert sogar versteckte oder schlecht einsehbare Eingänge.

Als ich endlich den Seiteneingang erreiche, ist dieser natürlich nach wie vor verschlossen, denn ohne eine Zugangskarte komme ich nicht hinein.

»Mist«, höre ich Greff sagen. »Die Wachen kommunizieren in gewissen Zeitabständen miteinander. Wir müssen eines ihrer Headsets hacken, damit nicht auffällt, dass jemand fehlt.«

Ohne die Kommandozentrale und die hochmoderne Ausrüstung wäre ich aufgeschmissen. Vermutlich hätte ich es nicht einmal bis hierhin geschafft.

»Wie soll ich vorgehen?«, frage ich nervös, da jederzeit jemand aus der Tür kommen könnte, während ich wartend davorstehe.

»Auf deinem Handschuhrücken befindet sich eine kleine schwarze Fläche. Leg das Headset darauf, dann versucht einer unserer IT-

Leute es zu hacken. Das kann ein wenig Zeit in Anspruch nehmen, also vergewissere dich, dass er sein Check-up bereits hinter sich gebracht hat.«

»Alles klar«, bestätige ich und schleiche bis zur Ecke, die zur hinteren Seite des Instituts führt. Als ich die in schwarzer Uniform gekleidete Wache erkenne, bemerke ich, dass sie sich keinen Zentimeter rührt. Sie geht keine Routen ab oder dreht sich in irgendeine Richtung. Wie soll ich mich also an sie heranschleichen?

Während ich darüber nachgrübele, was ich tun soll, werde ich Zeuge, wie er einen Knopf an seinem Helm drückt und etwas kurzes Unverständliches weitergibt. Anscheinend ist dies sein Checkup gewesen.

*Jetzt oder nie.*

Ich schleiche, so nah es geht, an der Wand entlang, bis uns nur noch gute zwei Meter voneinander trennen. Mit seinem Helm scheint er zwar einen ausreichenden Schutz zu besitzen, doch sein Sichtfeld ist definitiv eingeschränkt. Er hätte eine Bewegung wahrnehmen müssen.

Das Herz schlägt mir bis zum Hals, als ich im Kopf noch einmal den genauen Ablauf durchgehe. Um einen Schrei zu vermeiden, muss ich ihn in den Schwitzkasten nehmen und seine Luftröhre zudrücken.

Mit einem tiefen Ein- und Ausatmen gebe ich meine Deckung auf und stürze mich auf den Mann, der zu spät begreift, dass ich ein Feind bin. Womöglich haben sie nicht erwartet, dass es wirklich jemand wagen würde, ihr Grundstück unerlaubt zu betreten.

Bevor er nach Hilfe schreien kann, habe ich längst meinen Arm um seinen Hals gelegt, sodass er aufgrund der abgedrückten Luftröhre nur Würgelaute hervorbringt.

Es dauert lange, bis er endlich in sich zusammensackt, und mein Arm pocht danach schmerzhaft. Das Zudrücken und gleichzeitige

Ankämpfen gegen seine Kraft hat mich mehr von meiner eigenen gekostet, als ich für möglich gehalten habe.

»Gut gemacht, Smith. Schnappen Sie sich nun das Headset. Es muss innerhalb seines Helmes sein«, weist Greff mich an.

Ich ziehe mit beiden Händen die Kopfbedeckung des Mannes ab und blicke in das Gesicht eines Jungen, der noch nicht einmal volljährig zu sein scheint.

»Ein ziemlich junger Anhänger von Adam«, bemerkt Greff. Dasselbe habe ich mir auch gedacht.

Ich taste im Inneren des Helmes das weiche Polster ab und werde tatsächlich fündig. Das kleine Headset ist nicht größer als mein Daumen.

Wie von Greff angeordnet, lege ich es auf die schwarze Fläche meines Handschuhs und warte auf weitere Anweisungen.

»Was mache ich mit ihm, Sir?«, flüstere ich und blicke immer wieder um mich, aus Angst, jemand könnte mich erwischen.

»Hinter Ihnen gibt es eine Tür mit einem kleinen Raum. Werfen Sie ihn dort hinein«, weist er mich an und markiert mir erneut den Zielort auf der digitalen Karte meiner Kontaktlinsen.

Nach einer Minute, die mir beinahe wie eine Ewigkeit vorkommt, gibt der Lieutenant mir das Zeichen, um den Wachmann loszuwerden. Ich schnappe mir seine Zugangskarte, die nicht anders aussieht als eine weiße Kreditkarte mit der Aufschrift »Havering-Company«.

Hinter der Tür entdecke ich eine kleine Toilette, die nur für eine Person gedacht ist, und werfe ihn hinein. Anschließend kehre ich in den Flur zurück.

»Absperren nicht vergessen, Smith«, ertönt erneut die Stimme des Lieutenants.

»Man kann sie nur von innen schließen, Sir«, entgegne ich flüsternd.

»Wozu haben Sie so ein teures Gerät dabei? Bestimmt nicht, um es *nicht* zu benutzen, Smith.«

Welches davon?

Als ich zögere, merkt er, dass ich nicht weiß, welches von den vielen Geräten er eigentlich meint. »In Ihrem Rucksack. Es sieht aus wie eine überdimensionale Bonbon-Dose«, fügt er mit einem genervten Seufzer hinzu.

Ich nehme den Rucksack ab und schaue im Inneren nach. Tatsächlich entdecke ich das Gerät, das er soeben beschrieben hat, und erinnere mich noch vage daran, dass man es an das Schloss halten muss, damit es funktioniert.

Es saugt sich mit seinen Noppen fest und scannt zuerst das Schloss. Nachdem es die Funktion herausgefunden hat, höre ich ein Surren, gefolgt von einem leisen *Klick*.

Anschließend blinkt eine kleine Leuchte grün, womit es mir sagen will, dass es fertig ist. Geräuschlos entferne ich die praktische Maschine von der Tür und verstaue sie zusammen mit dem Headset des Wachmanns in meinem Rucksack.

Weiter geht's.

Mit der Eliteausrüstung freunde ich mich nur langsam an, doch die Kontaktlinsen sind mitunter das Beste an dem Equipment. Ich brauche nur noch meine Augen offen zu halten, denn alle Schwingungen, Funksignale und Präsenzen scheint das System schon vor mir zu erfassen.

Problemlos komme ich von einem Gang in den anderen, ohne dabei erwischt zu werden. Zwischen den weißen, neu erbauten Wänden liegt der Geruch von Gips und Bleichmittel.

Nach einem langen Weg gen Westen entdecke ich endlich das Treppenhaus, das mich in die nächsten Stockwerke führt. Ich brauche noch nicht einmal meine Zugangskarte dafür.

»Wir haben mehrere große Räume lokalisiert, in denen offensichtlich die Zellen liegen. Sie werden dort hinuntergehen und die Gefangenen befreien. Haben Sie verstanden?«, befiehlt er, und so langsam geht mir sein »Haben Sie verstanden?« auf den Keks.

Manchmal muss ich meinen Sarkasmus unterdrücken und mir den Satz: »Nein, hab ich nicht«, verkneifen.

Doch ich will den drei Richtern nicht in den Rücken fallen, also gehorche ich den Befehlen von Lieutenant Greff.

Während ich Stockwerk für Stockwerk hinunterlaufe, muss ich jede einzelne Karte scannen, die aufgrund besonderer Gebäude-Bestimmungen gut sichtbar an den Wänden angebracht sind.

Im Stockwerk U7 halte ich an und verspüre eine beißende Kälte. Wenn hier unten die Gefangenen liegen, dann müssen sie erfroren oder sehr geschwächt sein. Selbst ich finde es mit meiner langärmeligen Jacke recht kühl.

»Gut, da wir nun die Lagepläne der Stockwerke haben, können wir mit Sicherheit sagen, dass es sich dabei um die Gefangenenzellen handelt«, erklärt mir Greff. »Seien Sie auf der Hut. Wir registrieren mehrere menschliche Körper, können jedoch nicht sagen, wer davon Feind oder Freund ist.«

»Verstanden.«

Mit meiner Zugangskarte öffne ich die Tür und schleiche durch den mit fadem Licht beleuchteten Gang. Hier unten gibt es nur alte Fliesen, die mit Dreck und Erde übersät sind. Alles kommt mir vor, als hätte hier vor Jahren bereits ein Gebäude gestanden. Zwischen den Fugen an den Wänden entdecke ich herauswachsende Pflanzen, was noch mehr bekräftigt, dass dieser Teil hier nicht zum neu gebauten Institut gehört.

»Wir sind momentan dabei, alte Lagepläne durchzugehen. Vielleicht können wir herausfinden, was hier vor dem Institut gestanden hat. Ich denke, Adam hat nicht umsonst diesen außergewöhnlichen Standort gewählt«, erklärt er.

Ich bleibe kurz stehen. »Ihr denkt, er hat aufgrund dieses alten Baus den Standort ausgesucht?«

»Das versuchen wir herauszufinden.«

Doch wieso? Was stand hier vorher? Weshalb hegt er daran ein so großes Interesse?

Ich folge dem Gang weiter und entdecke endlich die alten Zellen, in denen einige hustende, ächzende und geschwächte Menschen liegen.

Dann höre ich ein leises »Das darf doch nicht wahr sein ...« aus meinem Headset. »Gordan, Alli ... sie sind wirklich hier.«

Als mich ein dunkelhaariger Mann entdeckt, lege ich den Zeigefinger an die Lippen, um ihn zu bitten, still zu sein. Ich nehme den Rucksack von meinem Rücken und krame wieder mein Entschließ-Gerät heraus, das ich an das erste Schloss an seiner Zelle lege.

Es dauert keine zehn Sekunden, bis ich den Ersten befreit habe. Der Dunkelhaarige reicht mir erleichtert die Hand. »Gott, bin ich froh, dass sie jemanden geschickt haben«, flüstert er und schaut kurz den Gang hinunter. »Ich bin Gordan.«

»Aaren«, stelle ich mich vor. »Hast du eine Frau namens Lara hier gesehen?«

Mir wird ganz unwohl, als er mich auf einmal traurig anschaut. »Adam hat sie sich vor ein paar Stunden geholt. Seitdem ist sie nicht mehr zurückgekehrt.«

Hitze wallt in mir auf und ich packe ein wenig zu kräftig seine Schultern. »Wohin hat er sie gebracht?«

Er wirkt von meiner heftigen Reaktion ein wenig entsetzt, doch ich kann mich nicht beherrschen. Allein der Gedanke, was das Monster bereits in den paar Stunden mit ihr angerichtet haben könnte ... Nein, das darf ich kein zweites Mal zulassen.

»Ich habe keine Ahnung!«, ruft er verzweifelt.

Ich drücke ihm mein Entschließ-Gerät in die Hand, da sie sonst die anderen Zellen nicht öffnen können. »Hiermit können Sie die anderen befreien. Ich komme euch wieder abholen.«

»Smith! Sie bleiben! Sie bringen die ganze Mission in Gefahr, wenn Sie jetzt auf eigene Faust handeln!«, warnt mich der Lieutenant durch das Headset.

Ich kann sie nicht länger allein lassen. Leaf braucht mich. Wie soll ich den anderen helfen, wenn mich der Gedanke, dass sie in diesem Moment gequält werden könnte, um den Verstand bringt? Ich kann jetzt schon nicht mehr klar denken.

»Tut mir leid, Sir«, sage ich und ziehe das Headset aus meinem Ohr, um es Gordan in die Hand zu drücken. »Der Lieutenant bringt euch hier raus.«

Er nickt und ich lasse ihnen zusätzlich den Rucksack hier. Falls ich es nicht schaffen sollte, dann werden es wenigstens die Freiheitskämpfer tun.

Für mich zählt nur noch die Frau, für die ich mein Leben als Aaren Smith geopfert habe. Ich muss ihr doch sagen, dass es Hel gut geht und ich mich wieder an uns erinnern kann. Ohne sie verlasse ich dieses Institut nicht. Entweder wir fliehen gemeinsam oder werden hier begraben. Die Vergangenheit darf sich nicht wiederholen – *nie wieder werde ich mich von ihr trennen lassen.*

Außerdem habe ich ein Versprechen zu halten.

*»Bis wir in Freiheit sind.«*

# LEAF

Ich habe bestimmt über eine Stunde oder länger auf dem Sessel gesessen, bis Adam wieder durch die Tür hereingeschneit kommt. Auf seinen Lippen liegt ein glückliches Lächeln. »Es hat funktioniert. Ich wusste, dass die Stammzellen der Schlüssel zum Erfolg sind.«

Noch immer habe ich keine Ahnung, was er genau erreicht hat, doch er sprach vorhin von einer Begleitung. Wer das wohl sein wird? Sein neues Produkt?

Er tritt zur Seite, als ob er noch eine weitere Person hereinbittet. Ich kann zögerliche Schritte hören, die den Raum betreten. Beim Klang der Stöckelschuhe bin ich sicher, dass es sich dabei um eine Frau handelt.

Angespannt beobachte ich, wie eine schlanke Gestalt mit aprikosenfarbener Haut, grünen Augen und blond schillerndem Haar im Türrahmen steht. Sie trägt ein rotes Kleid, dasselbe, das ich im Auto tragen sollte, als Adam mich damals kaufte.

Mir klappt die Kinnlade herunter, als ich eine zweite Blossom vor mir stehen sehe. Ihr Gesichtsausdruck ist ängstlich und traurig zugleich.

Ich kann es nicht fassen.

Er hat mich geklont.

Was ist das für ein unfassbar abscheuliches Monster? Bedeutet das etwa, dass er immer Blossom-Nachschub braucht, wenn er mit dem einen Produkt fertig ist?

In diesem Moment kann ich nicht anders, als sie anzustarren, wobei mir Tränen in die Augen treten. Er wird dem Original vielleicht nichts antun, aber dafür wird er jede Einzelne von meinen Klonen quälen.

»Ich habe auch Tränen der Freude vergossen, meine Schöne«, sagt er und streicht der neuen Blossom über die Wange. Sie zuckt zusammen und beginnt zu zittern. An ihren Handgelenken kann ich dunkle Abdrücke erkennen. »Die Klone gibt es schon seit Jahren, aber durch deine Stammzellen konnte ich ihnen endlich Leben einhauchen.«

Er hat ihr bereits etwas angetan.

»Bitte …«, kommt es wimmernd aus ihrer Kehle.

*Oh nein, sie hört sich genauso an wie ich. Damals. In diesem Auto. Mit ihm allein.*

Mein Puls erhöht sich, mir wird augenblicklich heiß und ich will diesem Mädchen unbedingt helfen. »Lass sie in Ruhe, du Monster!«

Adam lacht, packt schmerzhaft das Kinn von Blossom und drückt seine dünnen Lippen auf ihre. Genau wie bei mir.

Dieser Mensch ist krank. Was auch immer in seiner Vergangenheit passiert ist, er wird sich niemals ändern und immer weiter den Körper von Blossom produzieren. Denn er kann nie genug davon haben.

Das ist seine Rache. Blossom, das erste Produkt, das er nicht haben konnte.

Wäre ihm das schon einmal passiert, dass ein Produkt ins Koma fiel, hätte er sicher mit diesem zuerst begonnen, einen Weg zu suchen, diesen Prozess zu unterbinden. Aber wie es scheint, war ich die Erste.

Darum geht es. Es ist nicht meine Schönheit oder die Special Edition, die er begehrt, sondern die ewige Strafe dafür, dass ich mich ihm entsagt habe. Er hat nicht die Chance bekommen, mich zu Tode zu quälen, weil ich mich vorher abgeschaltet habe. Deswegen hat er mich auch anschließend gefoltert, weil er seine Tat zu Ende bringen wollte, es war jedoch nicht dasselbe, weil ich es nicht mitbekam.

Seine Opfer müssen vor Qualen schreien, bevor sie sterben. Adam hat sadistische Vorlieben und wenn er diese nicht ausüben kann, nimmt er Rache.

An unzähligen Blossoms.

Wer weiß, wie viele Körper er bereits erschaffen hat?

Adam löst sich von Blossom und packt diese an der Hand. »Komm, wir gehen in mein Schlafzimmer.«

»Stopp! Geh nicht mit!«, schreie ich und versuche mich erneut von meinen Fesseln zu lösen.

Blossom beginnt zu weinen und wehrt sich gegen den harten Griff ihres Herrn. Doch da schlägt er ihr so hart auf die Wange, dass sie mit einem kleinlauten Schrei zurücktaumelt. »Spar dir deine Kraft für etwas anderes auf!«

Nur wenige Augenblicke später fällt die Tür des Schlafzimmers zu. Das dünne Holz wird ihre Schreie und Wehklagen von meinen Ohren nicht fernhalten.

Wie traumatisiert starre ich auf die Tür, hinter der es noch still ist. Durch meine gefesselten Arme bin ich gezwungen, dem Leid zuzuhören, das sich im Schlafzimmer abspielt.

Nach einer geschlagenen Minute beginnen die ersten Schreie, die eher wie lautes Fiepen klingen. Sie gibt sich Mühe, den Schmerz nicht zu zeigen, und obwohl ich weiß, dass nicht *ich* es bin, die diesen ertragen muss, fühle ich jede einzelne Qual mit ihr.

»Aufhören …«, entfährt es mir weinend.

*Warum tut er das nur? Sie kann doch nichts dafür! Es ist nicht ihre Schuld, dass ich mich abgeschaltet habe. Es ist meine! Ganz allein meine!*

Plötzlich ertönt ein so heftiger Schlag, dass ich im ersten Moment glaube, sie wäre tot, doch stattdessen höre ich sie würgen.

»Wir sind noch nicht fertig, Blossom«, ruft er schwer atmend. Wie viel Kraft hat er aufgewendet, um sie zu verprügeln?

Sie wimmert, weint und schreit, als ich das Reißen von Kleidung höre, gefolgt von einem … *gefolgt von einem …*

Ich beuge mich über meine Armlehne und muss mich ebenfalls übergeben. Die Schreie enden nicht, sie werden nur mit jedem qualvollen Stoß lauter und ich beginne zu schreien.

Ich schreie, um die Geräusche zu übertönen, die ich niemals wieder hören wollte.

Ich schreie, weil eine naive, hoffende Lara daran glaubt, dass sie jemand retten wird.

Ich schreie, weil ich den Schmerz meiner grauenhaften Vorstellungen nicht mehr ertrage.

Was muss sie dort durchstehen? Ich kann es wieder fühlen. Seine Hände, die sich an meinen Körper pressen, wie sie mich zwingen, die Dinge zu tun, vor denen ich mich am meisten fürchte. Ich keuche, als meine Stimme heiser ist und Glas zersplittert.

Ruckartig hebe ich den Kopf und bemerke einen wütenden Adam, der sein ganzes Schlafzimmer auseinanderzunehmen scheint. »NEIN! DAS DARF NICHT WAHR SEIN!«

Er ist so fuchsteufelswild, dass ich Angst davor habe, was mit mir geschieht, wenn er die Tür öffnet.

Was hat ihn so in Rage gebracht? Lebt Blossom überhaupt noch? Hat er sie etwa …?

Da höre ich, wie ein dumpfer Gegenstand auf etwas Weiches einschlägt und nach mehreren Hieben scheint dieser Gegenstand nass zu werden. Er gibt schmatzende Geräusche von sich und mir wird augenblicklich klar, auf was er da eindrischt.

*Blossom.*

Er. Schlägt. Blossom. Tot.

Erneute Übelkeit überkommt mich und ich versuche, dem Drang zu widerstehen, mich nochmals übergeben zu müssen. Doch meine Kraft neigt sich dem Ende zu und ich kann nichts anderes tun, als hilflos in dem Stuhl zu sitzen und den Geräuschen zu lauschen.

Nachdem er aufgehört hat, auf Blossom einzuschlagen, gibt er einen verzweifelten Schrei von sich und reißt die Tür seines Schlafzimmers auf.

Ich sauge scharf die Luft ein und halte diese an. Dabei habe ich den mit Eisen getränkten Geruch eingeatmet, der nun das ganze Wohnzimmer erfüllt. Adam tritt blutüberströmt in den Raum und geht langsam auf mich zu. In seiner Hand hält er eine Eisenstange, von der rote Flüssigkeit heruntertropft.

Sein Gesicht, seine Hände, seine Brust und sogar die Beine sind vollkommen mit Blut überströmt. Seine Gürtelschnalle hängt offen und schlaff in den Bändern.

*Also hat er sie wirklich … und jetzt ist sie …*

»Sie hat sich wieder abgeschaltet«, sagt er, geht an mir vorbei und legt sich mitsamt seinen nassen Kleidern auf das Sofa. »Diese dumme Schlampe hat sich abgeschaltet …«

Ich traue mich beinahe nicht mehr, zu atmen, aus Angst, er würde mich genauso totschlagen wie Blossom. Als ich einen Blick ins Schlafzimmer wage, erkenne ich das viele Blut und den Körper, der darin wie getränkt ist. Ihr blondes Haar ist rot, die aprikosenfarbene Haut … sie trägt ja nicht einmal mehr das Kleid an ihrem Körper, sondern wurde rücksichtlos wie ein Stück Abfall auf dem Boden liegen gelassen. In ihrem eigenen Blut.

Die Übelkeit drängt sich nach vorne und ich muss mich erneut neben dem Sessel übergeben. Adam scheint es nicht zu stören, denn er liegt noch immer schweigend auf dem Sofa und ärgert sich weiter über Blossoms Ruhemodus.

*Sie ist erlöst*, sage ich mir.

*Sie muss den Schmerz danach nicht ertragen, so wie ich.*

*Sie kann jetzt in Frieden ruhen.*

Tränen rinnen über meine Wangen und ich beginne leise zu wimmern. Ich kann nicht länger bei diesem Monster bleiben, sonst werde ich selbst verrückt. Blossoms Anblick werde ich nicht mehr aus dem Kopf kriegen, genauso wenig wie ihre furchtbaren Schreie …

*Schalte das ab*, flehe ich. *Lösch diese grauenvollen Erinnerungen. Ich kann damit nicht leben. Wenn ich meine Augen schließe, sehe ich das viele Blut auf dem Boden, höre ihre Schreie, die mich anflehen, ihr zu helfen. Aber ich bin gefesselt. Ich kann nur zusehen und nichts tun.*

*Bitte.*

*›Formatierung des Speichers Adam Malone wird vorbereitet …‹*

*Wer spricht da? Ist das mein Computer? Kannst du meine Erinnerungen löschen?*

*›Warnung: Es können eventuell nicht alle gewünschten Erinnerungen gelöscht werden. Es sei denn, Sie sind damit einverstanden, dass ich Ihren gesamten Personenspeicher formatiere.‹*

Plötzlich fliegt die Tür auf und ich höre ohrenbetäubende Schüsse einer Waffe. Ich schließe die Lider und lausche weiterhin dem Klang in meinem Kopf.

*Werde ich dann alles vergessen? Auch diejenigen, die ich liebe?*

*›Korrekt.‹*

*Aber dafür vergesse ich alles, was mir mit Adam Malone widerfahren ist, ja?*

*›Korrekt.‹*

*Dann möchte ich, dass der gesamte Personenspeicher …*

»Leaf?«, höre ich eine Stimme in meinen Kopf dringen. Jemand berührt sanft meine Wange und dessen Wärme kommt mir so unglaublich bekannt vor. »Scheiße, was ist hier passiert?«

*… also der Personenspeicher vollkommen …*

»Leaf!«, ertönt erneut diese wunderschöne, melodische Stimme in meinem Kopf. Meine Augenlider sind zu schwer, als dass ich sie wieder öffnen könnte.

*›Sind Sie damit einverstanden, dass ich Ihren gesamten Personenspeicher formatiere?‹*

*Also …*

Der Druck an meinen Handgelenken löst sich und der Schmerz ebbt ab. »Leaf, sieh mich bitte an.«

*›Sind Sie damit einverstanden, dass ich Ihren gesamten Personenspeicher formatiere?‹*, drängt erneut die Computerstimme in meinen Gedanken.

*Werde ich dann auch Autumn vergessen?*

*›Sie vergessen jede Person, die Sie im Leben kennengelernt haben. Der Datenbestand wird vollkommen gelöscht‹*, antwortet sie monoton.

Aber wenn ich Autumn vergesse, wer wird sich dann noch an Autumn und Leaf erinnern? Ich bin doch die Einzige, die weiß, was wir gemeinsam durchgestanden haben. Ich würde damit nicht nur eine Person auslöschen, sondern auch eine Geschichte, dabei habe ich geschworen, dass sie für immer und ewig in meinem Herzen bleibt.

*Nein, ich kann das nicht. Formatierung abbrechen!*

*›Formatierung abgebrochen.‹*

Als ich endlich die Lider wieder öffne, schauen mich warme braune Herbstaugen besorgt an. Instinktiv lege ich eine Hand an seine Wange und sehe ihn überrascht an. »Autumn?«

Er lächelt vor Erleichterung und zieht mich in seine Arme. Ich lehne mich an ihn und schluchze an seiner Schulter.

Autumn ist hier. Er ist gekommen.

»Leaf, ich kann mich wieder erinnern«, flüstert er in mein Haar und ich löse mich ein Stück von ihm, um ihm in die Augen zu sehen. Hat er das gerade wirklich ernst gemeint? »An alles.«

Ich halte mir erschrocken die Hand vor den Mund. »Autumn, dann bedeutet das …«

Er senkt betrübt den Kopf. »Aber es ist meine Schuld, dass ich dich vergessen habe. Mein Mentor hat mich in jener Nacht erwischt, als wir uns davonstehlen wollten. Er nahm mich fest und brachte mich bei den defekten Produkten unter. Als ich dann die Chance bekam zu fliehen, habe ich mich sofort auf den Weg gemacht, um die Auswertung aufzuhalten. Doch es war zu spät. Ich erreichte zwar das Auto, doch meine Kraft hat mich verlassen.«

Das plötzliche Bremsen, der Mann, der einen schmerzerfüllten Schrei von sich gab … Das war Autumn gewesen. Er wollte mich retten kommen … also hat mein Mentor mich damals angelogen, um mir das Herz zu brechen und mich acht Jahre lang in Ungewissheit zu lassen.

Autumn hat mich wirklich geliebt und auch nie damit aufgehört.

»Als ich wieder bei den defekten Produkten landete, bat ich den Computer, er solle den Schmerz von mir nehmen, weil ich den Gedanken nicht ertrug, dass Adam dich zu Tode quälen würde. Daraufhin habe ich dich vergessen … ohne genau zu wissen, was ich da eigentlich angerichtet habe.« Er legt seine Stirn an meine und ein leises Schluchzen dringt aus seiner Kehle. »Ich habe dich und Hel acht Jahre lang allein gelassen. Ich hätte für dich da sein sollen, Leaf. Ich hätte ein guter Vater sein müssen … für Hel …«

Ich wäre gerade eben beinahe auf dieselbe Verlockung hereingefallen, wenn Autumn nicht rechtzeitig gekommen wäre. Seine Stimme hat mich wieder zurückgebracht, mir vor Augen geführt, was mir wirklich wichtig ist.

Ich nehme sein Gesicht in meine Hände und lächle ihn zaghaft an. »Hör auf, dir die Schuld dafür zu geben. Keiner konnte wissen, zu was unser Computer imstande ist. Mich hat er in den Ruhemodus versetzt und gerade eben versucht, meinen gesamten Personenspeicher zu löschen. Er tut nur alles, um uns vor Schmerz zu beschützen. Er ist eben eine Maschine und kein Mensch.«

Autumn legt eine Hand in meinen Nacken. »Bedeutet das, du verzeihst mir?«

Ich nicke. »Immer.«

Im nächsten Moment spüre ich, wie sich Autumns warme Lippen auf meine legen und meine Erinnerungen, von denen ich so gern träume, zurückkehren. Der Lavendel-Honig-Duft strömt in meine Nase und hinterlässt ein angenehmes Kribbeln in mir.

Es fühlt sich genauso wie damals an, als wir uns jeden Abend heimlich trafen, um unsere Zweisamkeit zu genießen und von den Tagen zu schwärmen, in denen wir in Freiheit sein würden.

In meinem Kuss steckt so viel Sehnsucht, dass sie mich überschäumt. Auch wenn ich so viel Leid und Qualen ertragen musste, ist es dennoch Autumn, der mich immer wieder auf die Beine gezogen hat. Selbst als er nicht bei mir war, waren es dennoch meine Gedanken an ihn.

Autumn ist mein Anker.

Ein Klirren ertönt im Raum, als würden mehrere Münzen auf den Boden fallen. Erschrocken drehen wir uns in die Richtung des Geräusches und erst jetzt kommt mir Adam wieder in den Sinn. Autumn muss hereingestürmt sein und ihn mit Schüssen übersät haben.

Doch das Monster lebt.

Was zum Teufel geht hier vor?

# AUTUMN

Die etlichen Patronen, die ich diesem Mistkerl in die Brust gejagt habe, fallen wie Münzen aus seiner Brust heraus. Laut klirrend kommen sie auf dem Fliesenboden auf und ich erhebe mich mit Leaf vom Sessel.

Warum lebt er noch? Das ist unmöglich! Die Kugeln hätten ihn sofort töten müssen!

Adam beginnt laut zu lachen und erhebt sich langsam vom Sofa. Seine Wunden verheilen, als verfügte er über besondere Kräfte. Ich greife nach Leafs Hand und verschränke ihre Finger fest mit meinen.

Sie drückt sich ängstlich an mich und ich kann ihr starkes Zittern wahrnehmen. Er scheint nicht sterben zu können, zumindest nicht durch einfache Kugeln.

Ich hebe meine Waffe, schieße erneut in seine Brust und laufe mit Leaf aus dem Raum.

»Ihr könnt mir nicht entkommen!«, schreit Adam mit rauchiger Stimme.

Wir rennen zum Treppenhaus und hören, wie plötzlich ein Alarm losgeht. Über den Türen blinkt rotes Licht und Adam muss das ganze Institut alarmiert haben. Sie wollen uns gefangen nehmen und er wird sich dafür rächen wollen, dass ich ihn erschossen habe.

Mir tun die Beine weh, nachdem wir fast das Erdgeschoss erreicht haben. Als wir durch die Eingangstür fliehen wollen, kommt eine Schar bewaffneter Männer auf uns zu. Wir sind gezwungen, zurück ins Treppenhaus zu laufen, um ins Untergeschoss zu fliehen. Doch auch da stoßen wir nur auf Feinde, die uns in Gruppen verfolgen.

Sie treiben uns ins unterste Stockwerk zu den Zellen. Womöglich war dies auch ihre Absicht, da es nun keinen Ausweg mehr gibt. In der großen, heruntergekommenen Lagerhalle landen wir in einer Sackgasse, in der es keine Möglichkeit mehr zum Fliehen gibt.

Fade Deckenlampen erleuchten den Raum und aufgrund der alten Wände haben sich durch die Risse im Beton Schlingpflanzen gegraben, die nun herabhängen.

Leaf klammert sich furchtsam an mich und ich ziehe sie in meine Arme. Sie werden sie nicht kriegen – komme, was wolle. Die schwarz gekleideten Männer in Uniform versammeln sich im Raum und richten ihre Maschinengewehre auf uns. Es müssen um die dreißig Wachen sein, die Adam uns auf den Hals gehetzt hat. Sie warten wohl auf sein Zeichen, denn niemand wagt es, einen Schuss abzugeben.

Wir stehen wie erstarrt an der Wand, warten auf unser Schicksal. Als sich die Menge an Männern in Bewegung setzt, merke ich, dass sie den Weg für jemanden freigeben.

Adam kommt nach vorne und grinst gehässig. Sein Hemd und das Jackett sind noch immer von meinen Kugeln durchlöchert, selbst das Blut klebt noch daran, doch die Wunden scheinen alle verschlossen.

Wie kann er über solch eine Fähigkeit verfügen? Ob er überhaupt menschlich ist? Oder eine Maschine? Ein Produkt?

»Deine Stammzellen sind wertvoll für mich, Blossom. Allerdings werde ich in der Lage sein, sie zu klonen, sodass ich an meiner Special Edition arbeiten kann, um ihren Ruhemodus ein für alle Mal auszuschalten. Deshalb werde ich dich nicht mehr brauchen«, erklärt er und hebt seine Hand hoch, als wollte er seinen Männern einen Befehl erteilen.

»Wenn du einen Boten der FfW-Partei erschießt, wird das für dich Konsequenzen haben, Adam«, drohe ich und dränge Leaf hinter mich, um die Kugeln abzufangen, wenn welche auf uns zuschießen sollten. Ich weiß, dass sie mich mit Leichtigkeit töten, doch sie sollten mich zuerst treffen. Vielleicht hat Leaf wenigstens eine kleine Chance zu überleben.

»Ich glaube kaum, dass dies für mich ein Problem wäre. Ich habe schon weitaus schlimmere Sachen getan, die niemals das Licht der Wahrheit erblickten«, gibt er in einem gehässigen Ton von sich. »Aber viel interessanter finde ich Blossoms Gefühle für dich. Seit wann können Produkte so starke Empfindungen entwickeln? Sie sind doch nichts weiter als leicht kontrollierbare Konstruktionen.«

»Wir sind Lebewesen. Genau wie ihr«, knurre ich und halte meine Waffe auf Adam und seine Leute gerichtet.

»Nein, viel interessanter wäre, ob du den Schmerz ertragen kannst oder dich dein Computer in denselben Ruhemodus abschaltet, wie er es einst mit Blossom getan hat«, überlegt er und macht eine deutliche Kopfbewegung, die einem der Männer ein Zeichen gibt. »Denn wenn das so sein sollte, steckt das Geheimnis in der Special Edition und nicht in 556 selbst.«

Da ertönen zwei Schüsse, allerdings ein wenig verzögert. Ich schreie vor Schmerz auf und gehe ein wenig in die Knie. Eine Kugel hat sich durch meine Schulter gebohrt und Blut tritt aus der klaffenden Wunde. Instinktiv presse ich meine Hand an die schmerzende Stelle und unterdrücke mit aller Kraft einen weiteren Schrei.

Leaf ist sofort bei mir, legt ihren Arm um meine Taille und drückt mich damit hinter sich. »Hör auf, Adam!«, ruft sie und aus ihrer Stimme kann ich die Verzweiflung heraushören.

»Gut, wenn er nicht an seine Grenze gehen will, dann eben *du*«, droht er Leaf und ich höre, wie sich uns Schritte nähern. »Trennt sie voneinander!«

»Nein!«, schreie ich angstvoll und ziehe Leaf mit meinem gesunden Arm zu mir, um sie auf keinen Fall loszulassen. Doch die Männer wissen, wie sie mich lähmen können, indem sie mit ihrem Finger auf das Loch in meiner Schulter drücken. Ein erneuter Schrei entfährt mir und ich löse mich von Leaf, die mir entrissen wird.

Wenn er es auch nur wagt, sich an ihr zu vergreifen, dann werde ich ihn in Stücke reißen. Wutschnaubend versuche ich, mich aus den Fängen der drei Männer zu befreien, doch gegen ihre geballte Kraft komme ich nicht an.

Adam drängt Leaf gegen die kalte Betonwand und seine dürren Finger fahren über ihre Wange. Die Angst steht ihr ins Gesicht geschrieben und Tränen laufen an ihrem Kinn zusammen. Sie presst die Lippen aufeinander, um keinen Laut von sich zu geben.

»Ich habe bisher über jedes meiner Produkte verfügt. *Jedes*. Wir hatten Spaß und nur *ich* entschied, wann das Leben eines Wunschkindes endete.« Seine Stimme wird dunkler. »Und nicht das wertlose Produkt«, erklärt er mit zusammengebissenen Zähnen.

Obwohl Adam sich nur an Produkten vergreift, kommt mir der Gedanke, wieso er den Menschen nicht dasselbe Leid antut. Vermutlich liegt es daran, dass er dann mehrere Anklagen am Hals hätte, die ihm die Möglichkeit nähmen, seine Macht weiter auszuüben. Früher oder später würde er im Gefängnis landen, da er nicht so viele Menschen töten kann wie Produkte.

Leaf gibt einen Schluchzer von sich.

Gewaltsam schnappt er sich ihr Kinn und zwingt sie, ihn anzusehen. Ich stemme mich erneut gegen die Arme meiner Angreifer, jedoch erfolglos. Mein Schmerz verebbt, denn die Furcht vor dem, was er Leaf jetzt antun könnte, ist eindeutig größer.

Ich fühle mich so unglaublich hilflos, weil ich einfach nur dastehe und zusehen muss, wie sich dieser Lüstling an Leaf vergreift. Dabei darf ich nicht zulassen, dass er ihr dieselben seelischen Schmerzen zufügt, die er ihr vor acht Jahren angetan hat.

Was soll ich nur tun? Was *kann* ich überhaupt tun? *Wieso hilft mir niemand, verdammt?!*

Adam drückt seinen Körper gegen Leaf und gräbt seine Hand unter ihr T-Shirt, was mir einen eiskalten Schauer verpasst. Ich wende erneut alle Kraft auf, ignoriere den Schmerz und stemme mich gegen die Fesselung meiner Feinde. Dabei schreie ich Leafs Namen, während ich mit ansehe, wie er sich bis zu ihrem BH vortastet.

Sie versucht sich ebenfalls zu wehren, doch dafür schlägt er sie so fest, dass ihr Kopf scheppernd gegen die Wand fliegt.

*Es muss doch irgendetwas geschehen! Wozu habe ich diesen Computer in meinem Kopf, wenn er uns nicht helfen kann?! Bitte mach etwas! Ganz egal. Mach. Dass. Es. Endlich. Aufhört.*

Er verdreht Leafs Arm, sodass sie laut aufschreit und auf die Knie fällt. »Ihr seid nichts weiter als jämmerlicher Abschaum!«, brüllt Adam und tritt Leaf heftig in den Bauch, sodass sie zur Seite fliegt und auf dem Rücken liegen bleibt.

*Aufhören. Bitte.*

»Chemisch hergestellte Mutanten seid ihr!«, wütet er weiter und tritt immer wieder und wieder in Leafs Seite, die irgendwann anfängt Blut zu spucken.

Tränen rinnen mir die Wangen hinab und meine Kraft beginnt mich langsam zu verlassen.

Wie kann man nur so ein Monster sein? Er wird sie zu Tode treten.

*Leaf …*

›*Empfange ein starkes Signal von Computer KC0000556*‹, ertönt die erhoffte monotone Stimme in meinem Kopf. ›*Möchten Sie das Verteidigungsmodul aktivieren?*‹

Es ist mir gleich, welche Konsequenzen es für mich haben wird, deshalb stimme ich dem Vorschlag sofort zu. *Ja.*

›*Soll das Verteidigungsmodul mit Computer KC0000556 gekoppelt werden?*‹

*Verdammt, ja!*

›*Aktiviere Verteidigungssystem … Bitte warten Sie einen Moment. Vorgang wird eingeleitet.*‹

Ich beobachte, wie Adam zu einem kräftigen Fußtritt ausholt und auf Leafs Kopf zielt. Er wird sie zertrampeln. *Bitte mach schneller, Computer.*

Genau in dem Augenblick, als Adams Fuß auf Leafs Kopf zu schnellt, spüre ich einen fast schon schmerzhaften Energiestoß, der meinen gesamten Körper durchfährt. Wie eine Druckwelle werden die Männer von mir weggesprengt, und in einer nicht mit dem Auge nachvollziehbaren Geschwindigkeit schieße ich auf Adam zu. Ich lasse mich schützend auf Leaf fallen, in der Hoffnung, dass sein Fußtritt mich und nicht sie erwischt.

Doch nichts von dem passiert. Stattdessen drückt sich ein fremdes Glied zwischen meinen Schulterblättern hindurch, das wie ein Muskelstrang aus meinem Körper wächst. Meine Arme zittern, als ich mich erschöpft über Leaf halte. Blut tropft mir aus der Nase und fällt auf ihre makellose Stirn.

Warum ist es plötzlich so still?

Alle Geräusche sind um mich herum verstummt und im selben Moment, in dem ich glaube, dass mit meinen Sinnen etwas nicht stimmt, ertönen mehrere Schüsse. Es hört sich an, als würde jemand gegen eine massive Wand schießen, die allerdings undurchdringbar ist.

Schwer hebe ich den Kopf an und erkenne, dass es stockdunkel ist. Wo ist das Licht hin? Wo sind wir?

Bevor mich die Panik erreicht, legt Leaf eine Hand an meine Wange. Ihr Körper bebt, vermutlich vor Schmerz.

»Autumn?«, ächzt sie und beginnt zu husten. »Was ist passiert?«

Ich habe keine Ahnung.

Was ist das an meinem Rücken? Und wieso kann ich fühlen, wie dort mein Blut hindurchfließt?

# LEAF

Mein Körper ist ein Wrack. Jede Bewegung, jedes Sprechen und jeder Atemzug gleicht einer einzigen Qual. Adam hat mich so heftig getreten, dass ich am ganzen Körper Prellungen haben muss.

Trotzdem spüre ich, dass mit Autumn etwas nicht stimmt. Er atmet schwer und seine Haut ist beinahe heiß, wenn ich sie berühre.

Ob er große Schmerzen hat? Aber durch was? Hat er Adams Tritt abgefangen?

»Leaf, w-was ist das an meinem Rücken?«, keucht er und ich bemerke, dass er nicht richtig atmen kann. Irgendetwas drückt ihm auf die Lunge.

»Ich schau mal nach«, sage ich heiser und will mich unter ihm hindurchzwängen, als mein Kopf auf eine kalte, steinartige Wand trifft. Ich taste die Stelle mit der Hand ab und bemerke, dass es sich wie Metall anfühlt, nur unebener, fast so wie ein Felsen. »Wir sind eingesperrt.«

»Was?«, entfährt es ihm.

Erneut erklingen Schüsse von draußen.

*Moment mal …* von draußen? Wo sind wir überhaupt? Was ist das für ein enger Raum?

»Autumn, ich kann nichts sehen.«

»In meiner Beintasche ist eine kleine Taschenlampe«, weist er mich an und ich versuche, an sie heranzukommen. Selbst hinter ihm stoße ich wieder auf diese Wand. Langsam glaube ich, dass es eine Art Kuppel ist, die uns vollkommen in sich eingeschlossen hat.

Als ich die Taschenlampe endlich gefunden habe, schalte ich das Licht an und erkenne vorerst nur Autumns blutüberströmtes Gesicht. Rote Flüssigkeit tropft ihm aus der Nase. »Oh Gott«, entfährt es mir. »Autumn, du musst aufstehen, du blutest zu stark.«

Er kneift die Augen zusammen und schüttelt den Kopf. »Ich kann nicht«, haucht er. »Dieses Ding … es bewegt sich.«

Mein Herz schlägt schneller, als ich langsam versuche, mich an ihm vorbeizudrücken, um auf seinen Rücken blicken zu können. Ich ahne nichts Gutes, da ich mir das Erscheinen der Kuppel ebenfalls nicht erklären kann.

Was ist, wenn er sie verursacht hat?

Mit zitternder Hand leuchte ich ins Dunkel und sauge scharf die Luft ein. Was zum Teufel ist das? Wieso wächst etwas aus seinem Rücken? Wie hat er das verflucht noch mal angestellt?

Ich bemerke erst zu spät, dass ich vergessen habe, zu atmen, und keuche, als ich den ersten Schwall an Luft wieder in meine Lungen pumpe.

»Leaf, was ist da?«, will er drängend wissen.

Es erinnert mich an eine Art Muskel, allerdings hat er die Farbe von Stahl und seine Oberfläche glänzt, als wäre sie nass. Ich quetsche mich zwischen Autumn und die Kuppel, sodass ich einen besseren Blick darauf werfen kann. Der Anblick schockiert mich, da ich nicht glaube, dass das noch etwas mit Menschlichkeit gemein hat. Was haben sie Autumn da nur eingepflanzt? Gehört es zu ihm? Oder ist es ein eigenes Wesen …?

Ein Schauer jagt den nächsten, je länger ich darauf starre.

»Leaf, du machst mir Angst«, höre ich Autumn sagen.

Ich schlucke schwer. Was soll ich ihm erzählen? Dass aus seinem Körper ein unbekanntes Glied wächst?

»Also …«, beginne ich, finde jedoch keine Worte für das, was sich vor meinen Augen abspielt.

Ich lenke den Leuchtkegel weiter nach oben und verstehe nun, dass der Muskel eine Art Schutzwall um uns gebildet hat. Ungefähr einen Meter hoch ist die Kuppel und der gewölbte Teil ist so hart wie Stahl. Nur Autumns Strang ist lebendig und bewegt sich, während das Blut durch diesen Muskel fließt.

Autumns Arme brechen zusammen und als er auf die Brust fällt, bemerke ich, dass der Muskel sich mit ihm bewegt. Er fügt sich seinen Rotationen und kann sich sowohl dehnen als auch zusammenziehen.

Ich würde ihn am liebsten berühren, doch ich traue mich nicht, aus Angst, Autumn damit wehzutun. Vielleicht ist es ein empfindlicher Teil wie dünne Haut.

Ich bemerke, wie Autumn verzweifelt versucht, an seinen Rücken zu kommen, doch ich schnappe mir rechtzeitig seine Hand. »Nicht.«

»Was ist da?«, flüstert er.

Ich beiße mir auf die Unterlippe. »Eine Art Muskel, der zwischen deinen Schulterblättern herausgebrochen ist und diese Kuppel um uns gebildet hat.«

Sein Atem geht nun noch schwerer.

Ich streiche ihm ein paar Strähnen aus dem Gesicht. »Aber er wird weggehen. Ich bin mir ganz sicher.«

»Bring den Sprengstoff direkt daneben an«, höre ich Adams Stimme dumpf durch die Kuppel dringen.

Ich bekomme bei diesem neuen Befehl Panik. »Autumn, sie wollen uns in die Luft sprengen!«, entfährt es mir aufgebracht.

Er sieht mich entschlossen an. »Diese Kuppel wird halten. Ich lass nicht zu, dass sie dir etwas tun.«

Ich lege mich zu ihm und nehme sein Gesicht in meine Hände. »Aber es bringt nichts, nur mich beschützen zu wollen. Denn ohne dich werde ich diesen Ort nicht verlassen.«

Er dreht sich auf die Seite und fährt zart mit dem Daumen über mein pochendes Auge. Vermutlich ist es blau und geschwollen. »Adam wird sterben für das, was er dir angetan hat.«

Als ich gerade dabei bin, zu antworten, ertönt ein ohrenbetäubender Knall und der Boden wird unter mir weggerissen. Das Letzte, was ich spüre, bevor meine Welt schwarz wird, sind Autumns Arme, die mich eng an ihn ziehen.

Ich bin der festen Überzeugung, dass ich nicht lange ohnmächtig war. Als ich die Augen öffne, befinde ich mich in Autumns Armen, die mich noch immer an sich gedrückt haben, damit ich nicht falle.

Die Taschenlampe ist verschwunden, sodass wir erneut in Schwärze gehüllt sind. Ich versuche, mich zu bewegen, merke jedoch, dass sich Autumns Körper merkwürdig steif anfühlt. Als ich seine Arme abtaste, sind sie eiskalt.

Erneute Panik überflutet mich. Ob ihn die Explosion getroffen hat? Ist er verletzt? Hat dieses mutierte Glied alles von ihm abverlangt?

*Nein, nein, nein, das darf nicht sein.*

Ihm geht es gut. Es muss ihm gut gehen. Er hat versprochen, dass wir gemeinsam hier herauskommen. Zusammen.

Der Untergrund besteht aus Trümmern und harten Kanten. Ich stoße mich heftig am Kopf und bemerke, dass uns die Kuppel vor den einstürzenden Teilen gerettet haben muss, als die Decke auf uns herabgefallen ist. Autumns Fähigkeit hat uns gerettet – was auch immer sie sein mag.

Als ich seinen Rücken abtaste, ist der Muskel verschwunden und seine Haut makellos, als hätte ich mir all das zuvor nur eingebildet. Lediglich das Loch in seiner Jacke reicht mir als Beweis, dass der silberne Muskelstrang tatsächlich existiert hat.

»Komm schon«, hauche ich und rüttle an seinen Schultern. »Tu mir das nicht an.«

›*Verbindung zu KC0000551 ist kurzfristig abgebrochen. Soll erneut eine Verbindung aufgebaut werden?*‹, ertönt die monotone Computerstimme in meinem Kopf.

*Ja,* denke ich deutlich. Vielleicht kann ich ihn dadurch wach bekommen oder ihm sogar helfen.

›*Starte erneuten Kopplungsversuch … Bitte warten …*‹

Ich taste mit dem Finger sein Gesicht ab und spüre noch immer das feuchte Blut an seiner Nase. Wie viel hat er davon bereits verloren? Was ist mit seiner Schusswunde an der Schulter? Sie muss versorgt werden.

›*Kopplungsversuch fehlgeschlagen.*‹

*Was? Warum?! Was ist mit ihm? Wieso erwacht er nicht? Was stimmt mit seinem Computer nicht?*, schreie ich beinahe in Gedanken.

›*Überprüfe Daten … einen Moment bitte …*‹

Das Warten kommt mir wie eine Ewigkeit vor, doch dann höre ich, wie der Computer erneut mit mir spricht.

›*Analysiere schwere Schäden. Soll eine Datenübertragung folgen?*‹

*Wozu soll das gut sein?*

›*Durch die Datenübertragung kann auf den Hauptspeicher zugegriffen und versucht werden, Schäden zu beheben.*‹

*Ja! Datenübertragung starten.*

*›Datenübertragung wird gestartet. Bitte legen Sie dazu Ihre Hand auf die Schläfe von KC0000551.‹*

Ich tue, was die Stimme verlangt, und taste in Autumns Gesicht die genaue Stelle ab, an der ich seine Schläfe vermute.

*›Datenübertragung gestartet … Bitte warten …‹*

In der Dunkelheit erkenne ich, wie etwas Silbernes unter meinen Fingerspitzen aufglüht. Es handelt sich dabei um feine Fäden, die leuchtend bis unter seine Haut dringen. Was haben die Menschen nur mit uns gemacht, dass wir plötzlich alles andere als menschlich sind? Welche Fähigkeiten stecken wirklich in uns?

Ich spüre nach einer unerträglich langen Zeit, wie Autumns Gesicht wärmer wird und sein Atem mein Gesicht streift. Hoffnung keimt in mir auf und ich lege meine Stirn an seine. »Autumn? Kannst du mich hören?«

*›Datenübertragung abgeschlossen. Es konnten jedoch nicht alle Schäden behoben werden. Der Computer KC0000551 verfügt über ein Reparaturprogramm, das einige Minuten, wenn nicht sogar Stunden, in Anspruch nehmen wird. Soll eine erneute Kopplung den Vorgang beschleunigen?‹*

*Ja, hilf ihm.*

*›Kopplung aktiv. Reparaturprogramm wird an Computer KC0000551 angewendet.‹*

Ich schmiege mich, so nah es geht, an Autumn. Wenn ich weiterhin seine Wärme fühle, habe ich das Gefühl, dass dadurch der Prozess beschleunigt wird.

Außerdem habe ich keine Ahnung, wie ich aus der Kuppel entkommen soll. Wir sind noch immer darin eingeschlossen und der Muskel an seinem Rücken ist verschwunden, was bedeutet, dass er unseren Schutzwall nicht mehr lenken kann.

Ich zähle die Sekunden, Minuten, ja sogar eine ganze Stunde in meinem Kopf. Meine linke Schulter ist eingeschlafen, die Prellungen pochen schmerzhaft, besonders am Bauch und am Kopf. Trotz alldem habe ich von Autumn nicht abgelassen.

Allerdings wird es stickiger um uns herum, da meine Atmung schwerer geht. Offensichtlich lässt die Kuppel nur sehr wenig Sauerstoff zu. Wir müssen so schnell wie möglich hier heraus.

Ich presse die Lippen aufeinander. *Komm schon, Autumn.*

Nachdem weitere Minuten vergangen sind, ertönt endlich die ersehnte Stimme in meinem Kopf. ›*Vorgang abgeschlossen. Computer KC0000551 wurde wiederhergestellt.*‹

Autumn regt sich, keucht und festigt seinen Griff um meinen Körper. »Leaf?«, ertönt seine besorgte Stimme. »Geht's dir gut?«

Ich nicke. »Mach dir keine Sorgen um mich.« Ein Seufzer entweicht mir. »Du warst schwer beschädigt. Ich habe dich mit meinem Reparaturprogramm zurückgeholt.«

Er wirkt verdutzt. »Reparaturprogramm?«

»Ich glaube, wir können den EBP steuern, da er sich mit unseren organischen Zellen verbunden hat. Das würde auch deinen Muskel am Rücken erklären«, sage ich leise.

Ich höre, wie seine Finger über seine Haut fahren. »Es ist weg.«

Ich bin mir nicht sicher, ob das ein wirklich gutes Zeichen ist. Schließlich sind wir immer noch in der Kuppel gefangen, die uns einst beschützt hat. Jetzt dient sie eher als Gefängnis.

Autumn löst sich langsam von mir und tastet den harten Schutzwall ab. Anschließend klopft er gegen die Wand, die ausgesprochen hohl klingt. Seltsam, ich bin mir sicher, dass sie das zuvor nicht war.

Er herrscht kurz Stille, aber dann beginnt Autumn, mit dem Fuß gegen die Wand zu treten.

Ich verstehe nicht ganz, was er damit bewirken will. »Was tust du da?«

»Ohne seine Quelle wird das Material vielleicht brüchig. Ich denke, wenn wir lange genug auf dieselbe Stelle treten, müsste sich etwas tun«, erklärt er von neuer Hoffnung gepackt.

»Warte, ich helfe dir.«

Obwohl mein Bauch bei jedem Anspannen Höllenqualen durchleidet, beschließe ich, nicht aufzugeben. Wir müssen diesem Kokon entkommen oder wir werden hier elendig ersticken.

Es dauert eine Zeit lang, doch Autumns Theorie bewahrheitet sich. Die Wand beginnt zu bröckeln und bekommt Risse, die immer größer und breiter werden. Letztendlich fehlt nicht mehr viel, bis wir ein Loch geschaffen haben und aus der Kuppel hinauskriechen können.

Kühle, frische Luft dringt zu uns und ich atme sie gierig ein. Doch auch Dreck und Staub kriechen in meine Nase, sodass ich niesen muss. Wir graben uns durch Trümmerteile, Geröll, versuchen uns durch enge Lücken zu zwängen und entkommen mühsam dem riesigen Schutthaufen.

Als wir endlich die Trümmer hinter uns lassen, befinden wir uns in einer Art Gemeinschaftsraum. Zumindest scheint dies vor langer Zeit einer gewesen zu sein. Überall liegt Staub, die Wände sind voller Schimmel und der große Bildschirm an der Wand ist zersplittert.

Hinter uns ist alles eingestürzt, sodass wir nicht einmal mehr zurückkehren können.

»Wo sind wir?«, flüstere ich ängstlich und klammere mich an Autumns Arm.

»Jedenfalls sind wir nicht im Zellentrakt«, antwortet er und schaut über seine Schulter zurück zum Trümmerhaufen. »Wir sind sogar noch ein Stockwerk tiefer gefallen.«

»Was?«, entfährt es mir und ich folge seinem Blick. Er könnte recht haben. »Aber … ist es nicht das unterste Stockwerk gewesen?«

Autumn nickt und blickt sich ernst um. »Anscheinend hat Adam von diesem Ort nichts gewusst. Vielleicht war er streng geheim und nicht einfach so mit dem Fahrstuhl zu erreichen. Möglicherweise hat es einen Geheimgang gegeben und wenn wir den finden, können wir auch hier herauskommen.«

Sein Optimismus erleichtert mich und lässt mich hoffen, dass wir hier wieder herausfinden.

Erst als ich mich noch stärker an seinen Arm kralle, merke ich, dass es die Seite war, die von Adam angeschossen wurde. »Oh, tut mir leid!«, gebe ich erschrocken von mir und lasse ihn augenblicklich los.

Autumn scheint zu verstehen, was ich damit meine, und blickt zu seiner Schulter.

»Unglaublich«, flüstert er und steckt seinen Finger durch das Loch in seiner Jacke. »Es ist … weg.«

»Was?«, entfährt es mir und ich sehe selbst nach der Wunde. »Dann hat das Reparaturprogramm also auch deine restlichen Verletzungen geheilt. Wie bei Adam.«

Autumn nickt gedankenversunken. Ob das der Hinweis darauf ist, dass Adam gar nicht menschlich ist? Oder ein mutiertes Experiment, weil er selbst Tests an sich durchgeführt hat?

»Komm«, fordert er mich auf und verschränkt seine Finger mit meinen. »Wir sehen uns um und suchen einen Weg nach draußen.«

# AUTUMN

Ich habe ein ungutes Gefühl bei der Sache. Die Räume, die vielen Gänge und Labore, die wir entdecken, ähneln denen vom Institut. Womöglich hat Adam sein Gebäude auf einer ehemaligen Havering-Company erbaut – möglicherweise beabsichtigt? Wollte er hier etwas finden? Doch was?

Die ganze Etage gleicht einem einzigen Gruselszenario. Vieles ist so veraltet, dass sogar aus manchen Ecken Pflanzen wachsen, die sich von der Feuchtigkeit ernähren. Die Tische sind mit Schmutz überzogen und an manchen Stellen finden wir sogar noch alte Kleidung und Wohnbereiche.

Aus einer gerissenen Wand tropft Wasser heraus, das eine tiefe Pfütze am Boden gebildet hat. Mit einem abgenutzten Stück Stoff wische ich mir das Blut aus dem Gesicht. Leaf kühlt damit ihr Veilchen am Auge.

Im nächsten Raum entdecken wir Geräte, die vor etwa hundert Jahren gebaut worden sind. Die Technik ist definitiv veraltet.

In einem verwahrlosten Büro stoßen wir auf vergilbte Dokumente und überfliegen die wichtigsten Sachen. Nach einiger Zeit begreifen wir, dass es darin um die Herstellung der ersten Wunschkinder geht. Damals gab es noch unzählige Fehlfunktionen, die dazu führten, dass man das Produkt wieder vernichten musste, um die Probleme zu beheben. Die Materialien waren rar und wertvoll, sodass man einige der Wunschkinder wiederverwerten musste.

Mir läuft ein Schauer über den Rücken, als ich versuche es mir vorzustellen. Leaf bereitet es ebenfalls Angst. Sie hat die Arme um ihre Mitte geschlungen, doch sicher nicht nur aus Furcht, sondern auch vor Kälte. Hier unten sind noch eisigere Temperaturen als oben im Zellentrakt.

Ich lege meine Arme wärmend um sie, darauf bedacht, keine ihrer Prellungen zu berühren. »Nimm meine Jacke«, flüstere ich und ziehe diese aus, um sie ihr um die Schultern zu legen. Es muss hier einen Ausweg geben. »Komm, hier befinden sich noch einige Räume, die wir nicht untersucht haben.«

Sie nickt schweigend und folgt mir zurück auf den Flur.

Wir durchkämmen weitere Büros und finden erst im letzten Raum hilfreiche Informationen. Das Zimmer ist viel größer, geräumiger und besitzt auch ein Sofa, einen breiten Bücherschrank und einen Billardtisch. Mir ist sofort klar, dass hier der Chef der Abteilung gesessen haben muss, wenn nicht sogar der Kopf des damaligen Gebäudes. In einer Schublade liegen teure Zigarren, ein Bündel Geld und vergoldete Manschetten, die jemand abgenommen haben muss.

Ich beobachte, wie Leaf vor einem Regal steht und die Einbände der Bücher ausgiebig betrachtet. »Hey, was machst du da?«, frage ich mit einem kleinen Lächeln auf den Lippen.

Sie sieht über ihre Schulter zu mir. »Das ist seltsam. Die Bücher sind in den ersten zwei Reihen nach dem Alphabet sortiert, doch Reihe drei und vier sind vollkommen durcheinander. Möglicherweise hat er hier oft nach den Büchern gegriffen.«

Ich geselle mich zu ihr und sehe mir die Bücher genauer an. Anschließend begreife ich anhand der Titel, dass sie nach Genre sortiert sind. »Siehst du: Psychologie, Biologie, Geologie …«, zähle ich auf. »Er hat sie nur nach einem anderen Schema geordnet.«

»Aber wieso? Hat er dadurch einen besseren Überblick?«

Ich zucke ratlos mit den Schultern. »Wer weiß? Manche Menschen haben eigenartige Ticks.«

Leafs Blick fährt immer weiter über die Buchreihen, als würde ihr irgendetwas daran nicht gefallen. Sie versinkt in ihren Gedanken und ich mache mich zur anderen Seite auf, um dort in den Regalen nach Hinweisen zu suchen. Allerdings finde ich nur unnötigen Kram vor und nichts, was darauf schließen lässt, wie man aus der Etage wieder herauskommt. Die Decke ist vorhin so sehr zusammengestürzt, dass es unmöglich ist, dort wieder nach oben zu gelangen.

Es muss doch einen Fahrstuhl, eine Treppe oder etwas Ähnliches gegeben haben. Wie kamen die Leute nach unten? Ist der Zugang vielleicht sogar mit eingestürzt?

Ich höre, wie Leaf ein Buch aufschlägt und es dann wieder schließt. Sie räumt aus dem dritten Regal alle Bücher heraus und steckt anschließend ihren Kopf hinein. Es folgt ein Klicken und ein Mechanismus rührt sich.

»Was ist passiert?«, rufe ich und gehe zu ihr hinüber. Sie macht einen Schritt vom Regal zurück und eine Geheimtür öffnet sich. Bisher habe ich immer geglaubt, dass es solche Geheimgänge nur in Filmen gäbe.

»Eins der Bücher passte nicht ins Schema hinein. Ihm konnte ich kein Genre zuordnen«, bemerkt sie und hebt es hoch. »›Warum bin ich Ich?‹«, zitiert sie den Titel.

Eigenartiges Buch.

Leaf nimmt meine Hand, die vor Aufregung ganz feucht ist. »Lass uns hineingehen.«

Mein Herz klopft beunruhigt. Was wird uns dahinter erwarten? Ein weiteres Labor? Geheimnisse?

Leaf macht den ersten Schritt. Ich folge ihr beinahe apathisch und lasse mich ins Dunkel führen. Sensoren erfassen unsere Bewegungen und grelles Neonlicht scheint von den Decken zu uns herunter. Der Gang ist in ein absolutes Weiß gehüllt. Unsere Füße machen tippelnde Geräusche auf dem Linoleumboden und einige der Leuchtstofflampen flimmern, da sie nicht mehr richtig funktionieren.

Wir kommen an gesicherten Zellen vorbei, die nur ein kleines Fenster in der Mitte besitzen, durch das man schauen kann. Dort drinnen ist der Raum ebenfalls in ein grelles Weiß gehüllt und beläuft sich nur auf wenige Quadratmeter. Wer wurde hier festgehalten?

»Autumn, denkst du, hier wurden die ersten Wunschkinder eingesperrt? Glaubst du, schon damals hatten sie keine Menschenrechte?«, fragt Leaf nachdenklich, während wir den Gang hinauflaufen.

»Ehrlich gesagt, weiß ich herzlich wenig über die Vergangenheit der Havering-Company, doch ich kann mit Sicherheit sagen, dass dieses alte Gebäude definitiv dazugehört.«

Der Geheimgang entpuppt sich als eine weitere Abteilung, in der es erneut unzählige Büros, Labore und Gemeinschaftsräume gibt. Jeder Gang besitzt eine Gablung und führt uns zu weiteren Räumen, die uns nicht weiterhelfen.

Erst am Ende entdecken wir einen Aufzug, der allerdings deaktiviert ist und sich nicht öffnen lässt. »Verflucht!«, wüte ich und trete gegen die Metalltür.

»Können wir es nicht aufbrechen?«, fragt Leaf und ihre Idee klingt gar nicht mal so falsch. Wenn es der einzige Ausweg ist, dann haben wir wohl keine andere Wahl.

Ich laufe zurück und durchkämme einige der Räume, um eine Art Brechstange oder etwas anderes Langes zu finden. Tatsächlich gibt es eine Besenkammer. Ich entdecke zwar keine Brechstange, doch dafür einen großen Schraubenschlüssel, mit dem es ebenfalls gehen müsste.

Voller Vorfreude, endlich diesen Ort verlassen zu können, ziehe ich zuerst mit den Armen die Aufzugtür ein Stückchen auseinander, während ich Leaf die Aufgabe zuweise, den Schraubenschlüssel in die Spalte zu stecken, bevor mich meine Kräfte verlassen. Besäße ich noch die Schusswunde, wäre es unmöglich gewesen, die Tür auseinanderzudrücken.

Leaf zieht am Schlüssel, während ich versuche die eine Seite der Tür aufzuschieben. Nur gemeinsam schaffen wir es, dass sich der rostige Fahrstuhl öffnet und wir hinabblicken. Das Licht von hier oben reicht nicht für jeden Winkel aus.

»Wo ist der Aufzug?«, fragt sie panisch.

Die Taschenlampe muss wohl unter den Trümmern begraben liegen, doch da kommen mir Lieutenant Greffs Worte wieder in den Sinn. Ich taste meine Beintasche ab und suche nach meinen Leuchtstäben, die er vorhin erwähnt hat, als wir mein Equipment durchgingen.

Tatsächlich finde ich eine davon in der Außentasche meiner Hose. Ich knicke den Plastikstab um, der ein grelles Glühen von sich gibt. Anschließend lasse ich ihn den Schacht hinunterfallen, nur um zu sehen, wie tief uns der Weg nach unten führt.

Wie gebannt blicken wir dem Stab nach. Doch er fällt nicht lang, höchstens ein Stockwerk tief. Das Seil des Aufzuges muss kaputt sein.

»Wir klettern hinab und öffnen die Türen genau so wie hier oben. Vielleicht liegt der Ausgang unten.«

Leafs Blick gleitet nach oben und sie stößt dabei auf das Ende des Schachtes, den ich ebenfalls entdeckt habe. »Warum hat man einen Fahrstuhl nur für eine weitere Etage eingerichtet?«

»Gute Frage«, sage ich und stelle mich an den Abgrund. Den Schraubenschlüssel stecke ich in meine Gesäßtasche. »Das werden wir jetzt herausfinden.«

Ich lasse mich langsam am Rand hinunter und greife nach der Metallleiter, die direkt daneben angebracht ist. Sie ist bereits stark verrostet, doch sie hält noch unser Gewicht. Besorgt schaue ich zu Leaf hinüber, die mich mit ihren grünen Augen gespannt ansieht. »Schaffst du das?«

Sie nickt.

Ich steige die Leiter hinab und springe auf das Dach des hinabgestürzten Aufzuges, der in eine Kuhle gefallen ist, sodass ich mit dem Eingang der nächsten Etage auf selber Höhe bin. Leaf rückt nur wenige Sekunden später nach und ich helfe ihr beim Absteigen.

»Wir machen dasselbe wie gerade eben. Ich ziehe die Türen auseinander und du steckst den Schraubenschlüssel hinein«, erkläre ich und sie nickt zur Bestätigung.

Tatsächlich sind diese Türen sturer als die davor. Ich muss meine gesamte Kraft aufwenden, um zumindest eine so große Lücke zwischen ihnen entstehen zu lassen, dass Leaf den Schlüssel mit Gewalt dazwischenquetschen kann. Während sie also die eine Seite aufdrückt, versuche ich mit dem Schraubenschlüssel die Öffnung aufzuziehen.

Als sich endlich etwas rührt, springen die Türen auf und ein merkwürdiger fauliger Geruch dringt in meine Nase. Ich muss aufgrund des Gestankes beinahe würgen. Leaf geht es ähnlich.

»Was ist das?«, fragt sie und drückt sich den Ärmel meiner Jacke an die Nase. »Das ist ja ekelhaft.«

Ich habe nicht oft mit dem Tod zu tun gehabt, aber ich weiß, wie Verwesung riecht.

Eine böse Vorahnung macht sich in meinen Gedanken breit.

Mutig schnappe ich mir den Leuchtstab und wage einen ersten Schritt in den Gang. Er ist dunkel und nur das grüne Licht in meiner Hand erhellt den Raum ein wenig. Ich kann kaum etwas erkennen, außer dass der Fußboden und die Wände dieselben sind wie die im Zellentrakt.

Ein abgesperrtes Gitter hält uns davon ab weiterzugehen. An einer hohen Decke finden wir eine Lampe, die aufblinkt und dann wieder ausgeht. Alle anderen Leuchtmittel scheinen defekt zu sein.

Durch das kurz aufblitzende Licht bemerken wir einen großen Lagerraum, in dem sich wohl die Materialien befinden, die sie für das Erschaffen der Wunschkinder früher benötigten. Außerdem erkennen wir rechts und links riesige Glasröhren, in denen sich eine gelbe Flüssigkeit befindet.

»Denkst du, hier wurden sie hergestellt?«, flüstert Leaf nervös und klammert sich an mich. »Ich weiß nicht, ob ich herausfinden will, wie ich entstanden bin.«

Ich drücke ihr tröstend einen Kuss auf die Schläfe. »Wir suchen nur den Ausgang, in Ordnung?«

Sie nickt und ihr Körper zittert.

Die Kette der Gattertür ist so stark verrostet, dass ich nur einmal mit dem Fuß dagegentreten muss, damit sie auseinanderbricht und die Tür aufspringt. Auf dem Boden finden wir eigenartigen, dunkelroten Schleim, der mich an Verwesung erinnert.

Leaf hält sich angeekelt die Hand vor den Mund. »Wieso liegt das überall herum? Er scheint noch frisch zu sein.«

»Sieht aus, als wäre es von … Leichen«, versuche ich eine Theorie aufzustellen. »Oder zumindest einem Teil davon. Knochen sind keine zu sehen.«

Sie schluckt nervös. »Leichen?«

»Möglicherweise sind hier Menschen eingesperrt worden«, sage ich in die Stille und gehe vorsichtig zwischen den deckenhohen Regalen weiter, die mir wie dunkle Türme in den Schatten vorkommen. »Aber sie hätten nach so vielen Jahren längst verwest sein müssen.«

»Vielleicht sind sie erst vor Kurzem gestorben, was aber unlogisch wäre, da das Institut bereits so alt ist. Wieso existiert dieser Teil des Gebäudes überhaupt noch?«, fragt Leaf.

Ich wünschte, ich besäße noch das Headset, um Kontakt zur Kommandozentrale aufzunehmen.

*Moment mal!*

Ich trage doch die Kontaktlinsen! Sie müssen sich deaktiviert haben, als ich ohnmächtig wurde.

Abrupt bleibe ich stehen und schließe die Lider. Ich brauche fünf Sekunden, um die Linsen zu aktivieren. Als ich die Augen wieder öffne, kann ich die digitale Sicht erkennen. Und darauf komme ich allen Ernstes *jetzt* erst? Ich sehe digitale Zeichen in meinem Sichtfeld, und das System nimmt meine Umgebung in Augenschein.

Plötzlich erscheinen Buchstaben im Bild. *›Smith, können Sie das lesen?‹*

*Lieutenant Greff.*

*›Die drei Richter sind bei mir. Wir haben ein ernst zu nehmendes Problem. Männer der Havering-Company greifen unsere Leute an. Daraufhin haben wir sofort die Regierung der Städter informiert, die nun versuchen, Adam Malone zu kontaktieren. Was ist geschehen?‹*

Was soll ich ihm antworten? Ich habe mein Headset Gordan weitergegeben, der offensichtlich mit den anderen geflohen ist, da wir sonst auf sie im Zellentrakt getroffen wären.

*›Sie hätten besser zuhören sollen, Smith. Benutzen Sie das Ersatz-Funkgerät. Linke Seite Ihrer Innentasche, zeigefingergroß.‹*

Ich durchwühle meine Jacke, die Leaf noch trägt, und entdecke tatsächlich ein stiftähnliches Gerät, das einen kleinen roten Knopf besitzt, mit dem man offensichtlich Kontakt zur Kommandozentrale aufnehmen kann. An dessen Fuß befindet sich ein Mini-Headset, das man herausziehen kann. Es dient jedoch nur dazu, die anderen zu verstehen. Ich stecke mir den fingerspitzengroßen Knubbel ins Ohr und lausche.

»Smith?«, ertönt die strenge Stimme des Lieutenant und ich seufze erleichtert.

»Sir«, sage ich durch das Gerät in meiner Hand.

»Wo sind Sie, verdammt?«

Ich räuspere mich und bemerke, wie Leaf mich hoffnungsvoll ansieht. »Sind das die Leute von MRD?«, fragt sie.

Ich nicke lächelnd und widme mich dann wieder Greff. »Wir befinden uns in einem alten Teil eines ehemaligen Instituts. Ungefähr acht oder neun Stockwerke unter der Erde.«

»Was das betrifft, Smith. Das ist nicht nur irgendein Gebäude, sondern gehört zu den allerersten Herstellungsfabriken der Havering-Company. Wir haben nicht viele Informationen darüber, doch an diesem Standort wurden die ersten Versuche von Wunschkindern gestartet, wenn auch viele davon missglückt sind.«

»Missglückt?«, wiederhole ich.

»Es gab einige Zwischenfälle, die allerdings nur mal ab und an in den Unterlagen erwähnt werden. Was es genau war, wurde nicht dokumentiert. Vermutlich hat man versucht Beweise zu vernichten«, teilt mir der Lieutenant mit.

Mein Blick fällt wieder auf den roten Schleim am Boden. »Wissen Sie, was das ist, Sir?«

»Negativ, aber Sie sollten sich vorsehen. Wir empfangen von den Sensoren an Ihrer Kleidung merkwürdige Präsenzen«, warnt er mich vor.

»Menschen?«

»Etwas Lebendiges jedenfalls.«

Ich greife nach Leafs Hand und ziehe sie zu mir. »Was sagen sie?«, hakt sie neugierig nach.

Um sie nicht zusätzlich zu beunruhigen, erwähne ich besser nichts von den Präsenzen, die die Sensoren ihrer Jacke wahrnehmen. Was ist, wenn wir gar nicht allein sind?

Außer einem Messer am Hosenbein trage ich keine weitere Waffe bei mir. Die Pistole habe ich schließlich fallen lassen, als mich einer von Adams Männern anschoss. Beim Einsturz muss sie dann von den Trümmern verschlungen worden sein.

»Wir gehen weiter«, flüstere ich instinktiv, aus Angst, dass wir möglicherweise bereits beobachtet werden. Seit Greff mir von den Präsenzen erzählte, bin ich noch mehr auf der Hut.

Während wir die Lagerhalle durchqueren, achte ich auf jedes noch so leise Geräusch. Meine Muskeln verkrampfen mittlerweile, da ich jeden Moment einen Angriff befürchte. Irgendjemand muss diesen Schleim oder das rote Sekret ausstoßen.

Unsere Schritte sind kaum zu vernehmen, da wir so leise voranschleichen wie möglich. Die unterirdische Halle bereitet mir Angst, genauso auch der Gedanke, dass wir vielleicht gar nicht mehr hier herausfinden.

»Smith«, ertönt Greffs Stimme in meinem Ohr und ich bleibe abrupt stehen. »Ich empfange Signale in einem Nebenraum. Etwas bewegt sich darin. Seid vorsichtig.«

Die Karte aktualisiert sich und erneut erkenne ich einen orangenen Schatten, der eher wie ein verschwommener Fleck wirkt. Offensichtlich sind wir noch nicht nah genug dran, um einen klaren Umriss auszumachen. Ist es überhaupt menschlich? Wer weiß, was die Forscher in diesem Institut wirklich getan haben?

Ich halte meinen Zeigefinger an die Lippen, um Leaf zu bedeuten, dass sie still sein soll. Die Angst steht ihr ins Gesicht geschrieben, doch sie nickt und ich bewege mich langsam auf das Lebewesen zu.

Als wir nahe der verschlossenen Tür sind, vernehme ich Geräusche dahinter. Eine Stimme, die offensichtlich mit sich selbst spricht, es ist eine Mischung aus der monotonen Tonlage eines Roboters und der eines erwachsenen Mannes. Seine Sätze und Wörter sind absolut zusammenhanglos.

»… Hunger … mit den letzten Mitteln … Eine ganze Zeit nichts hörte … F-Funktionen nicht v-verfügbar …«

Leaf sieht mit hochgezogenen Augenbrauen zu mir. »Was ist das?«

Der orangene Fleck beginnt klarer zu werden. Er nimmt langsam Form an, je länger ich meinen Blick in die Richtung der Stimme gerichtet halte. Als er deutliche Konturen aufweist, sieht es wie ein Mensch aus, der über sechs Arme und vier Beine verfügt, was absolut absurd wäre. Doch all seine Glieder scheinen mit etwas beschäftigt zu sein, denn es drückt wie wild auf einem Instrumentenfeld herum.

»Smith, umgehen Sie dieses Ding. Sie sind nicht ausreichend bewaffnet. Und wir können nicht einschätzen, wie gefährlich es ist«, befiehlt mir Greff und ich bin das erste Mal tatsächlich, ohne dabei zu zögern, seiner Meinung. Außerdem würde ich Leaf in Gefahr bringen, wenn ich etwas Unüberlegtes täte.

Ich deute mit einer Kopfbewegung in die entgegengesetzte Richtung, in die wir nun verschwinden. Hinter den Regalen fühle ich mich wieder etwas sicher und suche in den hinteren Ecken nach Zugängen zu weiteren Nebenräumen. Zwischen einem Berg von Holzkisten entdecke ich eine angelehnte Tür. Am Griff und am Türrahmen klebt ebenfalls das rote Sekret. Es riecht unangenehm, was wohl den fauligen Geruch erklärt, der uns schon zu Beginn zugeweht ist.

Wir gehen durch die Tür und landen in einem Gang, von dessen Decke die zähe Flüssigkeit heruntertropft. Ab und an blinkt eine noch funktionierende Leuchtstofflampe auf, doch nicht alle sind aktiv. Ein Teil des Sekrets landet auf meiner Schulter und verbreitet einen ekelerregenden Gestank.

»Das sieht aus, als wären es pürierte Gedärme«, flüstert Leaf und sie hätte es nicht perfekter beschreiben können.

»Das macht es nicht angenehmer«, gebe ich seufzend zurück.

Sie schmunzelt.

Wir folgen dem Gang und versuchen dem Sekret auszuweichen, das von der Decke hängt. Manches davon hat eine etwas dunkle Farbe angenommen und ist hart geworden. Offensichtlich trocknet es nach einiger Zeit aus.

In den anderen Räumen finden wir nur absolutes Chaos vor. Regale wurden umgeworfen, Tische zerschmettert und Geräte auseinandergenommen.

Wer hat hier gewütet? Dieses Etwas, das hier zu leben scheint?

Wir kommen nicht sehr weit, denn der Gang endet und vor uns befindet sich eine letzte Tür. Gerade als ich den Griff betätigen will, höre ich einen ohrenbetäubenden Schrei, der an den Wänden widerhallt. Als wir über unsere Schultern blicken, entdecken wir das mehrarmige Wesen, dessen Umrisse ich am Ende des Ganges nur schattenartig erkenne. Es streckt den Kopf in die Höhe, als würde es in der Luft an etwas schnuppern.

»Weg hier!«, ruft Leaf, legt ihre Hand auf meine und drückt den Griff hinunter.

*Verschlossen.*

Ich gehe zurück, nehme Anlauf und lasse mich mit voller Wucht gegen die Tür fallen, die glücklicherweise aufspringt. Dank des alten Schlosses hat dieses schnell nachgegeben.

Wir rennen durch einen Kinosaal, auf dessen gegenüberliegender Seite der nächste Durchgang auf uns wartet. Hitze wallt in mir auf und ich befürchte, dass das Monster schneller ist als wir, denn ich kann bereits seine schweren Schritte hören.

Leaf erwischt vor mir die Tür und reißt diese panisch auf. Wir schlüpfen hindurch, während das Monster hinter uns in den Saal hineinspringt. Wir knallen die Tür zu und laufen einen langen Gang hinauf, um nach einem weiteren Versteck Ausschau zu halten.

»Die Karte, Smith!«, schreit Greff in mein Ohr und ich bleibe sofort stehen. Ich analysiere den alten Lageplan an der Wand und renne dann weiter. »Biegen Sie die nächste links ab, dann schlüpfen Sie hinter die zweite Tür.«

Ich höre auf die Stimme des Lieutenants, schnappe mir Leafs Hand und renne in die vorgegebene Richtung. Die digitale Karte unterstützt mich, indem sie den Weg mit leuchtenden Strichen markiert. Die Tür ist im Gegensatz zu den vielen anderen weiß und massiv. Sie kann nur durch einen Code geöffnet werden.

Keuchend und außer Atem spreche ich ins Funkgerät. »Sir?«

»Versuchen Sie die Zahlenkombination 16102120«, weist er mich an und ich gebe sie ein.

Tatsächlich leuchtet das Lämpchen grün und ich ziehe die Tür auf. Leaf geht als Erste hindurch und ich tue es ihr nach. Die Tür lässt sich wegen ihrer Masse und des tresorähnlichen Mechanismus nur schwer schließen. Das Lämpchen wird wieder rot und wir bleiben abwartend dahinter stehen.

Schweißperlen rinnen mir an den Schläfen hinab und mein Puls pumpt mein Blut pulsierend durch die Adern.

Keuchend sieht Leaf mich an. »Bist du sicher, dass es hier nicht zu uns dringen kann?«

Ich sauge einen Schwall Luft ein. »Ich hoffe es doch.«

»Hier sollten Sie vorerst in Sicherheit sein«, beruhigt mich Greff.

Einen Augenblick später zischt ein Schatten am Fenster vorbei und wir schrecken zurück, als das Monster wütend gegen die Tür und die Scheibe hämmert. Doch sie scheinen beide standzuhalten.

Leaf hält sich die Hand vor den Mund. »Ist es überhaupt menschlich?«

Zwei rechte Arme tauchen vor der Glasscheibe auf. Dabei stößt das Wesen dieses merkwürdige Sekret aus, das überall an den Wänden und Böden zu sehen war.

Großer Gott, was ist das für ein Monstrum? Greffs Worte hallen mir wieder durch den Kopf.

»Ohne Zweifel ist es eines der missglückten Experimente. Es muss die ganze Zeit irgendwie überlebt haben«, erklärt Greff und ihm scheint es ebenfalls nicht zu gefallen, was sich vor seinen Augen abspielt. »Früher sind viele der Wunschkinder mutiert, aggressiv geworden und haben sich auf alles gestürzt, was lebendig war – selbst auf Menschen. Sie wurden eigentlich, laut der Unterlagen, sofort eliminiert.«

Leaf schreit auf, als ein unnatürliches Riesenauge zu uns hereinschaut. Das andere ist verkrüppelt und zugewachsen, als wäre es damals verletzt worden und nie richtig verheilt. Mir wird schlecht bei dem Anblick.

»Was ist das, Autumn?«, keucht Leaf verschreckt.

»Ein missglücktes Wunschkind, dessen Zellen offensichtlich mutiert sind.«

»Gehen Sie von der Tür weg, Smith. Sie machen es nur noch wütender«, weist mich Greff an.

Wir verlassen den Vorraum und schließen hinter uns die Tür, sodass wir uns der Wohnung widmen, die direkt vor uns liegt. Sie ist bis auf den Staub absolut makellos. Alle Möbel, Regale und Gegenstände sind an Ort und Stelle geblieben, was bedeutet, dass dies nur für eine bestimmte Person oder einen bestimmten Personenkreis zugängig war.

»Wo sind wir hier?«, frage ich den Lieutenant.

Er atmet lange aus. »Sei beide stehen in den privaten Räumen von Edison Stuart Havering.«

Ich reiße entsetzt die Augen auf. »Was?«

»Havering hatte keine Kinder, aber am wichtigsten waren ihm seine Frau und sein Zwillingsbruder. Nachdem sein Bruder mit fünfzig Jahren an Krebs starb, begab er sich auf die Suche nach dem unzerstörbaren Körper. Sein Bruder ist der Grund, weshalb er sich überhaupt in die Forschungen hineinkniete.«

»Dann war der Code vorhin das Geburtsdatum seines Bruders?«, rate ich.

»Nein, das Todesdatum«, korrigiert er. »Wir haben es nur vermutet und wussten es nicht. Aber das Team und ich waren uns einig, dass der Code etwas mit seinem verstorbenen Bruder zu tun haben muss, denn nur sein Tod war der Grund, warum heute die Wunschkinder existieren.«

Leaf sieht sich neugierig um. Über einen Stuhl hängend findet sie eine langärmelige Jacke mit Tarnmuster, die sie mit meiner austauscht. Sie drückt mir meine wieder in die Hand und lächelt keck. »Damit du nicht weiterhin frieren musst.«

Als ich meine Jacke wieder trage, widmet sich Leaf als Nächstes der dahinterliegenden Wand. Mit den Fingern fährt sie über den Einband der Bücher im Regal und geht auf die Treppe zu, die zu einer Empore führt. Von hier unten kann ich nur eine Wohnwand, Regale und eine Couch erkennen.

Ich begleite Leaf die Treppe hinauf und erkunde mit ihr die Umgebung. Wir betrachten riesige Fotos an der Wand, die sowohl Edison als auch seine Frau und seinen Bruder zeigen. Sie wirken auf allen Bildern sehr glücklich.

Doch als ich das Gesicht näher betrachte, auch wenn es relativ schlecht festzustellen ist, bin ich der festen Überzeugung, dass dieser, der Edisons Bruder sein soll, Adam Malone ist.

Leaf hat es längst erkannt. »Sag mir nicht, dass das wahr ist«, flüstert sie mit bebender Stimme. »Er sollte doch tot sein.«

»Vielleicht ist Adam ein Nachfahre«, versuche ich sie von dem grauenvollen Gedanken abzulenken.

Sie schüttelt den Kopf. »Edison hatte keine Kinder und sein Bruder ist tot. Also stimmt irgendetwas hier nicht. Was ist gelogen?«

»Smith, gehen Sie näher an das Bild heran. Wir werden eine Gesichtsanalyse durchführen«, bittet Greff, der Adam ebenfalls erkannt haben muss.

Ich tue, was er verlangt, und rücke näher zum Bild. Nur wenige Sekunden später erhalte ich die Bestätigung. »Kein Zweifel. Das ist Adam Malone.«

Leaf sieht mich hilflos an. »Und? Was sagen sie?«

Ich nicke und senke den Blick. »Er ist es. Was ist, wenn er ein Klon ist?«

Ihre Augen fixieren wieder das Foto an der Wand. »Dann bräuchte er allerdings die Stammzellen und ich glaube kaum, dass er die nach so vielen Jahrzehnten noch besitzt. Außerdem war Klonen damals noch unerforscht und niemand erzielte einen Durchbruch. Wie kann er also überlebt haben?«

Mit einem Seufzer drehe ich mich um die eigene Achse und suche nach weiteren Hinweisen, die die Verwirrung um Adam lösen könnten.

Als ich eine weitere Tür entdecke, betrete ich den nächsten Raum, der einer Kommandozentrale gleicht. Überall sind Bildschirme, die wohl mit Überwachungskameras verknüpft sind. Hier hatte Edison sein Institut im Blick.

»Smith, versuchen Sie, eine Verbindung zu unserer Zentrale aufzubauen, dann können wir eventuell Daten herunterladen und mit Ihnen von hier aus kommunizieren«, befiehlt er und ich fahre durch einen einfachen Knopfdruck das komplette System hoch.

Nicht alle Bildschirme zeigen etwas an, denn nur noch wenige Kameras funktionieren. Als ich in einem von ihnen einen Schatten vorbeihuschen sehe, erinnere ich mich wieder daran, dass da draußen ein Monster auf uns lauert. Offensichtlich sucht es eine weitere Möglichkeit, um zu uns zu dringen.

Auf einem freien Platz steht eine Kunstblume mit gelben Blüten und leuchtend grünen Blättern. In der flaschenähnlichen Vase stecken ein USB-Stick und ein Brief. Ich entferne die Blume und lege sie zur Seite.

Der Brief liegt schon länger darin und als ich ihn öffne, lese ich nur die handgeschriebene Zeile:

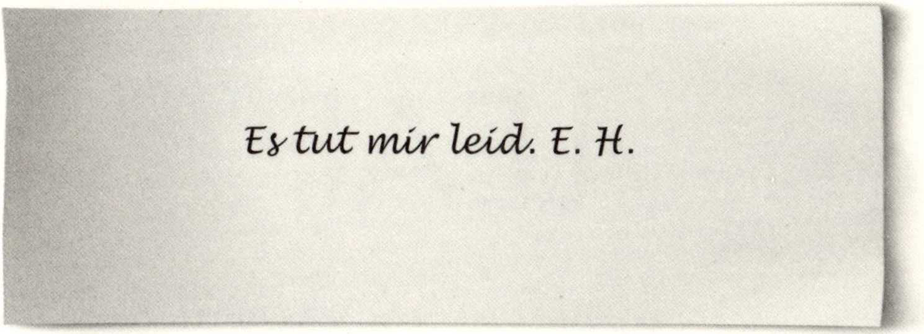


Edison Havering? Hat er das geschrieben?

Ich höre Leafs Schritte hinter mir und sie wirft ebenfalls einen Blick auf die Worte. »›E. H.‹ für Edison Havering?« Sie schaut zur Vase und entnimmt daraus den USB-Stick. Als sie ihn zwischen den Fingern hält, sucht sie auf dem Instrumentenfeld einen Slot, um die Daten einzusehen.

Während sie sich an einen Computer setzt und die Datei öffnet, kümmere ich mich darum, eine Verbindung zu der Kommandozentrale von MRD herzustellen.

Tatsächlich ist es leichter, als ich gedacht habe, den Lieutenant zu erreichen. Dank der ebenfalls angebrachten Kamera können wir sie auf dem großen Bildschirm sehen und sie uns.

Hinter Greff erkenne ich einige junge Männer, die zügig und konzentriert auf dem Instrumentenfeld vor sich herumtippen.

»Sehr gut, Smith. Jetzt sind wir jedoch neugierig, was Havering hinterlassen hat. Hoffentlich ist es brauchbar«, sagt er und Leaf öffnet im selben Augenblick eine Videodatei.

Greff und seine Leute schauen sich das Video parallel mit uns an.

Was wir jedoch zu sehen bekommen, verschlägt uns die Sprache.

# LEAF

Auf dem Bildschirm erscheint dasselbe Gesicht, das wir bereits von den großen Fotos in Haverings Atelier kennen. Allerdings sieht es auf dem Video viel älter aus. »Hallo, mein Name ist Edison Stuart Havering, der Geschäftsführer und Gründer der Havering-Company.«

Mir klappt die Kinnlade herunter. Wieso hat er ein Video von sich gemacht und weshalb sieht er so fertig aus?

Edison sitzt an einem seiner Schreibtische im Labor. Hinter ihm stehen viele Reagenzgläser, Röhrchen und zerbrechliche Konstruktionen. Er scheint außerdem allein zu sein.

»Ich …«, beginnt er, fährt sich jedoch durchs graue Haar und seufzt frustriert. »… habe etwas Schlimmes getan, etwas Unverzeihliches.« Seine Finger massieren seine Schläfen und er atmet tief ein, bevor er weiterspricht. »Und bevor ich es gestehe, möchte ich meine Geschichte von Anfang an erzählen.«

Meine Nerven sind zum Zerreißen gespannt. Wie von selbst greife ich nach Autumns Hand und rücke nervös zu ihm.

»Vor einiger Zeit heiratete ich meine wundervolle Frau Emily-Jane – erst nach Jahren der Beziehung, da wir es früher nie für nötig gehalten haben und auch ohne den Ring und den Bund der Ehe glücklich waren. Sie wollte immer Kinder haben, ich auch, doch ich bin impotent und konnte ihr daher nie das geben, was sie sich am sehnlichsten wünschte.«

Mel kommt mir in den Sinn. Ihr ist es nicht vergönnt, Kinder zu bekommen, da sie keine Gebärmutter besitzt und daher nie das Gefühl kennenlernen wird, wie es ist, ein eigenes Kind auf die Welt zu bringen. Wenn ich mir vorstelle, heute ohne Hel sein zu müssen, wäre mein Leben unvollkommen und trostlos.

Edisons Augen werden gläsern. »Ich wollte sie wirklich glücklich machen und ihr wenigstens all das geben, was ich ihr eben geben *konnte*.« Er schüttelt den Kopf. »Eine Adoption wollte sie nicht, genauso wenig wie die Implantation eines fremden Spermas. Sie wollte *unser* Kind und nur von dem Mann, den sie liebte.«

Eine sehr wählerische Frau. Bestimmt wäre jedes Kind über eine Mutter glücklich gewesen, die sich sehnlichst eines wünschte. Mit diesen Voraussetzungen konnte sie jedoch keines haben.

»Jedenfalls stritten wir uns mit den Jahren immer öfter, trennten uns sogar zwei- oder dreimal, weil wir es nicht mehr miteinander aushielten, doch wir fanden immer wieder zueinander zurück. Bis ich den dummen Fehler beging und glaubte, ich könnte sie mit einem Heiratsantrag glücklich machen.« Edison fixiert seine Hände, die er auf dem Tisch verschränkt. »Mich hat es ja selbst fertiggemacht, dass ich zeugungsunfähig bin, doch noch mehr zerstört hat mich ihre Aussage, dass sie nur ein Kind von *mir* will oder gar keines.« Mit den Handballen reibt er sich die anbahnenden Tränen aus den Augen. »In den fünf Jahren unserer Ehe lebten wir uns auseinander. Em-Jay ...« Anscheinend der Spitzname für Emily-

Jane. »... kam eines Abends sehr spät nach Hause, obwohl ich wusste, dass sie immer schon vor mir da war.«

Ich ahne bereits, worauf das Gespräch hinausläuft, und es zerreißt mir beinahe das Herz.

»Als ich sie darauf ansprach, wich sie meinen Fragen aus, wurde immer genervter, bis sie mir schließlich sagte, dass sie sich von mir scheiden lässt.« Aus seinem rechten Auge kullert eine Träne und er wischt sie hastig von der Wange. »Ich wusste ab diesem Moment, dass es vorbei sein würde. Für immer.«

Edison kramt ein Dokument aus einer Schublade und legt es vor sich hin. Anscheinend sollte es später eine Rolle spielen, denn er fährt mit seiner Erzählung fort, ohne das Schriftstück zu erklären.

»Die Monate zogen dahin und ich fühlte mich grauenhaft. Meine Arbeit als Forscher und Wissenschaftler hasste ich zu dem Zeitpunkt am meisten, da ich alles in meiner Macht Stehende tun wollte, um Em-Jays und meine Ehe zu retten. Sie blieb noch so lange in unserem Haus wohnen, bis sie eine Wohnung gefunden hatte. Aber selbst dort liefen wir uns kaum über den Weg, da ich so viel arbeiten musste und fast nie zu Hause war. Eines Tages kam Em-Jay gar nicht mehr zurück. Als ich sie schließlich irgendwann verfolgte, weil ich wissen wollte, wohin sie fuhr, traf mich der Schlag, denn sie parkte vor dem Haus meines zweieiigen Zwillingsbruders Adam.« Seine verschränkten Finger verkrampfen sich. »Ich wartete, bis sie hineinging, und klingelte dann an der Tür meines Bruders. Eigentlich ist es ihr gutes Recht, eine neue Liebe zu finden, aber dass es ausgerechnet mein Zwillingsbruder war, konnte ich nicht verkraften. Als er die Tür öffnete, drückte ich ihn gegen die Wand, schrie ihn an, was das sollte, und geriet in Rage. Das Gespräch artete vollkommen aus. Em-Jay gestand, dass sie bereits seit zwei Jahren eine Affäre mit meinem Bruder hatte und ihn über alles liebte. Sie sagte, sie sei nie wirklich glücklich mit mir gewesen. Als ich ihren Bauch jedoch näher betrachtete, bemerkte ich die Wölbung und verlor vollkommen den Verstand.«

Edison legt das Gesicht in seine Hände und atmet tief ein und aus. Womöglich reißt er sich zusammen, um seine Geschichte zu Ende zu erzählen. Doch was jetzt folgt, lässt mich erschauern.

»Wir befanden uns in der Küche. Neben mir standen mehrere Messer und ich griff danach. Alles riss ein, was sich die letzten Jahre in mir angesammelt hatte. Der Hass für meine Impotenz, die Enttäuschung über die Kinderlosigkeit, das Bedauern über meine gescheiterte Ehe, das Gefühl, unbedeutend zu sein aufgrund meiner erfolglosen Arbeit als Forscher ...« Seine Augen wurden durch die Tränen rot. »Ich stach auf meinen Bruder ein. Erst einmal, dann zweimal und sogar noch ein drittes Mal. Als ich die Tat begangen hatte, stand Em-Jay vollkommen perplex hinter mir. Sie starrte auf das viele Blut und ihren toten Geliebten, der nur wenige Sekunden später an den Einstichen gestorben ist. Ich wusste, dass Em-Jay sofort die Polizei rufen würde, was mein Leben zunichtegemacht hätte. Also ... also habe ich ...«

Edison beginnt zu weinen und zu schluchzen.

»Es tut mir so leid, Adam ... Em-Jay ... Ich bereue alles, was ich getan habe, und ganz besonders, dass ich so ein Feigling war.«

Als er sich einigermaßen wieder im Griff hat, zeugt sein Gesicht von tiefen, unabänderlichen Schuldgefühlen.

»Ich habe die Morde vertuscht und meine Arbeit verschaffte mir ein perfektes Alibi, sodass ich niemals als Täter infrage kam. Durch meine Beziehungen erfand man die Geschichte, gemeinsam mit Ärzten und Rechtsmedizinern, dass Adam an einer unheilbaren Krankheit starb und Em-Jay mich verließ und weit wegzog. Man hing es nie an die große Glocke oder erzählte es den Medien.

Adam und Em-Jay wurden einfach nie wieder erwähnt. Dafür musste ich mein Leben der Forschung widmen, um den Durchbruch zu erlangen, ein Lebewesen zu erschaffen, das sich durch eine Maschine steuern ließe.«

Seine Augen sind feucht und die Wangen wund gerieben. Also war der Mord an seiner Ehefrau und seinem Bruder das Unverzeihliche an seiner Geschichte? Oder gibt es da noch mehr?

»Nach meiner furchtbaren Tat habe ich allmählich den Verstand verloren. Ich wollte meinen Bruder und Em-Jay zurückholen, ihnen eine zweite Chance geben und mich für alles entschuldigen, was ich ihnen angetan habe. Aber ich schaffte es nicht, denn totes Fleisch konnte man nicht mehr zum Leben erwecken. Also kniete ich mich in ein neues Projekt hinein, das die Welt verändern sollte. Ich erschuf den perfekten Menschen, mein erstes Wunschkind. Ich gab ihm alle Eigenschaften, Details und Konturen, die Adam besaß. Ich arbeitete zwei Jahre am Elastic-Brain-Program und erzielte endlich den Durchbruch, organisches Gewebe mit dem Computer verschmelzen zu lassen. Dann zog ich meinen Adam groß, zwanzig Jahre lang. Er hielt mich für seinen Vater, doch für mich war er mit allem, was er ausstrahlte, mein Adam in seinen jüngeren Jahren. Auf eine gewisse Weise war ich wieder glücklich.«

Edison spielt nervös mit seinen Fingern und beißt sich auf die Unterlippe. Wenn Adam das erste Wunschkind gewesen ist, dann stellt sich mir immer noch die Frage, weshalb er heute noch lebt. Dieses Video wurde vor über hundertfünfzig Jahren aufgenommen.

»Adam war der neue Durchbruch und die Leute waren davon angetan, ein Kind nach ihren Wunschvorstellungen kreieren zu können. Es sind keine wirklichen Menschen, da sie kein Gehirn, wie wir es haben, besitzen, sondern gemeinsam mit dem Computer eines erschaffen. Es funktioniert wie das eines Menschen, doch es ist dennoch anders. Obwohl ich Adam dieselben gutmütigen Eigenschaften gab, merkte ich, dass er sich ins Gegenteil verwandelte. Nachdem die ersten Wunschkinder von Eltern gekauft worden waren, kam Adam zu mir und verlangte ebenfalls nach einem. Er wollte ein Kind. Ich dachte mir nichts dabei und gewährte ihm den Wunsch. Nach weiteren drei Jahren forderte er ein weiteres und ich wurde stutzig. Als ich fragte, wo das letzte sei, schwieg er. Ich ging los, um nach dem Kind zu sehen, und fand ein regelrechtes Blutbad vor. Mir war sofort klar, dass mit Adams Psyche etwas nicht stimmte.«

Also ist Adam, den wir heute kennen, gar kein Mensch, sondern ebenfalls ein Wunschkind. Aber weshalb verachtet er uns dann so, wenn er selbst eines ist.

Woher rührt dieser Zorn?

»Und jetzt komme ich zu meinem unverzeihlichen Fehler. Ich habe Adams restliche Stammzellen, die ich damals habe einfrieren lassen, seine Eigenschaften und auch ein Teil seines Gehirns genommen, weil ich unbedingt, um jeden Preis, denselben Adam erschaffen wollte. Nur irgendetwas ist schiefgelaufen. Der Computer muss etwas mit den Erinnerungen meines Bruders gemacht haben. Er verwandelte ihn in eine hasserfüllte, rachsüchtige Maschine, die alle Wunschkinder auf eine grauenvolle Art leiden lassen will, bevor er sie tötet. Besonders abgesehen hat er es auf blondhaarige Mädchen mit hellen Augen und einem unschuldigen Lächeln – genau wie Em-Jay es gewesen ist.«

Eine Gänsehaut legt sich über mich.

Mir verschlägt es beinahe die Sprache, was er da erzählt. Deshalb begehrt mich Adam so. Das liegt an seinen Erinnerungen und an seiner Liebe zu Em-Jay. Nur muss er es in Hass umgewandelt haben, weil sein Bruder ihn tötete. Die Erinnerungen müssen aus Adam ein Monster gemacht haben – oder besser gesagt: *Edison*.

Mit den Klonen, die Adam erschaffen hat, will er sich immer wieder an Em-Jay ergötzen und sie jedes Mal auf qualvollste Weise sterben lassen. Meine schillernden Haare und die strahlend grünen Augen müssen für ihn damals wie eine Leuchtfackel gewesen sein.

»Ich wollte Adam zerstören, da sein kranker Geist verwirrt und voller Hass war. Wenn er weiterhin wütet, müssen viele meiner Wunschkinder ihr Leben opfern. Doch Adam war keinesfalls dumm. Er ahnte, was ich vorhabe, und ließ sich durch Hilfe als Mensch registrieren. Er stellte sich als ein langjähriger Kollege unseres Forschungsinstituts der Öffentlichkeit vor und ließ sich in die Politik verwickeln, sodass er immer wieder im Rampenlicht stand. Seine Identität verschleierte er, indem er Bilder von Adam löschte, seine Existenz im wahrsten Sinne des Wortes ausradierte. Er erzählte den Medien, dass wir gemeinsam eine Firma gründen wollen würden: die Havering-Company, um viele Wunschkinder herzustellen und sie zu verkaufen. Dadurch, dass er nun in der Öffentlichkeit stand, war es schwerer, ihn auszuschalten. Außerdem war ich mit meinen fünfundsechzig Jahren beinahe zu alt, um einen weiteren Mord zu begehen. Also musste ich mir etwas anderes überlegen. Ich kam auf einen dummen Gedanken und erschuf eine Em-Jay, in der Hoffnung, dass sie Adam bändigen konnte. Ich musste ihr Wachstum mit einigen chemischen Mitteln anregen. In zwei Jahren schaffte ich es, sie zu einem zwölfjährigen Mädchen heranzuziehen, das dank des EBPs auch als solches dachte und agierte. Doch ich musste Sicherheitsvorkehrungen treffen, da ich Angst hatte, dass Adam ihr ebenfalls grauenhafte Dinge antun könnte. Ich erschuf meine erste Special Edition – eine Konstruktion, die sich von den anderen Wunschkindern abhob. Sie bekam von mir mehr Feinschliff, schönere Farben und ein Verteidigungs- und Sicherheitssystem. Ich machte sie auf den Schmerz gefasst, der ihr widerfahren könnte, sodass ihr System sie im Ernstfall retten würde.«

Ich bin gleichzeitig unfassbar fasziniert und entsetzt von dem, was er sagt, da die Special Edition ihren Ursprung in Edison und in den Taten von Adam hat.

»Als ich sie Adam vorstellte, war ich voller Hoffnung. Mein Bruder ebenfalls. Er lächelte, war glücklich und flehte, das Wunschkind, dem ich den Namen Emily gab, bei sich aufnehmen zu dürfen. Ich willigte ein und es vergingen drei wundervolle Monate ohne einen einzigen Zwischenfall. Ich sagte mir, dass Adam geheilt sei, dass er es endlich geschafft habe. Doch als Emily durch den Wachstumsschub wie eine Sechzehnjährige aussah, begehrte er mehr von ihr als nur ihre bloße Freundschaft. Er suchte Liebe. Eine so tiefe und bedingungslose Leidenschaft, die nur Em-Jay ihm damals hätte geben können. Er …«

Edison atmet tief ein und aus, als würde ihm die Wahrheit mehr abverlangen als alles, was er alles bisher durchgestanden hat. Schwach schüttelt er den Kopf und lässt das Kinn auf seine Brust sinken.

»Sein Hass kehrte zurück, als ihm Emily ebenfalls nicht genügte. Er hat sie auf eine solch schlimme, unmenschliche Art massakriert, dass ich sie beinahe nicht mehr wiedererkannt hätte. Also habe ich meine Konsequenzen gezogen. Ich muss Adam töten, ganz gleich, was geschieht. Er ist eine Gefahr für die Wunschkinder, für die Menschen und auch für die Politik. Seine Intelligenz vermag ihm zu helfen, bis an die Spitze zu kommen. Bevor ich Emily in ihrem grauenvollen Zustand vorfand, erzählte mir Adam von seinen Plänen. Wunschkinder sollen als Produkte dienen, mit denen der

Käufer das Recht hat, alles zu tun, was er will. Ich versuchte es ihm auszureden, weil Wunschkinder Gefühle haben und auch eine Art Mensch sind, doch er ignorierte meine Worte. Er wollte herrschen, die Macht an sich reißen und die Havering-Company übernehmen.«

Edison widmet seine Aufmerksamkeit wieder dem Dokument, das vor ihm liegt.

»Ich liebte meinen Bruder. Und ich liebte Em-Jay. All das Chaos ist nur entstanden, weil ich egoistisch, rachsüchtig und verbittert war. Adam ist das komplette Gegenteil von dem, was er hätte werden sollen. Er wird nicht eher aufhören, bis seine Gier nach Macht gestillt ist. Er will die Wunschkinder leiden sehen und über sie herrschen. Durch seine sich schnell regenerierenden Zellen ist es möglich, dass er über hundert oder sogar zweihundert Jahre alt werden kann. Er könnte also eine sehr lange Zeit viel Unheil anrichten. Allerdings ist nur Adam dazu imstande, denn den anderen Wunschkindern habe ich ein solches Geschenk nicht gegeben.«

Edison hält das Dokument hoch, das er von Hand geschrieben hat. »Ich mache dieses Video, weil ich will, dass ihr die Wahrheit über die Havering-Company kennt. Adam weiß, dass ich versuche, ihn aufzuhalten, weshalb er euch allen solch perfekt gewählte Lügen erzählen wird, dass ihr mir vielleicht selbst nach dem Video keinen Glauben schenkt. Doch auch wenn ich tot sein sollte, habe ich mit einem Freund, der bei der Regierung arbeitet, ein Abkommen ausgemacht.« Er tippt auf das Schreiben. »Mit diesem Dokument wird augenblicklich die Havering-Company aufgelöst und allen Wunschkindern Freiheit gewährt. Eine beglaubigte Kopie werdet ihr nach diesem Video auch in den Archiven in einer absolut streng geheimen Abtei finden. Verschlossen, gehütet und vor allen Dingen vor Adam gewahrt. Er weiß nichts davon.«

Edison rückt näher zur Kamera.

»Also, wer auch immer sich dieses Video ansieht: Das ist die Wahrheit. Die Wahrheit über Adam, über mich und meine geliebte Em-Jay. Das Original-Dokument findet ihr in einem Tresor, versteckt hinter einem Gemälde meines Ateliers. Die Zahlenkombination ist in dem Adonisröschen versteckt, die Lieblingsblume von Em-Jay.«

Ich sehe, wie Edison unter dem Tisch eine Pistole herausholt und sie auf den Metalltisch vor sich legt. Sein Körper zittert und er scheint große Angst zu haben.

»Wenn ihr dieses Video zu sehen bekommt, habe ich es nicht geschafft, Adam aufzuhalten. Er wird eine simple Erklärung für meinen Tod finden, immerhin bin ich jetzt schon fast achtundsechzig Jahre alt und nicht mehr in der Lage, ein übernatürliches Wesen zu töten. Die Chancen stehen also schlecht für mich.«

Er senkt den Blick, schaut zu der Tür am Ende des Raumes und nimmt die Waffe an sich.

»Ich bitte euch, haltet Adam auf. Seine Gier nach Rache ist unstillbar und mit jedem weiteren Wunschkind, das er zwischen die Finger bekommt, wird seine Grausamkeit bestialischer. Irgendwann ist er unaufhaltsam.«

Er erhebt sich von seinem Stuhl und beugt sich zur Kamera hinunter. In seinen blauen Augen spiegelt sich Trauer und Reue wider.

»Falls dieses Video irgendwann einmal ein Wunschkind in Händen hält … Ich habe euch nie erschaffen, damit ihr von Adam gequält werden sollt. Mit dem starken Wunsch, meinen Bruder wieder an meiner Seite zu wissen, habe ich nicht nur euch kreiert, sondern auch ein von Menschenhand erschaffenes Lebewesen.« Er macht eine kurze Pause und sieht voller Bedauern in die Kamera. »Es tut mir leid.«

Anschließend endet das Video und der ganze Raum ist in eine unsagbare Stille gehüllt. All das Leid, das über die Wunschkinder kam, wurde nur durch einen einzigen Mann ausgelöst. Edison Havering.

Durch die Erschaffung seines monströsen Bruder-Duplikats nahm Adam uns die Menschenrechte. Er war der Erste, der uns wie Dreck behandelte und den es nicht scherte, wenn ein Lebewesen auf grauenvolle Art gefoltert wurde. Er führte vermutlich auch die Wunschkinder-Partei ein und sorgte dafür, dass diese immer an vorderster Front blieb. Er baute mehr Institute, kümmerte sich darum, dass sein unnatürlicher Alterungsprozess nicht auffiel und er immer die Hand über der Havering-Company behielt. Womöglich hat er hier sein Institut errichten wollen, weil er befürchtete, dass Edison noch ein Ass im Ärmel für ihn bereithielt. Eines, das ihn vernichten würde.

Und das haben wir nun gefunden. Die Kommandozentrale muss das Video gesichert haben, auch wenn der Inhalt mehr als schockierend ist.

Schließlich ist Autumn der Erste, der nach einer geschlagenen Minute endlich etwas sagt. »Sir, ich werde die Blume untersuchen und Ihnen den Code mitteilen. Es ist jedoch besser, wenn Ihre Leute selbst hier herunterkommen, um den Tresor zu öffnen. Die Gefahr ist noch nicht gebannt.«

Lieutenant Greff wirkt ein wenig unsicher, als hätte ihn das Video genau so sehr aus der Bahn geworfen wie uns alle. »J-ja, Smith. Tun Sie das.«

Autumn nimmt die Blume in die Hand und sieht sie sich genau an. Es dauert nicht lange, bis er einen Zahlencode aufsagt, um ihn der Kommandozentrale weiterzugeben. Seine Kontaktlinsen, die ich vorhin bemerkt habe, da sie in der Dunkelheit leicht schimmern, nehmen währenddessen Bilder von der Blume auf.

Autumns Hände zittern so stark, dass ich zu ihm gehe und sie in meine lege.

»Ich kann mich noch genau an Adams Vorlieben erinnern: ›Sie alle sind blondhaarig und zwischen vierzehn und siebzehn Jahre‹«, flüstert er und drückt meine Hände sanft. »Er hat in dir Em-Jay gesehen, die Frau, die er liebte, aber nie haben konnte, weil sie längst tot ist.« Langsam zieht er mich in seine Arme, legt den Kopf auf meinem ab und drückt seine Lippen auf meine Stirn. »Wärst du bei ihm geblieben, hätte er dasselbe gemacht wie mit der Frau im Schlafzimmer.«

»Blossom«, entfährt es mir und ich blicke zum Adonisröschen. Deshalb hat er mir den Namen gegeben, weil Em-Jay diese bestimmte Blumenart mochte, deren Farben im Licht so wunderschön leuchten wie meine Haare.

»Nein«, flüstert Autumn und nimmt mein Gesicht in seine Hände. »Leaf, deren Augen so grün leuchten wie die Ahornblätter im Sommer, angestrahlt von der warmen Sonne an einem hellblauen Himmel.«

Die Tatsache, dass er sich noch an seine eigenen Worte von damals erinnern kann, als er mir meinen besonderen Namen gab, rührt mich zu Tränen. Mich überkommt das Bedürfnis, ihn zu küssen, ihn an mich zu ziehen und nie wieder loszulassen.

Aber noch sind wir nicht für uns allein. *Noch* ist unsere Freiheit nicht erreicht, aber bald. Ich weiß es.

»Smith, Sie sollten sich den Tresor doch ansehen gehen. Wir haben gerade auf dem Dokument, das Edison ins Video gehalten hat, einen Hinweis entdeckt. Er schreibt, dass es ein Serum gibt, das einen Virus freisetzt, der das EBP von Adam zerstört«, erzählt Greff und klingt wieder gefasster. »Außerdem werden wir die Informationen augenblicklich an unsere Regierung und die der

Städter weiterreichen. Sie sollen entscheiden, was nun mit der Havering-Company geschehen wird und wie es mit den Wunschkindern weitergeht.«

»Verstanden«, meint Autumn, drückt mir einen flüchtigen Kuss auf und läuft mit mir an der Hand ins Atelier zurück.

Wir nehmen ein Gemälde nach dem anderen von der Wand und finden unter dem Bild, auf dem alle drei zu sehen sind, den von Adam genannten Tresor. Autumn scheint die Zahlenkombination noch im Kopf zu haben und tippt diese auf die Touchscreen-Tastatur.

Er öffnet sich und tatsächlich entdecken wir neben dem laminierten Dokument von Edison eine kleine Box, in der offensichtlich das Serum ist, das Adam ein für alle Mal ausschalten kann.

Autumn nimmt es an sich und wir gehen zurück zur Kommandozentrale. Als wir es Greff und den anderen vorlegen, befiehlt er, es zu öffnen. Autumn tut, was er sagt, und bemerkt, dass das Serum die ganze Zeit eingefroren war.

»Gut, die Frage ist jetzt: Wie kommen wir an ihn heran, ohne dass er weiß, was wir vorhaben? Nun, da die Wahrheit ans Licht gekommen ist, wird er wohl versuchen zu fliehen, und wenn er wirklich so schlau ist, wie Edison behauptet, wird das Untertauchen kein Problem für ihn sein.«

Wenn er das schafft, wird die Gefahr niemals gebannt. Ich werde immer das Gefühl haben, dass er zurückkehren könnte. Wo wäre da mein Frieden, wenn die Angst niemals vergeht?

Nein, ich sehe nur eine einzige Möglichkeit, Adam für immer zu töten.

Und nur ich allein bin dazu imstande, weil ich als Verkörperung von Em-Jay nah genug an ihn herankomme.

# AUTUMN

Er herrscht eine Zeit lang Stille und als ich zu Leaf blicke, ist sie in ihre Gedanken vertieft. Sie starrt auf die Blume vor sich, als erkenne sie in ihr die Lösung unseres Problems. Dabei mache ich mir wirklich Sorgen, Adam könnte bereits wissen, dass wir die Wahrheit über seine Verbrechen kennen.

Wir dürfen nicht länger zögern und müssen ihn aufhalten.

Plötzlich erhebt Leaf die Stimme und blickt zu Lieutenant Greff auf, der überrascht über ihre Worte ist. »Ich werde ihm das Serum verabreichen. Wenn er herausfindet, was wir wissen, wird er sofort die Flucht ergreifen.«

Greff zieht misstrauisch eine Augenbraue in die Höhe. »Ich weiß nicht, ob Sie dafür geeignet wären …«

»Bitte!«, fleht Leaf. »Vertrauen Sie mir!«

»Leaf«, flüstere ich und gehe auf sie zu. »Was tust du da? Adam ist gefährlich. Gerade *du* solltest ihm nicht mehr unter die Augen treten.«

Sie schüttelt den Kopf und rückt von mir ab. »Ich weiß, was ich tue.«

»Wir haben nur eine Chance, Miss Rise!«, warnt er mich.

Mit einem Nicken bestätigt sie ihm, dass ihr sehr wohl bewusst ist, wie wichtig diese Mission ist. Schlägt sie fehl, müssen wir uns etwas Neues überlegen, um Adam loszuwerden. Doch woran hält sie fest? Was macht sie so sicher, dass sie es schaffen wird?

»Ja und ich verspreche Ihnen, dass ich ihn ausschalten werde, Sir. Adam wird sterben.«

Greff überlegt lange, bis im Hintergrund jemand neben ihn tritt und Rick mich mustert.

»Aaren Smith, Lara Rise«, spricht der Richter zu uns. »Wir haben sowieso nicht mehr viel Zeit. Wenn wir Adam töten wollen, müssen wir das noch tun, bevor der gerichtliche Entschluss feststeht. Denn danach gehört Adam den Städtern an und wir dürfen uns nicht einmischen. Im Moment können wir es noch als Krieg ansehen, den er mit uns begonnen hat, indem er unsere Leute angriff.«

Leaf sieht andächtig zu ihm hoch.

Die Augen des jungen Richters fixieren sie erwartungsvoll. »Wie sicher sind Sie sich, dass Ihr Plan klappen wird, Miss Rise?«

In ihrer Miene erkenne ich pure Entschlossenheit. Was auch immer sie vorhat, sie ist sich sicher, dass es gelingen wird.

»Zwar nicht zu einhundert Prozent, weil man davon nie ausgehen kann, aber mit ziemlicher Sicherheit.«

Seine Augen durchbohren sie förmlich. »Und wie sieht Ihr Plan aus?«

»Er ist zu … kompliziert, um es Ihnen erklären zu können«, antwortet sie ehrlich.

Stille kehrt erneut zwischen uns ein und sie erdrückt mich. Was hat Leaf verdammt noch mal vor? Wieso soll ihr Plan kompliziert sein? Sie kann sich nicht erneut zu Adam begeben.

Ich schnappe mir ihr Handgelenk und verschwinde mit einem knappen »Entschuldigen Sie uns kurz« nach draußen. Nachdem ich fünf Sekunden lang die Lider geschlossen habe, grenze ich damit die Kommandozentrale komplett aus.

Besorgt lege ich meine Hände auf ihre Schultern und achte darauf, keine ihrer Prellungen zu berühren. »Leaf, was hast du vor? Wenn du es ihnen nicht erzählen willst, dann wenigstens mir.«

Doch sie schüttelt den Kopf. »Du würdest es nicht verstehen.«

Meine Atmung wird schwerer. »Bitte hör auf mich, das ist es nicht wert. Wir können Adam nur besiegen, wenn wir zusammenarbeiten.«

Sie verneint meine Aussage erneut. »Du musst mir vertrauen.«

»Leaf, mach das bitte nicht«, flehe ich beinahe und sehe sie sorgenvoll an. »Lass das kein zweites Mal zu. Ich ertrage den Gedanken nicht, dass dir etwas zustößt.« Mein Blick gleitet über ihr verschrammtes Gesicht, der dunkle Bluterguss am Auge fällt am meisten auf.

Sie rückt näher zu mir und legt eine Hand in meinen Nacken, mit der anderen streicht sie sanft über meine Wange. In ihrem Ausdruck liegt so viel Sehnsucht, dass ich sie am liebsten geküsst hätte. »Ich liebe dich, Autumn. Das habe ich selbst in den acht Jahren getan, in denen ich glaubte, dass ich dich für immer verloren hätte. Ich bin wirklich froh, dass wir uns noch einmal gesehen haben und deine Erinnerungen an mich zurückgekehrt sind.«

»Leaf …«, hauche ich und drücke meine Lippen verlangend auf ihre.

Sie erwidert den Kuss, leidenschaftlich und sehnsüchtig zugleich. Ich lege meine Arme um ihren Oberkörper, ziehe sie sanft an mich und merke dabei, wie sehr ich sie vermisst habe. Das Gefühl ist zum Teil von Schmerz erfüllt, aber auch von unwiderruflicher Liebe.

Leaf ist schon immer der Mensch für mich gewesen, den ich vom ersten Moment an in meiner Nähe haben wollte. Ich sehnte mich nach ihrem Lächeln, wenn ich wusste, dass ich sie für eine gewisse Zeit nicht sehen konnte. Der Drang, sie um mich zu haben, bei ihr zu sein und sie glücklich zu wissen, wurde zu meiner obersten Priorität.

Bis Adam kam und uns trennte. Und jetzt tut er es schon wieder.

Gerade als ich etwas sagen will, spüre ich einen kleinen Stich in meinem Nacken und etwas Warmes schießt durch meine Venen. Meine Muskeln werden schlaff und sacken zusammen, sodass Leaf mich auffängt.

»Was …?«, entfährt es mir, bevor auch meine Stimme versagt.

Ich höre, wie Leaf zu weinen beginnt und mich sanft auf dem Teppichboden ablegt. Ihre Tränen tropfen auf mein Gesicht.

*Was tut sie da, verdammt?!*

Ihre Hand bebt, als sie diese an meine Wange legt und sich zu mir herunterkniet. »Du hast einmal gesagt, dass wir für unsere Freiheit kämpfen müssen«, schluchzt sie. »Ich werde sie für uns gewinnen. Versprochen.«

»Le…af«, bringe ich zwischen meinen Zähnen hervor, bevor ich merke, dass die Bewusstlosigkeit an mir nagt.

Leaf wischt sich die Tränen von den Wangen und presst ihre Lippen auf meine. Sie lächelt mich zum Schluss an, als wäre es ein Abschied. »Bis wir in Freiheit sind.«

Dann wird alles um mich herum schwarz.

# LEAF

Als Autumns Lider zufallen und er in den Schlaf gleitet, den ich ihm mit meiner Spritze verpasst habe, gehe ich zurück in die Kommandozentrale.

Das Betäubungsmittel habe ich aus einem der Labore mitgehen lassen, als wir nach dem Ausgang suchten. Es war eingefroren in einem der Tiefkühlbehälter, wodurch sich medizinische Mittel ewig halten. Das Notaggregat hat den unteren, versteckten Teil des Instituts wohl all die Jahre am Leben erhalten. Dank Professor Paul, den ich trotz unserer Differenzen öfter mal bei der Arbeit beobachtet habe, kenne ich die Zusammensetzung eines Betäubungsmittels und wusste daher, für was die Spritze gut ist.

Autumn hat nicht gemerkt, dass ich etwas an mich genommen habe. Ich wollte es zur Verteidigung mitgehen lassen, falls ich in der Not ein Ass im Ärmel brauchte.

Hätte ich es nicht getan, wäre mir Autumn nachgelaufen und würde mich daran hindern, meinen Plan durchzuziehen. Auch wenn ich dafür über meinen größten und dunkelsten Schatten springen muss.

Doch für Autumn würde ich es tun. Für uns und unsere Freiheit.

»Was soll das, Rise?«, knurrt Greff und verschränkt wütend die Arme vor der Brust. »Was haben Sie mit Smith gemacht?«

Ich sehe ihn streng an. »Keine Sorge. Ihm geht es gut. Er schläft nur. Mir darf niemand folgen, das ist mir sehr wichtig.« Mein Blick wird strenger. »Habe ich nun Ihre Erlaubnis, meine Mission auszuführen?«

Greff will gerade Luft holen, um mir ein »Nein« ins Gesicht zu brüllen, doch Rick kommt ihm zuvor. »Sie haben meine Erlaubnis.«

»Was?«, entfährt es Greff überrascht. »Aber, Sir …«

»Gehen Sie, Miss Rise. Sie scheinen von Ihrem Vorhaben äußerst überzeugt zu sein.«

Ricks Entscheidung verdutzt mich selbst. Wieso hat er zugestimmt? Setzt er so viel Vertrauen in mich, dass er mir tatsächlich glaubt? Ich muss gestehen, dass mein Plan natürlich schiefgehen kann, aber ich weiß, dass Adam nur eine Person nah an sich heranlässt.

»Warten Sie«, sage ich und kehre kurz zu Autumn zurück, in dessen Jacke ich nach dem Funkgerät suche, das ein integriertes GPS-Signal besitzt. So wissen sie wenigstens, wohin ich gehe, und falls ich versage, könnte ich es Adam unterjubeln, damit er geortet werden kann.

Nachdem ich es gefunden habe, blicke ich ein letztes Mal in Autumns Gesicht und streiche ihm sanft über die Wange. Hier in Adams Atelier ist er jedenfalls sicher, die Tür ist zu massiv, um sie mit einfacher Kraft zu durchbrechen. Es tat so weh, ihm die Spritze zu verpassen. Ich hoffe sehr, dass er mich dafür nicht hassen wird.

Als ich in die Kommandozentrale zurückkehre, zeige ich ihnen das Funkgerät, das ich in meiner Hosentasche gut verstaue. »Damit sollten Sie zumindest wissen, wo ich mich befinde.«

Rick nickt bestätigend. »Wir haben die Daten des alten Baus heruntergeladen und wissen nun, wo sich die Geheimtür befindet. Suchen Sie im Wohnzimmer nach einer Standuhr. Dahinter sollten Sie einen Schalter finden, der einen Fahrstuhl öffnet.«

Ich schnappe mir das Serum, ziehe es in der danebenliegenden Spritze auf, stülpe eine Kappe darauf und stecke sie mir unauffällig in den Ärmel.

Bereit zu gehen, wende ich ihnen den Rücken zu und will den Raum verlassen, als Rick mir noch ein »Passen Sie auf sich auf, Rise« hinterherruft.

Ich zwinge mich dazu, nicht erneut bei Autumn stehen zu bleiben, da ich es nicht länger ertrage, ihn vielleicht zum letzten Mal gesehen zu haben. Adam ist gewalttätig und unberechenbar. Möglicherweise wird mir mein Vorhaben gelingen, vielleicht aber auch nicht.

Wichtig ist, dass ich ihm das Serum injiziere, ganz gleich, auf welche Art.

Im Wohnzimmer fällt mir die Standuhr sofort auf und ich eile zu ihr hin. Die Zeiger bewegen sich nicht mehr und auch das Glas, welches das Ziffernblatt schützt, ist beschlagen.

Ich lehne den Kopf an die Wand und versuche hinter die Standuhr zu schauen. Tatsächlich entdecke ich den Schalter und betätige ihn. Eine Wand öffnet sich und dahinter verbirgt sich der Fahrstuhl, der zum Glück noch zu funktionieren scheint.

Mit klopfendem Herzen begebe ich mich hinein und sehe mir die Knöpfe an. Er fährt nur zwei Stockwerke an. Das Erdgeschoss und Edisons Geheimatelier.

Ich wähle die einzige Variante, die mir bleibt, um vom Fleck zu kommen. Die Schiebetüren gehen zu und der Aufzug fährt los.

Wenn ich mir vorstelle, Adam ein weiteres Mal begegnen zu müssen, wird mir speiübel. Auch wenn er kein Mensch, sondern ein Wunschkind sein soll, ist er trotzdem ein Monster. Außerdem bin ich in seinen Augen nicht nur irgendein Produkt, sondern Blossom, die eine Ähnlichkeit mit Em-Jay hat.

Wie muss sie sich gefühlt haben, als sie mit eigenen Augen mit ansah, wie Edison seinen Bruder tötete? Schließlich war er der Mann, den sie über zwanzig Jahre kannte.

Die Pein der Prellungen wird stärker und ich ziehe langsam das T-Shirt hoch. Darunter verbergen sich dunkle Blutergüsse, die nicht nur schmerzhaft aussehen, sondern sich auch so anfühlen. Das Adrenalin muss meine Qual gehemmt haben, da ich bis gerade eben beinahe vergessen hätte, von Adam fast totgeprügelt worden zu sein. Wären Autumn und seine schützende Kuppel nicht gewesen, wäre ich nun nicht mehr hier.

Die Wahrheit über die Havering-Company hat mich jedoch am meisten getroffen. So viele Jahre Leid nur wegen eines chemisch hergestellten Monsters, das nach Rache und Macht giert. Adam hat so viele Tode zu verantworten und dürstet noch immer nach weiteren. Wozu sollte er sonst die Klone erschaffen haben? Er will eine Blossom sterben sehen, die sich nicht durch ihr Sicherheitssystem schützt. Aber die wird er nicht bekommen können, da jede Special Edition über ein solches System verfügt. Vermutlich wissen viele von ihnen nicht einmal, dass sie eines besitzen.

Der Fahrstuhl kommt endlich im Erdgeschoss an und als ich aussteige, befinde ich mich in einem kleinen Vorraum. Rechts von mir aktiviert sich ein Bildschirm, der mir das Treppenhaus anzeigt, in dem niemand zu sehen ist. Offensichtlich war es Edison sehr wichtig, dass niemand sein geheimes Atelier kannte.

Ich betätige einen Knopf neben der sich zur Seite schiebenden Tür und trete leise nach draußen. Im Flur ist es sehr still und ich begebe mich nach oben, um meine Suche an dem Ort zu beginnen, an dem ich Adam das letzte Mal gesehen habe.

Die Explosion scheint nur die unterirdischen Stockwerke getroffen zu haben, denn im Erdgeschoss ist davon nichts zu sehen.

Mein Atem geht schwer, als ich die ganzen Treppen hinaufsteige, was besonders meine Bauchmuskeln beansprucht. Durch die Blutergüsse und Prellungen fällt es mir schwer durchzuhalten.

Der Schweiß rinnt mir an den Schläfen hinab und mir ist unglaublich heiß. Im Treppenhaus riecht es ebenfalls nach dem penetranten Bleichmittel und alles erscheint mir unglaublich neu.

Ich erreiche endlich das Stockwerk, in dem ich vorhin auch ausgestiegen bin, als Adam mich zu seiner Suite führte. Bevor ich auf den Flur trete, lausche ich nach Geräuschen und schaue mich lieber zweimal um, bevor ich beschließe, mich zur Suite aufzumachen.

Die Flure sind überall gleich. Eintönig und mit grellem Licht versehen, was es umso schwerer machen würde, im richtigen Moment in Deckung zu gehen.

Doch zum Glück treffe ich keine der Wachen, sodass meine Anspannung etwas nachlässt.

Als ich endlich an der Suite ankomme, ist die Tür einen Spalt weit geöffnet und ich schaue vorsichtig hinein. Niemand ist zu sehen bis auf eine vollkommen verängstigte Blossom, die gefesselt in demselben Sessel sitzt wie ich vorhin. Ihr Gesicht ist grün und blau geschlagen, der rechte Arm blutig und verkrustet. Wie lange ist sie schon hier?

Auf ihren Wangen erkenne ich getrocknete Tränen und sie muss furchtbare Qualen durchleiden. Ich horche nach irgendwelchen Schritten, Stimmen oder anderen Geräuschen, doch ich kann niemand anderen ausmachen. Blossom ist allein.

Das Blut rauscht mir in den Ohren, als ich hineinschleiche und sie mich sofort wahrnimmt. Ihre Augen werden größer, zumindest soweit es mit den heftigen Schwellungen möglich ist. Ihr Anblick erfüllt mich mit Schmerz.

Ich betätige den Knopf, um sie von den Armfesseln zu befreien. Anschließend berühre ich vorsichtig ihre Hände.

»Was hat er dir nur angetan ...?«, flüstere ich fassungslos und begutachte die Schrammen an Kinn und Wange. »Kannst du aufstehen?«

Sie nickt nur und versucht mir etwas zu sagen, doch ihr Kieferbereich ist so geschwollen, dass es ihr wehzutun scheint, wenn sie spricht.

»Schon gut, schon gut«, beruhige ich sie und höre dabei, wie ihr Atem unregelmäßig geht. Sie ist vollkommen fertig.

Traumatisiert. Geschändet. Misshandelt.

Von Adam.

»Hör zu, Blossom. Ich will das hier beenden. Ein für alle Mal. Weißt du, wo Adam ist?«, frage ich sie sanft und berühre eine heile Stelle an ihrem Arm, um ihr zu zeigen, dass sie mir vertrauen kann.

Sie erhebt sich vom Sessel. Dabei schwankt sie etwas und ich gebe mir Mühe, sie, so gut es geht, zu stützen. Sie führt mich zu einem Touchscreen, der mir die gesamten Räume und wichtigen Bereiche des Instituts anzeigt.

»Ich habe eben gesehen, wie Adam es benutzt hat«, erklärt sie mir. Sie tippt mehrmals darauf herum, deutet schließlich auf das Stockwerk U3 und umkreist mit der Hand einen größeren Raum, in dem offensichtlich Adams Experimente vonstattengehen.

»Kommt ihr, du und die anderen Blossoms, von dort?«, hake ich nach und streiche ihr eine mit Blut verklebte Strähne hinter das Ohr, die ihr ins Gesicht hing. Vermutlich vertraut sie mir, weil sie genau weiß, dass ich sie bin. Außerdem sprechen meine Wunden auch für sich.

Sie nickt und presst ein schwer verständliches »Klone« zwischen ihren Lippen hervor. Dann begreife ich, welcher Raum das ist.

Adam hat dort seine vielen Blossoms verwahrt, die er bisher mit meinen Stammzellen geklont hat.

Ich helfe Blossom dabei, aus dem Raum zu kommen, und bringe sie in einem unbedeutenden Arbeitszimmer unter. Hier stehen nur ein paar Computer und ein Sofa, auf dem Wohnzimmertisch befindet sich ein nicht angerührtes Teeservice.

Auch wenn Blossom keucht und versucht einen Schrei zu unterdrücken, positioniere ich sie so auf dem Sofa, dass sie nicht allzu große Schmerzen haben sollte.

Anschließend schnappe ich mir das Funkgerät und kontaktiere die Kommandozentrale. »Sir, Sie sagten doch, dass Sie im Krieg mit Adam stehen. Wäre es vielleicht möglich, ein paar Leute zum siebten Stockwerk auszusenden? Hier liegt eine Frau in einem kleinen Arbeitszimmer und sie ist schwer verletzt.« Ich drehe mich zu Blossom um, deren Lider zugefallen sind. »Wenn ich Adam erledigt habe, komme ich zurück, okay?«

Sie gibt mir keine Antwort, doch ich bin mir sicher, dass sie mich verstanden hat. Eilig renne ich wieder auf den Flur, ins Treppenhaus hinein und mache mich zur Ebene U3 auf.

Das Stockwerk ähnelt wieder dem Zellentrakt. Hier ist der Boden aus Beton, die Wände sind grau und rissig. Metallrohre laufen an der Decke entlang und an einigen Stellen tropft Wasser heraus.

Ich laufe den Flur runter, da ich die Karte, die mir Blossom gezeigt hat, noch im Kopf habe. Am Ende des langen Ganges stehe ich vor einer schweren Metalltür, die mit einem Sicherheitscode versehen ist. Da ich keine Ahnung habe, wie dieser lautet, blicke ich erst einmal nur vorsichtig durch das kleine Fenster in der Mitte.

Im großen Raum stehen Glasbehälter, die wie Säulen im Boden stecken und bis zur Decke verlaufen. Darin schwimmen die Klone, die zu schlafen scheinen. An ihren Mündern und Nasen befinden sich Atemgeräte und die Arme haben sie um den Oberkörper geschlungen. Ab und an zucken ein paar Muskeln, als würden sie etwas Unschönes träumen.

Weiter links erkenne ich den Rücken eines Mannes und kann nicht daraus schließen, ob es sich dabei um Adam oder einen Komplizen handelt.

Wie soll ich nur dort hineinkommen? Außerdem, was ist, wenn ich nicht gegen ihn allein antrete, sondern gegen unzählige seiner Wachen? Dann wäre das Spiel schnell aus. Ich käme noch nicht einmal in seine Nähe.

Im selben Moment erkenne ich, dass jemand auf die Tür zukommt, und ich schlüpfe in den nächsten Gang hinein, um mich in einen Türrahmen zu quetschen.

Da höre ich eine Stimme. Offensichtlich redet der Kerl mit sich selbst. »So, nur noch schließen … Oh, diese kleinen, blöden Zahlen … So, was haben wir denn da? Sieben, neun … Verflixt! Jetzt hab ich mich auch noch vertippt. Noch mal neu. Also, wo ist die sieben …? Ach ja, da! Also, sieben, neun, fünf, fünf, drei und sechs.«

Als er fertig zu sein scheint, gibt er einen genervten Seufzer von sich und entfernt sich von der Tür. Seine Schritte erklingen und mir schlägt das Herz bis zum Hals, als sie lauter werden. Ein Mann mit blondem Haar und einer Brille geht im Gang an mir vorbei, hat jedoch nicht einmal einen Blick in meine Richtung geworfen.

Als ich mich vergewissere, dass niemand mehr da ist, schleiche ich mich zur Tür und blicke nochmals durchs Fenster. Dieses Mal kann ich niemanden erkennen und tippe mutig die Zahlenkombination ein. Das Lämpchen wird grün und ich kann die Tür aufziehen.

Im riesigen Raum höre ich keine Stimmen, doch die Geräte geben leise Geräusche von sich. Es zischt, gluckert, pfeift und knarrt.

Rechts von mir stehen weitere Säulen mit darin enthaltenen Blossoms, für die ich Mitleid aufbringe. Adam würde sie nacheinander vernichten und wie Abfall wegwerfen.

Links verläuft der lange Raum weiter nach unten, der an einen weiteren angrenzt. Überall sehe ich dicke Rohre und Tanker, nur der Eingangsbereich und das Instrumentenfeld mit den bunt leuchtenden Knöpfen sind nicht zugestellt.

Ich gehe zu einer der Säulen hin und sehe mir die Blossoms genau an. Dieses Mädchen besitzt dieselben Gesichtszüge und Konturen wie ich. Eine detailgetreue Kopie.

Interessiert mache ich mich zu den blinkenden Knöpfen und Bildschirmen auf, die die Herzfrequenzen und andere Vitalwerte jedes einzelnen Klons überwachen. Hat Adam daran jahrelang geforscht? Das Kopieren eines Körpers? Nur … für Blossom? Für Em-Jay?

Ich entdecke auf einem Bildschirm einen der Klone und werde auf einen dicken roten Knopf aufmerksam, der mich förmlich dazu auffordert, draufzudrücken.

Was soll schon passieren?

Zögernd tippe ich mit dem Finger auf die rote Schaltfläche und höre ein lautes Brummen, das aus dem linken Teil des riesigen Raumes kommt.

Neugierig gehe ich dem nach und finde zwischen den mit gelber Flüssigkeit gefüllten Säulen einen leeren Tanker vor. Zuerst kann ich niemanden darin entdecken, doch dann schlägt eine Hand gegen die Glasscheibe, wodurch ich erschrecke.

Habe ich gerade im Ernst das Wasser abgeschaltet?

Skeptisch begebe ich mich zu der Säule und inspiziere den danebenstehenden Bildschirm, der die Größe eines Tablets hat. Auf einer der Schaltflächen steht »Öffnen« und wenn ich den Klon schon erweckt habe, dann kann ich ihn genauso gut aus seinem Käfig befreien.

Ich beeile mich, ehe es jemand zu verhindern versucht, denn es wird nicht mehr lange dauern, bis einer der Forscher zurückkehrt – oder schlimmer noch: Adam.

Die schmale Tür der Säule schiebt sich geräuschlos beiseite und die ängstliche Blossom sieht mich mit ihren grünen Augen an. »Wer bist du?«

Ich lege den Zeigefinger an meine Lippen und bedeute ihr damit, still zu sein. Anschließend beuge ich mich nach vorne und reiche ihr meine Hand. »Vertrau mir. Ich will dir nichts tun. Lass mich dir aufhelfen.«

Sie zögert zuerst, doch dann greift sie nach meiner Hand und lässt sich von mir aus der Säule führen. Das Atmungsgerät hat sie sich bereits vom Kopf gerissen, da es neben ihr auf dem Boden liegt. Sie wird sich nicht erklären können, wer sie ist, geschweige denn, was sie hier überhaupt macht.

Diese Klone haben wohl ihr Wissen von meinen Stammzellen und dem EBP, das für sie kreiert wurde. Aber genau kenne ich mich nicht aus, da Klone bisher absolut illegal sind und an ihnen auch nicht weitergeforscht werden darf.

»Wo bin ich?«, raunt sie und schaut sich hastig um. Die weiteren Klone müssen ihr Angst bereiten, das merke ich an ihrem zitternden Körper. »Bin das ich?«

Jedenfalls scheint sie schnell zu begreifen, dass sie einer von ihnen ist.

Ich nicke bedächtig. »Ja. Ich habe dich dort rausgeholt. Dein Name ist Blossom und …« Mein Blick wandert über die vielen anderen Mädchen, die in der Flüssigkeit schweben. »… ihrer auch.«

Sie senkt grübelnd den Kopf und nuschelt dabei: »Wenn also alle dieselbe Person sind … dann sind das … dann bin ich …«

»Ein Klon«, sage ich geradeheraus. »Und ich bin hier, um euch vor einem bösen Mann zu bewahren. Wir müssen die anderen noch befreien und erst dann kann ich euch sicher herausbringen, in Ordnung?«

Sie scheint zu verstehen, was ich ihr sagen will, und nickt.

Behutsam lege ich eine Hand auf ihre kühle Schulter. »Warte hier, ich suche dir etwas zum Überziehen.«

Sie nickt und ich lasse sie an ihrer Säule stehen. Ihr Ausdruck verrät mir, dass sie noch immer sehr verwirrt ist, doch ihr Wissen sollte auf einem ähnlichen Stand wie das meine sein.

Hinter einer weiteren Tür zwischen den Säulen entdecke ich einen Umkleide- und Untersuchungsraum, in dem ich einige Laken vorfinde, die sich Blossom fürs Erste umbinden könnte.

Ich schnappe mir ein paar von ihnen und trete wieder vorsichtig in den großen Raum. Blossom sieht mich dankbar an, da ihr noch teilweise nasser Körper zu frösteln scheint.

Sie legt sich das Laken über die Schultern und ihr Zittern lässt nach. »Okay, Blossom. Ich schalte alle anderen Säulen ebenfalls ab und dann verschwindet ihr von hier, verstanden? Kannst du den roten Knopf auf den Bildschirmen drücken, wenn die Flüssigkeit versiegt ist?«

Sie nickt.

Ich entferne mich von ihr und wende mich wieder den vielen Knöpfen und Hebeln zu. Nacheinander schalte ich alle Säulen ab und zähle dabei weitere Klone. Ob das noch nicht alle sind? Oder hat Adam schon einige von ihnen getötet, da er nun weiß, dass selbst bei ihnen das Sicherheitssystem von Edison funktioniert?

Gerade als ich die letzte Säule abschalte, höre ich Stimmen am anderen Ende des Raumes und gehe diesen nach, da ich Zeit schinden muss. Sie dürfen nicht bemerken, dass Blossom die anderen befreit und versuchen wird, mit ihnen zu fliehen.

Ich ertrage es nicht, erneut eine von ihnen blutüberströmt am Boden liegen zu sehen, zerschmettert mit einer stumpfen Waffe. Adam darf ihnen nichts tun, denn sie können am wenigsten für ihre Existenz.

Als ich an den Rohren, Kabeln und Leitungen vorbeigehe, die aus dem Boden schießen und in der Decke verschwinden, erkenne ich irgendwann am Ende des Raumes, wie ein Mann im weißen Kittel und Adam Malone, der seinen feinen Anzug trägt, miteinander reden. Sie kommen direkt auf mich zugelaufen und so suche ich mir schleunigst eine Lücke zwischen den Rohren, um Adam aus der Deckung anzugreifen.

Wenn er mich nun erwischen sollte, wird er mich nicht sofort töten, weil er damit sein Original vernichtet. Bereit ist er dazu, doch er wird es nicht auf der Stelle tun, sondern es genießen wollen. Und genau diesen Moment muss ich ausnutzen, um ihm die Spritze zu versetzen. Jedenfalls wäre das mein Plan B.

Angespannt presse ich mich zwischen zwei Rohre, von denen das eine sehr warm ist. Die Temperatur und meine Nervosität treiben mir Schweißperlen auf die Stirn, und meine Atemzüge werden immer gieriger.

Wenn er mich jetzt erwischt, bevor ich mich überhaupt gezeigt habe, werde ich zu Plan B übergehen müssen. Vermassle ich jedoch den Moment danach, in dem ich bereits zum Angriff übergehe, habe ich nur eine einzige Chance. Wenn ich diese verpasse, wird Adam wissen, dass ich ihn zu töten versuche. Außerdem könnte er das Serum an sich nehmen und vernichten, was die Hoffnung auf seinen Tod endgültig zunichtemacht.

Ich ziehe mich tiefer in den Schatten der Rohre zurück und lausche den Schritten, die sich mit jedem weiteren Augenblick, der vergeht, nähern. Das Blut rauscht mir in den Ohren, als sie so nah sind, dass mir ihr strenges Aftershave in die Nase kriecht.

Ich erfasse endlich Adam und den Forscher, die meine Anwesenheit absolut nicht wahrnehmen. Sie gehen an mir vorbei, ohne zu ahnen, dass ich ihnen auf Schritt und Tritt folge.

Adam muss aufgehalten werden, bevor er nach wenigen Metern bemerken wird, dass seine Säulen allesamt leer sind. Bevor dies geschieht, werde ich das Serum bereits in seinen Körper injiziert haben.

Als sie mir schließlich den Rücken zugewandt haben und entspannt weitergehen, schaue ich vorsichtig aus meiner Deckung heraus und schleiche ihnen auf leisen Sohlen nach. Geduckt hole ich ein wenig auf und schiebe die Spritze so in meinen Ärmel, dass ich nur den Bruchteil einer Sekunde brauche, um danach zu greifen.

»Adam«, beginne ich und die beiden Männer drehen sich zu mir um. »Ich weiß nun, dass du selbst ein Produkt bist.«

Meine Andeutung scheint ihn wenig zu interessieren. »Du hast überlebt, meine kleine Blume?«, fragt er teils erfreut, teils gehässig und setzt ein Lächeln auf. »Das ist wunderbar. Dann muss ich meine Stammzellen vielleicht doch nicht klonen und nutze einfach deine.«

»Ich bin hier, um mich zu rächen. Für Autumns Tod«, lüge ich ein wenig, um ihm deutlich zu machen, dass ich mich gegen ihn behaupten will.

Seine Begleitung stellt sich schützend vor Adam. »Ich kümmere mich um das Produkt.«

Mein schlimmster Feind beginnt zu lachen und schiebt seinen Freund beiseite. »Sieh sie dir nur an, Luis. Sie kann noch nicht einmal richtig auf den Beinen stehen.«

Ich beiße verärgert auf meine Zähne und balle die Hände zu Fäusten, dabei tue ich jedoch so, als würden mir die Prellungen und meine Entkräftung tatsächlich etwas ausmachen. »Du wirst sehen, dass ich sehr wohl dazu imstande bin, dich zu töten.«

Adam lacht laut und mustert meinen Körper, als würde er nach etwas suchen. Er untersucht mich nach Waffen, die er jedoch nicht finden wird. Mit einer Spritze in meinem Ärmel wird er am wenigsten rechnen. »Willst du mich mit bloßen Händen totprügeln?«

»Denkst du, ich bin dazu nicht fähig?«

Adam ist mit einem so schnellen Schritt bei mir, dass ich erst viel zu spät merke, wie sich seine Hände um meinen Hals legen und er mich gegen eine der Säulen hinter mir presst. Doch obwohl ich keinen Atemzug tun kann, will ich diesen Moment ausnutzen, um ihm meine Spritze in den Hals zu jagen.

Das ist der Augenblick, den ich provozieren wollte. Adams Machtgier mir gegenüber ist viel zu groß, als dass er die Chance verstreichen lassen könnte, mir zu zeigen, wer unter ihm zu stehen hat.

Ich nehme die Kanüle in die Hand, hebe meinen Arm und spüre im selben Moment einen Ruck, der meinen Körper noch mehr gegen die Säule in meinem Rücken presst.

Denn es kommt alles anders. Die Sekunden ziehen so langsam an mir vorbei, als wäre die Zeit verzögert worden. Der Forscher, der Adam begleitet, stößt ihn schützend zur Seite und lässt sich von mir die Spritze in den Hals versetzen.

Das Serum verschwindet in seinem Körper.

Nein! Was? Wie? *Was hat er getan?!*

Der Forscher und ich fallen durch meine stürmische Attacke zu Boden, sodass ich mich mit der linken Hand von seiner Schulter abdrücke und mich von der Spritze löse.

*Oh Gott! Was habe ich getan? Das Serum! Wie soll ich denn nun Adam aufhalten?*

Er wird sich immer wieder heilen können, ganz gleich, welche Wunden ich ihm auch zufüge.

Panik überkommt mich, doch bis sich diese vollends ausbreiten kann, spüre ich bereits Adams harten Handgriff an meinem Hals. »Du Miststück!«

Der Körper des Forschers beginnt hemmungslos zu zucken, bis er nach wenigen Sekunden zur Ruhe kommt und seine offenen braunen Augen starr zur Decke blicken.

Ich habe ihn getötet. Wieso habe ich das nicht kommen sehen? Wie hat er meine Spritze in der Hand bemerkt? Konnte er es ahnen?

Herausfinden werde ich das wohl jetzt nicht mehr, denn der Mann ist tot.

»Er war einer meiner größten Schöpfungen!«, brüllt er und drückt mir noch fester den Hals zu.

Er packt meine Haare und ich schreie vor Schmerz auf, als das unerträgliche Gefühl beinahe meine Kopfhaut zerreißt.

Adam drückt mich wieder mit voller Wucht gegen eines der Rohre und presst sich nah an mich. Sein Gesicht ist nur wenige Zentimeter von meinem entfernt. »Das war deine letzte Chance, Blossom! Ich werde mir jetzt die *Eine* erschaffen, die mich bereichern wird. Sie wird mich zufriedenstellen, mich besänftigen.«

Ich versuche zu atmen, doch sein Griff verwehrt es mir. Zwischen meinen Lippen kommt ein »Ich kenne die Wahrheit über Edison« heraus. Überrascht lässt er ein wenig locker und ich giere nach Luft.

»Du willst die Wahrheit über ihn kennen? Meinen Bruder?«, fragt er mit dunkler Stimme. »Du weißt gar nichts.«

»Er hat dich erschaffen«, ächze ich und spüre einen pochenden Schmerz an meinem Kopf. Ich brauche mehr Luft.

Adam lässt von mir ab und sieht mich überrascht an. »Woher weißt du das?«

Ihm allein in diesem Moment überlegen zu sein, zaubert mir ein kleines Grinsen ins Gesicht. Wenn ich ihm das Gefühl gebe, dass ich vielleicht sogar noch mehr über ihn wissen könnte, wird er mich vorerst am Leben lassen. »Du bist nur eine Kopie seines Zwillingsbruders.«

Er lässt endlich von mir ab. Ich huste und sauge die Luft in mir auf. Adam wirkt erschüttert und wütend zugleich. Seine Hände ballt er zu Fäusten. »*Woher* weißt du das?«

»Tja«, sage ich und will mich gerade wieder aufrecht hinstellen, als er mir einen so wuchtigen Schlag auf die Wange verpasst, dass ich schmerzhaft auf dem Boden lande. Dickflüssiges Blut breitet sich auf meiner Zunge aus und ich spucke es vor mich auf den Beton. Mein Kopf fühlt sich an, als wären darin tausend unerträgliche Nadeln.

Ein Flimmern und Rauschen beeinträchtigt meinen Sehsinn.

Adam beugt sich erneut zu mir und greift nach meinen Haaren. »Antworte!«

Ich schweige und lasse mich von ihm auf die Beine ziehen, indem er mich an den Haaren packt und einmal auf die andere Seite schleudert. Mein Kopf trifft zuerst auf die harten Rohre und dann folgt der Rest.

»Edison ist tot! Ich habe ihn getötet, weil er mich loswerden wollte, genau wie du und der Rest der Wunschkinder.«

Er wird immer aufbrausender, als würde ich in ihm eine alte Wut entfachen.

Er kommt zu mir herüber und tritt mir heftig in den Bauch. »*Sag*«, knurrt er und erneut landet sein Fuß qualvoll in meiner Magengegend. Ich schlinge die Arme um meine Mitte, um so viele der Tritte wie möglich abzufangen. »*Es.*« Ich würge Blut hervor und bekomme erneut keine Luft mehr. Mein Bauch fühlt sich an, als hätte Adam ihn mit bloßen Händen aufgerissen. Die Schmerzen sind kein Vergleich zu denen, als Adam mich vorhin getreten hat. »*Mir.*«

Sein Schuh landet auf meinem Kopf und etwas Spitzes bohrt sich in meine Schläfe. Ich schreie erneut auf.

Er wird mich töten, wenn ich nicht aufstehe und mich wehre. Doch wie soll ich das tun, da sowieso alles verloren ist? Das Serum ist im falschen Körper gelandet und er wird sich ohne große Anstrengung heilen.

*Was soll ich tun? Was soll ich tun?*

*Kann* ich überhaupt noch etwas tun?

Alles an meinem Körper ist eine einzige Qual und es wird mir unmöglich sein, die Kraft aufzubringen, um mich zu erheben. Adam wird mich genauso töten, wie er es mit der Blossom davor getan hat.

*Warum habe ich versagt?*

Ich habe Autumn im Stich gelassen. Es wird ihm das Herz zerreißen, wenn er mich tot auf dem Boden findet. Außerdem werde ich nie wieder Hel sehen, der ich versprochen habe, zu ihr zurückzukehren. Wer soll sie denn nun beschützen? Ich wollte sie doch wiedersehen, sie in meine Arme nehmen und ihr sagen, wie sehr ich sie liebe.

Was habe ich jetzt noch von meiner Freiheit, wenn ich gerade dabei bin, sie zu verlieren? Tausend Mal habe ich mir vorgestellt, dass Hel, ich und Autumn in MRD leben würden. Ohne Angst. Ohne Zweifel.

Aber jetzt ist es zu spät. Ich habe sie im Stich gelassen, das gesamte MRD enttäuscht.

*Es tut mir leid … so unfassbar leid …*

Als der zweite wuchtige Tritt unterhalb meines Kinns landet, wird alles schwarz um mich herum.

Eine lange Zeit ist es still in mir, doch dann vernehme ich eine Computerstimme. *›Möchten Sie die Kopplung von X0000556K3, X0000556K4, X0000556K5, X0000556K6, X0000556K7 … zulassen?‹*

*Ja.*

# AUTUMN

Als ich wieder erwache, schmerzt mein Nacken und es ist kalt auf dem Boden. Ich schlage die Lider auf und mir wird bewusst, dass das Betäubungsmittel seine Wirkung nicht vollkommen entfaltet zu haben scheint.

Ächzend erhebe ich mich und sehe aufmerksam um mich.

Leaf hat mir die Spritze in den Körper gejagt! Wieso hat sie das getan? Sie kann sich doch nicht wirklich allein auf den Weg gemacht haben, um Adam aufzuhalten?

Ihre letzten Worte hallen noch in meinem Kopf nach. Angespannt erhebe ich mich und laufe in die Kommandozentrale hinein.

»Sir?«

Auf dem Bildschirm erkenne ich, dass der Lieutenant und Rick etwas anderes verfolgen. Sie behalten eine Anzeige, die ich nicht genau sehe, im Auge.

Doch als sie meine Stimme hören, wenden sie sich mir zu. »Smith«, höre ich Greff sagen. »Es ist gut, dass Sie erwacht sind.

Sie sollten sich schleunigst auf den Weg zu Ebene U3 machen. *Sofort*. Rise hat sich seit Längerem nicht mehr vom Fleck bewegt.«

Leaf? Ist sie bei …? Hat Adam sie …?

Ich will die grauenvolle Vorstellung nicht zu Ende denken und lasse mir kurz die Karte und den genauen Punkt auf einem anderen Bildschirm erklären.

»Hinter der Standuhr finden Sie den Schalter für den Aufzug, der Sie ins Erdgeschoss führt«, erklärt Greff mir, während ich ihm schon längst den Rücken zugekehrt habe.

Meine Hände beben und meine Handflächen sind ganz feucht, als ich den Schalter finde und betätige. Meine Gedanken kreisen um Leaf. Sie soll sich seit mehreren Minuten nicht bewegt haben? Vielleicht hat sie sich nur in Sicherheit gebracht und wartet in einer Ecke auf Hilfe.

Ich taste nach meinem Funkgerät und begreife, dass sie es mitgenommen hat, um sich von der Kommandozentrale orten zu lassen.

Ich sprinte die Empore hinab, steige hastig in den geöffneten Fahrstuhl und drücke den Knopf. Viel zu langsam fährt er nach oben, während Adrenalin durch meine pochenden Adern schießt.

Leaf hätte sich doch längst gemeldet, da sie genau weiß, wie das Funkgerät funktioniert. Aber selbst die Kommandozentrale hat keine Ahnung, was sich unten im großen Raum abgespielt hat. Was befindet sich überhaupt dort?

Als ich meine Kontaktlinsen wieder aktiviere, treten Tränen aus meinen Augen. Die Verzweiflung packt mich, während die Angst langsam durch meine Glieder kriecht.

Ich habe Angst, dass Leaf es nicht geschafft hat. Dass Adam sie getötet hat. Dass sie genauso achtlos liegen gelassen wurde wie die Frau, die ich in seinem Schlafzimmer am Boden fand.

Der Fahrstuhl öffnet sich endlich und ich betätige hastig den Schalter für die Türen, die ins Treppenhaus führen. Die Panik lässt mich schneller laufen, kurbelt meine Geschwindigkeit an, während ich wie wild die Treppen hinunterrase.

Als ich U3 erreiche, stürme ich durch die Eingangstür und finde mich in einem Flur wieder. Ich rufe die Karte von Greff in meinen Linsen auf und bemerke, dass ich dem Gang nur bis zum Ende folgen muss, um im großen Raum anzukommen, in dem Leaf ist.

Keuchend und mit brennender Lunge sprinte ich auf die Tür zu, die noch so weit entfernt wirkt. Ich kann bereits sehen, dass sie offen steht. In der Stille rauscht das Blut in meinen Ohren.

Ich habe das Gefühl, dass mir das Herz aus der Brust schießt, als ich endlich den Raum mit den vielen Säulen erreiche. Links davon, nicht weit von einem großflächigen Instrumentenfeld entfernt, erkenne ich über zehn gleich aussehende Leafs, die mich allesamt ängstlich ansehen. Keine davon scheint mit mir etwas anfangen zu können.

Sind das etwa … *Klone?* Sie sehen ihr unfassbar ähnlich.

»Wer bist du?«, herrscht die eine mich ängstlich und mutig zugleich an.

Ich hebe beschwichtigend meine Hände. »Ich suche nur Leaf, meine Freundin. Sie ist … irgendwo hier.«

Die Leaf, die von allen am schüchternsten wirkt, blickt über ihre Schulter und senkt traurig den Blick. »Sie hat uns alle gerettet.«

»Was?«, entfährt es mir. »Liegt sie da etwa?«

Die Schüchterne nickt. »Aber sie ist …«

»Was?«, schreie ich beinahe. »*Was* ist sie?«

»Tot«, gibt die Mutige von sich. »Und er auch.«

Als die fünfzehn Leafs beiseitetreten, entdecke ich erst das viele Blut, das als Lache auf dem Betonboden verteilt ist. Die süßliche

Eisennote kriecht in meine Nase und der Anblick lässt meinen Magen umdrehen. Zuerst entdecke ich Adam, dessen Kopf fehlt und dessen Körper in der roten Pfütze schwimmt. Nur einen Meter daneben entdecke ich die ebenfalls regungslose Leaf, deren Gesicht nur noch aus geschwollenen und blau geschlagen Blutergüssen besteht. Rote Flüssigkeit ist ihr aus dem Mundwinkel geflossen.

»Sie ist nicht tot«, sage ich und klinge dabei hoffnungslos, dem Zusammenbruch nahe. »Sie lebt.«

»Ihr Herz schlägt nicht mehr«, erklärt die Mutige.

»Er hat sie totgeprügelt, bevor wir eingreifen konnten. Wir haben seinen Kopf abgetrennt, weil er sich regeneriert hat.«

*Das ist alles unwichtig. Was interessiert mich Adam? Was interessieren mich diese verdammten Klone?*

Verzweiflung, Wut und Enttäuschung kontrollieren meine Gefühle und lassen diese in mir wie tosende Wellen auf dem Meer los. Sie wüten in meiner Brust und setzen ein absolutes Chaos frei, sodass ich mich immer wieder sagen höre: »Sie ist nicht tot.«

Ich habe gar nicht wahrgenommen, wie meine Knie neben ihr auf den Boden gesunken sind und meine Arme ihren kalten Körper an mich gezogen haben. »Du bist nicht tot.«

Mein Daumen fährt über ihre blutverschmierte Wange und ich kann keinen Atemzug spüren. Adam hat sie wirklich getötet.

Obwohl ich am liebsten aufgestanden wäre, um seinen Körper in Stücke zu reißen, bleibe ich mit Leaf am Boden sitzen und lege meine Wange auf ihren Kopf.

Das kann nicht der Dank dafür gewesen sein, dass wir so lange gekämpft haben, um dann nicht gemeinsam in Freiheit leben zu können. Für mich ist es keine *Freiheit,* ohne Leaf dieses Gebäude zu verlassen. Wohin soll ich schon gehen? Zu Hel? Um ihr zu sagen, dass ihre Mutter es nicht geschafft hat und sie sie nie wiedersehen wird?

Ich habe nie ein wirkliches Zuhause gehabt, auch wenn es sich ohne Erinnerungen acht Jahre so angefühlt hat. Aber ganz gleich, wo ich mich befand, wenn Leaf bei mir war, fühlte ich mich angekommen. Auch ohne unsere Freiheit. Wir brauchten sie nie, wenn wir zusammen waren. Obwohl das Institut unser Gefängnis war, hat sich jeder Morgen und jede Nacht so angefühlt, als wären wir bereits frei.

Frei von Schmerz.

Frei von Angst.

Frei von Kummer.

Frei von Regeln.

Wir hatten uns und das war alles, was zählte. Bis die Menschen kamen und uns auseinanderrissen. Sie haben sich bisher immer in den Vordergrund gestellt und immer geglaubt, sie hätten das Recht, über alles und jeden zu herrschen.

Selbstsüchtig nennt man das.

Selbstsüchtig und *naiv*. Naiv, weil sie den Lügen eines einzelnen Mannes geglaubt haben, der vorgegeben hat, ein Mensch zu sein.

Das kann ich ihnen nicht verzeihen. Niemals.

*Wegen ihm ist Leaf …*

Ich blicke zu ihr hinab und bemerke, wie meine Tränen ihre Wangen benetzen. Wir haben es nicht geschafft. All das Kämpfen hat sich nicht gelohnt, weil am Ende nur einer von uns in Freiheit leben kann. Uns beiden ist es nicht vergönnt gewesen, zusammen zu sein, genau wie wir es acht Jahre nicht waren.

Mehrere schwere Schritte ertönen im Raum. Anhand der mir bekannten Geräusche weiß ich, dass es sich dabei um einen Trupp des MRDs handeln muss. Die Soldaten von Adam hätten uns sonst längst bedroht, doch zwischen den vielen Männern, die nun hinter mir stehen, fällt kein Wort.

Nach einer kurzen Zeit der Stille höre ich die schüchterne Leaf sagen: »Wer seid ihr?«

»Lara Rise?«, fragt einer von ihnen durch seinen Schutzhelm. »Sind Sie etwa alle Lara Rise?«

»Wer ist das?«, stellt sie als Gegenfrage.

»Das sind Klone, Sir«, bemerkt einer. »Adam Malone hat an Klonen gearbeitet.«

»Was zum …?«, ruft einer. »Ist das sein verdammter Kopf?«

Das Knistern einer Tüte ertönt, in der ich vorhin Adams Kopf gesehen habe. »Ja, wir haben ihn getötet, nachdem er unsere Retterin angegriffen hat.«

»Retterin?« Schritte nähern sich mir. »Aaren Smith?«

Ich schlinge meine Arme fester um Leafs Körper. Sie sollen gehen. Sie haben, was sie wollten. Ihre Anwesenheit lässt Hitze in mir aufwallen und meinen Puls in die Höhe schießen.

»Er ist traurig, weil unsere Retterin tot ist«, gibt die Schüchterne von sich und schluchzt. »Dabei haben wir den Mann doch getötet, der ihr wehgetan hat.«

*Aber nicht früh genug.*

Plötzlich fühlt es sich so unbedeutend an, dass Adam tot ist. Mir kommt es so vor, als wäre er nie mein Feind gewesen. Denn sein Tod kann nichts daran ändern, dass Leaf nicht mehr bei mir ist.

»Ich kümmere mich um Smith, die anderen begleiten die Klone zum Transporter und untersuchen sie auf Verletzungen«, gibt der offensichtlich Höhergestellte von ihnen Anweisungen.

Erneut ertönen Schritte im Raum, die sich mir nähern. »Aaren Smith?«

*Verschwinde!*, will ich schreien, doch aus meiner Kehle dringt nur ein Knurren. »Gehen Sie. Sie haben, was Sie brauchen.«

»Lara Rise hat ihrer Stadt loyal gedient und sich für das Wohl der Menschen aufgeopfert«, erklärt er mir mit sanfter Stimme.

Alles in mir schreit danach, mit bloßen Fäusten auf ihn einzuschlagen, weil ich ihn dafür hasse, dass es nicht sein Schmerz ist, der ihn plagt. Er weiß nicht, wie es ist, einen geliebten Menschen zu verlieren, mit dem man fast vereint gewesen wäre.

Doch meine Arme umschlingen Leafs Körper nur noch mehr, als wüsste ich, dass es endgültig vorbei wäre, wenn ich sie dem Soldaten übergebe. Auch wenn ich weiß, dass ich langsam den Verstand verliere, hofft etwas in mir, dass ich Leaf noch retten könnte.

Aber klammern sich nicht alle Verzweifelten an solch eine Hoffnung?

Der Soldat packt meinen Arm und versucht meine Hand, die auf Leafs Wange ruht, von ihr zu lösen.

Schlagartig wehre ich mich dagegen. »Fassen Sie mich nicht an!«, fauche ich voller Zorn.

»Sir, wir können nichts mehr für Lara Rise tun«, will er erneut auf mich einreden, doch seine Worte prallen an einer undurchdringbaren Wand ab.

Er versucht, ein zweites Mal meine Hand von Leafs Körper zu lösen, sodass der Knoten in mir platzt und ich auf ihn losgehe.

Plötzlich packen mich mehrere Hände und ziehen mich zurück. Doch obwohl es so viele sind, die mich problemlos in den Griff bekommen sollten, haben sie Schwierigkeiten damit, mich festzuhalten.

Mit einem einzigen Hieb schiebe oder stoße ich sie von mir, doch sie sind immer wieder da, um mich weiterhin festzuhalten.

Im Augenwinkel erkenne ich, dass sie mich aus dem Raum zerren wollen und Leaf weiterhin leblos auf dem Boden liegt.

Sie ist allein gestorben.

*Ich habe versagt.*

*Ein zweites Mal, und all meine Chancen sind verstrichen.*

Etwas schnürt mir die Kehle zu, doch ich schreie immer wieder Leafs Namen, in der Hoffnung, sie würde mich hören. Was sie jedoch nie wieder tun wird.

Das Letzte, was ich wahrnehme, bevor mir jemand eine Betäubungsspritze in den Hals schießt, ist die schüchterne Leaf, die sich über ihr Original beugt und dessen Wange streichelt.

Anschließend versinkt meine Welt in eine tiefe Schwärze, aus der ich am liebsten nie wieder erwachen will.

# DIE SCHÜCHTERNE BLOSSOM

Es ist seltsam. Sie sieht so traurig aus, wenn ich sie ansehe. Was sie wohl gedacht haben muss, als sie starb? Mochte sie diesen Aaren Smith? Hat sie ihn sehr lieb gehabt? Ich kann mich gar nicht erinnern, dass ich jemals jemanden lieb gehabt habe.

*Oh doch!*

Ich mochte sie. Sie hat gelächelt, als sie mich aus der Säule holte. Sie war so nett. Außerdem wollte sie uns vor diesem Mann beschützen, das konnte ich spüren.

Aber *warum* konnte ich das spüren? Eigenartig. Ich fühle mich so seltsam verbunden mit dieser Person am Boden. Kann ich ihr denn wirklich gar nicht mehr helfen?

Ich beobachte, wie der Helmmann die Frau vom Boden aufhebt und in ihr Gesicht blickt. »Sie haben gut gedient, Lara Rise. Das wird Ihnen die Welt nie wieder vergessen.«

Gut gedient? Was bedeutet das? Ich fühle mich so ahnungslos und trotz der anderen vierzehn Blossoms so allein. Meine Retterin hätte mir bestimmt alles erklärt, wenn sie noch am Leben gewesen wäre, doch das ist sie nicht mehr.

Das ist so traurig.

Etwas rinnt meine Wange hinab und ich fange mit dem Daumen einige Tränen auf. Mein Blick gleitet über den Körper der leblosen Frau.

Kann ich denn wirklich *gar nichts* tun?

›*Möchten Sie einen Kopplungsversuch starten? Empfange schwache Signale von KC0000556.*‹

Woher kommt diese Stimme?

Ich sehe vorsichtig um mich, um die Person ausfindig zu machen, die mit mir spricht. Doch niemand scheint sich für mich zu interessieren.

›*Ich wiederhole: Möchten Sie einen Kopplungsversuch starten? Empfange schwache Signale von KC0000556.*‹

*Ja,* denke ich mir. Vielleicht ist die Stimme ja nur in meinem Kopf?

›*Kopplungsversuch gestartet. Bitte legen Sie Ihre Hand auf die Schläfe von KC0000556.*‹

»Warten Sie!«, rufe ich und laufe zum Soldaten, der gerade mit meiner Retterin verschwinden will. »Ich brauche sie kurz.«

»Wie bitte? Sie *brauchen* sie?«, wiederholt er verwirrt.

Ich nicke und lächele. »Nur ganz kurz. Bitte!«

»Tut mir leid, aber ich habe den Befehl, Lara Rise zu meiner Basis zu bringen«, lehnt er meinen Wunsch ab.

»Nur eine Minute«, versuche ich es erneut und klinge dieses Mal flehender.

Er tritt näher auf mich zu. »Was haben Sie vor?«, will er wissen.

»Ich glaube, ich kann etwas für sie tun«, erkläre ich.

»Bedauere, aber Miss Rise ist schon seit mehreren Minuten tot.«

*So ein sturer Kopf,* denke ich mir. »Eine Minute werden Sie doch trotzdem entbehren können, oder?«

Er seufzt und geht mit ihr in den Umkleideraum, aus dem meine Retterin das Tuch gebracht hat, sodass ich nicht mehr friere. Schon allein, weil sie mich angelächelt hat, mir die Hand reichte, als sie mich aus der Säule befreite, und den Mann aufzuhalten versuchte, der uns Böses wollte, ist es wert, auf die Stimme in meinem Kopf zu hoffen. Vielleicht kann sie ihr wirklich helfen.

Denn irgendwie mochte ich meine Retterin, obwohl ich bis vor Kurzem noch nicht einmal ihren Namen kannte.

Der Soldat legt sie auf eine Untersuchungsliege und ich tue, was die Stimme in meinem Kopf verlangt hat. Etwas Warmes, Elektrisierendes gleitet durch meinen Arm und strömt in den Kopf der Frau vor mir. Unter meinen Fingern nehme ich sanfte, kaum spürbare Bewegungen wahr.

›*Kopplung erfolgreich. Analysiere körperlichen Zustand*‹, erklärt die Stimme.

»Was tun Sie mit Ihrer Hand? Glauben Sie etwa, dadurch können Sie sie zum Leben erwecken?«, fragt der Soldat neben mir und verschränkt die Arme vor der Brust.

»Ja«, gebe ich wahrheitsgemäß als Antwort.

Er seufzt. »Also für diesen Quatsch habe ich keine Zeit. Wenn Sie mir dann bitte Miss Rise wieder übergeben würden.«

*Nein! Ich bin doch noch gar nicht fertig.* »Einen Moment noch!«

»Das ist albern. Treten Sie zur Seite«, fordert er mich mit deutlich strengerem Unterton auf.

›*Starke bis unheilbare Schäden erkannt. KC0000556 kann nicht repariert werden.*‹

*Was?*, denke ich mir und fühle mich plötzlich hilflos. Fast so wie der arme Mann, der sie in den Armen gehalten hat. Er weinte viel und lang. Dabei empfinde ich gerade dasselbe.

*Kann man denn gar nichts machen?*

*›Übertragung sämtlicher Daten möglich. Beachten Sie bitte die Sicherheitshinweise.‹*

*Welche Sicherheitshinweise?*

Von was spricht sie?

*›Bei einer kompletten Datenübertragung ist der Computer von X0000556K5 nicht mehr funktionsfähig. Folgen: von organischem Versagen bis zum Tod. Doch bei einer Datenübertragung besteht die Möglichkeit, unheilbare Systeme auszutauschen und neue Speicherdaten anzusetzen.‹*

*Ich werde dadurch also sterben?*, frage ich, damit ich es richtig verstanden habe.

*›Korrekt.‹*

Ich gebe praktisch mein eigenes System auf, damit das meiner Retterin dadurch ersetzt werden kann. Aber ist es mir das wert? Mein eigenes Leben herzugeben für das eines anderen?

*›Datenübertragung ist nicht zu empfehlen‹*, fügt die Computerstimme noch hinzu.

Natürlich will sie es mir ausreden, weil mich mein System zu beschützen versucht und nicht möchte, dass ich es für jemand anderen aufgebe.

Doch meine Retterin hat auch ihr eigenes Leben aufgegeben, damit fünfzehn Klone dafür überleben konnten. So etwas ist mutig und das schätze ich sehr an einem Lebewesen.

»Miss?«, stört mich der Soldat erneut. Er drückt mich zur Seite und reißt damit die Verbindung zu meiner Retterin ab. »Es reicht jetzt.«

»Warten Sie!«, rufe ich erneut und klammere mich an seinen Arm. »Ich war noch nicht fertig!«

»Das ist mir egal! Es wird schon schwer genug für die Familie und Angehörigen sein, wenn ich ihnen von dem Todesfall berichte. Da müssen Sie das Ganze nicht noch ins Lächerliche ziehen.«

Er hebt meine Retterin vom Boden auf und ist im selben Moment dabei, mit ihr den Raum zu verlassen.

Ich renne ihm nach und stelle mich vor ihn. »Das ist nicht lächerlich. Ich kann sie retten. Wirklich.«

»Aus dem Weg!«, brüllt er nun lauter.

»Geben Sie mir noch ein wenig Zeit!«, flehe ich und spüre, wie meine Wangen feucht werden.

Wenn ich es nicht tue, dann wird meine Retterin für immer tot bleiben. Das darf ich nicht zulassen, nicht, wenn es noch Hoffnung gibt.

Im selben Moment stelle ich mir die Frage, weshalb ich überhaupt der einzige der fünfzehn Klone bin, der bereit ist, sein eigenes Leben für ein fremdes Lebewesen zu riskieren.

Möglicherweise liegt es daran, dass ich die Erste bin, die von ihr gerettet wurde. Sie hat mir meinen Namen genannt und mir etwas von dem geschenkt, was ich das erste Mal fühle.

Hoffnung. Liebe. Mut.

Es lässt mein Herz pochen, wenn ich daran denke, sie retten zu können, und die Vorstellung gibt mir das Gefühl von Zufriedenheit. Ich habe ihr etwas bedeutet, wenn auch nur für einen winzigen Moment.

»Es tut mir leid«, sage ich schon einmal im Voraus, als mich der Mut überkommt und ich meine Retterin seinen Händen entreiße.

Anschließend stoße ich ihn so stark nach hinten, dass er ins Taumeln gerät und ich genügend Zeit habe, in den Raum zurückzurennen und mich einzusperren.

Ich lege meine Retterin auf die Liege und sehe zum Soldaten, der mit aller Kraft versucht die Tür aufzustoßen.

»Hey! Was soll das? Machen Sie sofort die Tür auf«, wütet er und schlägt mit geballten Fäusten auf die dicken Glasfenster ein.

*Kann man den Prozess beschleunigen?*, frage ich in meinen Gedanken, in der Hoffnung, dass der Computer darauf reagiert.

›*Legen Sie dazu die Hand auf das Herz von KC0000556*‹, bejaht sie indirekt und ich tue, was sie verlangt.

Doch bevor es losgeht, lege ich mich neben ihr auf die Seite, damit meine Hand auf dem Herzen meiner Retterin liegen bleibt, ganz gleich, was geschieht.

›*Vorgang wird eingeleitet.*‹

Plötzlich spüre ich ein schmerzhaftes Ziehen im Arm, als sich dieser verformt und die Haut, die sich verändert, silbern schillert. Auch die Membran meiner Retterin ändert sich und saugt meinen Arm in sich auf, als wären unsere Körper miteinander verschmolzen. Ihr Herz ist nun mit meiner Hand verbunden, die als solche jedoch nicht mehr zu erkennen ist. Sie hat vielmehr etwas von einem Muskelstrang.

Ich fühle mich gut dabei, was ich tue. Ich habe keine Angst davor, bald nicht mehr zu funktionieren, denn der Gedanke, dass meine Retterin dadurch wieder lebt, erfüllt mich mit Freude.

Vielleicht kann sie sich anstelle von mir um die anderen vierzehn Klone kümmern. Das würde mich wirklich sehr glücklich machen.

Meine Lider werden schwerer und Kälte umfängt mich. Meine Glieder fühlen sich träge an und eine rasend schnelle Lähmung wandert von meinen Beinen bis zu meinem Hals hinauf.

Ich bin jetzt nicht mehr traurig.

Ich bin zufrieden.

# AUTUMN

Nachdem ich in einem Aufwachraum nur kurze Zeit später wieder zu mir gekommen bin, hat Greff mich darüber informiert, dass Melanie und Hel auf dem Weg zu mir sind.

»Das haben Sie gut gemacht. Mit den neuen Hinweisen wird die Regierung keine andere Wahl haben, als Ihre Partei an die Macht zu lassen. Dann wird endlich das Gesetz verabschiedet, dass alle Wunschkinder die gleichen Rechte wie Menschen bekommen«, lobt mich Greff, doch ich höre ihm nicht einmal richtig zu.

Was soll ich den beiden sagen? Dass Leaf es nicht geschafft hat, obwohl Hel erst gerade erfahren hat, dass sie ihre wahre Mutter ist? Es würde meiner Tochter das Herz brechen, genauso wie Leafs Tod meines zerschmettert hat. Kann man überhaupt mit so vielen einzelnen Splittern leben, die nun in einem leeren, dunklen Loch in meiner Brust klaffen?

Jetzt sitze ich schon wieder in einem kleinen Raum, die Tür geschlossen, und ich fühle mich, als würde ich sterben wollen. Meine Wut ist vollkommen verflogen, denn ganz gleich, wen ich diese auch spüren lasse, es würde Leaf nicht zurückbringen.

Sie ist wirklich tot.

Sie kommt nie mehr zurück zu mir.

Auch wenn jetzt ein perfekter Zeitpunkt gewesen wäre, meine Erinnerungen an sie zu löschen, würde ich solch einem Prozess nie wieder zustimmen.

Ich habe versagt. Ich habe es verdient, diese Narbe mein ganzes Leben lang tragen zu müssen, weil es meine Schuld ist, dass ich Leaf nicht retten konnte.

Während also die Tränen über meine Wangen strömen, lege ich das Gesicht in meine Hände und krümme mich auf der Liege zusammen, auf der ich zuvor aufgewacht bin.

Was soll ich nur Hel sagen? Hel, die ihre Mutter über alles geliebt hat.

Ich kann das nicht tun.

Das hat doch alles keinen Sinn mehr.

Ohne Leaf will ich keine Freiheit mehr. Und ohne Freiheit ist mein Leben bedeutungslos.

# LEAF

»… hat mich weggeschubst und sich dann direkt in den Raum eingesperrt. Total irre, sag ich dir. Keine Ahnung, was sie geritten hat, durch eine bloße Berührung einen Körper zum Leben erwecken zu wollen«, höre ich jemanden erzählen und spüre, dass ich auf Armen getragen werde. »Als ich dann drinnen war, lag sie einfach nur neben ihr und hat nicht mehr geatmet.«

Was ist passiert? Wo bin ich? Wo ist Adam?

Ich versuche, die Lider zu öffnen oder mich anders bemerkbar zu machen, doch jeder Muskel in mir scheint noch zu schlafen. Selbst meine Stimmbänder bewegen sich keinen Millimeter, sosehr ich es auch versuche.

»Echt? Vielleicht ist irgendetwas in ihr durchgebrannt. Wir müssen jetzt sowieso schauen, was wir mit den Klonen machen, da ihre Existenz ja strengstens verboten ist – allerdings sind es aber auch Lebewesen. Womöglich kann man sie ja umdesignen«, erzählt ein anderer, der neben ihm geht.

»Umdesignen? Das Wort gibt es gar nicht«, entgegnet mein Träger lachend.

»Ach! Du weißt doch, was ich meine.«

Ich weiß ehrlich gesagt nicht, was sie meinen, aber es ist mir auch egal. Warum um Himmels willen kann ich mich nicht bewegen?

Es wird still zwischen den beiden und ich spüre einen leichten Windhauch, der an mir vorbeizieht. Es riecht nach Wald und Holz, sodass ich mir nur ungefähr vorstellen kann, dass wir gerade auf dem Weg zurück zur Basis sind. Denn diese Leute gehören definitiv nicht zu Adam.

Von Weitem höre ich eine Stimme und schnelle Schritte, die über weichen Boden laufen.

»Lara? Lara!«, erkenne ich Maty wieder.

Ich will ihm antworten, doch mein Körper macht es mir unmöglich. Selbst als ich verzweifelt nach meinem Computer rufe und ihn bitte, mir zu erklären, was mit mir los ist, schweigt alles.

Das darf doch nicht wahr sein!

»W-was ist mit ihr?«, will er aufgebracht wissen und ich spüre, wie er mich in seine Arme zieht.

»Wer sind Sie, Kundschafter?«, gibt mein ehemaliger Träger barsch zurück.

»Ihr Partner«, haucht Maty und legt die Arme behutsam um mich. »Hat dieser Adam ihr das angetan?«

»Ja. Sie hat es leider nicht geschafft. Wir haben sie tot auf dem Boden vorgefunden«, erklärt der Soldat mit trauriger Stimme.

Maty legt seinen Kopf auf meinen. »Tot? Besitzt eine Tote einen warmen Körper und ein schlagendes Herz?« Vermutlich ist dem Soldaten das nicht einmal aufgefallen. Schließlich scheint er Handschuhe und eine dickere Jacke zu tragen, wo die Körperwärme nicht durchdringen konnte.

»Wie bitte?!«, ruft der Soldat entsetzt. »Aber … das kann nicht sein.«

»Fühlen Sie doch mal ihre Hand«, fordert Maty ihn auf. Nur wenige Sekunden später höre ich, wie der Soldat ein Kleidungsstück abstreift, bevor er meine Finger in seine nimmt. »Aber sie war viel kälter, als ich sie gefunden habe.« Stille kehrt ein. »Dann hat dieser Klon doch etwas bewirkt. Sie hat sie wirklich zurückgeholt.«

»Wovon sprechen Sie?«, will Maty wissen.

»Nun ja, da war so ein Klon, der behauptet hat, er könne sie zurückholen. Er hat sie so seltsam berührt, als würde er ein Ritual durchführen. Ich dachte, dass er an irgendeinen spirituellen Unsinn glaubt und denkt, ein Wunschkind auf diese Weise zurückbringen zu können. Offensichtlich scheint das funktioniert zu haben.«

Ein Klon hat mein Leben gerettet? Eine der Blossoms? Aber wieso hat sie das getan? Sie kannte mich doch noch nicht einmal. Dennoch bin ich ihr unfassbar dankbar dafür. Ohne sie würde ich jetzt nicht mehr denken oder fühlen.

Ich würde ihnen so gern antworten, aber nichts regt sich in meinem Körper, ganz gleich, wie sehr ich zu schreien versuche.

»Dann bringen wir sie schleunigst auf die Krankenstation!«, meint der Soldat.

Sie setzen sich wieder in Bewegung und ihre Schritte sind dieses Mal schneller. Womöglich glauben sie, dass ich ohnmächtig bin, dabei verfüge ich über mein volles Bewusstsein. Ob mein Computer sich nicht reaktiviert? Aber wieso lebe ich dann noch? Irgendwie muss ich doch dann wieder erwachen.

Stimmengewirr umfängt mich und ich werde auf eine kalte Trage gelegt. Sie entledigen mich meiner Kleidung, tasten Körperstellen ab, überprüfen meine Herztöne und schließen mich an Schläuche an. Es vergehen viele Minuten, wenn nicht sogar eine Stunde.

»Wir haben keinen Zugriff auf ihren Computer, der uns bei den Special Editions durch einen speziellen Code verwehrt bleibt. Wir haben keine Einsicht in das System«, sagt einer der Ärzte um mich herum, deren Präsenzen ich von allen Seiten wahrnehme.

Dann ertönen Schritte von schweren Stiefeln im Raum. »Ich habe gerade die Information erhalten und habe mich sofort auf den Weg gemacht. Was ist hier also los?«

*Rick*. Was tut er hier?

»Sir, ein Soldat behauptet, dass ein Klon Lara Rise wieder zum Leben erweckt hätte. Sie hätte spirituelle Kräfte angewandt.«

»Schwachsinn«, behauptet Rick mit kühler Stimme. »Sie besitzen dieselben Stammzellen. Vielleicht konnte sie dadurch ihr Leben retten. Eventuell ist es möglich, einen weiteren Klon dazu zu bringen, dass er uns hilft.«

Stoff reibt über Stoff, sodass ich nur vermuten kann, dass derjenige, der spricht, die Arme vor dem Körper verschränkt. »Bedauere, aber diese sind bereits auf dem Weg in die Großstadt, da sie das Eigentum von Adam Malone waren. Momentan laufen spontan einberufene Verhandlungen, weil geklärt werden muss, was nun mit den Wunschkindern passiert und vor allen Dingen mit den illegalen Klonen.«

»Ich verstehe«, murmelt Rick.

Stille kehrt ein und lässt mich unruhig werden.

Einer der Ärzte spricht erneut: »Wir müssen schnell eine Lösung finden, denn sonst setzt bald wieder das Organversagen ein. Ohne ihren aktivierten Computer wird sie nicht mehr lange leben.«

Oh nein! Mein Computer ist sozusagen aus? Aber ich dachte, der Klon hätte mich wieder geheilt. Was ist dabei nur schiefgelaufen? Vielleicht hat der Soldat einfach zu früh eingegriffen und der Prozess ist noch gar nicht beendet gewesen.

Panik überkommt mich, weil ich nicht sterben will und der Tod des Klons nicht umsonst gewesen sein darf.

»Ich hätte eine Idee, doch dazu brauche ich entweder die Klone oder einen Blutsverwandten von Lara Rise«, schlägt eine Ärztin vor.

Rick wirkt interessiert. »Und die wäre?«

»Man kann es mit einer Adrenalinspritze vergleichen, die man bei einem Herzstillstand einsetzt. Ich hoffe, dass es ihren Computer wieder aktivieren wird«, erklärt sie ihm.

»Gut, aber die Klone sind momentan nicht schnell genug erreichbar und wir müssten uns vorher eine Genehmigung von der Regierung der Städter holen, bevor wir von ihnen etwas holen dürfen. Es muss einen schnelleren Weg geben«, erwidert Rick und gibt dabei einen Seufzer von sich. »Wie sieht es mit Verwandten aus?«

»Ich überprüfe das, Sir!«, meldet sich ein Soldat, wie ich anhand seiner dumpfen Stimme, die durch seinen Helm dringt, erkenne.

»Gut«, sagt Rick.

Dann ertönen Schritte, eine Tür wird geöffnet und es bleibt unheimlich still im Raum.

Sie haben mich vorerst allein gelassen.

Es gibt nur eine erreichbare Person auf der Welt, die einen Teil von mir besitzt. Und das ist Hel. Aber sie soll nicht für einen dummen Versuch, mich wiederzubeleben, missbraucht werden. Das ist es nicht wert.

Aber wie soll ich mich schon dazu äußern, wenn ich in meinem eigenen Körper gefangen bin?

# AUTUMN

Es vergeht eine Stunde, bis ich höre, wie jemand über den Flur läuft und die Tür stürmisch aufreißt. »Hel, mach langsam!«, ruft Melanie durch den Gang.

Wortlos kommt sie auf mich zugelaufen und streckt die Arme aus. Ich fange sie auf, weil ich ihr gegenüber nicht zerbrochen wirken will. Sie soll nicht sofort denken, dass etwas nicht stimmt.

Nur schwach tritt ein Lächeln auf meine Lippen, während ich erneut damit kämpfen muss, keine Tränen zu vergießen. Wie soll ich es ihr nur beibringen? Ich weiß ja selbst nicht einmal, wie ich es verkraften soll.

Hel legt den Kopf auf meine Schulter, während sie ihre Beine um meinen Rumpf geschlungen hat. »Wo ist … Momy?«

Erneut kommt in mir die Erinnerung hoch, wie ich Leaf auf dem blutgetränkten Boden finde und mit meinem Daumen über ihre kühle Wange streiche.

Ich will wirklich stark für Hel bleiben, ihr beweisen, dass wir das gemeinsam schaffen werden, doch mit jeder weiteren Minute, die vergeht, kommt es mir so vor, als würde ein Stück von mir zerrissen werden. Mein Herz löst sich immer weiter in kleinere Teile auf, bis irgendwann eines Tages nichts mehr davon übrig bliebe.

Mel steht in der Tür und sieht mich mit geschocktem Ausdruck an. Sie weiß, dass Leaf bei mir wäre, wenn sie noch leben würde. Doch sie ist nicht bei mir.

»Hel, Süße ... lass uns doch noch mal ins Wartezimmer gehen ... wir ... also ...« Sie kämpft selbst mit den Tränen und auch mir fällt es von Sekunde zu Sekunde schwerer, ihnen nicht freien Lauf zu lassen.

Wenn Hel mich weinen sieht, wird sie wissen, weshalb ich das tue. Selbst ein achtjähriges Kind wird verstehen, was das zu bedeuten hat.

»Geh mit Melanie, Hel«, flüstere ich und bemerke den Schluchzer in meiner Stimme.

Sie löst sich von mir und sieht mich verständnislos an. »Wieso? Wo ist Momy? Warum ist sie nicht hier?«

Als ich den Blick senke, kann ich die Tränen nicht mehr aufhalten und bemerke, wie sie über meine Wangen rinnen und am Kinn zusammenlaufen.

»Hel, komm«, ruft Melanie und wischt sich ebenfalls über die Wange. »Wir kehren später noch einmal zurück.«

Hel dreht sich zu ihr um. »Aber wo ist *Momy?* Tante Lara?«, fragt sie mit mehr Nachdruck und auch in ihr bahnt sich eine tiefe Trauer an. »Daddy hat versprochen, dass er sie zurückholt.«

*Ja, das habe ich.*

Und ich habe versagt, etwas, das ich mir nie im Leben verzeihen kann. »Es tut mir leid«, sage ich unter dem innerlichen Schmerz und spüre dabei einen Druck, der mir die Luft aus den Lungen presst. »Es tut mir so unfassbar leid, Hel.«

»Nein«, schluchzt sie, löst sich von mir und läuft zu Melanie, die sie in ihre Arme zieht. »Sie kommt doch wieder!«

Plötzlich bemerke ich eine weitere Person im Raum. »Helena und Melanie Rise?«, höre ich Rick fragen.

Sie besitzen denselben Nachnamen wie Lara, weil sie sich als Familie eingetragen haben, auch wenn sie nichts miteinander gemein haben – bis auf Hel und Leaf.

Ich hebe aufmerksam den Kopf.

Was will er hier? Mir sein Beileid aussprechen? Das brauche ich nicht, denn ich habe kein Mitleid verdient.

»Ja, Sir?«, fragt Melanie zum Teil überrascht.

Rick sieht beide abschätzend an. »Würde es Ihnen etwas ausmachen, wenn ich kurz mit Aaren allein spreche?«

Melanie schüttelt den Kopf und zieht Hel beiseite. »Nein, wir werden ins Wartezimmer zurückkehren.« Sie setzen sich in Bewegung und verschwinden aus meinem Blickwinkel.

Rick kommt in das Zimmer und schließt die Tür. Er verschränkt die Hände hinter dem Rücken und bleibt vor mir stehen. Sein Blick ist wie immer undurchschaubar. »Wir haben eine gute und eine schlechte Nachricht.«

Ist das sein Ernst? Kann er damit nicht warten, bis ich mich wenigstens ein wenig zusammengerissen habe? Was will er überhaupt noch von mir? »Die Schlechte zuerst.«

»Wir brauchen Helenas Blut und das bekommen wir nur mit der Einwilligung beider Elternteile. Da Melanie Rise als Adoptivmutter eingetragen ist und dadurch auch das alleinige Sorgerecht hat, bräuchten wir nur ihre, doch nachweislich ist bekannt, dass du der Vater bist, was die Sache etwas komplizierter macht.«

Ich ziehe die Augenbrauen zusammen. »Woher habt ihr den Beweis?«

»Durch Bluttests«, antwortet er knapp, um nicht noch näher auf das Thema einzugehen.

Woher haben sie mein Blut? Haben sie es mir einfach abgenommen, als ich ohnmächtig war?

»Eine Blutprobe des Kindes war noch von einer damaligen Untersuchung als Säugling gespeichert.«

»Wozu braucht ihr Hels Blut?«, will ich wissen und sehe ihn dabei kritisch an.

»Damit käme ich zu der guten Nachricht«, wendet Rick ein und mein Herz schlägt hämmernd gegen den Brustkorb. »Lara lebt – zumindest auf eine gewisse Weise.«

»Was?«, schreie ich und springe vom Bett auf. »Wo ist sie? Kann ich zu ihr?« Die Hoffnung ist plötzlich so groß, dass ungewollte Freude in mir aufkeimt, bei der ich Angst habe, dass ich sie wieder schlagartig verlieren könnte. Eine weitere Enttäuschung würde ich nicht ertragen.

»Ja, ihr System scheint zu schlummern oder sogar abgeschaltet zu sein, doch eine Ärztin würde gerne einen Versuch wagen, bei dem sie allerdings das Blut eines Verwandten braucht«, erklärt mir Rick. »Misslingt dieser Versuch, sieht es schlecht für Lara aus. Es dauert nicht lange, bis das Organversagen einsetzt, deshalb müssen wir schnell handeln.«

Da mir Helenas Sicherheit genauso am Herzen liegt wie die von Lara, muss ich über die Blutabnahme alles wissen. »Wie viel braucht ihr?«

»Vierhundert Milliliter, was für ein Kind äußerst viel ist«, antwortet er. »Wir brauchen allerdings die Zustimmung sowohl von dir als Vater als auch von Melanie.«

»Kann es Helena schaden?«

»Ja. Ein gesunder Körper kann maximal zehn bis fünfzehn Prozent auf einmal verlieren, ohne dabei Schäden davonzutragen. Bei Helena wären es allerdings zwanzig Prozent, weswegen es für sie lebensgefährlich werden würde.«

Ich schließe verkrampft meine Hände um den Rand des Bettes und senke den Blick. Leaf würde es mir nie verzeihen, wenn ich Hels Leben für ihres riskiere. Sie liebt ihre Tochter zu sehr, als dass sie so etwas je zulassen würde. Lieber würde sie ihr eigenes dafür hergeben.

Am liebsten hätte ich geschrien. »Darf ich sie wenigstens sehen?«

Rick seufzt. »Also würdest du dem Vorschlag *nicht* zustimmen?«

Ich will diese Frage nicht beantworten, da ich mir noch nicht sicher bin. Hels Leben ist mir genauso wichtig wie das von Leaf, weshalb ich nach einer Lösung suchen will, um beide vor irgendwelchen Risiken zu schützen.

»Bitte. Ich würde gerne zu ihr«, raune ich.

»Also gut, folge mir«, stimmt Rick meinem Flehen zu und führt mich aus dem Zimmer. Auf dem Flur laufen wir in die entgegengesetzte Richtung des Wartezimmers und ich erhasche einen Blick durch die Fenster. Erst da wird mir bewusst, dass ich mich wieder in MRD befinde, womöglich in einem Krankenhaus.

Wir nehmen den Fahrstuhl, um in ein Untergeschoss zu fahren, das uns an einer geheimen Station herauslässt. Rick benutzt dafür einen speziellen Schlüssel, eine Plastikkarte, die über ein Scanfeld gezogen wird, damit der Aufzug ein Stockwerk tiefer fährt, als es die angegebenen Ebenen zulassen.

Die Flure sind in einem Weiß-Blau gehalten, die Deckenleuchten werfen ein grelles Licht auf uns herab und durch die Gänge gehen nur ab und an Leute im weißen Kittel, bevor sie wieder in irgendwelchen Türen verschwinden.

»Was ist das hier?«, frage ich interessiert.

»Hier versorgen wir unsere Soldaten, Kundschafter und andere Mitarbeiter, die im Außendienst eingesetzt werden. Manchmal erleiden sie schwerste Wunden oder Zustände, die länger behandelt werden müssen als in den oberen Etagen. Praktisch eine Krankenstation nur für diese besondere Personengruppe.«

Ich presse die Lippen zusammen. »Verstehe.«

Nach zwei Abbiegungen befinden wir uns endlich bei den Patientenzimmern und Rick führt mich in eines davon. Als ich Leaf in einem cremefarbenen Nachthemd auf dem Krankenbett wiedererkenne, pocht mein Herz vor Aufregung.

Glücklich, sie zu sehen, laufe ich auf sie zu und bleibe an ihrem Bett stehen. Ihre Schwellungen im Gesicht sind verschwunden, sogar ein paar dunkle Blutergüsse. Doch die großen am Auge und am Kiefer sind geblieben. Können Wunden so schnell heilen?

»Leaf«, flüstere ich erfreut und lege meine Hand an ihre Wange.

Ich kann ihren Atem hören, spüre ihre Wärme, die mir beim letzten Mal gefehlt hat, und fühle das schlagende Herz in ihrer Brust. Sie lebt, eindeutig. Aber Rick sagt, dass es nicht mehr lange dauern würde, bis ihre Organe versagen, wenn sich ihr System nicht aktiviert.

Ich setze mich an den Bettrand und lege meinen Kopf neben ihren. »Leaf, sie sagen, dass sie Helenas Blut brauchen, um dich wieder zu Bewusstsein zu bringen. Aber es könnte Hel schaden.« Ich verschränke meine Finger mit ihren und streichle mit dem Daumen über ihren Handrücken. »Ich will weder dir noch Helena irgendwelches Leid zufügen, geschweige denn euch verlieren.«

»Leider haben wir keine andere Möglichkeit als diese. Unsere Forschungen sind noch nicht so weit. Die Special Editions sind weiterhin ein Rätsel, was ihr System angeht. Einige Teile lassen sich durch Schlüsselwörter öffnen, andere durch Codes oder der Rest bleibt sogar vollkommen unantastbar«, erklärt Rick, der noch immer in der Tür steht.

»Wie viel Zeit haben wir noch, bis das Organversagen einsetzt?«, will ich wissen.

»Höchstens einen Tag, vielleicht aber auch nur noch wenige Stunden«, antwortet er mir. *So wenig Zeit …*

»Entschuldige mich bitte, ich muss mich um weitere Angelegenheiten kümmern. Solltest du dich entscheiden, wende dich einfach an Lieutenant Greff.«

Seine Schritte verstummen auf dem Flur und ich bin mit Leaf allein. Ich lasse meinen Kopf auf ihre Schulter sinken und schmiege mich an ihren warmen Körper. Dabei atme ich zwischen dem süßlichen Eisengeruch auch den von Wald und Erde ein.

»Leaf, sag mir bitte, was ich tun soll. Ich werde es nicht übers Herz bringen, Hel dafür zu opfern, um dich zu retten.« Auch wenn ich weiß, dass sie mir wahrscheinlich weder antworten noch zuhören wird, fühlt es sich gut an, mir meinen Kummer von der Seele zu reden. »Es muss doch eine Möglichkeit geben, dein System wieder zu aktivieren, ohne dafür Hel zu benutzen.«

Sie schweigt und ich lausche dem Herzen, das mir beinahe schon zu schnell schlägt, als wäre sie aufgeregt.

»Verlass dich darauf, dass ich dich nicht im Stich lasse. Ich finde schon eine Lösung, ganz bestimmt«, flüstere ich.

Nur einen Moment später ertönen erneut schnelle Schritte auf dem Flur und bleiben an der offenen Tür stehen. »Ich glaube, ich weiß, wie ich Ihre Tochter der Gefahr entziehen kann und Lara rette«, ruft jemand.

Erschrocken wende ich mich einer blondhaarigen, etwas älteren Frau zu, die mich mit ihren wolkengrauen Augen hoffnungsvoll ansieht. Irgendwoher kenne ich sie.

Sie kommt hereingelaufen und reicht mir aufgeregt die Hand. »Entschuldigen Sie! Ich bin immer so aufgedreht, wenn ich eine neue Idee habe. Sie haben mich aber erst darauf gebracht.«

Ich setze mich auf und lasse Leafs Hand los, um ihre anzunehmen. »Freut mich. Und Sie sind?«

»Dr. Grace Talvcon. Ich bin auch diejenige, die das Blut Ihrer Tochter braucht, aber jetzt haben Sie mich auf eine neue Idee gebracht. Es wäre möglich, dass ich aus Ihrem Blut nur die Zellen herausfiltern kann, die sich mit dem EBP verbunden haben. Denn genau diese brauche ich, um das System zu aktivieren.«

*Moment mal …* das ist die Frau aus dem Bus, deren Tochter entführt wurde. »Wir kennen uns doch. Sie haben im Bus neben mir gesessen. Das war vor wenigen Tagen. Erinnern Sie sich?«

Sie blinzelt, scheint zu überlegen und mustert mich genauestens. »Ja, Sie sind der Städter! Schön, dass wir uns wiedersehen.« Doch dann fällt ihr noch etwas anderes ein und sie macht einen großen Schritt auf mich zu. »Dann habe ich es Ihnen zu verdanken, dass meine Tochter gerettet wurde.«

Ich erinnere mich noch genau daran, wie traurig sie darüber war, dass ihr Kind entführt worden ist. Dann hat Adam sie wirklich für seine Experimente missbraucht. Es freut mich sehr, zu hören, dass das Mädchen wohlauf zu sein scheint.

»Wo ist Ihre Tochter?«, frage ich interessiert.

»Auf der Kinderstation. Sie wird gerade auf alles überprüft. Da ich sie deshalb noch nicht besuchen darf, lenke ich mich mit Arbeit ab«, erklärt sie.

Dann werden sie sich wohl um die anderen ebenfalls kümmern. Gut zu wissen, dass MRD alle Hebel in Bewegung setzt, um ihre Leute wieder zu genesen. Viele scheinen wegen der Experimente krank geworden zu sein. Denn was ich da unten im Zellentrakt gesehen habe, hat mir vollkommen gereicht.

»Wie lange wird es ungefähr dauern, die Zellen zu filtern?«, will ich wissen und wechsle damit das Thema.

Sie kräuselt nachdenklich die Lippen, bevor sie antwortet. »Ein paar Stunden, sechs bis sieben mindestens.«

Ich blicke zurück zu Leaf. »Das wird knapp.«

»Aber es ist die einzige Möglichkeit, um Ihrem Kind nicht zu schaden und Ihre Frau möglicherweise zu retten.«

Sie glaubt, wir wären verheiratet?

Ich denke für einen Moment darüber nach und nicke schließlich. »Wie wollen Sie also vorgehen?«

»Ich kann auf das Blut Ihrer Tochter nicht ganz verzichten, brauche allerdings nicht mehr als hundert Milliliter.« Damit wäre sie von den Risiken der Blutabnahme befreit. Mit diesem Gedanken kann ich leben. »Anschließend benötige ich allerdings einen Liter von Ihnen.«

Das ist mir gleich. Dieses Risiko nehme ich auf mich.

Zustimmend nicke ich. »Ich muss mich allerdings noch mit der Adoptivmutter absprechen, damit beide Seiten einverstanden sind.«

»In Ordnung. Aber beeilen Sie sich«, meint sie.

Ich wende mich noch kurz zu Leaf, um ihre Hand sanft zu drücken. »Ich bin gleich wieder da«, flüstere ich.

Anschließend mache ich mich hoffnungsvoll auf den Weg zu Melanie, um ihr von der guten Neuigkeit zu erzählen.

# LEAF

Nachdem Autumn losgegangen ist, schnappt sich Grace, die Mutter von Katy, hörbar einen Stuhl, dessen Füße quietschend über den Boden schlittern. Sie muss mir ganz nah sein, ich vermute sie irgendwo neben meinem Bett. Die Neuigkeit über ihre Wiedervereinigung hat mich sehr gefreut.

Nachdem sie mein Herz abgehört, in meine Augen und meinen Mund geschaut hat, betritt eine Person den Raum. »Ah, Grace. Da bist du. Es gibt gute Neuigkeiten, was die Verhandlungen angeht.«

Die Stimme gehört zu einer reiferen Frau und kommt mir irgendwie bekannt vor. Irgendwo habe ich sie schon einmal gehört, doch ich kann sie leider keiner Erinnerung zuordnen.

»Oh, Delia«, ruft Grace erfreut. *Delia?!* Eine Richterin? Hier? Bei mir? Gerade Delia bekommt man äußerst selten zu sehen, weshalb es eine Ehre ist, dass ich mich mit ihr in einem Raum befinde. »Ich habe womöglich eine neue Methode gefunden, um Lara zu wecken.«

»Das klingt gut«, sagt sie erfreut. »Die Regierung überprüft zurzeit die Echtheit des Videos und des Dokuments. Tatsächlich ist es so gewesen, dass die unterirdischen Labore damals für zerstört erklärt wurden. Das Gebäude wurde plattgemacht und sämtliche Eingänge verschüttet. Wir glauben, dass Adam auf einen Hinweis gestoßen sein muss, dass sich ausgerechnet dort Edisons erstes eigenes Institut befunden haben muss, was damals jedoch unter den Tisch gekehrt wurde, da dort zu viele Experimente schiefliefen und es deshalb geschlossen wurde. Zudem haben wir den Nachfahren des Komplizen ausfindig gemacht, den Edison in seinem Video erwähnte. Da er den Ort niemals gefunden hat, an dem Edison das Video hinterlassen hat, haben sie selbst nicht wirklich an die Echtheit des Dokumentes geglaubt. Mit dem Video hätten sie den ultimativen Beweis gehabt, doch das blieb verschollen – bis jetzt zumindest.«

»Wie wird es weitergehen?«

Schritte gehen im Raum auf und ab. »Die Wunschkinder werden Menschenrechte erhalten. Alle. Denn die Verbrechen, die Adam begangen hat, kann die Regierung nicht auf sich sitzen lassen. Außerdem könnte es zum Krieg kommen, wenn die Wunschkinder herausfinden, dass eigentlich die Havering-Company durch Adam manipuliert worden ist. Sie würden die Regierung dafür büßen lassen.«

Grace seufzt. »Wie ist es überhaupt möglich, dass niemandem aufgefallen ist, dass Adam so lange leben kann?«

Delia scheint die Arme vor der Brust zu verschränken, jedenfalls vermute ich das anhand der Geräusche. »Von dem damaligen Adam, wie Edison ihn erschaffen hat, gab es keine Fotografien mehr – zumindest bis auf die aus dem Atelier, welche Edison selbst noch aufbewahrte. Adam hat alles vernichtet. Er gab sich während der letzten hundert Jahre neue Namen und ließ sich falsche Ausweise machen. Wir konnten herausfinden, dass er einmal der Geschäftsführer einer Havering-Herstellungsfabrik war, dann der Leiter der WKP und nach weiteren Jahren wieder Geschäftsführer. Durch seine Beziehungen, die er pflegte, löschte er immerzu seine alte Identität, nachdem er sie zwanzig Jahre benutzt hatte. Er ließ es wie einen Unfall aussehen oder zerstörte jegliche Bilder und Aufzeichnungen. Anschließend zog er sich einige Jahre zurück und gab sich danach wieder eine neue Identität. Er hat es so geschickt angestellt, dass niemandem etwas aufgefallen ist. Erst hundertfünfzig Jahre nach dem Tod seines Bruders gab er sich wieder den Vornamen Adam und fügte sich dann nur einen Nachnamen hinzu.«

Grace streicht mir eine Strähne von der Stirn. »Wir haben dieser Frau und dem Städter viel zu verdanken. Ohne sie hätten wir niemals herausgefunden, wer hinter alldem steckt.«

»Das ist wahr«, gesteht Delia. »Wahrscheinlich müssen sie noch vor Gericht aussagen, aber danach dürfen sie weiter ihr Leben führen, hoffentlich mit Menschenrechten.«

»Ist es denn ganz sicher, dass die Wunschkinder diese erhalten?«

»Ja, in jedem Fall. Die obersten Richter haben den Städtern gedroht, wenn sie die FfW-Partei nicht an die Macht lassen und die Gesetze ändern, werden sie das Video auf der ganzen Welt öffentlich machen. Vermutlich würden sich die Wunschkinder dann erheben und es könnte zum Krieg kommen. Das ist etwas, was die Menschen vermeiden wollen.« Delia schnaubt verächtlich. »Sie haben keine andere Wahl, als unseren Bedingungen zuzustimmen.«

Grace gibt einen zufriedenen Laut von sich. »Dann hat all das Leid endlich ein Ende.«

»Ja, zum Glück.« Für einen kurzen Moment kehrt Stille ein, als gäbe es nichts mehr zu erzählen. Doch Delia scheint noch etwas auf dem Herzen zu liegen. »Ich bin erstaunt darüber, dass sich die Klone erhoben haben und Adam töteten. Wahrscheinlich hat er nie damit gerechnet, dass sie gegen ihn rebellieren würden. Aber wir haben seinen Körper und den abgetrennten Kopf untersucht, den sie mit einem abgerissenen Metallstück abgeschlagen haben. Er ist es wirklich. Sie müssen sich wie Tiere auf ihn gestürzt haben – voller Hass und Zorn. Er war an manchen Körperstellen zerbissen und hatte mehrere Knochenbrüche. Nachdem der Kopf abgetrennt war, hatte das EBP keine Möglichkeit mehr, den Körper zu heilen.«

Grace zieht scharf die Luft ein. »Warum, glaubst du, hat er all diese Klone erschaffen? Und wieso ausgerechnet das Aussehen von Lara?«

»Wegen Emily-Jane. Sie hat ihr am ehesten ähnlich gesehen und wie es Edison bereits in seinem Video beschrieb, hat sich seine Liebe in puren Hass verwandelt. Seine Leidenschaft war Quälen und Töten«, erklärt Delia.

Grace schüttelt sich hörbar. »Das klingt einfach grauenvoll. Er hat so viele Wunschkinder auf dem Gewissen.« Sie macht eine kurze Pause. »Was ist mit dem Wesen im Untergeschoss?«

»Wir haben es eliminiert. Es war genauso, wie Greff gesagt hat, ein mutiertes Wunschkind, das sich über Jahrzehnte hinweg durch selbst gezüchtetes Gewebe ernährt hat. Sehr … makaber.«

»Rick und Greff haben erzählt, dass es sehr aggressiv gewesen sein muss. Beängstigend.«

»Ja, das ist es. Aber es wird nun niemandem mehr etwas tun«, sagt Delia, bevor sie den Raum verlässt und ihre Schritte auf dem Flur verstummen.

»Ich werde in meinem Arbeitszimmer alles Nötige vorbereiten, auf dass du bald wieder erwachst«, flüstert Grace beinahe liebevoll und streicht behutsam über mein Haar.

Anschließend verlässt auch sie mein Zimmer und es bleibt einige Zeit sehr still.

Ich muss kurz eingenickt sein, denn jemand betritt den Raum und weckt mich dadurch. »… dann können wir alle zusammen wohnen.«

Ist das Hel? Ist das meine Kleine? Was tut sie hier? Ich würde ihr so gerne antworten, doch nichts rührt sich. Sie soll mich nicht in meinem furchtbaren Zustand sehen! Ich bin vermutlich mit Prellungen und Wunden übersät.

»Okay, aber nur ganz kurz, Helena. Du hast es versprochen«, murmelt Melanie im Hintergrund.

»Ja, weiß ich doch«, gibt Hel seufzend von sich und es herrscht einen Moment lang Stille. Ich kann ihre Atemzüge vernehmen und dabei Stoff über Stoff reiben hören. »Daddy, hat sie große Schmerzen?«

Autumn ist bei ihr? Ich will nach ihrer Hand greifen, sie festhalten und nie wieder loslassen. Doch keiner meiner Muskeln reagiert und so beginne ich innerlich zu schreien.

Sie sind alle hier. Autumn, Hel und Melanie. Ich wünsche mir so sehr, mit ihnen nach Hause gehen zu können, um das neue Leben zu kosten, das auf mich wartet. Was stimmt verdammt noch mal mit diesem System nicht? Wieso, verflucht, ist es abgeschaltet?

»Nein, sie spürt sie nicht einmal, weil sie schläft, weißt du?«, antwortet er fürsorglich.

»Darf ich zu ihr?«

Offensichtlich gibt einer der beiden eine stumme Zustimmung, denn ihre kleinen Füße kommen auf mich zu. Ich spüre, wie sie das Bett hochkrabbelt und sich neben mich legt. Ihre Lippen sind nur wenige Zentimeter von meinem Ohr entfernt. »Hallo Momy«, flüstert sie. »Ich vermiss dich. Daddy sagt, dass du wieder erwachen wirst, wenn wir der netten Dame mein Blut geben.« Sie meint bestimmt Grace. »Es würde auch gar nicht wehtun.«

»Komm, Hel«, höre ich Mel rufen. »Dr. Grace wartet schon.«

»Moment!«, entgegnet sie und legt ihre Arme um meinen Körper. »Ich habe mich noch gar nicht von Momy verabschiedet.«

*Verabschiedet? Liebling, ich werde erwachen! Ich schwöre es dir. Wenn Dr. Grace' Methode funktioniert, dann wirst du der erste Mensch sein, den ich in die Arme schließe. Ich vermisse dich, meine Kleine. Es tut mir so leid, dass ich all die Jahre nur so wenig da gewesen bin. Ich bereue meine Nachlässigkeit.*

Auch wenn mein Flehen und Weinen nicht nach außen dringen, schallt es doch wie ein lautes Echo durch mein Inneres.

*Ich will wieder zu meinem kleinen Mädchen … Hel …*

Schritte nähern sich mir. *Autumn.* Das spüre ich ganz deutlich. Seine Präsenz erkenne ich selbst mit geschlossenen Augen. »Je schneller wir Dr. Grace das geben, was sie braucht, desto eher erwacht sie wieder.«

»Aber …«, schluchzt sie und legt ihre Hand an meine Wange. »Hat sie wirklich keine Schmerzen?«

Ich muss wirklich schlimm für sie aussehen. Ihr Leid ist auch meines und umso furchtbarer fühle ich mich dabei. Ich will nicht, dass mein Mädchen wegen mir weint, ganz besonders nicht, wenn Grace' Versuch missglücken sollte. Wie gern ich ihr jetzt geantwortet hätte … dieses Bewusstsein ist eine einzige Folter.

»Nein, sie merkt sie nicht«, raunt Autumn und beugt sich über mich.

»Wer war das?«, schluchzt Hel. »Wie kann man meiner Momy so was nur antun? Sie hat doch nie jemandem was getan.«

»Hel«, sagt Autumn und auch er kämpft gegen seine Trauer an. »Sie wird bald wieder bei uns sein. Ganz sicher.«

*Diese Qualen* … ich halte das nicht länger aus. Ich will nicht hören, wie Hel wegen mir weint. Niemand soll wegen mir leiden.

Doch dann geschieht etwas vollkommen Unerwartetes. Als Hels Finger meine Schläfe berühren, zieht sie diese sofort wieder zurück, als hätte sie sich daran verbrannt. Gespannt lausche ich nach ihren Worten, da ich ihr Gesicht nicht sehen kann.

»Liebling, was ist?«, fragt Melanie besorgt und tritt näher ans Bett heran.

»Da war eine Stimme in meinem Kopf«, erzählt sie teils ängstlich, teils überrascht. »War das Momy?«

Autumn stützt sich auf der Matratze ab und ich spüre, wie sich diese leicht senkt. »Eine Stimme? Klang sie so wie ein Computer oder ein Roboter?« Hel muss stumm genickt haben. »Was hat sie gesagt?«

»Sie hat mich etwas gefragt. Irgendetwas mit Koppungs … oder Hoppungs …«

Autumn scheint von neuer Hoffnung erfüllt zu sein. »Klang die Frage wie: ›Möchten Sie einen Kopplungsversuch starten?‹«

»Ja!«, ruft Hel. »Woher weißt du das?«

»Das ist dein System, das mit dir spricht, Hel. Es versucht zu helfen«, erklärt er aufgeregt. »Mit wem will das System einen Kopplungsversuch starten?«

»Keine Ahnung.«

»Hel, berühr wieder die Schläfe deiner Mom«, fordert Autumn seine Tochter auf.

Selbst mein eigenes Herz macht Freudensprünge. Kann es sein …? Ist Hel vielleicht meine Rettung? Kann sie mich möglicherweise zurückholen?

Ich spüre wieder ihre Hände an meinem Kopf und dann ist es still im Raum. Nach kurzer Zeit sagt Hel: »Ich glaube, KC0000556.«

»Das ist deine Mom. Sie hat die Produktnummer 556. Dein Computer will sich mit ihr verbinden, was bedeuten könnte, dass du dadurch ihr System aktivierst«, meint Autumn und klingt dabei atemlos. Bisher hat der Computer uns immer geholfen und deshalb bin ich der festen Überzeugung, dass er es dieses Mal wieder tun wird.

»Und was soll ich jetzt machen?«, fragt Hel.

»Sag laut und deutlich in deinen Gedanken ›Ja‹.«

Stille.

Dann höre ich meine eigene Computerstimme in meinem Kopf, die ich so sehnlichst vermisst habe. *›Kopplungsversuch von KC0000556Y551. Wollen Sie dem zustimmen? Dazu muss Ihr System neu gestartet werden.‹*

*Ja! Ja! Ja! Bitte!*, schreie ich in meinen Gedanken.

*›Neustart wird vorbereitet.‹*

Ich kann einfach nicht glauben, dass es funktioniert! Niemals hätte ich gedacht, dass der letzte Schritt in meine Freiheit Hel wäre. Meine eigene Tochter.

Es dauert nicht lange, bis mein Bewusstsein nichts mehr wahrnimmt, als wäre ich einfach nur ohnmächtig geworden. Doch als ich wieder erwache, scheint grelles Licht in meine Augen, als mich die Deckenlampe blendet.

Erst nachdem ich in die Herbstaugen meiner beiden Lieben blicke, bemerke ich, dass der Neustart mein System aktiviert haben muss. Ich spüre meine Arme, meine Beine, kann meinen Kopf drehen, meine Augen öffnen und all meine Sinne benutzen.

*Es hat funktioniert! Es hat verdammt noch mal funktioniert!*

Hel schlingt die Arme um meinen Hals und ich drücke meine Tochter an mich. Ein freudiger Schrei entfährt mir dabei. »Ich habe dich so lieb, mein Liebling.«

»Es tut mir so leid.« Sie vergießt an meiner Schulter Tränen der Reue. »Es tut mir so leid, Momy. Wenn ich dir nicht nachgelaufen wäre, wäre das niemals passiert.«

Behutsam streiche ich über ihren Rücken. »Schon gut«, hauche ich. »Ich bin jetzt hier.«

Ich hätte niemals gedacht, dass ich noch einmal dem System so dankbar sein würde. Auch wenn es eine Verbindung zu Hel aufgebaut hat, wäre ich ohne den Neustart vielleicht niemals wieder erwacht.

Wer hätte uns schon garantieren können, dass Dr. Grace' Versuch geglückt wäre? Ihre Idee entsprang der Verzweiflung, war ein letzter Strohhalm, der noch geblieben war, um danach zu greifen. Ein Rettungsanker, ohne die Gewissheit, jemals Land zu erreichen.

Vielleicht hat Edison mit den Special Editions wirklich eine neue Rasse Mensch erschaffen – ein eigenes Lebewesen, das von einem komplexen System beschützt wird. Obwohl ich die Havering-Company zutiefst verachtet habe, bin ich doch jetzt dankbar dafür, als solches Wesen erschaffen worden zu sein. Wie oft hat es uns aus den misslichsten Lagen gerettet, wozu ein normaler Mensch niemals fähig gewesen wäre?

Wir sind anders, ja. Aber wir fühlen, verstehen und leben wie ganz normale Menschen. Wenn Delia recht behält und die Regierung die FfW-Partei an die Macht lässt, bedeutet es das Aus für die Havering-Company, weil sie dann keine Wunschkinder mehr produzieren dürfen. Die Wirtschaft wird bluten, die Politik vermutlich durchdrehen.

Doch das ist mir herzlich egal. Hier in MRD werde ich sicher sein, unter meinesgleichen, bei denen ich in Frieden leben kann.

*Zehn Tage nach Adams Tod …*

»Herzlichen Glückwunsch, Lara. Sie werden endlich entlassen«, ertönt die freudige Kunde am Morgen, als meine Krankenschwester in mein Zimmer hereinkommt und das Licht anschaltet.

»Das ist eine gute Nachricht«, gebe ich murmelnd von mir.

Sie tritt neben mein Bett, sodass ich zu ihr aufblicken kann. »Ziehen Sie sich an. Sie werden auf dem Flur schon sehnsüchtig erwartet«, informiert sie mich und zwinkert mir mit einem kecken Grinsen zu.

Ich nicke und krieche aus dem Bett. Über dem Stuhl befinden sich frische Sachen, die mir Melanie die Tage gebracht hat. Während ich mich umziehe, stiehlt sich ein Lächeln auf meine Lippen.

Heute ist mein erster Tag in Freiheit. Am Tag nach Adams Tod kündigte die Regierung spontane Neuwahlen an, die nach weiteren sieben Tagen endlich stattfanden. Es gab keine andere Möglichkeit, die Wahrheit zu verschleiern, indem man die Neuwahlen aufsetzte und die Ergebnisse zugunsten der FfW-Partei fälschte.

Richtig ist es nicht, aber noch viel schlimmer wäre es gewesen, wenn die Wunschkinder sich aufgelehnt hätten, weil ein einziger Mann die Havering-Company so manipulierte, dass diese jahrzehntelang als Produkte verkauft wurden, nur weil Adam Machtgelüste stillen wollte.

Die Regierung wählte das weniger schlimme Übel, auch wenn es sich dabei um eine manipulierte Wahl handelte.

Aaren durfte als anerkannter Mensch wählen und er stimmte selbstverständlich für seine Partei. Als noch am selben Abend die Wahlen endeten, wurde ausgezählt. Wie abgesprochen gewann die FfW-Partei und wurde damit die amtierende Fraktion. Am nächsten Tag verkündete man das Gesetz, auf das sich Millionen

Wunschkinder auf der Welt gefreut haben. Wir besitzen Rechte und die Havering-Company musste ihre Produktion auf Eis legen.

Es war ein sehr freudiger Tag. Obwohl ich noch nicht wieder vollständig gesund gewesen bin, haben wir die glorreiche Nachricht gefeiert. *Meine Familie und ich.*

Autumn musste leider an dem Abend zurück nach Kansas City, da ihn seine Vorsitzende zurückbeordert hat. Seitdem habe ich nichts mehr von ihm gehört, da er meint, dass er die Hände voll zu tun hätte und seine Partei ihn nun bräuchte.

Ich weiß, dass ihm seine Arbeit wichtig ist, deshalb habe ich ihm geschrieben, auf ihn so lange, wie es eben nötig ist, zu warten.

Nachdem ich meine Kleidung angezogen habe, gehe ich zur Tür und drehe mich ein letztes Mal um. Es tut gut zu wissen, dass ich dieses Krankenhaus als Wunschkind mit Menschenrechten verlasse. Ich kann an Gerichtsprozessen teilnehmen, werde respektiert und wie ein wertvolles Mitglied der Gesellschaft anerkannt.

Rick hat mir bereits verkündet, dass auf uns ein gerichtlicher Termin wartet, in dem ich aussagen muss, was mir im Institut passiert ist, den er aber so lange aufschieben wird, bis ich auf den Beinen bin. Meine Aussage wird wohl zu den Akten gelegt, die die Welt verändert hat.

Ich kehre dem Zimmer den Rücken und trete auf den Flur hinaus. Lachend und mit ausgestreckten Armen kommt Hel auf mich zugelaufen. Ich fange sie auf und wirble sie einmal um meine eigene Achse. »Darfst du jetzt wirklich mit uns gehen?«

»Ja«, sage ich erfreut und tippe verspielt ihre Nase an. »Ich, du und Melanie.«

Hel lacht. »Und was ist mit Daddy?«

*Was?*

Als ich aufschaue, sehe ich Melanie und Autumn den Flur herunterkommen. Was tut er hier? Ich dachte, er würde es die nächsten Wochen nicht schaffen, nach MRD zurückzukehren.

Überrascht blicke ich zu den beiden. Mel ruft Hel zu sich und bleibt neben einer Sitzbank stehen.

Als die Kleine losrennt, tritt Autumn auf mich zu und bleibt mit seinem unverschämt schönen Lächeln vor mir stehen. Seine Anwesenheit treibt mir Freudentränen in die Augen.

Ich bekomme mein Grinsen gar nicht mehr aus dem Gesicht. »Was machst du hier?«

Er überbrückt die letzte Distanz zwischen uns und streicht mir eine blonde Strähne hinters Ohr. »Denkst du im Ernst, ich verpasse deine Entlassung? Weißt du eigentlich, wie sehr ich mich die ganzen Tage darauf gefreut habe?«

Ich presse die Lippen aufeinander, um einen Schluchzer zu unterdrücken. »Und ich mich erst auf unser Wiedersehen.«

»Komm«, flüstert er und drückt mir einen sanften Kuss auf die Lippen. »Lass uns nach Hause gehen.«

Ich nicke und nehme seine Hand in meine. »Bis wir in Freiheit sind«, flüstere ich.

»Ja«, haucht er und sein Glück ist kaum zu übersehen. »Bis wir in Freiheit sind.«

# Der letzte Part

*Acht Monate später …*

# LEAF

Das Morgenlicht scheint durch die Vorhänge des Schlafzimmers und kitzelt meine Nase, was mich langsam wach werden lässt. Ich blinzle, als die Strahlen meine Augen erreichen, und drehe der Sonne instinktiv den Rücken zu. Dabei stoßen meine Arme auf einen warmen, nackten Oberkörper, auf den ich meinen Kopf gelegt habe.

Mehr als acht Monate sind vergangen, seitdem ich mein Glück kaum fassen kann. Es herrscht Frieden auf der Welt, denn die Wunschkinder besitzen endlich ihre Menschenrechte und müssen nicht länger unter der Herrschaft ihrer Besitzer leiden.

Ich hebe den Kopf und blicke in Autumns schlafendes Gesicht. Er strahlt so viel Ruhe aus, und nach und nach erkenne ich immer mehr, dass auch in ihm ein Frieden herrscht. Unser Kampf hat sich endlich gelohnt.

Eine schwarze Strähne fällt ihm in die Stirn und ich streiche sie ihm zärtlich zurück in sein schimmerndes Haar. Durch meine Bewegung wird er wach und blinzelt mich aus verschlafenen Augen an.

Als er mich erblickt, legt er ein glückliches Lächeln auf seine Lippen. »Warum bist du schon so früh wach, Liebling?«

Ich zucke nur mit den Schultern. »Weil die Sonne mich geweckt hat.«

»Ah«, nuschelt er. »Die schon wieder.«

Ich kichere leise und vergrabe mein Gesicht an seiner Schulter.

Obwohl wir schon seit Monaten zusammen wohnen und beinahe jeden Morgen gemeinsam erwachen, genieße ich jede einzelne Sekunde davon. Denn auch wenn wir Wunschkinder nun frei sind, hat der Kampf um unsere Rechte einige Narben hinterlassen, die immer bleiben werden.

Ich träume noch immer von Adam und von der Blossom, die ich damals im Institut nicht habe retten können. Manchmal plagt es mich nächtelang und ein anderes Mal werde ich davon verschont. Auch in Autumn schlummern Albträume, die ab und an zum Vorschein kommen. Wir erleben unsere schlimmsten Momente, weil sie ein Teil von uns sind und es immer sein werden.

Trotzdem würden wir niemals das System bitten, uns diese Erinnerungen zu nehmen. Schmerz, Leid und Hass haben uns stark gemacht – nur deswegen sind wir heute freie Lebewesen. Alles hat seinen Preis. Und ganz gleich, wie oft wir aus einem unserer bösen Träume hochschrecken, wenn wir in der Realität sind, erinnern wir uns daran, dass die Grausamkeiten ein Ende genommen haben.

»Noch fünf Minuten, ja?«, murmelt Autumn verschlafen und drückt mir einen liebevollen Kuss auf die Stirn, als er sich zu mir dreht.

»Aber heute ist doch ein besonderer Tag«, flüstere ich. »Hel wird neun Jahre.«

Er schmunzelt. »Richtig. Die Kleine wird dann langsam zu einer Lady.«

Hels Geburtstag ist der einzige, den wir im Jahr feiern, weil ich den Tag genau kenne, an dem sie zur Welt kam. Bei Autumn, Mel und mir ist es etwas anderes, da das Institut Geburtstage streng untersagt hat. Es ist nie wichtig gewesen, diesen Tag zu feiern. Außerdem wird er bei uns Erschaffenstag genannt, weil wir nicht geboren worden sind.

»Oh, bevor sie aufwacht, wollte ich schon die Kerzen auf die Torte tun«, wispere ich und will mich aus dem Bett stehlen, als Autumns Arme mich umfassen.

Er zieht mich an sich und wandert mit den Lippen an meinem Nacken entlang. »Fünf Minuten, hab ich gesagt.«

Ich genieße diese Berührung so sehr, dass ich nicht anders kann, als noch bei ihm zu bleiben. »Okay, nur fünf Minuten.«

Von seiner Leidenschaft verführt drehe ich mich zu ihm und presse meine Lippen auf seine. Unser Kuss wird verlangender und intensiver. Er zieht mich mit seinen zärtlichen Berührungen und seinem unwiderstehlichen Lavendel-Honig-Duft so sehr in seinen Bann, dass wir beide gar nicht bemerken, dass plötzlich die Tür aufspringt.

Helena rennt durchs Schlafzimmer und wir ziehen schützend die Decke über uns.

»Aufstehen! Ratet mal, wer heute neun Jahre wird!«, schreit sie jubelnd.

»Helena! Komm sofort aus dem Schlafzimmer deiner Eltern. Du kannst da nicht einfach so hineingehen!«, donnert Melanies Stimme durchs Haus.

Hel bleibt neben meiner Bettseite stehen und sieht uns abschätzend an. »Sag mal, seid ihr nackt?«

»Hel!«, ermahnt Autumn sie und springt aus dem Bett, um die Kleine zu jagen.

Natürlich sind wir nicht nackt. Es ist nicht das erste Mal, dass Hel unerwartet ins Schlafzimmer hereinstürmt. Seitdem trägt Autumn immer seine Unterhose und ich mein Tanktop und die Shorty. Auch wir lernen durch die peinlichen Situationen dazu.

Hel beginnt zu lachen, als sie merkt, dass ihr Vater sie jagt. Kurz bevor sie aus dem Zimmer sprintet, schnappt sich Autumn die Kleine und hält sie auf seinen Armen fest.

»Hab dich!« Er kitzelt sie am Bauch und Hel beginnt lauthals zu lachen.

Als Autumn sie runterlässt, drückt er sie fest an sich und gibt ihr einen stolzen Kuss auf die Stirn. »Alles Gute zum Geburtstag, Kleines.«

Ich lächle Hel liebevoll an. »Komm her, Süße«, raune ich und sie springt zu mir aufs Bett, sodass ich sie in die Arme schließe und mit ihr ins Kissen falle. »Von mir auch alles Gute zum Geburtstag.«

»Danke, Momy und Daddy«, sagt sie und kuschelt sich zu mir unter die Decke. »Ich habe vergessen zu klopfen.«

Autumn verdreht die Augen und gesellt sich ebenfalls zu uns. »Sicher hast du das. Ich glaube so langsam, du machst das gerne, damit du uns ärgerst.«

Sie vergräbt verlegen den Kopf unter meinem Kinn. »Gar nicht wahr.«

Nachdem wir noch ein wenig gekuschelt haben, stehen wir endlich auf. Vor vier Monaten haben wir ein Haus in einer friedlichen, idyllischen Gegend in Kansas City entdeckt. Ich habe MRD nicht freiwillig verlassen, doch aufgrund der Arbeit, die Autumn nur in der Stadt verrichten kann, habe ich mich dazu entschlossen, mit ihm zu gehen. Die Kundschafter werden nun weniger gebraucht und ich habe einen tollen neuen Job in der Stadt gefunden, mit dem ich mehr als zufrieden bin. Da mir damals der Klon mein Leben rettete, habe ich mich einer Hilfsorganisation angeschlossen, die geschundene Wunschkinder ins Leben integriert. Wir helfen ihnen, sich in der neuen Welt zurechtzufinden, und unterstützen sie bei Startschwierigkeiten. Darunter fallen auch die Klone. Einem von ihnen bin ich zu ganz besonderem Dank verpflichtet, auch wenn er nicht mehr unter ihnen weilt.

Melanie und Hel waren mit dem Umzug auch einverstanden.

Das Haus besitzt drei Etagen und die oberste gehört Melanie ganz allein, sodass sie praktisch eine eigene Wohnung hat. Trotzdem verbringt sie die meiste Zeit bei uns.

Im Wohnzimmer hat Mel den Fernseher eingeschaltet und ich puste gemeinsam mit Helena die Kerzen auf dem Kuchen aus. Währenddessen lausche ich den Nachrichten.

»Obwohl schon einige Monate ins Land gezogen sind, herrscht noch immer wirtschaftliches Chaos. Die Havering-Company muss über zehntausend Mitarbeiter entlassen. Viele der Forscher und Wissenschaftler widmen sich nun neuen Themengebieten, während die Regierung angestrengt versucht, aufgrund des neuen Gesetzes eine Lösung für die Arbeitslosen zu finden. Die Freiheitskämpfer bieten neue Arbeitsstellen an und unterstützen die Regierung – was es vorher noch nie gegeben hat. Viele der Wunschkinder sind …«

Es wird lange dauern, bis die Menschheit akzeptieren wird, dass das Erschaffen von Lebewesen nun vorbei ist. Wunschkinder werden nie wieder produziert und leblos auf die Straße geworfen. Selbst ich muss mich mit diesem Gedanken anfreunden.

»Momy, wer kommt heute alles?«, fragt mich Hel.

Ich zähle an meinen Fingern alle Personen auf, die eingeladen sind. »Also Myr, Stella, Nico, Liz, Katy, Grace …« Ich durfte, seit wir in Kansas City wohnen, auch endlich Autumns Arbeitskollegin kennenlernen, die jahrelang seine Chefin war. Sie hat ihn damals gekauft, wofür ich ihr sogar dankbar bin, denn Autumn kam dadurch zur Partei und wäre sonst vernichtet worden. »Mary, Lisa, Paul, Chris … und viele andere Kinder aus deiner Schule.«

Hel muss nun auch eine neue Schule besuchen, doch sie hat schnell Freunde gewonnen und kein Problem damit, auf Fremde zuzugehen. Dieses Verhalten hat sie ebenfalls von ihrem Vater.

»Volles Haus also«, meint Melanie, während sie Frühstückseier in der Pfanne zubereitet.

»Und wann kommen sie?«

»Erst gegen Nachmittag«, antwortet Autumn, bevor er an seinem Kaffee nippt.

»Wo sind eigentlich meine Geschenke?«, fragt Hel empört und stemmt ihre Arme in die Hüfte, was mich schmunzeln lässt.

»Na, da ist ja jemand neugierig«, bemerkt Autumn grinsend.

Hel geht mit stampfenden Schritten auf ihn zu. Sie schlingt die Hände um seine Hüfte und sieht ihn kritisch an. »So und jetzt fangen wir grad mit dir an! Wo ist dein Geschenk?«

Autumn muss lachen und mir entfährt ein verliebtes Seufzen. Niemals hätte ich geglaubt, dass ich ihn durch seine neue Rolle als Vater noch mehr lieben würde.

Er stellt seinen Kaffee auf der Küchentheke ab und verschränkt die Arme vor der Brust. »Ganz schön herrisch, junge Dame.«

»Daddy!«, beschwert sie sich und versucht sich an seine Elle zu klammern. »Bitte!«

Autumn sieht mit seinen braunen Herbstaugen zu mir. »Tja, also wenn deine Mom damit einverstanden ist, dann könnten wir …«

Hel hüpft aufgeregt auf und ab. »Klar ist sie das!«

»Okay, dann beeil dich. Wir müssen dich nämlich hinfahren«, verrate ich und zwinkere ihr zu.

Sie schaut mich mit großen Augen an. »Es ist gar nicht hier?«

Ich schüttle den Kopf. »Nein. Es liegt an einem anderen Ort.«

Wie eine Rakete schießt Hel in ihr Zimmer, woraufhin lautes Poltern und Keuchen erklingt. »Ich beeile mich!«

Nur wenige Sekunden später steht sie bereits in den Startlöchern, obwohl Autumn und ich noch unsere Schlafkleidung tragen.

Genervt sieht sie uns an. »Schneller!«

Ich seufze und verschwinde in mein Zimmer.

*Noch nicht einmal in Ruhe frühstücken kann man.*

Es dauert beinahe noch zwanzig Minuten, bis wir uns umgezogen haben und wir das Haus verlassen. Hel nimmt dabei meine Hand. »Was ist mit Tante Mel?«

Nach den ersten paar Wochen begann Hel uns neue Titel zu geben. Ich sagte ihr, dass sie Mel ebenfalls als Mutter betrachten kann, wenn sie das möchte, aber Mel selbst meinte, dass sie das nicht will.

Anfangs merkte ich, dass es sie traurig machte, doch nachdem viele Wunschkinder auf der Straße landeten, da sie von ihren Besitzern entlassen wurden, bekam sie eine neue Arbeitsstelle in einem Waisenhaus, in dem sie vollkommen aufblühte. Sie hat jetzt jeden Tag Kinder um sich und sie redet auch ständig davon, eines von ihnen zu adoptieren, wenn sie sich ganz sicher wäre.

»Sie bereitet schon mal alles vor, während wir dir dein Geschenk zeigen«, antworte ich mit einem freudigen Lächeln.

Wir steigen alle ins Auto. Autumn startet den Motor und biegt auf die Hauptstraße ab, die uns aus der Stadt bringt. Denn der Ort, zu dem wir fahren, liegt außerhalb von Kansas und ist eine Stunde entfernt.

Hel versucht die ganze Autofahrt lang herauszufinden, welches große Geschenk wir für sie haben, doch keiner ihrer Vorschläge passt annähernd zu dem, was sie wirklich erwartet.

Als wir an MRD vorbeifahren, sieht Hel staunend aus dem Fenster. »Gehen wir jemanden besuchen?«

»Nein, das ist es auch nicht, Hel«, gibt Autumn als Antwort und sie seufzt frustriert.

Wir umfahren die Stadt und halten auf einem großen Parkplatz im Norden. Hier stehen bereits einige Häuschen am See, die neu gebaut wurden, da sich die Freiheitskämpfer nun außerhalb der Mauern bewegen können, ohne Angst haben zu müssen, dass ihnen etwas geschieht.

Wir laufen einen Kiesweg entlang, nur wenige Meter vom Ufer entfernt. »Das ist wunderschön«, bemerkt Hel und scheint vom Ort vollkommen begeistert zu sein.

Als wir an einer Gablung den nördlichen Weg nehmen, kommen wir nach einer hohen Hecke auf ein kleines Grundstück, auf dem ein neu erbautes Holzhäuschen steht. Es besitzt ein ziegelrotes Dach, einen Vorgarten und einen eigenen Mini-Strand, der ins Wasser führt.

Hels Kinnlade klappt herunter, als sie das Haus entdeckt.

»Happy Birthday, mein Liebling«, flüstere ich neben ihr.

Verblüfft geht sie ein paar Schritte auf das Haus zu und berührt das Treppengeländer, das zur Eingangstür führt. Sie dreht sich zu uns beiden um und ihre Augen sind gläsern. »Das ist wirklich für mich?«

Autumn und ich nicken, bevor ich weiterspreche. »Du hast so oft davon geredet, die Stadt zu verlassen, um die Welt zu entdecken. Aber wegen der Gefahr, die außerhalb von MRD lauerte, mussten wir immer innerhalb der Mauern bleiben.«

Autumn nimmt meine Hand. »Wir wollten dir also ein kleines Stück von dem schenken, was du damals nie bekommen konntest. Jetzt kannst du jederzeit und wann immer du willst hierherkommen. Dein eigenes kleines Reich. Bis du alt genug bist, werden ich, deine Mutter oder Mel dich begleiten, hörst du?«

Hel kommt auf uns zugelaufen und wir fangen sie auf. Sie schlingt sowohl um meinen als auch um Autumns Hals einen Arm und jubelt mehrmals hintereinander: »Danke, danke, danke …«

Als wir sie absetzen, schnappt sie sich direkt Autumns Hand. »Komm, Daddy. Ich will wissen, wie das Haus von drinnen aussieht! Dann können wir hier zusammen immer Urlaub machen.«

Ich nicke den beiden zu und sehe, wie sie die Treppe hinaufgehen und Hel noch ein lautes »Wow!« von sich gibt, bevor ihre Stimmen im Inneren verstummen.

Ich laufe zum sandigen Ufer hinunter und bleibe kurz vor dem Erreichen des Wassers stehen. Die Oberfläche glitzert durch die Strahlen der warmen Sonne und der Anblick löst in mir eine unbeschreibliche Zufriedenheit aus.

Vor acht Monaten hätte ich niemals geglaubt, an diesem See stehen und mich sorgenfrei fühlen zu können. Wo vorher Angst, Zweifel und Trauer waren, sind nun Glück, Freude und Genügsamkeit. Ich fühle mich nicht mehr wertlos, missverstanden oder gedemütigt.

Adam ist fort, die Institute wurden gesäubert und alle Wunschkinder entlassen. Selbst die defekten, missratenen Produkte bekamen Menschenrechte und haben die Chance bekommen, Hilfe zu erhalten.

Natürlich wird es noch viele Jahre dauern, bis überall Ruhe herrscht. Durch eine Vereinigung gewisser Länder gelten die Gesetze fast für die ganze Welt. Nur wenige Ausnahmen nehmen daran nicht teil.

Es gibt immer noch furchtbare Menschen, die dem neuen Gesetz den Rücken kehren und illegal Wunschkinder weiterhin quälen. Möglicherweise werden wir nicht allen Frieden geben können, aber wenigstens haben wir die Wahrheit ans Licht gebracht – oder zumindest es diejenigen wissen lassen, die es wissen sollten.

Freiheitskämpfer und Städter können nun im Einklang miteinander leben, genau wie Wunschkinder und Menschen.

Ich bin einfach nur unfassbar glücklich, die Personen, die ich über alles liebe, um mich zu wissen. Autumn und Hel geht es gut, so wie Mel und den anderen. Ein solches Leben habe ich mir schon immer gewünscht.

Ich blicke zum Wasser und merke, wie mir eine einzelne Träne des Glückes die Wange hinunterkullert. Anschließend lege ich meine Hand an meinen Bauch und lächle zufrieden.

Am meisten freue ich mich darüber, dass ich meine Familie mit den neuen Rechten beschützen kann. Autumn, Hel, Melanie und … nun ja, vielleicht bald ein neues Familienmitglied.

Ich kann es kaum erwarten, Autumn heute Abend davon zu erzählen.

# DANK

Ich hätte niemals gedacht, dass ich es doch noch einmal schaffe, einen Einzelband zu schreiben. Mir fällt es nämlich ehrlich gesagt verdammt schwer, es bei einem Teil zu belassen. Versteht mich nicht falsch, ich *liebe* Reihen, besonders wenn sie einen total fesseln und einen so sehr für sich einnehmen, dass man am liebsten zehn Bände lesen würde. Aber manchmal tun auch Einzelbände gut, bei denen man ein Ende hat, auf das man nicht warten muss.

Ich bedanke mich ganz herzlich beim Sternensand Verlag, da ihr »Autumn & Leaf« in euren Sternenhimmel aufgenommen habt.

Ein weiterer Dank geht an Alex, dessen Cover wieder einmal genauso bombastisch geworden ist wie die von »Wächter der Runen«, Band 1 und 2.

Ganz fest drücke ich meine Lektorin Natalie, die »Autumn & Leaf« wieder einmal einen großartigen Feinschliff verliehen hat. Auch Jenny bekommt von mir eine Umarmung, die immer so toll Korrektur liest.

Auch der lieben Laura danke ich für ihre wunderschöne Illustration, die mich wieder einmal total verzaubert hat. Ich liebe einfach deine Art zu malen. Mach immer weiter so!

Ich danke meinen Testlesern, die sich die Zeit genommen haben, ein Feedback zu schreiben und mir ehrlich ihre Meinung zu sagen.

Auch bekommt mein Lebensgefährte Kurt ein dickes Dankeschön, weil er freiwillig meine Bücher liest und ich ihm diese Geschichte gewidmet habe.

Du bringst so unglaublich viel Geduld für meine Liebe zum Schreiben auf und gibst mir immer den Freiraum, den ich dafür brauche. Ich weiß, ich bin manchmal nicht einfach, wenn mich der Schreibflash packt und ich dann nicht mehr aufhören kann, in die Tasten zu hämmern. Danke, dass du an meiner Seite bist und ich bei dir einfach ich selbst sein kann. Ich liebe dich, du Nusskopf.

Und zu guter Letzt danke ich dir, weil du dieses Buch gelesen hast. Ich hoffe sehr, dass dir Autumns & Leafs Geschichte gefallen hat.

# DIE AUTORIN

J. K. Bloom schreibt schon, seit sie elf Jahre alt ist. Das Erschaffen neuer Welten ist ihre Leidenschaft, seitdem sie das erste Mal ein Gefühl für ihre Geschichten bekam. Sie ist selbst abenteuerlustig und reist sehr gern. Wenn sie ihre Nase nicht gerade zwischen die Seiten eines Buches steckt, schreibt sie, beschäftigt sich mit ihren zwei Katzen oder plant schon die nächste Reise an einen unbekannten Ort.

**Kontakt:**

Facebook: www.facebook.com/jkbloom.author

Instagram: www.instagram.com/j.k.bloom

# Mehr von J. K. Bloom

**Wächter der Runen (Trilogie)**

High-Fantasy, broschiert

Als Taschenbuch und E-Book

Klappentext:

*Finn ist Kopfgeldjäger und sein nächster Auftrag lautet: Finde die Abtrünnige Ravanea und liefere sie dem Imperium lebend aus.*

*Für Finn eigentlich keine große Herausforderung, doch dann stößt er auf immer mehr Ungereimtheiten. Warum sucht das Imperium seit Jahren erfolglos nach ihr? Welches dunkle Geheimnis umgibt sie, dass der Herrscher alles daransetzt, sie lebend zu fangen?*

*Je mehr er über Ravanea in Erfahrung bringt, desto stärker regt sich in Finn etwas, das für jeden Kopfgeldjäger das Todesurteil bedeuten kann: Zweifel, ob er tatsächlich das Richtige tut.*

**Die Drachenhexe (Band 1)**

Dark Fantasy

Als Taschenbuch und E-Book

*Einst belegte eine mächtige Hexe Prinzessin Freyja mit einem Fluch. Dieser war so abscheulich, dass sie zu einem wahren Monster ohne Gewissen heranwuchs, während dämonische Kräfte in ihr erwachten. Sie stürzte ihre Eltern vom Thron und ummantelte ihr Königreich mit ewiger Dunkelheit, in die kein Außenstehender mehr einen Fuß zu setzen wagte.*

*Erst als mit Lucien ein Engel geboren wird, schöpfen die fünf Lande wieder Hoffnung. Denn seine Aufgabe soll es sein, die dunkle Königin nach einem Jahrhundert ihrer Herrschaft zu vernichten und dem Verderben ein Ende zu setzen.*

*Doch als Licht und Schatten aufeinandertreffen, merkt Lucien, dass da noch ein Funken der guten Prinzessin in Freyja verborgen zu sein scheint – und begeht einen verhängnisvollen Fehler: Er zögert.*

## Weitere Dystopien aus unserem Programm

Stefanie Scheurich

**Deceptive City (Band 1): Aussortiert**

440 Seiten, broschiert

*Urban Fantasy*

*Als Taschenbuch und E-Book*

Fanny Bechert

**Countdown to Noah (Band 1): Gegen Bestien**

300 Seiten, broschiert

*Dystopie, Jugendroman*

*Als Taschenbuch und E-Book*

C. M. Spoerri & Jasmin Romana Welsch

**Conversion (Band 1): Zwischen Tag und Nacht**

442 Seiten, broschiert

*Paranormal Romance*

*Als Taschenbuch und E-Book*

STERNENSAND VERLAG

Besucht uns im Netz:

www.sternensand-verlag.ch

www.facebook.com/sternensandverlag